读客悬疑文库
认准读客读悬疑,本本都是大师级。

ドグラ・マグラ
脑髓地狱

[日]梦野久作 著
林敏生 译

夢野久作

海南出版社
·海口·

图书在版编目（CIP）数据

脑髓地狱 /（日）梦野久作著；林敏生译 . —— 海口：海南出版社，2022. 11（2024. 9重印）.
ISBN 978-7-5730-0822-0

Ⅰ.①脑… Ⅱ.①梦…②林… Ⅲ.①推理小说 – 日本 – 现代 Ⅳ.① I313.45

中国版本图书馆 CIP 数据核字（2022）第 199868 号

本书译文经立村文化有限公司授权使用

脑髓地狱
NAOSUI DIYU

作　　者	［日］梦野久作
译　　者	林敏生
责任编辑	徐雁晖　项　楠　胡守景
特约编辑	张　齐　徐陈健
封面设计	陈艳丽
印刷装订	三河市龙大印装有限公司
策　　划	读客文化
版　　权	读客文化
出版发行	海南出版社
地　　址	海口市金盘开发区建设三横路2号
邮　　编	570216
编辑电话	0898-66817036
网　　址	http://www.hncbs.cn
开　　本	890 毫米 × 1270 毫米 1/32
印　　张	14
字　　数	379 千
版　　次	2022 年 11 月第 1 版
印　　次	2024 年 9 月第 3 次印刷
书　　号	ISBN 978-7-5730-0822-0
定　　价	49.90 元

如有印刷、装订质量问题，请致电 010-87681002（免费更换，邮寄到付）
版权所有，侵权必究

目录

001　　卷头歌

079　　疯子地狱邪道祭文：一个疯子的黑暗时代

111　　地球表面乃是疯子最大的解放治疗场

117　　绝对侦探小说：脑髓并非思考事物的地方

155　　胎儿之梦

177　　空前绝后的遗书

429　　附一：关于本书

435　　附二：关于作者

437　　附三：梦野久作年表

卷头歌

胎儿呀,胎儿。
你为何跳动?
是因为了解母亲的心
而,害怕吗?

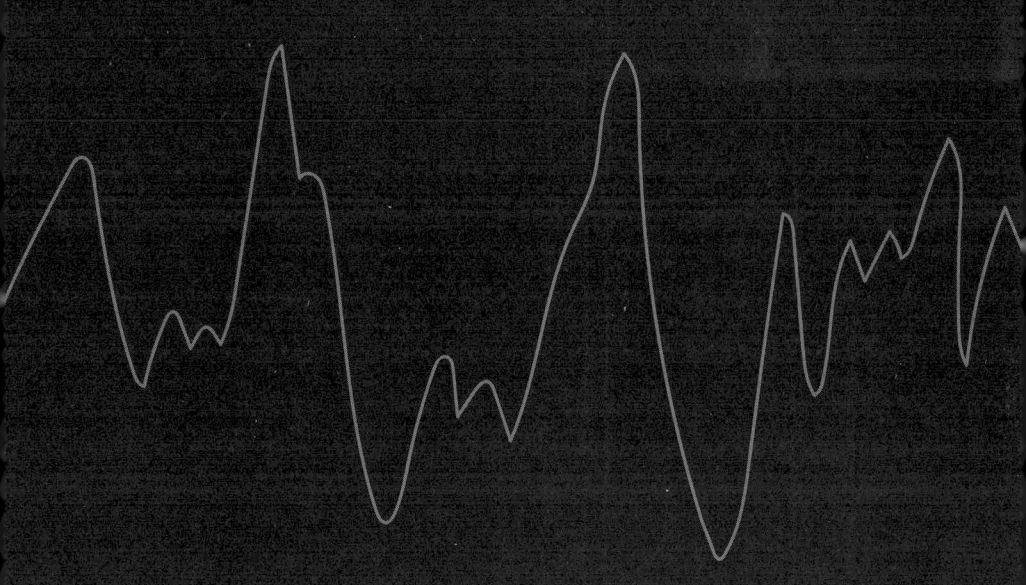

嗡嗡——嗡——嗡嗡嗡……

我从蒙眬中惊醒，这种犹如蜜蜂振翅的声音，仍在我耳里留下极深的振动余韵。

凝神静听，直觉告诉我，现在……应该是子夜了吧！附近某个地方好像有时钟的钟摆在作响。但就在我继续打盹儿之后，那似蜜蜂振翅的余韵却忽然逐渐轻微、消失了，周遭恢复了一片死寂。

我猛然睁开眼。

只见一颗蒙着灰白色尘埃的灯泡，正悬挂在挑高的白色天花板上，红黄色的发光玻璃球侧面，停着一只大苍蝇，它就像已经死亡一般，一动也不动。在灯泡正下方的坚硬、冰冷的人造石地板上，我正呈"大"字形躺着。

好奇怪……

我呈"大"字形躺着不动，用力睁开眼皮，只让眼珠上下左右转动着。

这是一间由蓝黑色混凝土墙围绕的两间[①]见方的房间。

---

① 间：日本计量单位，1间约为1.8米。——编者注（若无特殊说明，注释均为编者注）

三面墙上各有一扇以铁格子和铁网双重遮罩的纵长形磨砂玻璃窗，感觉这是一间非常牢固的房间。

在没有窗户那一侧的墙角，有一张同样牢固的铁床，枕头朝房间入口方向横置，床上铺着洁白的被褥，看起来似乎没有人使用过。

真奇怪……

我微微抬起头，环视自己的身体。

我身穿洁白、崭新的蓬松双层棉布和服，胸口系着一条短纱布带。从和服里伸出圆胖却泛黑的四肢，上面满是污垢……竟然那么脏……

实在太奇怪了……

我恐惧地举起右手，试着摸了摸自己的脸。

鼻子尖削……眼窝低陷……头发杂乱……胡须纠结……

我吓得跳起来。

我又摸了一下脸，环顾四周。

这张脸属于谁……我不认识这个人啊……

我的心悸瞬间增强，心脏开始如敲晨钟般乱撞……呼吸急促，不久就像濒临死亡般激喘……然后，又静止不动。

居然有这样不可思议的事！

我忘了自己是谁……

怎么也想不起来自己是什么地方的谁。关于过去的回忆，残存的记忆只剩下刚才听到的时钟钟摆晃动般的嗡嗡声，仅此而已……

即便如此，我的意识仍很清晰，我可以清楚感觉到阴沉沉的黑暗正环绕在房间外部，并无限蔓延着。

这不是梦，确实不是梦……

我跳起身来。

我跑到窗前，望着磨砂玻璃的平面，想看看映在玻璃上的自己，试图唤醒某些记忆。但是……没有用！磨砂玻璃上映现的只是一头乱发、毛茸茸如恶鬼般的影子。

我转身，跑向床铺枕头旁的入口房门，面孔贴近合金门锁，门锁唯一的缝隙就是钥匙孔。但是，门锁片上却未映照出我的脸孔，只反射出昏黄的光线。

我查看了床脚，又掀开被褥翻看，解开衣带翻看和服内侧。可是，别说姓名，我就连一个缩写字母都没有发现。

我愣住了。我依然是身处未知世界的未知的我，依然是连自己也不知道自己是谁的我。

就在这个时候，我发觉自己仿佛被人抓住了衣带，整个人垂直向下掉落到某个无限的空间，随着从内脏深处涌出的战栗，我忘情大叫。

那是带着金属质感的尖亢声音……可是，这声音在让我回想起过去任何事之前，已经被四周的混凝土墙吸收，转而消失了。

我再度尖叫……还是没用。声音一阵剧烈波动，旋转、消失之后，四面墙壁、三扇窗户和一扇门，陷入更深沉的静寂。

我想再尖叫。可是……声音犹未发出，就已经缩回咽喉深处。我害怕每次尖叫后那种静寂的恐怖……

我的牙齿开始发出咔嚓咔嚓的声响，膝盖不由自主地颤抖。即使这样，我还是想不起来自己是谁……我好难过，感到喘不过气来。

不知不觉，我开始激喘，想叫也叫不出来。在若有若无的恐怖笼罩下，我呆立在房间中央喘息。

这里是监狱，还是精神病院？

越想呼吸越急促，声音犹如狂风在深夜的四壁回响。

不久，我的神志逐渐模糊，眼前一片漆黑，同时僵硬的全身冷汗直冒，仰面倒下——几乎快要倒下。我不由自主绝望地闭上眼……可是，猛然发现自己仍机械般地站立着。我用力睁开双眼，凝视着床铺后面的混凝土墙。

因为，我听见混凝土墙后面传来了奇怪的声音！

那确实是年轻女人的声音，声声沙哑得不像是人类发出的声音，不过,深层的悲哀、沉痛的回响却透过混凝土墙清晰地传入我的耳中。

"大哥……大哥、大哥、大哥、大哥……请你再……听听我的……声音啊!"

我愕然,全身缩成一团,忍不住再次回头望向背后。明知道这个房间里除了我以外并无别人……我凝视着这面传来女人声音的混凝土墙。

"……大哥。大哥、大哥、大哥、大哥、大哥……隔壁房间里的大哥……是我,是我呀!我是你的未婚妻……我……请你再听一次我的声音……请你听着、听着啊……大哥!大哥、大哥、大哥、大哥、大哥……大哥啊!"

我的眼皮撑得发痛了,嘴巴兀自张开,恍如被声音吸引般向前跑了两三步,双手用力按住小腹,专注地盯着混凝土墙。

那是令闻者的心脏仿佛吊在虚空之中的纯情呼唤;那也是令闻者五脏六腑仿佛冻凝至绝望深渊般无法忍受的绝叫……不知道她是从什么时候开始呼唤我的……也不知道在深夜的混凝土墙的另一侧,她会用那深刻、哀怨的声音再继续呼唤我几千年、几万年。

"……大哥啊!大哥、大哥、大哥、大哥,为什么……为什么不回答我呢?是我,是我,是我啊!难道你忘了吗?我,是我啊!你的未婚妻……大哥……你把我忘了吗?我和大哥在一起的前一天晚上……也就是你我举行婚礼的前一晚,大哥你亲手把我杀死了。但是……我又活过来了,从坟墓里复活后回到这儿了,我不是幽灵……大哥啊!大哥、大哥、大哥,你为何不回答?你忘记当时的事了吗?"

我踉跄后退好几步,再度睁大眼睛凝视声音传来的方向。

好奇怪的一番话!

墙壁那边的少女认识我,说她是我的未婚妻。而且……她竟然说她在与我举行婚礼前夕,被我杀害……现在复活了。然后,被囚禁在与我一墙之隔的房间,像那样不分昼夜呼唤着我。她持续叫喊着令人难以想象的怪诞事实,像是要努力地唤醒我过去的记忆。

她是疯子吗？

还是正常人？

不、不，她一定是疯子，是疯子……怎么会有这种事呢……这么愚昧、不可思议的事……啊，哈、哈、哈。

我忍不住笑了。但是，笑意很快便冻结在脸上，我的面部肌肉僵凝了……因为又一阵更悲痛、更深沉的呐喊声贯穿混凝土墙传来。我再也笑不出来了……那种知道我是我的确信……那样严肃的凄怆……

"……大哥、大哥、大哥，你为什么不回答呢？我是这么难过，你却……求你回应我啊，哪怕只有一个字、一句话……"

"……"

"……求你只要回答……一个字、一句话……就好。这样，这家医院的医生就会知道我不是疯子……而院长会因为你听得出来我的声音，让我们一起出院的……大哥、大哥、大哥、大哥，你……为什么不回答我？"

"……"

"你不知道我的痛苦与难过吗？每天、每天……每夜、每夜……我这样呼唤你的声音，难道你都没听见吗？啊……大哥、大哥、大哥、大哥，你太过分了，真的太过分了……我、我……我的声音已经……"

呐喊之间，墙壁那头开始传来另一种声音，也不知是手掌还是拳头，反正是用人类柔软的手敲打混凝土墙的声音，是皮肤裂开、肌肉破碎也不在乎的柔弱女子用手连续敲打墙壁的声音。我一面想象墙壁对面四散飞溅、黏贴的血迹，一面仍旧咬紧牙根、圆睁双眼。

"……大哥、大哥、大哥、大哥，是曾经被你亲手杀死的我呀！是已经活着回来的我……是……除了你以外无依无靠的我，孤孤单单在这里……你真的已经忘记我了吗？"

"……"

"大哥，我们同病相怜，这个世上只有我们两人孤独地在这里，被

007

其他人认为是疯子，受到隔离，囚禁在这家医院里。"

"……"

"只要大哥给我一声回应，医生们就会知道我所说的都是真的；只要你记起我，他们就知道我……也知道你不是精神病患者……只要一个字、一句话……你只要回答一声……叫一声我的名字——真代子……啊，大哥、大哥、大哥、大哥……啊，我已经没力气发出声音了……我的眼前……一片昏暗……"

我情不自禁跳上床铺，将耳朵贴在传出声音的蓝黑色混凝土墙上，内心有一股难以忍受的强烈冲动，我希望自己马上回答她……希望帮助那个少女解除痛苦……更希望早一点儿弄清楚自己究竟是什么地方的谁，可是……我最终只是咽了一口唾液，停止了思考。

我慢慢从床铺上滑下来，凝视着墙壁上的一点，竭力远离那个声音，一直后退至墙壁对面的窗边。

我没能回答她。不，是不可以回答。

此刻我完全不知道对方到底是不是自己的未婚妻，尽管听到对方那样深刻、沉痛的纯情呼叫，可我还是连她的长相都想不起来……我唯一被唤醒的过去的真实记忆，只有刚刚听到的时钟钟摆发出的嗡、嗡、嗡的声音，我就是这个世界上最不可思议的痴呆患者，难道不是吗？

这样的我，怎么能回答说自己就是她的未婚夫呢？就算这样回答让我得以自由，但到时候我或许还是不知道自己真正的身世、正确的姓名。她……究竟是正常人，还是精神病患者，我根本无从判断。

不只如此，万一她是如假包换的精神病患者，而她强烈呼唤的对象只不过是她的幻觉的话，怎么办？一旦我回答，说不定会酿成大错；就算她呼唤的人确实存在这世上，但如果那个人并不是我，又该怎么办？难道要因为自己的轻率而强夺别人的未婚妻吗？这不就冒渎了别人的未婚妻吗……上述的不安和恐惧接二连三袭上我的心头。

在我不停地吞咽口水、双手紧紧握拳时，她的呼喊声还是不断穿透墙壁向我袭来。

"大哥、大哥、大哥、大哥，你太过分了，太过分、太过分了，真的太、太过分了……"

那样纤弱……沉痛、似幽灵般无限纯情的哀怨呼唤。

我双手揪着自己的头发，已经留长的十个指甲狠狠抓着头皮，几乎快抓出血来了。

"大哥、大哥、大哥，我是你的人，你的人啊！快点儿，大哥快……快用你的臂膀抱住我……"

我用双手剧烈摩擦自己的脸庞。

不、不是的……你错了，错了，你认错人了，我不认识你……我差点儿就脱口而出这几句，但最终还是噤声了……此刻的我甚至连这点都无法肯定，我对自己的过去完全一无所知，我也没有任何证据可以否定她所说的话……别说我的亲兄弟是谁或是我的故乡在哪儿，此刻我连自己是人还是猪都不知道。

我握紧拳头，嘭嘭嘭地用力敲着耳后骨，但是，同样无法浮现丝毫记忆。

即使这样，她的声音仍未中断，她的呼吸急促，声音几乎让人听不清，但却满溢深沉的悲痛。

"……大哥……大哥，请……请你……救、救我……啊……"

她的声音好像在追逐着我，我再次环顾四周墙壁、窗户和门，往前跑，又止住脚步。

我想逃到一个听不到任何声音的地方！

这么想着的一瞬间，我全身都起了鸡皮疙瘩。

跑到入口的门前，我竭尽全力向着那扇好似钢铁一般坚固的蓝色房门冲撞过去。然后，我又从钥匙孔往外窥看……始终持续着的固执呐喊和不绝于耳的呼唤声威胁着我，我已近乎麻痹。我试着用双手抓住铁格窗用力撼摇，终于，下方一角出现歪斜，但再想进一步摇动它就不是人

009

类的力量所能做到的了。

我颓然地回到房间正中央,身体不停颤抖着再度环视房间各个角落。

我到底是否身处于人类世界呢?还是说,我已经来到幽冥世界,正在接受某种痛苦惩罚呢?

在这房里恢复清醒的同时,我松了一口气,但转瞬又堕入忘却自我的无间地狱①……这里没有丝毫回响,能听见的只有时钟的声音……

可是,转眼我又陷入了充斥着陌生女人呐喊声的活地狱……在这无法摆脱与逃避的深刻悲恋中承受着苛责。

我用力跺着地面,连脚踝都作痛了……我颓然坐下……又仰躺在地……再度起身回望四周。我极力想让自己的注意力脱离隔壁房间那若有若无的声响,以及断断续续的哽咽,我想尽可能回想起自己的过去,从这种痛苦之中逃脱……更希望能够清楚回答隔壁房间的问话。

我不知道在这个房间里像这样狂绕了几十分钟,不,或许是几个小时也不一定。但是,脑海中依然一片空虚,别说与她有关的记忆,连自己的事情都完全想不起来,空白的我只是活在空白的记忆里。虽然被女人无尽的喊叫声驱赶,我仍徒然在黑雾中挣扎、徘徊。

不久,墙壁另一头的叫唤声逐渐减弱,像丝线般时断时续,最后完全断绝,周遭又恢复到先前深夜般的静寂。

同时,我也累了,狂乱得耗尽体力,思索得耗尽脑力。听着似门外走廊尽头传来的嘀嗒嘀嗒的钟声……也不知道自己是呆立着,还是坐着发愣……不知道何时、不知道情况如何……只是陷入最初茫然无意识的状态。

突然传来哐当一声。

回过神时,我的身体正靠在与房间入口相反的墙角处,手脚前伸,脸孔颓然垂在胸口,眼睛凝视着鼻尖前方的人造石地板。

---

① 无间地狱:佛教经书用语,也译作阿鼻地狱,指八大地狱中最苦的一层地狱。

仔细一看，地板上、窗户上、墙壁上，不知何时已经变亮了，泛着苍白的光影。

叽叽喳喳……轰隆轰隆……

是麻雀轻轻的叫声……还有电车逐渐远去的声音……天花板上的电灯不知何时已熄灭。

原来是天亮了……

我呆呆地想着，用双手揉了揉眼。或许是因为睡得太沉了，早晨，我把此前在黑暗中发生的那些不可思议又恐怖的事忘得一干二净。我用力伸展僵硬而发痛的四肢，打了个大哈欠。就在尚未充分深呼吸一口气时，我突然惊讶地闭上了嘴。

入口房门边上，和地板的接合处滑开了一扇小门，好像有人正在递过来一个白木餐盘，上面放着白色餐具和银色盘子。

看到这东西的瞬间，我心中一动，无意识之间，从今天凌晨产生的无数疑问又开始在脑海中跃动……我下意识地站起身，踮着脚尖跑近小门旁边，猛然抓住那只正送入餐盘的鲜红、肥胖的女人手臂。

哗啦啦的一声，饭菜、吐司面包、蔬菜沙拉的碟子，还有牛奶瓶全都散落在地上。

我以沙哑的声音大叫："请……请告诉我……我是谁……我的名字是什么？"

"……"

对方一动不动。那露在白色袖子外冰冷、如胡萝卜般的小臂，被我的双手紧紧抓住，霎时变成紫色。

"我……我的名字是什么呢？我不是疯子，我什么都不是……"

"啊——"

小门外面响起一阵年轻女人的尖叫声，被我抓住的紫色手臂这才开始无力地挣扎起来。

"快来人……来人啊！七号房的患者……啊！来人啊……"

"嘘、嘘！安静、安静，请你……不要叫。我是谁？这里……是什么地方……现在是……什么时候……请你告诉我……这究竟是……否则我就不放手……"

门外传来一阵啜泣声。

同一瞬间，我双手的力量似乎有所放松，女人的手臂迅速抽出小门外，啜泣声戛然停止，走廊上响起一阵快跑的嗒嗒声。

原本被我拼命抓住的手臂出其不意地溜掉了，我一屁股坐倒在坚硬的人造石地板上，眼看就要后脑着地，我慌忙用双手撑住，恍惚转头回望。

这时……又发生了不可思议的事。

到目前为止我那紧绷的心情，在一屁股坐倒在地的同时放松了，一股无法形容的滑稽感开始从小腹深处升起，完全没办法控制。那是实在难以忍受、非常奇妙的令人作笑感，仿佛……每一根头发都要跟着颤动地笑；更像是从灵魂深处涌现、撼动全身，一波未平，一波又起，没有笑到让骨肉四散就绝不罢休的笑。

啊，哈、哈、哈、哈，真是愚不可及！不知道姓名有什么关系呢？忘记了也没有丝毫不自由，我不就是我？啊，哈、哈、哈、哈……

发觉这一点之后，我更加忍不住地摔倒在地，抱头、捶胸、顿足地大笑。我笑啊……笑啊……笑……吞咽泪水，哽咽，扭动身体不停地大笑。

啊，哈、哈、哈、哈，还有比这更愚蠢的事吗？

难道我是从天而降？抑或由地底钻出来的？这里有这么一个身世不明的人，而我也不认识这个人，啊，哈、哈、哈、哈……

到现在为止，我究竟曾经在哪里，做过些什么事情呢？接下来又打算做些什么呢？一切无法猜透。我有生以来第一次遇见这样的人物，啊，哈、哈、哈、哈。

到底是怎么一回事？这是多么不可思议、多么可笑啊！啊，哈、哈……太可笑了，啊，哈、哈、哈、哈……

啊，好难过啊……我快受不了了，我为何会如此可笑？啊，哈、哈、哈、哈……"

我不停地笑着在地上打滚儿。不久，我笑到力气耗尽，滑稽可笑的感觉忽然间完全消失了。我站起身，揉着眼珠仔细瞧着，看到脚趾前面的地板上，散落着刚才那场骚乱后留下的三片吐司面包、一个蔬菜碟子、一把叉子，以及一个盖着盖子的牛奶瓶。

看到这些东西后，不知为什么，我脸红了，同时感到一股饥饿感。我重新系好掉落一旁的衣带之后，右手立刻抓住尚且有余温的牛奶瓶，左手抓住涂有奶油的烤面包，开始大吃起来。我用叉子叉起蔬菜沙拉，咀嚼着令人难以抗拒的美味，佐以牛奶咽下。吃饱后，我爬上床铺，躺在崭新的床单上，伸个懒腰，闭上眼。

我应该睡了十五至二十分钟吧。可能因为肚子填饱了，所以我全身无力，手掌、脚掌暖和和的，头脑中逐渐化为昏暗的空洞……早上穿梭不停、时近时远的在脑海中的各种声响很快消失无踪了。我是那样无奈……那样不甘……

我听到了路上的熙攘声、匆促的鞋子的声音、拖着木屐的缓慢脚步声、自行车的铃声……远处传来了某户人家掸扫灰尘的声音。

高远天际，乌鸦聒噪啼叫……似乎附近的厨房中响起玻璃杯破碎的声音……突然，我无意中听到窗外有女人在尖叫……

"讨厌……真是的……让人受不了……简直就是……开玩笑嘛……嘻嘻嘻……"

然后是我腹中胃袋满足的跃动声。这些声音一一融合，带领我逐渐走向遥远的世界，进入恍惚的梦境……这样美好的心情……如此难得……

不久，遥远的地方开始传来一阵清晰的奇妙声音。那是汽车的鸣笛声，好像大哨子发出的声音……"哗……哗……哗哗哗……"一种特别高亢的声音，我不禁认为那表示有可怕紧急的事情正冲着我来。"哗、

013

哔、哔、哔"声超越且吓阻了清晨静寂的各种声音,绕向街道处的转角,以惊人的速度,赶往躺着的我头部的方向。顷刻,声音更加迫近,似乎即将钻入我杂乱的头发,忽然又移向一旁,绕了个大弯,发出极高的吼叫声。徐行约莫一百米远,又立刻转变方向,持续发出几乎渗入我耳洞的尖锐声,急速逼近,这才戛然而止,再也听不见任何声音。

同时,整个世界一片寂然,我逐渐陷入不省人事的深沉睡眠中……大约只舒畅了五分钟,这次,我枕畔那扇门的钥匙孔突然发出咔嚓的声音,接着是沉重的开门声。同时,仿佛有某种踏地声进入房内。我反射性地跳起来,并回过头……仔细一看,我愣住了。

在我眼前,在缓缓关闭的牢固铁门前,摆放着一把小型藤椅,藤椅前站着一位令人惊奇的异样人物,他正低头望着我,个子高得好像快触及屋顶。

那是一个身高超过六尺[①]的巨人,脸像马脸一样长,皮肤颜色犹如陶瓷般泛白,稀疏、细长的眉毛下是一双小小的眼睛,好像鲸的眼睛一般,眼眸中如同落魄老人或垂死病人般苍白的眼瞳无神、混浊。他的鼻梁似西洋人般高挺,鼻翼泛着白光,紧闭成"一"字形的嘴唇与皮肤一样惨白,好像罹患了某种重病吧!尤其那如同寺院屋顶的宽阔额头的侧面,以及如军舰船头的宽阔下颔,更令人感到毛骨悚然……看起来像是一个超越人类、拥有异样个性的角色。

他的黑发从正中间对分,身穿看起来颇为昂贵的褐色皮外套,在他佩戴的白金色大怀表的表链前,是一双交叉的手,手指瘦长、苍白又毛茸茸的。他站立在应是女性使用的华丽藤椅前,那模样看起来就像被某种魔法呼唤现身的西洋妖怪。

我怯怯地抬头看向对方,如同刚刚孵化的生物般,屏住呼吸,不停眨眼,舌头在口中蠕动。但不久后……我意识到这位绅士应该就是刚刚

---

① 尺:计量单位,1尺约为33.3厘米。

搭车前来的人物……于是，我不自觉地朝他的方向重新坐直身体。

就在此时，这位高大绅士从那双小而混浊的眼瞳深处散发出含着某种威严的冷光，频频打量我的全身。不知何故，我觉得身体好像缩小了一圈似的，不自觉地垂下头。

高大的绅士似乎毫不在意，以极端冷静的态度观察我的全身之后，他抬起头，开始慢慢环视房内情形。当他那苍白混浊的视线从房间角落移向另一个角落时，我感觉今天早上一切肤浅行为完全被他看穿，身体更瑟缩了……

这位令人害怕的绅士，找我到底有什么事……我内心既害怕又疑惑……

就在此时，高大的绅士突然像受到某种威胁般蜷缩身子，上半身向前，双手慌忙插入外套口袋，一把抓出一条白色手帕，掩住嘴巴……同时转身背对我，全身晃动，持续低声咳嗽。过了好一阵子，他总算呼吸恢复正常，再度转向我，轻声道歉。

"对不起……我的身体虚弱，所以……穿着外套……"

那是与其体形完全不协调的、似女人般的声音。

可是，听到这声音的同时，我安心了，觉得这位高大的绅士其实和外表完全不同，是温柔又亲切的人。我松了一口气，抬起头。

绅士向我递出一张名片，再度咳嗽。

"我是……咳、咳、咳……对……对不起。"

我双手接过名片，并且点头致谢。

九州帝国大学医学院院长

法医学教授

若林 镜太郎

我反复看了这张名片两三次，再度哑然无语，不得不重新打量站在眼前这位抑制着咳嗽的高大绅士，自言自语地说："这里是……九州帝国大学……"

我环顾四周。

这时，巨人若林博士左眼下方的肌肉轻微颤抖着。这令人联想到，或许这是此人独特微笑的一种异样表情。紧接着，他苍白的嘴唇慢慢嚅动。

"没错……这里是九州帝国大学附属医院精神病科的七号病房。很抱歉，在你睡觉时前来打扰，不过，我突然来访是有原因的。值班医生向我报告说，不久前，你曾向负责分发食物的护士小姐追问自己的姓名。听到这个消息，我就立刻前来了……怎么样，你已经想起自己的姓名了吗？恢复有关自己过去的记忆了吗？"

我无法回答，只是嘴巴微张，眨动如白痴般的眼睛，望着对方鼻尖下的巨大下颌。

太令人惊讶了……从今天凌晨起，我简直就是被自己名字的幽灵附身了！

从我向护士询问自己名字到目前为止，还没有超过一个小时，对方竟然拖着生病的身体，马上赶来问我是否已想起自己的名字……真是令人费解的热心……

只不过是想起自己的名字而已，这么一点点小事，难道对这位博士来说如此重要吗？

我困惑不已地看看手上的名片，打量起若林博士的脸。

不可思议的是，若林博士同样眼睛一眨也不眨地低头看着我的脸，好像在等着我的回答似的，他紧抿着嘴，凝视着我。很明显，他紧张的表情充分显示出他对我的回答充满某种重大的期待。从他的这种表情中我察觉到，能否回想起自己的名字以及过去的一切经历，应该与若林博士有相当深刻的关系。这么想着，我的身体也就越发僵硬了。

我们两个人就这样互相凝视对方良久……当发现我回答不出来时，若林博士失望地闭上眼。不过，他眼皮再度睁开时，左边脸颊至嘴角却仿佛浮现出比方才更深邃的微笑。同时，他好像误以为我的呆愣是出于某种意义，于是便轻轻颔首两三下，缓缓启动嘴唇道：

"当然……你会感到不可思议也是理所当然的。本来，我必须严格遵守法医学上的立场，不应该介入精神病科的工作。可是，其中另有不得不这么做的理由……"

说到这儿，若林博士又一副将要咳嗽的模样，但这回他成功忍住了，那双在手帕上方的眼睛轻眨，很难过似的接着说：

"事情是这样的……坦白说，这里的精神病科教学目前由声名远播的正木敬之担任主任教授。"

"正木……敬之……？"

"没错。这位正木敬之教授不只在日本国内，乃至在世界精神医学界都是举足轻重的人物，他首创的新学说可能使过去遭遇瓶颈的精神病研究产生根本的变革，他是'精神科学'的伟大学者……话虽如此，这种新学说并非现行所谓的心灵学或降神术之类非科学性的研究，而是纯粹立足于科学基础的划时代理论。他借着在这个教室内创设史无前例的精神病治疗室，一步一步证明其学说乃是真理。你也是接受此新式治疗的患者之一……"

"我……接受精神病治疗？"

"是的……按理说，专门研究法医学的我，不该问问正在接受正木医生治疗的你的一些症状，也难怪你会产生怀疑了……但是，非常遗憾，正木医生在一个月前把后事交托给我之后，突然就与世长辞了……而且，现在还没有继任教授。再加上本来就没有副教授帮忙，最后在校长的命令之下，由我暂时兼任这个教室的工作……其中，正木医生特别委托我必须尽全力照顾的患者就是你。换句话说，本精神科的名誉……不，是整个九州帝国大学医学院的名誉，眼下都维系在一件事情上，那就是你能否恢复过去的记忆、想起自己的名字。"

若林博士说到这里,我忽然觉得一阵目眩,忍不住眨眼睛。感觉似乎我名字的幽灵,正散发着余光,从某处现身……

但一瞬间,我感受到一股连头都抬不起来的难堪,不自觉地低下头。

没错!这里绝对是九州帝国大学附设的精神科病房;而我,一定也是被收容在这间七号房内的精神病患者。我的脑袋从今天清晨醒来就觉得有些不对劲了,一定是因为我曾经……不,是现在正患有某种精神疾病……是的,我是个疯子……!

啊……我竟然是个可悲的疯子!

随着若林博士凝重的说明,我第一次清楚意识到难以忍受的羞耻,心跳急促到几乎喘不过气来。为了自己也无法了解的,不知是羞耻、恐惧或悲伤的情绪,我全身好像被针刺般痛苦,从耳朵至颈部一带皮肤红如被火烧过,双眼也不自觉发热,多希望就这样双手掩面趴在床上……

若林博士低头看着我,口中发出咕噜咕噜的声音,似在吞咽唾液。然后像是面对着身份高贵的人一般,他双手交握身前,用比先前更亲切——几乎是谄媚——的声音安慰着我。

"任何人发现自己置身在这个房间里,一定会受到一种几近绝望的打击……但请你不要担心,你住院这事和这栋病房的其他患者有完全不同的意义。"

"我……我和……其他患者不同?"

"没错。刚才提到的正木博士在这个精神科教室进行了名为'疯子解放治疗'的划时代性精神病治疗实验,而你为我们提供了自己的身体作为最宝贵的研究素材。"

"我……我是'疯子解放治疗'的实验素材?为了解放并治疗疯子……"

若林博士向前倾身,点头,仿佛对于"疯子解放治疗"的名称表示敬意……

"正是这样。创立'疯子解放治疗'实验的是正木博士,他所创立的学说具有何种划时代的意义,世人应该很快就能了解。而且……你已经凭借着自己脑髓的正确运作,让正木博士崭新的精神科学实验获得惊人的成绩,本大学的声名将会给全世界的精神医学界留下深刻印象……不仅如此,以实验的结果而论,你因为强烈的精神冲击造成本身意识完全丧失的状况,如今已经能够完全恢复了……所以,简单地说,你既是在解放治疗场内进行的惊异实验之中心代表,同时也是本大学荣誉的守护神。"

"我……为什么会是……如此可怕实验的……"我慌忙地问。

忽然被卷入这么奇怪的话题中心,我自己都感到害怕了……

若林博士低头看着我,更加冷静地点头致意:"你会怀疑是理所当然的,不过……很遗憾,关于这件事,现在没办法向你说明。除非不久的将来,你自己想起一切经过……"

"我自己想起?那……要如何想起……"我结结巴巴地问道。因为若林博士的口气让我想起精神病人的可悲……

若林博士静静举起手来制止我:"请少安毋躁!其中另有原因。坦白说,你进入解放治疗场的经过非一朝一夕就能说清楚,其中的缘故深刻复杂且极端不可思议,如果凭我一人想要完整说明,可能有虚构之虞,所以……如果不是由亲身体验整个过程的你自行回忆这一段深刻、不可思议的体验,没有人会相信这是事实。

"换句话说,在你过去的记忆中存在着极端奇幻、惊异的前因后果……不过,为了让你放心,我想稍作说明应该无关紧要……那我给你讲一讲'疯子解放治疗'的事吧。今年二月,正木博士来本大学任教后不久,便立刻着手设计治疗场,于七月完成。在经过仅仅四个月的实验后,也就是距现在一个月前的十月二十日,正木博士亡故的同时治疗场被封闭。而正木博士在这段时间所进行的实验,主要就是为了让你恢复过去的记忆。正木博士早就明确地预言说,从很久以前开始就陷入特异精神状态的你，在不久的将来一定会恢复到像今天这样的状态。"

"已故的正木博士……预言了我今天的情形……"

"不错，就是这样。正木博士断然宣称，你是本大学的至宝，在仔细妥善的照顾之下，一定能够恢复原来的精神意识，由此证明他所提出的伟大学说之原理，以及由该原理所产生的实验效果……不只这样，他还深信不疑：你如果确实能够恢复过去的全部记忆，必然也能想起那桩同样与你的过去有关，几乎可称之为空前绝后、极尽怪奇、凄怆无比的犯罪事件的真相。当然，现在我同样相信这一点。"

"空前绝后的……空前绝后的犯罪事件……与我有关？"

"是的，只能称之为空前绝后的异常事件。"

"那……那是什么样……的事件？"我将身体探出床铺外问道。

若林博士非常冷静，用苍白的眼瞳静静望着我，说："那一桩事件就是……我还是告诉你好了。不过，关于刚才所说有关正木博士与精神科学的研究，很久以前我也曾接受他的指导，所以我现在依旧持续在应用精神科学犯罪方面进行相关研究……"

"应用精神科学……的……犯罪？"

"不错……由于是崭新的课题，如果只提及名称，你或许无法了解内容，但我稍加解释，你应该就能明白了。实际上，我之所以开始研究这样的主题，是因为我了解到正木博士所提出的'精神科学'的内容充满太多恐怖的原理与原则。譬如，在其精神科学的一个分支'精神病理学'中，就包括许多令人战栗的理论和实例……比如，借着一种暗示作用，能够将一个人目前的精神状态突然转变为异常；或是，在一瞬间消除某个人现在的精神生活，改换为潜藏于其精神深处的几代以前的祖先个性；等等。

"而且，该理论的应用、实验的效果，尽管在科学理论上具备正确性与深刻性，但是其作用的说明和实行的方法却异常普通……依解释方式的不同，甚至连妇孺都会觉得简单到有趣又可笑，因此算是非常危险的研究和实验……当然，详细内容在不久的将来应该会在你眼前历历展开，在此没有必要说明……"

"那……那样可怕的研究内容……会在我眼前……"

若林博士严肃地领首："没错，正是这样，你能够亲身证明这项学说中的真理。你不仅会对这种原理所描绘的恐怖、战栗产生一种免疫力，在不久的将来，当你完全恢复过去的记忆时，必然会有参加这项新学理研究的权利和资格。但是，如果把此秘密的研究内容泄露给外人知悉，难以预料到底会发生什么样的异变……譬如，当有外人发现某人心灵深处潜藏着一种可怕的遗传心理，一旦给予其一个相对应的暗示，瞬间就能让对方发狂，同时让发狂者抹消一切有关始作俑者的记忆，那会变成什么样呢？想必这样的恶果将不逊于诺贝尔发明无烟火药激化全世界战争吧！

"……也因为这样，基于法医学的立场，我认为如果把这样的精神科学理论像现代唯物科学理论那样普及为一般社会常识的话，情况将会变得非常糟糕。恐怕到时候，与现在应用唯物科学的犯罪横行一样，可能会使得'应用精神科学的犯罪'也大肆流行。一旦演变至此，就再也无法挽回了。因为这种犯罪将与既往的犯罪不同，全世界一定会陆续出现几乎无法侦查、不可能实现的犯罪事件。正因为这样，所以正木博士的新学说绝对不得泄露出去……

"同时，虽然感到抱歉，但以防万一，尽可能周全地研究出这种犯罪的预防方法，探索出检测方法，我才会在正木博士的指导下，基于'应用精神科学的犯罪及其证迹'的主题，极度秘密地从各方面进行调查，这就好像是我和正木博士两人的共同事业……

"但是，正木博士和我之间竟然出现了严重疏忽……虽然这样小心慎重，却不知道研究成果什么时候、被人用何种方法'盗窃'了……该精神科学中最强烈且最具效果的理论，居然被灵活地实际应用了。这便是在距离本大学不远处，突然发生的一桩不可思议的犯罪事件……

"该犯罪事件表面上是具有某富豪血统的几位男女，在毫无理由的情况下互相残杀，或让彼此发狂，犯下了无比残忍冷血的罪行……而且，之所以人们认为该行凶手段与我们研究的精神科学有关，是因为在同样属于该富豪家族血统的一位温柔善良、头脑清晰的青年身上发现了端倪……进一步说，就是该青年为了防止自己家的血统断绝，打算和恋慕自己的美丽表妹举行婚礼，但是在当晚午夜过后，青年却出乎意料地梦游，勒死了即将与他结婚的少女，而且面对少女的尸体，青年还非常冷静地在纸上描绘现场情景……这件极端特异、离奇的事件曝光后，引起社会大众广泛批评……

"但问题是，这位青年所在的富豪家族为什么会陷入如此悲惨的状态，凶手是谁？目的何在？这些问题的答案迄今仍旧不明……就连被誉为'九州警视厅'的福冈县司法当局对于这桩事件也几乎是束手无策。同时，在正木博士的支援下，全力着手调查该事件的我，到今天为止同样无法掌握与事件真相有关的丝毫线索，仿佛堕入五里雾中般彷徨摸索。

"正因如此，目前我唯一能够追查事件的方法，就是等此事件的中心人物——还活在世间的你——借正木博士的实验而恢复过去记忆的时候，直接判断事件的真相，揭穿其行凶的目的和凶手的真面目……除了这一条路，我们没有别的办法了。因为恶魔般的凶手以变幻莫测的手段犯下罪行，我们却无从追查其踪迹。这么说，你应该已经明白了吧？我不能具体说明该事件的理由就是，我自己也无法准确掌握事件真相。另外……我会介入自己专业领域外的精神科的工作，亲自照顾你，一方面是为了防备重大机密泄露；另一方面，万一你恢复记忆，我也能够马上赶过来，比任何人更早获知事件真相……揭穿怪异事件的恶魔凶手的真面目。

"万一因为你恢复过去的记忆而查明事件真相，那么带有多重意义的研究结果，亦即，正木博士命名为'疯子解放治疗'的研究——一旦被发表，必然会给现今科学界和全社会带来极大震撼……

"这是一场重击现代物质文化并足以转化为精神文化的伟大实验，其最终结果不但将会获得科学上的证明，同时也将会作为最重要的例证之一，使得我在正木博士指导下持续研究的论文《应用精神科学的犯罪及其证迹》圆满完成；而我和正木博士这二十年间对于精神科学倾注心血的研究，也将有机会公之于世……

"所以，你是否能想起自己的名字、恢复过去的记忆，进而揭开事件真相，有着上述的多重意义。不仅本大学内部重视，福冈县的司法当局重视，更可以说全天下人都在翘首以待……"

一口气说到这里，若林博士忽然瞥了我一眼……紧接着，他又迅速瞥向一旁，用手帕掩住脸，拼命咳嗽起来。

望着那满是皱纹的侧脸，我如同被裹在烟雾之中般茫然。从今天清晨起，在我周遭发生的乱七八糟的事情全都令我感到新的不安和震惊……而若林博士的一番解释，只让事件更夸张，向着超自然的方向发展，实在不像现实。虽然听起来皆是与我有关联的事情，却像与我全然无关的梦呓……

不久，停止咳嗽的若林博士用苍白的眼眸向我行注目礼，说："对不起，我累了……"

他回望背后的华丽藤椅，缓缓坐下。

见到他坐下的动作，我不禁傻眼了。最初见到放在若林博士背后那把藤椅时，我心想，只要身材稍微高大的人一坐，藤椅一定会立刻垮掉，所以，或许应该还有某位女性要来。但现在一看，若林博士高大的身躯竟然很轻松地坐进藤椅的狭窄扶手间，他的胸部和腹部重叠，把被手帕掩着的面孔低垂于膝前，仿佛在说"我就是潜藏在怪异事件背后的恶魔凶手"一般，全身收缩挤入藤椅内，怎么看全身大小都只有刚才的一半。不管身材有多瘦削，不管身上的皮质外套有多薄，正常人应该都做不到……而且，这种姿势下，他的声音还与原来一样……不，比原来更冷静……好像他自己是先知一般……

"不好意思……刚才见到你的情况，我发现即使自己是外行，也知道正木博士的预言已经说中了。你现在一定也是想努力恢复过去的记忆，却因为做不到而困惑不已吧？其实，这只是一个过程，说明你正在恢复接受这项实验之前的健康意识……根据正木博士的研究，在你的脑髓里，属于反射、交感过去记忆的部分当中，有某处负责支配最古老记忆的潜意识，而那里存在着遗传性的弱点。换言之，那里非常敏感。

"另外，有一个神秘人物，在很早之前，不知从何处得知了这一事情，对你使用了极端强烈的精神科学暗示性材料，深层刺激到你的脑髓中最敏感的弱点，让该处陷入极度紧张的状态，结果导致遗传、潜伏在那一处的一千年前的祖先们深刻的、怪奇的浪漫记忆完全游离。这些记忆一面浮现在你的意识表面，一面又使你陷入深度的梦游状态……

"然而，你今天一旦恢复清醒，从潜意识中游离的梦游心理将完全挥发，让你回归到虚无的状态，并使你脱离梦游状态。由于一部分持续异常活跃的潜意识，以及附近负责反射、交感过往记忆的脑髓中，尚残存着长时间紧张导致的深刻疲劳感，所以它们目前仍无法完全自由运作。因此，你陷入了一种越是古老的记忆，就越是想不起来的状态。

"你在今天早晨想起来的，只有那些反射交感至目前为止，并未让你太过疲累、印象极深刻且最近才发生的事情，虽然你焦躁地想要赶紧恢复更早的记忆，却什么也想不起来……这就是你现在的精神意识状态。正木博士把这种状态称为'自我忘失症'……"

"自我……忘失症？"

"是的……因为你被那桩怪异事件背后的怪异凶手利用精神科学犯罪手法加害，使你在那之后的几个月之间，变成与现在的你完全不同的另一人，持续处于某种异常的梦游状态……当然，这种深度梦游状态甚至是极端的双重人格实例，与普通人所显现的轻度双重人格的梦游，也就是我们说的'说梦话'或'没睡醒'不同，这是罕见的。

"但在古代各种文献里仍可找到前人留下的怪例,让世人陷入半信半疑的迷惑境地,诸如'五十年后想起故乡的老人',又或者'提示证据后才自觉是杀人凶手的绅士回忆录''孤独老妇见到并不存在的儿子向自己倾诉''自认遭到列车撞击才变成秃头大富豪的贫困青年手记''年轻的夫人一夜醒来,变成白发老妇的故事''反向思考梦与现实,终于犯下滔天大罪的圣僧之忏悔录'等等。

"如果试着以这些实例来对照正木博士的独创学说,应该就毋庸置疑了。这类现象的存在,不仅在科学上已经证实其可能性,也从学理和实际两方面证实:这样的人在回归昔日的精神意识之际,一定曾经历长时间的'自我忘失症'。严格来说,我们的心理状态随时受到所见所闻事物的刺激而不断产生变化,会自己一人生气、悲伤、微笑,这都算是一种'梦游',在这种心理变化进行的每一个刹那,'梦游''自我忘失''自我觉醒'等过程都会以极短暂的速度反复呈现……只是一般人并未意识到而已。因此,你目前也处于这种过程之中。正木博士已经明白你会恢复清醒,在不久的将来,你应该会完全恢复。"

说到这儿,若林博士再度停住,他略微喘一口气,舔舔嘴唇。

但是,这时候的我究竟是什么表情,我也不自知,在若林博士深具学术权威的说明下,我如同触及高压电一般,全身僵硬成一团。

……刚刚所说的怪异事件果真是我自己的遭遇?我现在也的确处于必须回想这桩可怕的事件以及自己名字的情况之中吗?想着想着,缘于某种难以言喻的恐惧,我的两侧腋下渗出冷汗,同时全部神经集中于眼前若林博士苍白的长脸上。

这时,若林博士微低下头,以更低沉的语气接着说:"也就是说,正木博士的预言至今天为止,毫无谬差,一一实现。从今早起,你已经完全脱离先前的梦游状态,目前正处于即将恢复昔日记忆的边缘……由于我得知你刚才询问过护士小姐,所以,为了让你能想起自己的名字,我才特地赶来见你。"

"让我！想起自己的名字！"

我大叫着。突然，心跳急促得几乎喘不过气来。会不会……我自己就是那桩怪异事件的真正凶手？若林博士对于我的名字特别紧张小心，岂非就是证据？这样的念头在我脑海闪过……

但是，就在这时，若林博士静静回答说："不错，只要你想起自己的名字，那么其他一切记忆也能够浮现在你的意识表面，你同时应该可以想起支配这个怪异事件的精神科学原理是何等可怕，以及事件的凶手是什么人，到底凶手是基于什么理由、什么样的动机遂行这一项奇怪的犯罪……因此，帮助你回想这一切，乃是正木博士赋予我最重大的责任……"

我又因为某种无以言喻的恐怖感而战栗，不自觉坐直身体，大声喊着："我的名字……是什么……"

我这么问的瞬间，若林博士却像机械般噤口不语，他那朦胧发光的眼眸凝视着我的眼睛深处，似在探索我内心的某种东西……也像是在暗示某件重大事情……

日后回想起来，当时我一定是被若林博士以深不可测的计谋所骗。若林博士持续叙述极具科学性又煽情的故事，绝非毫无意义，而是他想让"我的注意力"专注于"我的名字"，让我紧张至极点，这是一种借以引导我必须想起这一切的精神刺激方法。所以，当我急于问出自己名字的时候，他却噤口不语。他是想要利用沉默试图引导我的焦躁达到最高点，利用凝固在我脑髓中的过去记忆的重现作用，达到对我自身的尖锐刺激。

但是，当时的我并未意识到这样缜密的谋略，单纯地以为若林博士会马上告知我的名字，而一心一意凝视着他苍白的嘴唇。

这么一来，注视着我的反应的若林博士仿佛有些失望，他轻轻闭上眼，摇头轻叹，不久又睁开眼，用更冷漠、纤细的声音说："不行……我没有什么能够告诉你的。既然你无法记起自己的名字，事情就到此为止，还是必须让你自己自然地想起来……"

我突然有一种既安心又担心的感受。

"我能……想得起来吗？"

"能。绝对可以！届时你不但会了解我所言不假，同时可以痊愈出院。从很久以前，为了让你获得在法律上以及道德上的权利，也就是说，为了让你接受美好的家庭和属于这个家庭的一切幸福，我们早已做好了万全的准备。这是因为，让你能够顺利接受这些，就是我承接正木博士的工作之第二项责任。"

若林博士说到这儿，似乎非常确信地再次以他苍白冰冷的眼瞳凝视着我。我无法抗拒那眼瞳的压力，颔首不语……同时，又觉得怎么想都不像是自己的事情，只像是听奇妙故事般，内心感到莫名的疲惫……

若林博士毫不理会我的心情，轻咳一声，语气一改："那么……现在我希望开始进行实验，让你想起自己的名字。我和正木博士一样……会依照顺序让你看与你过去经历有最深刻关系的各种事物，希望借此实验唤醒你过去的记忆，不知你意下如何？"说着，他用双手抓住藤椅扶手，用力伸直身体。

我望着他的脸，颔首示意，像是在说，随便你，反正我无所谓。

但其实，我的内心却相当踌躇，不，我甚至觉得可笑。

今天清晨呼唤我的那个六号房的少女，是否也和眼前的若林博士一样认错人了呢？把我误认为另一个人，那样不耐烦地呼唤、苛责……无论经过多久时间、受到何等苛责，我依旧什么都想不起来……

接下来要给我看所谓与我过去有关的事物，事实上也只是和我毫无关联的陌生人的纪念品吧！想必是不知藏身于何处、不知其真正身份的冷血凶恶的精神病人的……极其怪奇残虐的犯罪纪念品……让我看这样的东西，岂不是刻意苛责我一定要想起自己根本不知的过去经历？

在上述无止境的想象中，我不由自主地缩着头，惶恐不已。

027

若林博士保持着学者风范和谦虚态度,静静向我点头致意后,从藤椅上站起身。他背后的房门突然被打开,一个身材矮小的男人迫不及待地大步走入房内。

矮小男人理着约五分[①]的平头,蓄八字胡,穿白色圆领上衣、黑长裤,脚上穿着用旧皮鞋剪成的拖鞋,左右手各提着黑色手提包和微脏的折叠椅。随后进入的护士在房间中央放置了一个冒着热气的圆钵,矮小男人立刻快速打开折叠椅,然后把黑色手提包置于椅旁,啪的一声打开皮包后,他一面从中挑出理发剪、梳子之类的东西,一面朝我点头示意,似乎在对我说"请坐"……

这时,若林博士也把藤椅拉近床铺的枕边,朝着我眨眼,好像也在说"请坐"。

我心想:是要在这里给我剪头发吗?

于是我赤足下床,坐在折叠椅上。几乎同一时间,八字胡的矮小男人拿着一条白布,哗一声围住我全身,然后用浸过热水的毛巾缠住我的头,用力按紧,并且回望若林博士:"像上次那样修剪可以吗……"

听到这一问,若林博士愣了一下,瞄了我一眼,淡淡回答:"嗯,上回也是找你过来的呀……你还记得当时的剪理方式吗?"

"当然啦!刚好是一个月前的事,又是特别指定,我当然记得。中央部分留长一些,让整张脸看起来呈温柔的圆形……周围剪得很短,似乎像东京的学生……"

"不错。这次也一样。"

"好的,我知道了。"

说着,剪刀的声音已在我头上响起。若林博士埋坐在床铺枕旁的藤椅里,从外套口袋中抽出红色书皮的洋文书。

我闭上眼睛,开始陷入思考当中。

[①] 分:日本长度单位,1分约为3毫米。

我的过去就这样稍微明朗化了。就算和若林博士所说的奇妙因缘故事毫无关系，我也能够一点儿一点儿推测出一些自己可以相信的事实了。

我是从大正十五年①（虽然我不知道那是什么时候的事）成为这个九州帝国大学附属医院精神科的住院患者的，似乎到昨天为止，我都生存在梦游状态中，同时不知是在途中，还是在此之前……反正约莫一个月前，我曾经剪过像学生般的平头，而现在正要恢复当时的模样……

但是，虽然可以这样想象，却也显示一个人的记忆是何等不可倚恃，再说那只是根据与自己毫无关联的医学博士和理发师傅所说之言。我真正能够回忆的过去，其实只有今天凌晨嗡嗡嗡的钟摆声，以及之后几个小时所发生的事情，至于嗡嗡嗡的声音以前的事，对我来说是完全虚无，我甚至连自己过去是生是死都无法确定。

我到底在哪里出生？如何长大成年？如何拥有分辨各种事物的判断力、知识？如何拥有深刻了解若林博士说明内容之可怕的能力？为什么又会完全忘掉这么多、几近无限的记忆？

我一面闭着眼睛凝视自己脑中的空洞，一面想这些事情，不知不觉间觉得自己的灵魂不断在缩小，仿佛是飘浮在无限虚空中的、漫无目的的微生物。我感到寂寞、无聊、悲伤……眼眶不知为何发烫……

我忽然感到后颈一阵冰凉，原来是理发师傅已经剪好头，在我的颈项涂抹刮胡泡沫。

我低垂着头。

但是，我试着推想，一个月前若林博士也曾命令理发师傅为我剪这样的头发，那么，或许一个月前我也有过像今天凌晨一样的恐怖经验。而且，依博士的语气推断，应该不止这位理发师傅帮我剪过头发。如果真是

---

① 大正十五年：公元1926年。大正（1912年7月30日—1926年12月25日）为日本大正天皇在位期间的年号。

这样，在那之前，甚至更早以前，这种事已经反复发生不知道多少次了，亦即，我只不过是反复表演这些动作的一个可悲的梦游症患者而已……

若林博士只是一个进行这类实验的冷酷无情的医学家……不，从今天凌晨至现在，发生于我周遭的一切事情，只不过是我这个梦游症患者的幻觉……我正做着现在、在这里、这样被理发修面的梦，但是我真正的肉体并没有在这里，不知已梦游至什么地方……

这样想着，我猛然跳起来，想要带着围在脖子上的白布往前冲……心里这么想，事实上却发现自己整颗头被人压住，我连眼睛、嘴巴都无法张开，屁股不由自主地落回椅子上，我只得缩着头。

原来是有两根圆竹棍平压在我头上，而且不停转动，压得我几乎气都喘不过来……但是，那种感觉非常舒服……一时之间完全不知道到底自己是不是疯子，或者谁是疯子。我好像一个死人，一切高兴、悲伤、恐惧、不甘心，甚至过去、现在、宇宙万象都与我无关。我只是颓然地靠着椅背，不知从何处传来一种轻痒、一种快感从全身每个毛孔渗入骨髓。事情既然演变至此，也无可奈何了，我的心情几近绝望：虽然不明白究竟是怎么回事，反正今后就唯若林博士的命令是从吧！前途会变成如何也无所谓……

"请从这边出来。"年轻女人的声音在耳边响起。

我睁开眼一看，不知什么时候进来两位护士，她们像对待罪犯似的从左右两边抓住我的双手，而理发师也不知何时拿掉了围在我脖子上的白布，在门外用力抖落上面的头发。

这时，翻阅红色书皮洋文书的若林博士合上书本，拉长他的马脸，轻咳两声，双手指着房门，似乎在说"请往那边走"。

虽然满脸发屑和头皮屑，我仍勉强睁开眼睛，被护士们拖拉着，赤足踩在冰冷的石板上，（有生以来首次）走出门外。

若林博士将我目送至门外，后来，中途不知道跑去哪里了。

门外是宽敞的人造石走廊，左右各有五扇房门，与我那间的房门颜色相同，走廊尽头的昏暗墙壁上挂着约莫与身体同高的大钟，外面同样严密包覆与我房间窗户相同的铁格子和铁丝网。这大概就是今天凌晨发出嗡嗡声吵醒我的时钟吧！虽不知从什么地方上紧发条，不过装饰着旧式蔓草纹的长针和短针正逐渐移动至六点零四分，合金质的巨大钟摆"嗒嗒嗒嗒"不停摆动，感觉就像是一个在接受惩罚、反复进行同样动作的人……

　　面向时钟，左侧就是我的房间，门旁钉着长约一尺的白色牌子，牌子上用黑色哥特式字体写着"精·东·第一病房"几个小字，下方则写着"第七号房"几个大字，没有患者的铭牌。

　　我被两位护士牵着，走往背对时钟的方向，不久，来到明亮的户外走廊，眼前出现一栋正面漆成蓝色的两层西式木造建筑。建筑物的走廊两侧是洁白沙地，盛开着似血般鲜红的纳豆红菊、如白色梦境般的雏菊、构成奇妙内脏形状的红黄相间的鸡冠花，对面两侧是深绿色的松树林。松树林上方飘着淡淡的云朵，在旭日的照射下，远处静静传来松涛声……

　　"啊，现在是秋天……"我想。

　　深吸一口清新冰凉的空气，我心情轻松许多。但是，不容我悠闲欣赏周遭的景色，两位护士已拉着我的双手走进对面蓝色建筑物的昏暗走廊。直来到右边的房间前，一位正在等待的护士开门，陪同我们一起进入房内。

　　那是一间相当大、光线明亮的浴室。对面窗畔的石造浴缸冒起阵阵水蒸气，让一面由三片玻璃打造的窗子不断有水滴流落。三位脸颊红润的护士一齐伸出粗圆的泛红手臂，迈开泛红的双脚，猛然抓住我，三两下就把我的衣服剥光，将我赶入浴缸。等我浸泡得周身发热而站起时，又立刻把我拉出，站立在冲洗场的木板上，用冰冷的肥皂和海绵前后左右、毫无顾忌地抹刷我全身，出其不意地按住我的头，直接用肥皂抹擦，让整颗头直冒泡沫，用着完全不像女人的手劲乱抓我的头皮，随即

031

冲淋热水,让我连眼睛、嘴巴都张不开。紧接着,她们分别抓住我的双手,以斩钉截铁的语气命令:"到这边来!"再度把我赶入浴缸。

那样粗鲁的动作……我忍不住想:或许今天清晨送早餐给我的护士也在这三个人当中,特地为了报复今早被我拉扯之事吧!或者,这可能也是她们一贯对付疯子的态度……一想到此,我不由自主感到悲观。

到了最后,她们剪短了我已经变长的手、脚指甲,让我用竹柄的牙刷和盐巴刷牙,待身体再度暖和,护士们以全新的毛巾将我擦干,再拿崭新的黄色梳子梳理我的头发,我觉得好像重新活了过来。在这么清爽的心情下,居然还是想不起自己的过去,也只能感到无奈了。

"请换衣服!"一位护士说。

我回头一看,本来脱在木质地板上的患者服不知什么时候已经消失,取而代之的是一个浅黄色的大包袱。解开包袱一看,里面是一个白色硬纸箱,箱内有大学生制服和制帽、御寒外套、弹性布料的衬衫、长裤、褐色半筒袜,以及用报纸包裹的手编鞋等,打开放在最上面的皮盒,里面有一只银光闪闪的手表。

我还没有时间讶异,就从护士手上一一接过,穿戴在身上。之后仔细看却未能发现英文缩写之类的记号,以证明这些是属于我的东西。每样物件都像刚裁制好似的,有着清晰折痕,而且穿在身上贴身舒适,如同是依我的身材定制的,甚至连崭新的方形帽子、闪闪发亮的手编鞋和显示在六点二十三分的手表皮带尺寸都完全与我的身材尺寸吻合。太不可思议了!我把手伸入上衣口袋一摸,右手摸到叠成四折的簇新手帕和卫生纸,左手则摸到不少的零钱及柔软鼓胀的钱包。

我非常迷惑,环顾四周,想要看看哪边有镜子,但是很遗憾,连碎片也未见到。

然后,原本紧盯着我的三位护士打开门离去了。

同一时间,比门楣还高的若林博士低着头进到房间里。他像是在检查我的服装般不停打量着我,然后默默带我至房间角落,拿下晾在两面墙壁中间的浴衣,出乎意料的是,在那下面有一面巨大的穿衣镜。

我踉跄后退。因为……映现在镜中的我实在太年轻了。

今天凌晨在昏暗的七号房里,我摸着自己脸颊想象时,认为自己应该是三十岁左右的壮年人,而且可能满脸横肉。但,就算理发梳洗过,也想不到用手掌抚摩的感觉居然会与实际模样有如此大的差异!

站在眼前等身大的穿衣镜中的我,怎么看都像顶多刚满二十岁的毛头小伙子,额头饱满、两腮瘦削、浓眉大眼,如果不是身穿大学生制服,也许会被认为是中学生也不一定。一想到自己还这么年轻,从今天凌晨开始产生的意志力霎时消逝无踪,只觉得心里产生一种难以言喻的异样,既感到阴森恐怖,又像是高兴,也有一些悲伤……

这时,背后若林博士催促似的说:"怎么样?想起来了吗?……你自己的名字……"

我慌忙摘掉戴在头上的帽子,生生咽下一口冰冷的唾液,回过头去。我这时总算明白若林博士从方才就在我身上使用各种奇妙手段的理由。他答应让我看过去的纪念品之后,最先让我了解自己过去的样貌。也就是说,若林博士清楚记得我住院当时的穿着打扮,借着让我恢复同样的打扮的机会,试图让我想起过去的记忆……没错,一定是这样!这的确是我过去的纪念品。尽管其他的一切都让我觉得不对劲,只有这点应该不会错……

不过……很遗憾,若林博士的这种苦心和努力无法获得回报。见到自己本来的样子,刚开始确实非常惊讶,可是我什么也想不起来……不只这样,知道自己原来不过是这样的年轻小伙子后,我更加惶恐了,有一种被嘲弄似的、说不出的恐惧,额头不自觉地直冒冷汗,擦干了又冒出来。

若林博士依然用没有波动的眼神严肃地看着我的脸,又看看我在镜中映现的脸。不久,他轻轻点头:"这是当然的……你的皮肤比以前白,而且也胖了一些,或许会与住院前的感觉有所不同……那么,请到这边来，我们试另一个方法，这次你应该能够想起来……"

我穿着新鞋，脚踝、膝头僵硬地跟随在若林博士身后，走回鸡冠花盛开的走廊。本以为要回七号房，但是，若林博士在挂着六号房牌子的房门前停住，敲门，扭转大型的合金把手。顷刻，半开的房门中走出一个穿浅黄色围裙、年纪约莫五十岁、像是看护人的老婆婆，朝若林博士礼貌地鞠躬致意。

老婆婆望着若林博士，很谨慎地报告道："现在睡得很熟呢！"

说完，她走向我们刚刚过来的西式建筑物。

若林博士小心翼翼地望进门内，一只手轻轻握住我的手，进入房里，随手掩上房门，蹑手蹑脚地走近靠在对面墙角的铁床。然后轻轻放开我的手，用毛茸茸的手指向睡在床上的一位少女的脸孔，然后回头看我。

我双手紧紧抓住帽檐，由于怀疑自己的眼睛而眨了两三下眼。

因为，熟睡的少女实在太漂亮了。

少女闪动光泽的头发散开在洁白毛巾包裹的枕头上，像硕大的黑色花瓣。身上穿着与我先前同样的白色棉布患者服，包扎新绷带的双手，规矩交叠置于胸前的白毛毯上，可见她确实就是今天清晨敲打墙壁呼唤我、让我苦恼不已的少女。

当然，墙壁上并未发现如我先前想象的凄惨血迹。可是，实在很难想象那样凄厉痛苦地呼唤、号泣的人，此刻会睡得如此恬静，如此天真无邪……那细长的弦月眉、浓密的修长睫毛、高挺的鼻梁、嫣红的脸颊、三叶草形的玲珑嘴唇、可爱剔透的双下巴，令人联想到这是洋娃娃才有的清纯睡姿……不，当时我真的怀疑她是洋娃娃，我忘情地凝视着"洋娃娃"的睡脸……

忽然……在我眼前，"洋娃娃"的睡脸开始发生难以形容的奇妙、神秘变化。

用崭新毛巾覆盖的大枕头上，柔软毛发轻掩着一对绯红色耳朵，修长睫毛轻轻遮覆着那张透着愉悦神情的少女睡脸。而那面庞以眼睛几乎察觉不到的速度，静静地转为悲伤的表情。细长的弦月眉、浓密的修长睫毛、三叶草形的玲珑嘴唇还是静止于原先的美丽轮廓，只有少女天真无邪的绯红色脸颊，转变为无比寂寞的蔷薇色。虽然仅只如此，方才看起来十七八岁的稚嫩睡脸，竟不知不觉显露二十二三岁的贵妇人般的高贵气质，表情深处浮现一抹哀伤之色……

我又开始怀疑起自己的眼睛了，可是却没有办法揉眼，也无法呼吸，只能眨也不眨地凝视着。不久，那细长的双眼皮之间开始泛现透明的水珠，转瞬间变成很大的露珠，凝滞在长睫毛上闪闪发亮，下一刻便往左右分流而下……同时，她那张轻巧的小嘴唇微微颤抖嚅动，发出梦一般的片段话语：

"姐姐……姐姐，对不起、对不起！我……我是真心恋慕大哥！虽然明知道是姐姐你最宝贵的大哥，可是……从很久很久以前，我就恋慕着他。所以，才会变成这样……啊，对不起、对不起，请你原谅我……原谅我……姐姐，请你……"

那是注视她嘴唇颤动的情况才能勉强分辨的内容。她的泪水却如泉涌，由长睫毛之间流向左右眼角……流向两边太阳穴……最后消失于两鬓白皙的发际。

不久，她停止落泪了。似天色大亮般，两颊暗郁的寂寞蔷薇色泽恢复成原先的绯红色，少女仍旧如洋娃娃般恢复成十七八岁健康少女的睡姿……在短暂的梦中，少女居然哀伤得仿佛老了五六岁，又很快回到原来的年轻状态，同时唇际甚至浮现一抹开朗的微笑……

我不自觉地吁了一口气，恍如自己犹未完全自梦中清醒般，怯怯回望背后。

站在我身后的若林博士仍然面无表情，他双手交握于背后，静静俯看着我。不过，从他那如石蜡般僵硬的脸色也足以了解他内心同样非常紧张。

不久，他舔了舔苍白的嘴唇，以与先前完全不同的虚弱声音说："你……知道这位女孩的……名字吗？"

我再次回望少女的睡脸，有些怕吵醒她似的摇着头，意即：不，我完全不知道……

这时，若林博士再度低声问："那么……你不记得曾经见过她吗？"

我抬头望着若林博士，眨了两三下眼，意思是：开玩笑，我连自己的脸孔都记不得了，何况是别人。

就在这一瞬间，若林博士的脸上又掠过无法形容的失望表情，他以空洞的眼神凝视我良久，继而恢复原本寂寞的神情，轻轻点了两三下头，转头看着床上的少女。然后他以极端慎重的步履，前进约莫半步，好像在神前发誓般，双手交握在身前，暗示性地缓缓说道：

"那么……我告诉你好了，这位女性就是你唯一的表妹，和你有婚约关系。"

"啊……"我惊叫，但又慌忙将声音咽下，双手按住额头，蹒跚后退，开始怀疑自己的眼睛和耳朵，沙哑问道，"真的是……这样漂亮的……"

"没错，是世上罕见的美貌。但，绝对不会错，她就是今年，也就是大正十五年四月二十六日——正好是六个月前，预定和你举行婚礼的唯一表妹，却因为前一天晚上发生奇妙的事件，到目前为止一直过着这样可怜的生活……"

"……"

"所以，让她和你能够平安无事地出院，回归快乐的婚姻生活，也是正木博士托付给我最后且最重大的责任。"

若林博士的语气非常缓慢且严肃，似乎带着威吓之意。

但是，我仍旧如同遭狐狸妖精捉弄般瞠目结舌，不住回头望向床铺。一位素昧平生、天仙般的少女，忽然被指称是属于你的……那种疑惑、惶悚……以及莫名的可笑……

"我……唯一的……表妹？可是，她刚刚所说的姐姐又……"

"那是在做梦。我说过，这位少女本来就没有兄弟姐妹，她是独生女。但是根据记录，这位少女一千年前的女性祖先曾经有过一位姐姐，所以她在梦中直觉认为她有姐姐……"

"你为什么……能够知道这种事？"我声音颤抖着，抬头望着若林博士的脸，不由自主地后退好几步。

我突然怀疑若林博士的精神是否不正常了……除了巫师，没有人可以从外表窥知别人做梦的内容，更何况这已超越推理和想象……凭人类的力量根本无法得知一千年前的奇怪事实，他居然理所当然似的随口说明……我开始怀疑，也许若林博士本来就不是正常人……说不定与我相同，是被收容在这处精神病院的特殊患者之一……

不过，若林博士未露半点儿不可思议的神情，依然用科学研究者那样平淡的语气，依然是冷漠、断续的声音回答我：

"那是根据……这位小姐在清醒时也会说相同的话、做相同的事而明白的。请你看一下这种奇妙的束发方式，这是这位小姐一千年前的祖先活着时、已婚妇人的发型，也是她经常梳理的……也就是说，虽然这位小姐现在是清净无垢的处女，但是，在她自行改变成这种发型时，她整个精神生活就恢复到一千年前，拥有了那位已婚祖先的习惯、记忆和个性。当然，包括她的眼神或身体动作，也完全见不到处女的羞涩，甚至连年龄看起来都成熟了好几岁，形同举止优雅的年轻妇人……而在她忘记这样的梦境时，头发则是由特别护士绑系成与一般患者相同的发髻……"

我呆愣到合不上嘴，只能茫然看着少女神秘的发型和若林博士严肃的表情。

"那么……她所说的大哥……"

"当然也是你一千年前的祖先。你的祖先当时是她姐姐的丈夫……

037

也就是说,这位小姐现在正梦见与一千年前作为姐夫的你同居的情景。"

"怎……么会有这样羞耻的……违背伦理的事……"我几乎叫出声来,又硬生生忍住。若林博士缓缓举起苍白的手制止:"嘘,安静。如果你能想起自己的名字,一切就……"

忽然,若林博士噤声了。我们两人同时转头望着床上的少女。

但是,太迟了!

少女似乎已经听到我们的声音,她嚅动那小小的樱唇,轻轻睁开眼。见到站在身旁的我,她再度用力眨了两三下眼睑,双眼皮的眼眸一瞬发亮,然后惊讶不已。她的脸颊霎时变得苍白,莹润的眸子大张,闪动着不像是这个世间之物的美丽光辉。同时,她的两颊慢慢浮现红晕并扩散至耳际。

"啊,大哥……你为什么在这里……"她失魂般边叫边撑起身体,赤着脚跳下床,想扑向我。

我大吃一惊,下意识拂开她的手,同时不自觉地后退两三步,满脸困惑地盯着她……

同一瞬间,少女也停住脚步,双手就这样向前伸着,仿佛遭受电击般一动不动。下一刻,她的脸色转为铁青,嘴唇煞白……她双目圆睁,凝视着我的脸,踉跄后退,双手撑在床铺上,嘴唇颤动不已。

然后,少女看看若林博士,又怯懦地环顾房间四周……不久,她两眼泛着泪光,低垂着头,跌坐在石板地上,用白色患者服的衣袖掩面,哇的一声,趴在床边恸哭。

我更困惑了,拭着脸上不停涌出的汗珠,望着沙哑号哭的少女背后,又望向若林博士。

若林博士……他脸上的肌肉一动不动,冷冷看了我一眼,慢慢走近少女,弯腰,嘴巴几乎贴着她的耳朵问道:"你想起来了吗?想起这个人的姓名……还有你自己的名字……"

听到这句话，我比少女更为震惊。心想，这位少女也和我一样陷入刚从梦游中醒来的"自我忘失"状态吗？若林博士也在她身上进行与我相同的实验了吗？

这样想的同时，我紧张得口干舌燥，期待着少女的回答。

但是，少女没有回答，只是短时间里停止哭泣，把脸埋得更深，摇摇头。

"那么……你只记得这位先生是曾经答应和你结婚的那位大哥？"

少女颔首，发出比方才更响亮、激动的哭声。想必就算不知道内情的人听到这断肠般的哭声，都会感到极度悲痛。少女的哭声像是在悲叹她的凄惨遭遇：因为想不起自己恋人的姓名，而与对方一同被远远地隔离于精神病人的世界里……总算与对方相会，想投入对方怀抱，却被无情推开……

就算男女有别，陷入同样精神状态、体验着同样痛苦的我，也由衷被她沙哑的哭声吸引了。这和今天凌晨在黑暗中听到的呼唤完全不同，不，是比当时更强烈数倍的苦闷之声。尽管依然想不起这位少女的容貌和姓名，但是见到她趴在白色床边恸哭、我见犹怜的背影，似乎一切责任都要归咎于我自己。在良心苛责下，我双手掩面，全身冷汗直冒，步履蹒跚，仿佛快晕眩倒下。

若林博士丝毫不解我的痛苦，依然倾斜上半身，怜悯地轻抚少女肩膀："你冷静点儿……冷静……很快就能够想起来了。这位先生……你的大哥也是一时忘记你的容貌，不过他马上就可以记起来……届时我会立刻告诉你，然后你们就能够一同出院……来，你安静休息一下，距离那一天的来临，绝对不远了。"

若林博士抬起头来，我正在惊慌、懦弱，暗自拭泪，他拉住我的手，快步走出门外，毫无留恋地关上沉重的房门。他拍手叫来正在赏玩鸡冠花的老婆婆，催促仍旧踌躇的我回到原先的七号房。

我凝神细听。少女的哭声似乎停止了，在她用力喘息之间，夹杂着老婆婆说话的声音。

我呆立在人造石地板上深深叹息，呼出一口气，让心情平静下来，仰望着若林博士，静待他的说明。

到刚才为止，我几乎是连做梦都想象不到，与我只有一墙之隔的房间里竟然有一位堪比洋娃娃的绝世美少女，被人当作悲惨的精神病人而囚禁着……

而且，这位美少女是我唯一的表妹，不仅和我有婚约关系，更做着与我这个"一千年前的姐夫"同居的梦……

甚至，她从梦中清醒时，一见到我，马上就叫着"大哥"，想要投入我的怀抱。

而又因为我推开了她，她哭倒在床边，悲恸得肝肠寸断……

我迫切地等待着，想知道若林博士对这些极端不可思议、异于常情的事情会如何说明。

但这时候的若林博士不知在想些什么，突然变成哑巴般噤口不语，只是以冰冷、淡漠的眼神瞥了我一眼，又低下头，左手在夹克口袋摸索，取出一只银色的大怀表置于手掌上，右手指尖轻贴在左手手腕上。他盯着显示七点三十分的表面，开始测量自己的脉搏。

身体状况不佳的若林博士，或许在每天早上这个时刻都有测量脉搏的习惯，但是他的态度却丝毫未见方才的紧张所留下的影响，相反地，还表现出宛如路人般的冷漠。他的小眼睛像幽灵似的低垂，苍白的嘴唇紧闭成"一"字形，放在左手脉搏上的中指时而放松，时而紧压，好像要借此抑制我刚才在隔壁房间见到不可思议事物所产生的亢奋之情，也可能是企图回避我那些对于过去、现在与未来的质问……

在梦与现实交错的怪奇世界中，那个为复杂恋情苦闷挣扎的少女，她有令人难以想象的不伦与不贞，有世上最极致的清新与纯真；她令人无法区别其究竟是处女还是有夫之妇、是正常还是疯狂……有人告诉我，就是这个我亲眼看到，但却无法用言语形容的绝世美女，是我的"表妹，也是未婚妻"，我不知道这些到底是真实还是谎言……

我感到一股不知所措的不满，又无可奈何地把玩着帽子，俯首不语。而且……就在我俯首的瞬间，有一种仿佛在被眼前这位博士"耍着玩"的感觉。

我脑中涌现疑惑：虽然不知原因何在，但是若林博士会不会是利用我的精神有毛病这一点，刻意捏造毫无实据的说辞，尝试让我相信这样的夸张内容，目的是进行某种学术上的实验？疑惑刚刚浮现，就像是已经被确认为事实一般，在我的脑海里无限扩大。

他找上一无所知的我，把我打扮成大学生模样，又说美少女是我的未婚妻，怎么想都觉得非常奇怪。这身衣服和帽子，很可能是趁我半梦半醒之间量身定做的也未可知……另外，那位少女也可能是被收容于这家医院的花痴或什么人，不管见到任何人，都会做出那种举动……还有，这家医院很可能根本就不是九州帝国大学附属医院！眼前的若林博士很可能在某处找到了我这个因为某种理由而精神异常的人，借着让我陷入一种离奇的错觉，企图达成某种目的。

否则，我不应该在见到自己的"未婚妻"，而且又是如此美丽的少女时，居然丝毫想不起过去的事，也不应该完全感受不到怀念或高兴的情绪。

……不错，我绝对是在被耍着玩！

一旦有了这样的念头，原本盘踞在我脑中的疑团、迷惘、惊奇都在眨眼间化为轻烟消失，我的脑筋恢复原来的混沌状态，没有任何责任、担心……不过随之而起的是一股全然孤独无依的强烈寂寞，我忍不住轻叹一口气，抬起头来。

这时，若林博士似乎刚测好脉搏，将左掌上的怀表放回原来的口袋里，恢复到最早见到我时的诚挚态度。

"怎么样，觉得累吗？"

我又感到些许困惑了。若林博士那种若无其事的态度虽然令我有被耍弄的感觉，不过我仍旧假装不在乎地颔首。

"不，完全不会。"

"既然这样，应该可以继续进行让你回忆过去经历的实验了。"

我再度毫不在乎地点点头，抱着一种"随便你"的态度。

若林博士也同样点点头："那么，我现在带你前往九州帝国大学附属医院精神科大楼的教授研究室……也就是前面提过的正木敬之教授至临终当天为止所使用的房间。我相信，你只要看到陈列在里面有关你过去的纪念物品，一定能够顺利解开与你自己有关的奇怪谜团，最后完全恢复记忆，同时也解明你与那位小姐之间极端离奇事件的真相。"

若林博士的这番话似乎隐含着比钢铁更坚强的确信，以及某种意义深远的暗示。

但是，我只是毫不在乎地点头，甚至有些许自暴自弃……要带我去什么地方都行，反正我也无法反抗。事实上我也有一点儿好奇，想知道这次又会发生何种不可思议的事……

若林博士满足地颔首："那么……往这边走。"

所谓九州帝国大学附属医院精神科大楼，就是包括前面提及内附浴室的那一栋漆成蓝色的两层木造建筑。

我们直接沿着花团锦簇的外廊往回走，经过贯穿正中央的长廊走向另一端，尽头是如同监狱入口般的沉重铁门。似乎不知在什么地方有人监视着铁门，我们一到门前，铁门立刻朝向一侧打开。

我们走到昏暗的玄关处。

玄关门紧闭，可能是时间还太早吧？靠着门上采光玻璃透入的淡蓝色光线，我们走向两侧并排的陡急楼梯，爬上左侧的楼梯之后，右转来到明亮的南向走廊，右侧是并列挂着"实验室"或"图书室"牌子的几个房间，走廊尽头可以见到茶褐色的房门，上面贴着用粗大笔画写着

"严禁出入……医学院院长"的白纸。

走在前面的若林博士从内口袋掏出系着大型木牌的钥匙,开门,转头,招我入内。他以谨慎的态度脱下外套,挂在钉于门旁的衣帽架上,于是,我也有样学样地挂好御寒大衣和方帽。看我们脚上的鞋子在地板上印出了鞋印,我猜知房里也覆盖着一层灰。

这是一间非常宽敞明亮的房间。北、西、南三面各四扇窗户并排,西向和北向的八扇窗户外有深绿色的松树枝丫遮覆,南侧的四扇窗户反而毫无遮蔽,早晨湛蓝的天光随着海潮声如洪水般炫目流入。站立在房内的若林博士极端高瘦的身影,和我身穿学生制服的身影,形成一种奇妙的对比,仿佛两人来到远离现实世界的某个地方。

这时,若林博士举起他那瘦长的右手,指着房内画了一个圈。同时,他微弱的声音在室内各个角落形成一种缓慢的余韵。

"这个房间本来是精神科教室的图书室兼标本室,其图书和标本都是精神科的前前任主任教授斋藤寿八先生苦心收集的精神科学研究资料或是参考文件,以及曾待在此医院的患者的制作品或是与他们有关的文件物品,其中有很多是足可傲视世界精神医学界之物。

"斋藤寿八先生去世之后,今年二月,正木博士接任主任教授,他认为这个房间光线明亮,就把先前占据整个东半边的图书文献全部迁移至教授办公室,将这里改建为自己的休息室,也装上了暖炉。因为这件事没有经过校长同意,也未正式提出申请,所以医学院院长冢江先生非常为难,急忙要求正木博士尽快提出申请书办理正规手续。

"正木博士却毫不理会,他淡淡表示:'管他的,没什么好担心的。你可以告诉校长,我只是改变一下摆放标本的位置而已……当然,这也是有理由的。你听我说……像我这样的人,总会想隐藏一些秘密,何况又是担任这种名校的教授,我觉得自己应该是一个研究狂兼幻想狂,绝对具有成为所有精神病学者研究材料的充分资格……但是,就算这样,我也不能主动要求住进自己负责的病房,所以才想让自己的脑

043

髓当作活生生的标本，和这些参考材料一同陈列。当然，如果是内科或外科，可能没有这种必要；但是精神科，其主任教授的脑髓应该视同研究材料之一……必须予以彻底研究……这才是像我这种一流的人物应有的学术研究态度。我想，建立这间标本室的斋藤寿八先生如果地下有知，应该会举双手赞成。'正木博士说完，哈哈大笑。即使是老练的医学院院长冢江先生也无可奈何地离开了。"

若林博士的叙述说明极其平淡，却足以令我震惊不已了。截至目前，对于正木博士这个人，我先前所听到的只是一些形容词，而从上述淡漠诙谐的话语中，我充分感受到正木博士的头脑非常人所能及，意识到这一点的一刹那，我不禁毛骨悚然。他的话语不仅远远超越世间一般的重要常识或规则，更在半开玩笑之中，透过将自己视为疯子标本的意识来嘲讽整所大学里，不，甚至是全世界的学者专家……我完全明白了这种讽刺的辛辣、伟大，因而目瞪口呆。

若林博士同样不理会我的震惊，接着说：

"对了……说到带你来这个房间的目的，没别的，只是如我刚才在楼下七号房稍微提过的那样，最重要的是想看看这里陈列的无数标本与参考品当中，有没有哪一样最吸引你的注意。这是找出人类潜在意识——用普通的方法无法想起的意识深处——记忆的一种方法。因为无数事实已经证明，这种所谓的潜在意识，总是在本人未能察觉时持续不断地活跃，强烈支配这个人的行为。所以能够认为，被封闭在你潜在意识之中的过去记忆，一定也同样能借着引导你接近陈列在这个房间某处的过去的纪念物，进而强烈唤醒你与之有关的过去记忆……

"正木博士是在前往巴尔干半岛旅行时，由当地特有的女祈祷师（通称为伊斯梅拉）传授此法，曾多次实验成功。当然，万一你与刚刚那位小姐毫无关系，只是陌路，这项实验绝对无法成功……原因何在呢？因为这个房间里并不存在任何能唤醒你过去记忆的纪念物。

"你完全不必顾忌，在这个房间内，无论见到任何物件皆可提出问题，抱着你正在进行有关精神病研究之心理……这样的话，应该很快能对某一件物品产生灵光一闪的感觉。而这就是唤醒你过去记忆的最初暗示，之后很可能就如泉水喷涌般恢复过去的全部记忆。"

若林博士的声音还是极端平淡，好像大人对孩子说话般亲切、轻柔，但是聆听中，我却无法抑制内心深处升起的一股今晨至今犹未体验的崭新战栗。听着若林博士的说明，我先前的想法又浮现脑海，再一次怀疑"一切很可能都是捏造的故事"。

若林博士不愧是权威的法医学家。就算认为我真的是少女的未婚夫，他也没有采取强迫的手段，而是借着最光明正大、最迂回绕远的科学方法，毫无间隙地包围我的心理，希望让我直接指认自己是她的未婚夫。他是那样深度确信……他的计划是那样冷静……那样周详……

这么说，难道我刚才所见所闻的事情真的都与自己有关？少女确实是我的表妹，同时也是我的未婚妻吗？

如果真是这样，不管是否愿意，我都有责任从这个房间找出自己过去的纪念品，然后借此唤醒过去的记忆，将她从疯狂中拯救出来！

啊，我是处于何等奇妙的立场呀！我必须从"精神病院标本室"找出"自己的过去"，必须从"精神病研究专用参考品"中发现证据，来证明这个与我绝对是第一次见面的绝世美少女是自己的未婚妻……这是多么羞耻、可怕、令人费解的命运呀！

至此，我改变念头，从口袋里掏出新手帕擦拭额头不自觉渗出的汗水，怯怯地转头回望房间内部。想到丝毫没有头绪的过去的自己就隐藏在眼前，我的内心惶恐不已，此刻再一次胆小地扫视房间内部。

房间正中央至南北隔间的西侧是普通的木质地板，有一排玻璃橱柜，里面排满了像是标本之类的东西，东侧对面的一半地面则铺设塑胶地板，蒙着薄薄一层灰尘，中央有一张宽四五尺、长约十二尺的大桌子，桌子中间位置相对放着两张旋转扶手椅。大桌子表面贴上的绿呢绒桌垫同样蒙着一层薄薄的灰尘，反射着从南侧窗户射入的炫目光线，让这个房间的严肃气氛达到最高点。

另外，在绿色反射的中央部分摆放着几册厚纸板装订的文件和一个蓝色的方形毛织包袱，上面与桌面同样蒙着一层灰色的尘埃，可见从相当久以前就被置放在该处，没有人碰触过。而且，前方有一个红色达摩造型的陶瓷烟灰缸，上面同样积满灰尘。达摩背对着那些文件，毛茸茸的手臂搁在头上，张开大口，永远打着哈欠，让我觉得好像是有人刻意把它摆放在那个位置似的。

红色达摩造型烟灰缸正东侧墙壁，似是刚油漆不久的清爽蛋黄色，中央装设可轻松容纳一个大人进入的大暖炉，上面是黑色方形盖子。暖炉正上方挂着一个直径应该超过两尺的圆形大钟……没有听到钟摆摆动的声音，时间却指在七点四十二分，可能是利用了电力装置或什么的构造吧。右方是金框的大幅油画，左侧是黑框的放大版肖像照片和月历。肖像照片的左侧能见到一扇似乎是通往隔壁房间的门。眼前的这间房间，在早晨清新阳光的照耀中，既炫目，又清晰，像是大学教授的起居室一般严肃、静谧，望着这番景象，我不由得肃然起敬。

事实上，我在这时感觉到自己被某种崇高的灵感打动了，原先持有的一种自暴自弃的心情，以及对少女命运的好奇心都不知消逝于何处了……全身充满一切都是天命的神圣气息，我用双手拉正衣襟，怀着有如被神秘命运之手引导的修行者般的心情，走近陈列着参考品的橱柜行列。

我首先走向排列在最明亮南侧窗户附近的橱柜。面向窗户的玻璃橱门内摆满各种奇妙的文件或挂轴，每件东西都贴着写有简单说明的纸条。根据若林博士的说明，这些东西皆是住院患者交给主任教授之物，用以说明"我的大脑已经恢复正常了，请让我出院"，诸如：

  少女用牙龈之血描绘的挂轴——女子大学毕业生制作

征讨火星的建议书——小学教师提出

　　唐诗精选五言绝句《竹里馆》隶书——失学文盲的农夫病发后，他体内潜在的医生曾祖父的意识隔代重现，因此挥毫

　　数十张背诵默写了几十页《不列颠百科全书》的西式笔记——高考落榜的大学生提交

　　数十册反复使用"喀秋莎可爱啊，分手痛苦啊"这两句话写成的学生用笔记本——自认是大艺术家的过气演员所谓的"创作"

　　用纸制作的怀表——老理发师制作

　　用竹片在砖块上雕刻的圣母像——信奉天主教的小学校长制作

　　置于玻璃箱内、用鼻屎固定的观音像——曹洞宗[①]传道师制作

　　由于见到的都是令人目不忍睹、心酸的东西，在看完全部前，我不由得转头准备离开橱柜前方，但就在这时，我忽然发现这个橱柜最后面、玻璃橱门坏掉的角落，与其他陈列品有一点儿距离的位置，放着一件奇妙的东西。那东西并不显眼，最初是因为玻璃破了，我才注意到的，不过越仔细看越觉得奇怪。

　　那是装订成约莫五寸高的稿纸，似乎曾被相当多的人阅读过，最上面的几张已经破破烂烂了，而且很脏。我小心翼翼地把手从玻璃破裂处伸入，仔细调查后发现总共有五册，每册的第一页都以红墨水写上很大的阿拉伯数字编号和Ⅰ、Ⅱ、Ⅲ、Ⅳ、Ⅴ。翻开最上面一册破烂的第一页仔细一看，是用红墨水写成、如写笔记般横书成日本和歌式的内容：

[①] 曹洞宗：即日本曹洞宗，日本最大的佛教宗派。

卷头歌

胎儿呀,胎儿。

你为何跳动?

是因为了解母亲的心

而,害怕吗?

下一页是用黑墨水以哥特式字体所写的标题"DOGURA·MAGURA",但并无作者的姓名。

开头第一行字以发音为"嗡嗡——嗡——嗡嗡嗡……"的日本片假名行列开始,而最后的一行字同样是以"嗡嗡——嗡——嗡嗡嗡……"结束,好像并非一气呵成的连贯小说,而是有点儿像捉弄人般、带着相当疯狂性质的原稿。

"教授,这是什么?所谓的'DOGURA·MAGURA'是……?"

若林博士以前所未见的轻松态度在我背后颔首:"那同样是表现精神病患者心理状态的作品之一,不可思议又罕见有趣。是本精神科主任正木博士去世后不久,被收容在附属病房的一位年轻大学生患者向我提交的东西,是他一口气完成的……"

"年轻的大学生……"

"没错。"

"同样是为了能够出院,用这东西来证明自己头脑正常而写的吗?"

"不……就是因为无法确定这点,所以很难判断。不过主要内容是以正木博士和我为样本,属于一种超越常识的科学故事。"

"超越常识的科学故事?以……你和正木博士为样本……"

"是的。"

"不是论文吗?"

"这……还是很难下论断……精神病患者的文章看起来大多是长篇大论、条理井然,但是这篇作品却较为特别。也就是说,它看起来像是全篇一贯的学术论文,也像有着史无前例的形式与内容的侦探小说的读后感,但是这篇文章极其怪异,好像是刻意嘲笑、讽刺我和正木博士头脑之无意义的杂文,同时其中插入的事实非常离奇,全篇百分之百到处重叠着科学趣味、猎奇情趣、色情表现、侦探主题、无知品位和神秘气息等炫惑性的构思。如果冷静读完,会发现全文弥漫着一股恐怖的妖氛,因此认定只有精神异常者才能够写出这样的东西。

"……当然,无可否认,它与'征讨火星'之类的虚构作品性质截然不同,在精神科学上具有极高的研究价值,所以才会保存在此。但是我认为,它可能是这个房间里……不,甚至放诸全世界的精神医学界都是最珍奇的参考品。"

若林博士似乎很希望我能够阅读这篇原稿,故而加以详细说明,那种异样的热心令我忍不住眨了眨眼。

"什么?那么年轻的家伙居然能够想出如此复杂、困难的故事情节?"

"那是有原因的。这位年轻学生非常优秀,从小学一年级至高中毕业都是全校第一名。另外,他非常喜爱侦探小说,相信未来的侦探小说会偏向心理学、精神分析和精神科学方面,结果精神因而呈现异常,演出了拘泥于自己本身错觉与幻觉的一桩惊人惨剧。然后被收容到本精神病科病房不久之后,他就写下了一个以自己为主角的令人战栗的故事……

"小说的构想虽如我先前所言,极端复杂、缜密,可是主要情节却简单得惊人,亦即,只是详细描写该青年被我和正木博士幽禁在这栋病房里,接受无法想象的恐怖精神科学实验的痛苦。"

"那……教授,在你记忆中有针对他进行过实验吗?"

若林博士的眼窝下方出现与最早相同的那种讽刺又寂寞的微笑皱纹,在照入窗内的阳光的反射下,苍白颤动着:

"绝对没有!"

"这么说，完全是他捏造的喽？"

"可是看他写出来的事实，又难以令人认为是捏造的。"

"嘿，这就怪了。真的有这种事吗？"

"这……坦白说，我也不知道该如何判断，不过你看过之后就会明白……"

"不，我不看也无所谓。对了，内容有趣吗？"

"这……同样很难说明，至少对专家学者而言，是以'有趣'两个字无法形容的深刻又让人感兴趣的内容。就算不是专家学者，对普通人来说，如果对精神病或脑髓这类东西多少有科学兴趣或是感到神秘，那它应该是非常具有吸引力的作品。眼前，即使是本大学的各专家学者，看过这篇作品的人，至少都重新读了两三遍，而且都反映称，好不容易完全了解整个架构，结果发现自己的脑髓几乎也快发狂了。

"更严重者乃是，有位专家学者看过这篇原稿后，开始厌恶关于精神病的研究，申请调职至我所负责的法医学系；另外，还有一位同样看过这篇原稿的专家学者，由于无法相信自己脑髓的作用，宣布计划自杀，后来真的卧轨而死。"

"啊……这未免太可怕了，正常人居然败给一个疯子！内容一定相当疯狂吧？"

"问题是，其内容刻画极端冷静，而且条理井然，远超过一般的论文或小说，甚至其作为精神异常者对所见所闻特有的完美记忆力，连我都佩服不已，远非你刚刚见到的'背诵默写《不列颠百科全书》数十页的西式笔记'所能及……还有一点我方才也说过，其构思的奇妙超越一般人所谓的推理或想象，在阅读之间，会令你的头脑不自觉地受到一种异样的幻觉与错觉的倒错观念的影响。也正因为基于这样的意义，才会给它加上这样的标题吧！"

"这么说，'DOGURA·MAGURA'的标题是他本人冠上的？"

"不错……实在是很奇妙的标题……"

"它的真正含义是什么呢？是日文？抑或外来语？"

"这就很难确定了，我也相当困扰……只能认为这篇文章从标题至内容都具有彻底迷惑他人的作用。理由很简单，我读完这篇原稿时，眩惑于其内容的不可思议，思考到说不定在这个'DOGURA·MAGURA'的标题中隐藏着解开此一奇妙谜团的关键，亦即，它具有密码般的作用。

"但是，这名年轻患者以一星期的时间，发挥精神病人特有的精力，不眠不休完成本篇作品之后，大概也是精疲力竭了，昏睡不醒，所以短时间内无法再探究有关此一标题的意义……而从字典或其他资料里完全找不到这个名词，也查不出其语源，我一时也无计可施……

"还好，后来我注意到一件有趣的事：在九州一带，存留着许多诸如'GERAN'①'PARAISO'②'BANCO'③'ZONDOG'④'TELEPARAN'⑤之类源自旧欧洲语系的方言。因此我心想，那会不会也是其中一种？就向笃志研究这类方言的专家学者请教，经过对方多方调查，结果终于真相大白。

"所谓的'DOGURA·MAGURA'乃是长崎地区在明治维新前后所使用的方言，指的是基督教传教士使用的魔法，但目前只用于代表魔术或诡计的意思，形同一种废弃语，语源、语系方面犹不明。若勉强翻译，等于是现在的'魔法幻术'，甚至有'头晕目眩''困惑莫名'等含义。总之，应该是涵盖上述所有的意思……也就是说，因为这篇稿件从头到尾充满这类意义极端怪奇、色情、侦探小说式风格，同时又包含混沌无知的、一种像脑髓的地狱或心理迷宫一般的诡计，才会用这样的标题。"

---

① GERAN：ゲレン，日本九州方言，意为笨蛋。
② PARAISO：ハライソ，西班牙、葡萄牙通用宗教用语，意为天堂。
③ BANCO：バンコ，日本九州方言，来源于葡萄牙语，意为长椅。
④ ZONDOG：ドンタク，来源于荷兰语，意为星期日、休息日。
⑤ TELEPARAN：テレンパレン，日本九州方言，意为游手好闲。

"脑髓的地狱……'DOGURA·MAGURA'……犹未解明……究竟是什么？"

"我要是告诉你这篇稿件中所记述的内容，你应该就能够想象到了……这篇《DOGURA·MAGURA》中记述的内容完全是知识无法否定的、非常容易理解的、令人深感兴趣的事情，同时也是将'超乎常识以外的常识''超乎科学以外的科学'作为基础撰写的深邃真理。包括：

"痛切诉说'精神病院乃是这个世间的活地狱'这一事实的阿呆陀罗经文……

"证实'世人全部都是精神病患者'的精神科学家的谈话笔记……

"以胎儿为主角，详述有关物种进化噩梦的学术论文……

"揭穿'脑髓只不过像一座电信交换台'的精神病患者的演讲记录……

"半开玩笑写出的遗言……

"唐代名画家所绘的美人死后腐烂的画像……

"一份杀人事件的调查报告，说的是一位英俊青年因恋慕着一位神似腐烂美人生前相貌的现代美少女，而在无意识中犯下的残虐、悖德、令人目不忍睹的杀人罪行……

"这类东西与各种令人费解的事掺杂在一起，与主要情节毫不相关的状况如万花筒般旋转出现，可是阅读之后却发现其中的一言一句全变成了极重要的主要情节记述……

"不仅这样，这种魔幻作用的印象开始从第一个深夜里响起的一个时钟钟摆的声音，随着故事逐渐发展，主人公在不知不觉间，又回到听见钟摆声音的记忆之中……这恰似从一端至另一端观看地狱的全景画般，依同样顺序忆起同样的恐怖与厌恶，无数次反复进行，丝毫找不到令人逃脱的空隙……

"这一切的一切都只是精神病患者在某个深夜里听到钟声的一瞬

间所做的梦，而这一瞬间所做的梦却让人觉得有二十几个小时之久。因此，如果作以科学性说明，其实最初与最后的两次钟声，应该是同一个钟在同一时间发出的同一声音，这点已经被'DOGURA·MAGURA'整体所印证的精神科学上之真理予以证明……

"《DOGURA·MAGURA》的内容就是这样玄妙而不可思议，证据胜于理论……你只要读了，马上就能够明白我所说不虚。"

若林博士说到这儿，上前一步，伸手准备拿起最上面一册。

我连忙制止："不，不必了。"同时，我的双手用力左右摇摆。

只是听若林博士的说明，我就觉得自己的头脑快要变成"DOGURA·MAGURA"了，同时……我更觉得，若是疯子所写的东西，绝对是毫无意义之物，顶多也只像"背诵百科全书""喀秋莎可爱"或"征讨火星"那样的趣谈而已……

眼前，我自己所要面对的"DOGURA·MAGURA"已经太多，如果再背负着别人的"DOGURA·MAGURA"，一旦精神有了异常就糟糕了，倒不如现在就把这件事情忘掉。

因为有这样的想法，我边将双手插入口袋，边摇摇头，走近橱柜旁的窗边，浏览贴在上面的照片和一览表之类的东西，请若林博士继续说明。那都是一些珍贵的研究资料，诸如：

——精神病患者发作前后的表情对比照片。
——同样是病发前后的食物与排泄物的分析比较表。

以及令人心情沉重的各种资料分类，诸如：

——出于幻觉与错觉描绘的画。
——歇斯底里的妇人痉挛发作时，出现怪异姿态等各种照片。

——各种精神病患者的装扮、化装等分类照片。

这类东西从三面墙壁一直延伸至橱柜侧面，贴得比比皆是，像是一种特别怪异的展览会。另外，其前方摆放的多层玻璃门柜内则陈列着诸如：

——超乎平常的巨大脑髓、特小脑髓与正常脑髓的比较。（巨大脑髓的容积为正常者的两倍，为特小者的三倍，都是浸渍在福尔马林溶液里）

——浸渍在福尔马林溶液里的色情狂、杀人狂、中风患者、侏儒等各种不同的精神异常者的脑髓。（每个脑髓都有很明显的肥大、萎缩、出血或受到霉毒侵蚀的部分）

——"应举"所绘，属于因精神病而灭门的家庭传家之宝物的幽灵画像。

——只要磨得锋利，家中的主人一定会发狂的村正刀[①]。

——精神病人相信是人鱼骨头而沿街兜售的几片鲸鱼骨头。

——精神病人为了毒杀全家人所煎煮的金银色眼瞳的黑猫头颅。

——精神病人砍断的自己的左手五指和所使用的切菜刀。

——精神病人头朝下从床上跳下自杀的龟裂头盖骨。

——被精神病人当成妻子爱抚的枕头和皮制的人偶。

——精神病人自称是变魔术而吞下的合金烟斗。

——精神病人空手撕裂的合金板。

——女精神病人扭弯的囚房铁栅……

各种光怪陆离的东西，以及同样是疯子所制作的优美精巧的编织

[①] 村正刀：日本刀的一种。

物、人造花、刺绣。

我迫切想知道这些物件当中到底哪一件会和自己有关联；可同时，听到若林博士的说明，我又非常担心，如果这些可怕的物件中有任何一件与自己有关联，那该如何是好？也不知道是幸或不幸，我似乎没有感受到有什么物件与自己有关联。只是发现该类物件所隐含的精神病人特有的赤裸感情和意志在不断压迫我的神经，令我的心情转为一种言语难以形容的沉痛与苦闷。

基于责任感，我拼命忍受这种沉痛与苦闷的煎熬，观看着橱柜内部。好不容易看过一遍，回到方才的大桌子旁，才安心地叹了一口气。我拿出手帕擦拭再度渗出的汗水，迅速转身半圈，背对西侧。

……同时，房间里的所有物件也由右向左转了半圈，挂在右手入口附近的油画匾额也滑至我的正对面，在中央的大桌子另一端停住，我恰似被命运牵引般地面对着匾额。

我伸展前倾的身体，再度深呼吸，凝视油画中混杂的黄色、褐色与淡绿色。

油画的图案应该是西洋的火刑景象：

三根并列的粗大圆木柱中央，高绑着一位白发白须的老人，其右方是身材瘦削、脸色苍白的年轻人，左侧则是戴着花环、头发蓬乱的女人，三个人都一丝不挂地被绑住，而且被脚下堆积的木材燃烧的火焰和烟雾呛得不停挣扎。

油画里的右侧，一对坐在金黄色轿子里、似是贵族的夫妻，在身穿美丽华服的家人和臣下的围绕下，仿佛看戏般兴致勃勃地眺望这幅残酷情景。油画里的另一侧，也就是最左端，却生动描绘着一个幼儿号啕痛哭，正朝着从烟雾中露出脸孔的母亲伸出双手。但是，像是父亲的壮汉与似是祖父的老翁抱住幼儿，以大掌捂住幼儿的嘴巴，两个人仿佛很畏惧那些贵族般，回望着他们。

油画里，中央的广场上伫立着一位手拿圆木杖、头披红色三角形头巾、身穿黑色长外套的高鼻梁老太婆，她露出两排牙齿大笑，指着绑在火刑柱上的三个人的苦闷表情介绍给贵族们欣赏。

这是一幅光看着就会让人逐渐感到战栗的恐怖画面！

"这到底是什么画作？"我指着画，回头问。

若林博士好像早料到我会问这种问题，他双手插在口袋里，冷漠地回答："那是欧洲中古世纪风行的一种迷信图画，从画里的习俗看来，地点应该是在法国吧！描绘的是人们把精神病人当作被恶魔附身者，全部予以焚杀的情景。正中间的红头巾黑外套老太婆就是当时的女巫，身兼医生、祷告师及巫师几大职务。这画是正木博士从柳河的古董店买回来的，是证明昔日残酷对待疯子的参考资料。最近，有两三位专家表示作画者应该是伦勃朗，如果真是这样，这幅画作也是相当贵重的美术品。"

"啊……焚杀精神病人是当时的治疗方法？"

"不错！精神病这种无法捉摸的病症，没有药物能够治疗，所以那应该算是最彻底的治疗方法吧！"

我心中有一种哭笑不得的感觉。

若林博士苍白的眼眸里凝宿着一抹冷酷，似乎只要是为了学术研究，就可以随时把我烧成黑炭……

我伸出手抚摩脸颊，表示感激般地说："能够出生在这个时代的疯子，算是很幸福了。"

这时，若林博士左边脸颊出现似是微笑的痕迹，但又马上消失了，随后他说："也不见得就是如此，或许昔日那些一下子就被烧死的精神病人比较幸福！"

我后悔自己多嘴，耸耸肩，避开博士凶狠的视线，拿起手帕拭脸。就在这时，我忽然注意到正面左边的墙壁上挂着的一幅大型黑木框照片。

照片上的人物是位秃头、蓄留颇长的斑白胡子、看起来相当富态、约六十岁的老绅士，身穿饰有徽纹的和服，似乎是儒雅敦厚的人物，满脸笑容。见到照片的瞬间，我心想，此人应该就是正木博士吧！我故意走到照片正面细看，却发觉好像不对，我便回头看着若林博士，问："照片上的人是谁呢？"

在我这么问的同时，若林博士脸上的神情很明显变得更柔和了，虽不知原因何在，但他的脸上闪动着至今从未有过的满足光辉，只见他缓缓点头回答说："你问这张照片吗？这位……就是斋藤寿八教授。如我最先前所说，是在正木博士之前主持这个精神病科教室的人物，也是我们的恩师。"

若林博士轻轻发出感伤的叹息。不久，他的长脸上浮现深刻感动的神色，慢步走近我身边："你终于看见了……"

"咦？"我惊讶地抬头看着若林博士的脸，因为，我完全不懂他说这句话的意义。

若林博士不以为意，继续走近我，上半身前倾，看看我又看看照片，以更凝重的语气接着说："我的意思是，你终于注意到这张照片了。因为，这张照片绝对与你过去的生活有着最深刻的关联……"

听他这么说着，我也注意到自己居然在不知不觉中忘掉了最初进来这个房间的目的。与此同时，我感到内心深处有一抹莫名、轻微却又深邃的悸动。但是，因为自己脑中的状态还是什么都想不起来，我既安心又失望地低头听若林博士解释。

"……潜伏在你脑海深处的过去记忆，从先前就已经开始极端微妙地惊醒，由此只能认为，从你看着《DOGURA·MAGURA》原稿至这幅烧死疯子的画作的过程中，你逐渐惊醒的潜在意识带领着你来到这幅照片面前。为什么呢？因为把那幅烧死疯子的名画和这幅斋藤教授的肖像画悬挂在这儿的并非别人，正是你精神意识的实验者正木博士。

"……在二十世纪的今天，像那幅画作所描绘的对待精神病人的极端残酷方式，却仍然是如同公开的秘密般随处都在进行，这一事实令正木博士非常愤慨。所以，他才会决定将他的一生奉献于精神病的研究。而在斋藤教授的指导和援助下，他终于达成目的……"

"烧死疯子……现在仍有虐杀精神病人的行为？"我自言自语般呢喃，又陷入恐惧的无底深渊。

但是若林博士静静颔首："当然有！遗憾的是，还和以前相同，不，现今世界各地的精神病院甚至公然使用比烧杀更加残虐的手段，即使是现在这个时刻也……"

"这……太过分了……"话音一落，我硬生生把后面的话咽下，因为我觉得不应该这么说。

但若林博士却无动于衷，和我并肩站着，比较起烧焚精神病人的油画和斋藤博士的照片，他冷漠开口说："没有什么过分不过分，这只是很严肃的事实罢了。正木博士因为了解这个事实，为了拯救受到这样虐待的可怜的精神病人，用尽一切苦心，终于创设有关精神科学的空前新学说。此一令人惊异的新学说的原理原则，就如我先前约略提过的，是非常容易理解、连妇孺都能懂的、很有趣又浅显的……而且，能够实际证明此学说原理的'解放疯子'的实验也已经开始进行，借由你提供自己的身体，达到接近完成的阶段，剩下的只是……你能够恢复昔日记忆，然后在实验报告上签名而已。"

我再度瞠目结舌，抬头望着站在身旁的若林博士的侧脸，觉得自己仿佛受到某种无法形容、既严肃又恐怖的因缘拘束，而逐渐被牵引至这个房间，面对形成此因缘的两幅画和相片，身体无法动弹……

但，若林博士毫不理会我的感受，接着解释道："所以……若提到斋藤教授和正木博士与那烧杀精神病人时间的因果关系，将会逐渐接近你过去的经历。事实上，正木博士为了对你进行精神科学上的实验，做了非常周详的准备后，才来九州帝国大学。而且，他为了这一实验的准备和研究，不知道付出了何等可怕的苦心与努力……"

"什么，为了我的实验做了可怕的准备？"

"不错。正木博士花费二十多年的漫长岁月进行这项实验的准备工作。"

"二十多年……"我几乎叫出声，但是马上又把声音缩回咽喉深处，似乎正木博士那二十多年的苦心正牢牢勒紧我的颈项……

这次，若林博士好像注意到了我的反应，缓缓点头："是的，正木博士在你尚未出生时就已经为你准备了这项实验。"

"在我尚未出生时……"

"正是这样。你或许会认为这种话是故意耸人听闻，但实际上绝对不是。正木博士的确早在你出生以前，就已经预知会出现今天这样的事情。你现在这样也好，恢复了记忆以后也好，不，就算你想不起自己过去的事，借着我接下来提供的事实推测出你自己的名字也好……之后如果再对照前后事实，你一定能够同意我所说的话并不夸张。另外……我也相信，这么做乃是你能够真正想起自己名字的最佳的也是最后的手段。"

若林博士边解释边走回大桌子前，指着面向暖炉的小型旋转椅，回头盯着我。

我服从他的命令，就像接受手术的患者一般，怯怯走近那把椅子，慢吞吞坐下。可是却完全没有坐着的感觉，过度的恐惧与不可思议的呼吸困难让我猛咽唾液。

在这期间，若林博士绕过大桌子，在正对着我的大型旋转椅上坐下。如我最先在七号房所见的一样，他缩着身体蜷入椅中，不过这次没有穿外套，可以清楚见到长脖子和修长的身体慢慢缩进明显弯曲的双臂与双腿之间，只有正中间的脸孔还是和原来相同，整体感觉犹如妖怪般。又恰似一只有着苍白人类脸孔的大蜘蛛，穿着人类的衣服，从背后的大暖炉里匍匐爬出，正准备扑向我。

见到这种情形，我不禁在旋转椅上坐正。这时，大蜘蛛若林博士缓缓伸出长手，拿起原本置于大桌子正中央的装订文件，一面在膝盖下轻轻掸掉灰尘,一面轻咳一两声。

"不好意思,若要叙述正木博士以自己的一生为赌注所完成的实验过程,必须先述及我自己的事……

"正木博士与我是千叶县的同乡,这所九州帝国大学的前身是京都帝国大学与福冈医科大学。在明治三十六年①,福冈县立医院改建、创立本大学之时,我们同为第一届入学的学生,也在明治四十年同时毕业,是同届校友,我们两人同样持续单身生活,全心全意投入学术研究……

"不过,正木博士拥有的非凡头脑和庞大家产,这些远非我所能及。就学问研究方面来说,可以说我们当时是费尽苦心,因为没办法像现在这样能轻松取得国外书刊,必须靠着向图书馆借阅书刊,不分昼夜地抄录。只有正木博士一个人能够悠闲地阅读自国外购入的书籍,而且,他看过一遍后,就毫不吝啬地借给别人。他就是像这样悠闲地、可说是带点儿兴趣地搜集古生物化石,四处调查与医学毫无关系的神社、佛阁的起源之类……

"当然,正木博士对于化石的搜集以及对于神社、佛阁的调查,绝非无意义的兴趣,乃是与'疯子解放治疗'实验有重要关系的计划性工作。而我在二十多年后的今天才终于了解这个事实,所以如今我更加惊骇于正木博士优异的智慧和长远的目光。正因如此,正木博士从那时起就被认为是特立独行的人物,成为学生和教授们注目的焦点,他的伟大智慧也获得这幅照片上的斋藤教授率先认同。

"当中的原因如下。斋藤教授自本大学创设之初就已任职于此,目前这房间里大部分的标本都是他独立搜集而来的。斋藤教授好学不倦,同时也是有名的雄辩者,曾经留下这么一则故事。时值本大学创设三周年,在大礼堂举行纪念庆祝会,正木博士作为学生代表上台演讲:

"'最近,报纸杂志大幅披露本大学的学生与诸位教师经常出入花

---

① 明治三十六年:明治为日本明治天皇在位期间的年号,明治三十六年即公元1903年。

街柳巷,甚或耽于赌博,但是我认为这并不是严重的问题。身为学生或教师最大的罪恶并非沉迷酒色或赌博,而是一旦得到学士或博士学位,就完全忘掉学术研究。我认为这才是日本学界的一大弊害。'

"当时,满堂的学生、教授脸色遽变,只有斋藤教授站起来热烈鼓掌。这件事迄今仍令我印象深刻。同时,从这件事也能够窥知其概略的个性。说起来,斋藤教授当初任职于本大学时,九州帝国大学并没有什么精神病学系,他是校内唯一的精神病学专家,却只有副教授资格,仅仅负责几门课程。对此,他感到非常不满。所以,他总是找上他最欣赏的正木博士,以及当时接受他指导的我,大骂现代的唯物科学万能主义,并且表达对国家未来的忧虑。在那种情形下,我大多不知该如何回答,可是正木博士总是会回以异想天开的反驳,让斋藤教授也无言以对……记得有一次,正木博士曾说过这么一段令我印象深刻的话:

你看,教授最擅长的老一套牢骚又开始了。教授又不是领取廉价薪水的留声机,不如换换您发声的蜡筒①吧!现代人崇洋,全部罹患唯物科学中毒症,若只注射您这样的牢骚,根本很难痊愈……所以,没有必要如此气愤,请再等待个二十年吧!因为经过二十年的岁月,日本或许会出现一位完美的精神病患者。这位精神病患者不仅会详细记录自己的发病原因与精神异常痊愈的过程,而且还会将其公之于世,震惊全世界,同时也将会把迄今为止人类所制造出的宗教、道德、艺术、法律、科学等物,甚至自然主义、虚无主义、无政府主义以及其他所有的唯物思想完全粉碎。相对地,还会把人类的灵魂从无底深渊赤裸裸地解放,让这个世界产生痛快无比的精神文化……这位精神病人的行动成功之日,一切将会如您所希望

---

① 蜡筒:蜡筒留声机中刻录声音的零件。

的那样,精神科学将成为这世上最高等的学问。同时,如我们在本大学所见到的,拥有精神病科系的学校将完全失去其价值……所以,请您尽可能多活几年以便欣赏这样的结果,反正学者专家又没有退休年限。"

"斋藤教授听了这话颇为震惊,当时在一旁的我也大吃一惊,因为我不知道正木博士说出这种有如预言般的话是否出自真心……在那样的年代,谁都想象不到,正木博士当时就已经拟定出那样的精神病人、制订企图震惊学界的计划了……不仅这样,从那时起,正木博士就经常讲出一些类似的惊人之语。因为已经不再对他天马行空的想法感到稀奇,所以斋藤教授和我都不会特别产生怀疑,也从未深入追问。但是,斋藤教授对学校的这种不满,搭配上正木博士的天才头脑,终于在当时的大学内部掀起了异常波澜。导火索就源于我们大学毕业时,正木博士研究并发表的那篇毕业论文《胎儿之梦》。"

"胎儿……胎儿会做梦吗?"

我突然惊叫出声,因为,"胎儿之梦"这几个字在我耳膜深处产生了异样的回响。

若林博士还是无动于衷,只是以苍白的眼瞳盯视着手上一张一张仔细翻阅的文件,理所当然似的颔首,继续说道:

"正是这样……你也将会见到那篇《胎儿之梦》论文的内容,不过,只看题目应该也能明白那与一般论文完全不同。因为直至今日,即使是一般人寻常的梦,仍旧无人了解其真正的内涵,更何况是二十多年前你刚出生或犹未出生时的学术研究论文……然而因为正木博士的头脑在校内素有定评,所以这个论文题目立刻在校内造成轰动,每个人都拭目以待,想知道究竟是什么样的内容。

"但是,这篇论文依照当时规定进入了接受全校教授审查的阶段,由于其文体打破了原来的传统,让所有教授哑然。而且,同学之间早就流传着一种说法，称正木博士在语言学方面极具天赋，但凡是以英、德、法三种语言所写的作品，就算是非他专攻、常人难懂的文学艺术类著作，他也无所不通。因此，大家皆期待他的毕业论文应该是使用当时被称为学术用语的德文书写，可是出乎意料的是，他却以当时犹未普及的文白杂陈，而且混杂着俚语和方言完成了论文。

"另外，他所书写的主题也极端脱离常轨，乍看如同其题目一样像是在愚弄别人。当时接受新知识熏陶的诸位教授都觉得深受其辱，甚至学生之间还盛传某教授在激愤之余痛陈其非，表示'让我们阅读这种不严肃的论文，院长的眼光绝对有问题。正木这乳臭未干的家伙过度自傲，居然敢拿出这种东西当作论文，根本就是污蔑本大学第一届毕业论文审查的神圣使命，为了惩一儆百，应该开除这样的学生'。当然，这应该也是事实吧！

"基于上述原因，校内人们的眼光皆紧张地集中在审查毕业论文的教授会议上。开会当天，各教授果然约略抱持相同意见，虽未坚持将正木博士开除，却都不同意此篇毕业论文过关。当时年纪最轻而陪列末座的斋藤教授却突然站起身来，发表了至今仍流传于世的反对意见：

> 各位，请听我说。由于敬陪末座，突兀的发言有点儿僭越，可是为了学术，只好不得已而为之。我对这篇论文的观点与各位完全相反，理由如下：首先，各位批判这篇论文文体不合规定，但这种问题根本没有讨论的必要，我也不须替它辩驳。我想只要一句话就足够了，亦即，所谓的学术论文，其性质与'请让我毕业'或'请让我成为博士'之类呈递政府部门的请愿书不同，完全没有所谓的规定格式或文体。
>
> 再者，关于这篇论文的内容，它绝非如各位所批评的不严肃。它的价值之所以不被认同，主要是由于现代的医学研究者过度拘泥于唯物的肉体研究，欠缺以科学角度观察人类精神

的学术研究，也就是缺乏对于科学的知识。各位完全不知道这个事实——全世界的精神科学研究者是何等焦急、处心积虑地想要发现这篇论文所发表的根本精神、生命或遗传的研究方法，也因此不了解这篇论文的真正价值。这是我赌上专家的名誉所坚持之点。

这篇论文乃是叙述人类在母亲体内十个月之间所做的一个超乎想象的梦。这个梦是以胎儿自己为主角而演出，可称之为宇宙万物进化实况，有如持续数亿年至数十亿年漫长岁月的连续电影一般，不仅真实描绘出现在已成为化石的史前极端异样怪奇的动植物生态，也真实展现了导致这些动植物灭绝的天灾地变，同时更累述从天灾地变中出现的原始人类——胎儿本身的远祖——到目前的双亲为止的各世代之人类，为了激烈的生存竞争，累积了何等的罪孽，如何反复遂行残酷手段踩着别人头顶往上爬，然后在因果循环下遗传至胎儿身上，化为胎儿的直接主观，成为详细、明白显现之极端战栗、恐怖的大噩梦。而这些皆可透过人类肉体与精神的解剖观察，直接或间接地予以推定……只不过，因为这并非由胎儿自身所记录的事实，也非成人所留下的记录。换句话说，这只是一种推测，所以不被认为具有学术价值，以毕业论文而言，所获得的评分为零分。对此，各位的意见似乎一致。

听起来，这好像非常理所当然，不过……很抱歉，在此我想向各位请教一件事。各位在中学时代一定都读过所谓的世界历史，当时各位是抱着什么样的想法呢？世界历史是属于人类生活在过去的部分记录，譬如个人，等于是与自己过去经历有关之记忆。对于这点，各位想必非常了解，除非是没有过去的人，否则应该不会加以否定。

但是如果这样，没有留下历史记录的所谓史前人类，在其宗教、艺术和社会组织方面，又是如何描绘梦境的呢？关于做什么样的梦才得以进化到能够记录自己的历史，相对于目前残留在世界各地的各种遗迹而推测得出的学术，譬如人类文化学、古代考古学、原始考古学之类，能够说它们毫无学术价值吗？能够说它们并非科学研究吗？

更别说在人类出现以前的地球之历史，诸如地质变迁或古生物的盛衰兴亡，又是谁记录的呢？那是地质学家或古生物学家根据目前地球表面留下的各种遗迹予以推定的，对吧？但是可以因此就说地质学家或古生物学家皆是只凭想象而叙述童话的作者吗？可以说他们不是科学研究者吗？

也就是说，这篇《胎儿之梦》乃是根据我们成人肉体及精神所到处留存、充满的无限量遗迹，来推定混沌时代的我们做梦的内容，我们必须视之为一种最崭新学术的萌芽，最前卫、彻底、空前的新研究。不仅如此，以我身为专家的立场，我还认为，这篇论文中关于人类精神结构的剖析性说明，实在是个破天荒的尝试。

另外，论文中也包含全世界的精神科学研究者皆认为绝不可能却又极端渴望的精神病理学、精神生理学、精神解剖学、精神遗传学等。所以本篇题为"胎儿之梦"的研究如果能更进一步发展，且分化至这些方面，很可能对未来的人类文化带来重大革新，至少学者们会以完全不同的纯科学研究态度，面对以往被精神科学视为问题的幽灵现象、灵感主义、透心术、读心术等，开辟出精神科学的康庄大道。

我确信，这虽然只是一位学生的毕业论文，却具有现在到处充斥的所谓博士论文无法比拟的高级且深邃的科学价值，当然应该将其推举为本大学第一届毕业论文评选的第一名，视之为本学院的荣耀。批评本篇论文毫无价值者，乃是那些不懂历史事实之人,他们不知道新学术如何诞生,不知道伟大真理发表之初总是被视同幻想的产物。

"这是斋藤教授后来告诉我们的概要内容……斋藤教授这种主张当然引起了其他教授的反感,他立刻成为满座教授攻讦的焦点。但是,斋藤教授毫不退让,以渊博的论点一一反驳、粉碎对手的攻击,从下午一点开始的会议至日暮仍旧无法结束。毕竟这是以医学院的最高使命和名誉为中心的面子之争,也难怪群情激奋。最后,教授们不得已将其他论文的审查全部延至翌日,所有人继续挑灯夜战。好容易到了晚上九点,教授们终于都沉默了,不再表示反对。这时,后来被誉为著名校长、当时的盛山医学院院长下定裁决,宣布承认这篇《胎儿之梦》确实是一篇学术研究论文,会议才告结束。

"翌日和第三天继续审查其他十六篇论文的结果,正木博士的《胎儿之梦》就如斋藤教授所坚持的,被推举为所有毕业论文的第一名。但是……到了医学院举行毕业典礼当天,出乎意料的是,在应该上台领取代表最高荣誉的银质手表时,正木博士却行踪不明,这件事又让所有人惊异万分。"

"哦?毕业典礼当天行踪不明?为什么?"我忍不住问,同时也不知道为什么,若林博士忽然噤声不语,像是准备说出某件重要事情,凝视着我的脸,不久之后他以比方才更严肃的语气,开口道:

"正木博士在受奖之前行踪不明的真正原因,在今天以前应该有很多人猜测过,而我当然也不明白事情真相。但是他的行踪不明与先前提到的《胎儿之梦》之间,一定存在着某种因果关系,这点似乎是毋庸置疑的。换句话说,可以认为他是受到自己所写的毕业论文《胎儿之梦》的主角所威胁而躲藏起来了。"

"《胎儿之梦》的主角……受到胎儿威胁?我不太懂……"

"我认为你现在没有必要了解。"若林博士在椅中举起右手,左眼下方痉挛着露出异样微笑,依然充满严肃地接着说,"你现在最好不要了解。这样说虽然有点儿失礼,可是只要等到你完全恢复自己过去记忆的那一天,你应该就能够明白《胎儿之梦》这部像是恐怖电影的论文主角是什么人。我此时提及,只是为了让你届时当作参考……总之,本医学院第一届毕业典礼终于在正木博士的缺席之下结束了。翌日,盛山院长接获正木博士来信,他在信中写下了自己的抱负:

> 我以为现今科学界应该不存在能够理解《胎儿之梦》之人,所以起初是抱着无法通过的觉悟而发表了这篇论文,想不到居然意外地得到院长阁下和斋藤教授的推荐,我忍不住长叹良久。但那篇论文的价值会如此轻易被人看穿,代表着我的研究还非常浅薄,所以我认为凭此尚无法让我们福冈大学的名誉不朽。
>
> 我无脸面对阁下和斋藤教授,是以避不见面。很抱歉,代表荣誉的手表就请您暂时帮忙保管。因为我接下来打算进行让人们无法理解的大研究,以报答你们的大恩。

"盛山院长将这封信拿给斋藤教授看,大笑说'真是个倨傲的家伙'。之后,整整八年的时间,正木博士游历欧洲各地,取得奥、德、法三个国家的相关学位,大正四年回国,开始居无定所的流浪生活。既造访全国各地的精神病院,也搜集有关各地方精神病人的血统之传记、传说、记录、家谱等研究材料,并分送题为'疯子地狱邪道祭文'的小册子给一般民众。"

"疯子地狱……邪道祭文……里面写了些什么?"

"你马上就可以看到内容了。其实就和前述的《胎儿之梦》一样,写出的是从未公之于世的可怕事实。简单来说,祭文中揭露了先前我稍提过的现代社会虐待精神病人的实情,以及比监狱更可怕的、精神病院治疗疯子之内幕。换句话说，是一种将横亘于现代文化背面、令人战栗的'疯子的黑暗时代'的宣言，并改写为民谣传播。正木博士不仅把这本小册子分送各级政府机关和学校，更是自己敲着木鱼，唱着祭文歌，将印有祭文歌的小册子四处分送民众。"

"自己敲着木鱼……"

"没错。这种事虽然有些脱离常轨，但对正木博士而言，似乎是一项极端严肃的工作，甚至恩师斋藤教授还为此与他暗中联络，抱着抛弃自己地位和名誉的觉悟表示声援。只不过很遗憾的是，祭文歌的内容因为过度露骨地揭发事实，看起来反而有点儿不符合常识，没有人真的产生共鸣，终于为世间所漠视。如果祭文歌中揭发的精神病院对精神病人的虐待事实得以受到社会重视，那么现代的精神病院势必会全部被摧毁，导致全世界出现精神异常者泛滥的现象也未可知。但是正木博士对此结果好像毫不担心，只是将它当成自己即将创设的'疯子解放治疗'实验的准备事项之一，进行这样的宣传。"

"那么，果然是……"我不得不坐直身子，吞咽唾液，喃喃接着说，"那么，果然是……为我的实验做准备……"

"正是这样。"若林博士毫不犹豫地领首，"如我前面所说，正木博士的智慧远超过我们能够测知的范围，可是他这种突兀、夸张的大动作，包含有关创设解放治疗的某种苦心，绝对是不可否认的事实。接下来我要述及的他的每一项变幻莫测的行动，应该都包含这种意义。换句话说，只能认为正木博士后半生所做的一切都是以你为中心的。"

若林博士在说话之间，冰冷、无力的苍白视线忽然集中在我脸上，凝视着。不久，他见我身体僵住不动，连回应也没有办法做到，这才改变心意似的掏出手帕轻咳几声，继续说道：

"前年，也就是大正十三年三月底，令人难忘的二十六日下午一点，毕业后漫长的十八年来完全断绝音讯的正木博士，忽然敲响了我在法医学系的研究室房门。我大为吃惊，怀着仿佛见到幽灵般的心情与他交谈，互相祝贺彼此平安无事。之后，我问他为什么回来得如此突然，他以和从前同样磊落的态度挠着头说：

　　也没什么。只是两三个星期前在门司车站的检票口被小偷扒走了随身携带多年的镀金手表，那是莫巴德公司特制的产品，时价约莫一千日元，觉得很不甘心。这时忽然想起，如果十八年前寄存的银质手表还在就好了，所以才想回来领取……

　　另外，我也想要带给诸位一点儿震撼性的礼物，却又想不出什么特别的好东西，所以就在门司的伊势源旅馆二楼，全力完成了一篇如同论文般的文章。起初，我想到应该先让新校长过目，所以去找斋藤教授帮我介绍，但是他表示，帮忙介绍是无所谓，不过基于职责关系，最好是由担任院长的你经手，所以才会来找你。虽然给你带来困扰，不过，还是请你帮忙。

　　"当然，我立刻把所保管的手表交给他。另外，当时正木博士所提出的论文，坦白说，与达尔文的《物种起源》或爱因斯坦的《相对论》一样，不……应该还超乎其上，乃是足以震惊世界精神医学界的著作，也就是斋藤教授曾经预言过的《脑髓论》。"

　　"'脑髓论'？"

　　"不错，是取名'脑髓论'的三万字左右的论文，但是与前述的《胎儿之梦》正好相反，内容极端地严肃、慎重，同时为了防止被会错意，还刻意用德文和拉丁文书写。能够在旅馆的二楼房间，手边没有任何文献资料的情况下，仅用了两三个星期的时间完成，只能说正木博士的头脑与精力实在非常人所能及。

　　"正木博士借着这篇论文，让阅读者仿佛照镜子般，能够清楚明白以往无人能说明、证实与实验的脑髓之奇妙功能。同时也简明扼要地说明了至今日为止，精神病医学界视为疑问的几种奇怪现象。基于专业领域的关系,最先见到这篇论文的斋藤教授当然非常惊异,之后约有一年时间,斋藤教授都在废寝忘食地研究这篇论文,好不容易在去年,也就是大正十四年二月底完成审核,翌日一大早他立刻前往现在的松原校长家拜访。斋藤眼中浮现泪光说:

> 我决定今天就请辞九州帝国大学精神病学系教授之职,并推荐正木先生继任。因为,如果他被其他大学聘请,将是我们九州帝国大学的遗憾。

"但是,由于正木博士未留下住址,也没有再露面,加上松原校长素来深为钦佩斋藤教授的人格,所以他一方面慰留斋藤教授,另一方面表示将把此篇论文列为博士论文,内定颁授博士学位给正木博士。然而,不知是谁泄露出去的,这件事后来被报纸加以报道,只是我没有见到该篇报道……"

若林博士说到这里,好像被当时的回忆所感动,轻轻闭上眼。

我也充满敬慕地仰望着斋藤教授的肖像。可能是因为有着那样的感觉,照片里斋藤教授看起来如同神明般散发着高贵的光辉,让我情不自禁轻叹一口气,喃喃说道:"这么说,斋藤教授是为了把职务让给正木博士而死亡的?"

若林博士听了我的问话,似是更加感动,他皱起紧闭着眼的眉头,深深叹一口气,仿佛又要剧烈咳嗽一般。不久,他静静睁开眼,满含深意地看着我,微微加强语气。

"是的。斋藤教授在正木博士获颁学位后不久,于去年……大正十四年十月十九日突然辞世,而且是离奇死亡。"

"什么,离奇死亡?"我发出空洞的声音反问。

由于话题转变得太突兀,我望望若林博士苍白的脸孔,又望望照片中斋藤教授的微笑。我很怀疑,拥有这样高尚人格的人,究竟是如何离奇死亡的。

若林博士静静盯着我的脸，似在抑制我的怀疑，再度用略为加强的语气说："是的……斋藤教授是离奇死亡。他在去年，大正十四年十月十八日，亦即离奇死亡前一天的下午五点左右，像平常一样完成工作，交代办公室的人两三件事情后，就离开了这个房间。之后，他并未回筥崎网屋町的家。翌日一早，他被发现浮尸于筥崎水族馆后方的海岸。

"第一发现者是水族馆的女清洁工。接获紧急报案之后，警方和我们赶往现场，经过调查，确定他曾喝下大量的酒。所以，警方判断他是在回家途中，遇见某个有相当交情之人，并一起去喝了酒，结果回家途中走错路，从浮尸海岸上方的石墙处失足坠落。

"如果你也去看过那里自然会了解，那是郊区特有的垃圾场、草原、田野聚集之处，若非喝得烂醉如泥，不可能迷途进入那种地方，所以当然也有充分的他杀嫌疑。但是，他并未遗失任何随身物件……

"另外，综合遗族和朋友们的证言得知，除非是和校内几位深交的同事一起，否则斋藤教授不会在外面喝酒，他只有在家吃晚饭时才会独自饮酒……不仅这样，一旦在外面喝醉，绝对会有一起喝酒的人送他回家，这是惯例，可是这次却完全例外。

"据此，令人不禁产生各式各样的想象，我们也进行了充分调查。但问题是，教授坠海地点的附近是由千代町方面延伸而来的防波堤，所以未能发现任何有关于他来自哪个方向、在哪个地点失足坠海的脚印。另外，如我刚才所说，根据斋藤教授的人格推断，很难认为他会受到别人的怨恨，因此还是判为失足坠海。斋藤教授虽然很少喝酒，但酒量差，稍微喝一点儿就不省人事是他唯一的缺点……只是，像他这样，实在死得太可惜了。"

"还不知道和他一起喝酒的人是谁吗？"

"是的，还不知道。但除非良心饱受煎熬，否则应该不会有人主动出面吧！"

"可是，这……如果不出面承认，岂非一辈子很难过？"

"以最近人们的常识而论，应该没有必要这样凭良心思考事情吧！就算出面承认，斋藤教授也不可能从坟墓里复活，只是让自己蒙受不愉快的污名，还得接受某种制裁，结果反而会增加社会的损失……甚至，事到如今，对方早已忘掉这件事也未可知。"

"可是，这样岂不是太怯懦了？"

"那当然。"

"而且……这种事应该无法忘得掉吧？"

"这就难讲了……可以认为，这类问题是属于正木博士所谓'记忆与良心'的有趣研究事项。"

"这么说，斋藤教授的死亡只具有那样的意义？"

"没错，只具有那样的意义。但是，以结果来说，实际上却包含着极大的意义，亦即，斋藤教授的死亡乃是后来正木博士能够负责本九州帝国大学的精神病科研究教室、坐上这把椅子的直接原因；另外，也是让你与六号房的小姐联结这个实验教室的间接因缘。是的，在此以'因缘'两个字称呼……不过，这种因缘究竟是人为还是出自天意，除非等到你恢复自己的记忆，否则仍旧无法予以明确推测……"

"啊，连这种事也在我的记忆中……"

"不错，在你的记忆中存在着解开此类无数疑问的必要且重要的关键。"

我觉得自己像是被接二连三掉落下来的疑问之冰埋没全身，忍不住闭上眼，不停摇头，但还是没办法涌出任何记忆，而且开始觉得似乎连眼前"焚杀疯子"的残酷油画、斋藤教授面带微笑的肖像、脸色苍白严肃的若林博士、绿色发光的大桌子、桌上打哈欠的红色达摩烟灰缸等，都与我的过去有着深刻的关系。同时，因为身处这些因缘深刻的物品环绕中，却什么都想不出，自觉脑袋空洞，心情沮丧不已。

一瞬间，我觉得不知该如何是好，频频眨眼。不久，我忽然想起一件事，开口问道："那么，原本行踪不明的正木博士为何能够来到这儿？"

"那是有原因的。"说着，若林博士把本来已经掏出的怀表又放入口袋，低咳一声，接着说，"斋藤教授的葬礼上，正木博士忽然出现……可能是见到了报纸刊登的消息吧！松原校长在葬礼结束后拦住他，强迫他接任斋藤教授的职务。这虽然是前所未有的异例，可是校长毕竟是为了完成人格高尚的斋藤教授之遗志，所以无人反对校长的做法，反而纷纷感动得鼓掌附和……只要看过当时的新闻报道，就可以详细了解一切。但就在此时，在教授们拍手围绕下，身穿破旧和服的正木博士却抱着头，略带不满地说：

> 真是令人为难！我本来打算坚持独自进行研究的……一旦当了大学教授，就没有办法随心所欲做些自己有兴趣的事，最重要的是，没办法发挥与生俱来的流浪个性……

"松原校长听了，回道：'现在你后悔也来不及了，要怪就只能怪你自己被斋藤教授的灵魂吸引而来这儿……只要你答应接任，要敲木鱼诵诵经之类的，我倒是不会反对。'众人听了，皆忘记自己身在葬礼会场，捧腹大笑。

"不久前，正木博士来本大学赴任，实地着手进行之前在疯子地狱祭文中提到的'疯子解放治疗'实验，再度在社会上引起异常回响。因为开始该项实验的机缘，形成了正木博士本身、你，以及那位六号房的小姐如同命运般的关系，这完全可称为天意。但是，不管如何，本大学能够邀请到伟大的正木博士负责主持研究工作，怎么说都是斋藤教授的遗德。基于这个意义，正木博士才会把这幅肖像画挂在这里……"

我不得不深深叹息，仰望着斋藤教授的肖像。人格如此高尚的斋藤教授、那样伟大的正木博士，以及眼前的若林博士、六号房中的美少女,和有如白痴的我居然会联结在一起,我不得不感到不可思议。一时间,房间内飘着某种感触极深的静寂,但很快,静寂被我平淡的发问打破了。

"啊,大正十五年十月十九日……这是挂在斋藤教授照片底下日历上的日期……难道斋藤教授亡故迄今刚好一周年?"我说着。

这一瞬间,若林博士脸上的表情变得非常可怕!虽然只是短暂的瞬间,但,他煞白的嘴唇紧闭,下颌突出,苍白的眼瞳圆睁,狠狠瞪着我。因为事出突然,我不自觉也和若林博士相同表情,感觉有如彼此互瞪一般。不过,若林博士很快冷静下来,并且像是高兴得不得了一般,额头散发出光辉,不停点头。

"你终于注意到了!你的记忆终于真正开始惊醒了,只剩下薄薄的一层皮就要完全惊醒。事实上,在你提出这个问题的同时,我有点儿担心你的记忆会不会一下子完全恢复,导致我不知道该如何面对……已经没什么好隐瞒了,那就告诉你吧!日历上乃是约莫一个月前的日期,今天是大正十五年十一月二十日,所以……"

"那……为什么保留着该日期呢?"

若林博士这时沉重地颔首,以先前面对六号房少女那种向神明祷告般的态度,交握双手,用力挺直胸膛。

"你的怀疑也是解开有关你过去重大谜团的关键之一。也就是说,正木博士只将日历撕至这天,之后就被中断了。"

"这又是什么缘故?"

"正木博士在那天翌日亡故了,而且正好是在一年前斋藤教授溺死的笸崎水族馆后面的同一地点投崖自杀。"

这……大概只能用晴天霹雳来形容吧!

我感到一股莫名的震惊,觉得自己好像发出某种叫声,等到情绪好不容易平静下来,仿佛梦呓般喃喃说着:"正木博士……自杀……"

声音一传入自己耳里,我马上怀疑起自己的耳朵。像正木博士这样伟大、豁达的人物，有可能会自杀吗？不仅如此，担任这间精神病科教室的两位主任教授，相隔一年，先后离奇死于同一地点，真的会有这样恐怖的巧合吗？我呆然凝视着若林博士苍白的脸庞。

若林博士重新坐正身体，严肃地望着我，再度用向神明祷告般的虔敬声音开口："我再说一次……正木博士是自杀。只能说，正木博士在长达二十年的漫长岁月里，经过无数准备，面对前所未闻的'疯子解放治疗'的大实验，历经艰苦恶战后，手上的大刀终于折断，箭矢终于用完，陷入不得不自杀的窘境。这样说你或许无法了解，所以我还是具体说明吧！

"正木博士所独创的震古烁今的精神科学实验，主要是借着让你和六号房的小姐恢复自己的记忆，出院后拥有快乐的婚姻生活作为终结。可是，却因为某种出乎意料的悲剧发生，在中途遭遇挫折。而且该悲剧到底是不是正木博士的过失，没有人知道。

"然而，那一天的偶然似乎也是某种天意。时间适逢斋藤教授的周年忌日，感觉应该可以算是一种'无常'。正木博士担起全部责任而离开人世，把属于实验中心材料的你和六号房的小姐，以及相关资料、文件、事务等全部委托于我……"

"那么……"我问，但舌头打结了，一股难以形容的亢奋像是令全身逐渐瘀青，我勉强嚅动嘴唇，"那么……会不会是因为我诅咒了正木博士的生命，所以……"

"不，错了，正好相反。"若林博士严肃地说着，依然凝视我，将头左右摇摆，"正好相反，正木博士当然是在被你诅咒自己命运的觉悟下着手此项研究的。不，更进一步地说，正木博士从二十年前就已经觉悟到将会有这样的结果，却仍按部就班地进行工作。他为了让自己发现的伟大学理实验与你的命运完全一致，拟订了无法撼摇的计划，逐步进行研究。"

对我而言，这是令人恐惧与战栗的说明！我按捺住胸中的窒息感，问道:"研究是如何进行……"

"这点,只要看过这边的文件就能够明白。"说着,若林博士合上手上装订好的文件集,递到我面前。

我察觉那一定是某种重要的文件集,便以同样郑重的态度接过,大略翻阅其内容。最上面是红色封面,像是宣传手册之物,底下是由西式的大号纸张和报纸剪贴装订而成的,外面则以装上封套的硬纸板夹住,并未写任何文字。不过由于相当重,我再度合上封面,置于桌上。

坐在对面的若林博士用青白的眼瞳盯着我看。

"这个东西可说是正木博士的遗稿,是非常贵重的资料。因为在方才述及的关于正木博士的精神科学研究中,属于最重要的精神解剖学、精神生理学、精神病理学,以及可称为其研究精华的心理遗传学等的四份手稿,与他自先前就留在手边的《脑髓论》原文,在他自杀之前完全被烧毁了,所以现在能够窥知他的研究内容的必要文献资料已经很少,仅仅剩下这个。

"这样的顺序是正木博士在自杀前夕整理而成的,并非依照文稿发表的年代排列。不过,你只要循序阅读,就能够了解他的研究内容和进行程度。也就是说,最上面的红色封面小册子,乃是正木博士趁着游历日本各地之时,在路上散发给人们,题为'疯子地狱邪道祭文'的阿呆陀罗经之歌。歌中咏叹着目睹现代精神病人被虐待的实际情况,认为应该予以拯救而开启研究精神病的动机。

"接下来的剪贴是正木博士自己保存、当地报纸刊登的他的谈话内容,其中包括最初题为'地球表面乃是疯子最大的解放治疗场'之类的东西,主题是正木博士以辛辣诙谐相间的态度,向记者说明我方才所说的基于拯救疯子的动机,着手精神病研究的最初立场,率直地论证'栖息在地球表面的人类,没有人不是精神异常者'的精神病理学之根本原理。

"然后是《脑髓并非思考事物的地方》,主题是正木博士立足于此种原理，明确阐释截至今日被视为不可能研究的'脑髓'之真实功能，以及向记者说明能够轻松解决以往科学绝对无法解决的精神病和其他相关的心灵界之奇怪现象的伟大论文《脑髓论》之内容。

"接着剪贴在日本纸上、以毛笔所写的部分，是可以视为《脑髓论》逆定理的《胎儿之梦》论文，内容明示着从生育自己的父母之心理生活到历代祖先的各种习惯或心理的累积，如何遗传至胎儿本身的'心理遗传'，也就是在本大学首届的毕业论文审查上造成轰动的那篇论文……同时，应该也可以说，它是拥有如此伟大资料的正木博士最终不得不自杀的原因。

"接下来的西式大纸张上的草写文字，乃是正木博士作为这些研究附录及最后结论的遗书《解放治疗的实验结果报告》。所以……你如果依序阅读这些文件资料，应该能够很轻松就了解正木博士开拓精神科学大道，赌上自己一生，遂行研究的痛快事迹。同时，也可以充分明白，因为这个旷古绝伦的学理在背后控制，所以你的命运演变成今日流离、旋转，如万花筒般的变化……"

若林博士的说明内容我只记忆到这儿。因为边听他的说明，我还边在若无其事地翻开最上面的小册，当看到第一页的标题时，我不禁完全被内文吸引，全心全意地开始阅读……

疯子地狱邪道祭文

一个疯子的黑暗时代

奥地利理学博士
德国哲学博士
法国文学博士
面黑楼万儿　作

▼啊——啊——献给在我左右的人们。各位老爷太太、各位绅士淑女、各位长辈晚辈……在场所有人,咱们很久未曾见面了。要说起来,各位一定会大吃一惊,毕竟从大千世界犹未出现之时,到今日为止,咱们就未曾见过面。我是疯和尚,今天是我第一次来到这条路旁……铿、铿、铿、铿……

赶快靠过来,过来看看,过来听听,有趣无比呢!不要钱,完全免费,快点儿靠过来吧。不要推,不要挤!铿、铿、铿、铿……

快来、快来!听了之后一定会吓你一大跳,铿、铿、铿、铿……

▼啊——我是今天第一次出现的疯和尚。身高五尺一寸[①],三十五六岁的光头和尚。眼窝凹陷,满口假牙,瘦削的胸膛如同洗衣板,身穿的衣服似田地里的稻草人,脚上的鞋子满是泥泞,简直就像童话里狸猫的泥船,是个穿着打扮完全如同乞丐的丑陋和尚。饱经异国的风吹日晒,今天同样站在空旷的蓝天下,在路旁打开手上的包裹,各位若想知道因缘、故事、来历,就来问问我手里敲打的木鱼吧!铿、铿、铿、铿……

---

① 五尺一寸:约合170厘米。

▼啊——说到因缘,不如问问我手里的木鱼吧!父母子女和兄弟,亲戚眷侣和妻妾,我一样也没有。我就是个孑然独立的疯和尚。家族血脉都无从查起,一个背包就是我全部家当。我无牵无挂,无依无靠,在天地间自由漂泊,周游世界。从北京、哈尔滨到圣彼得堡,再从红色的莫斯科、四方的柏林、酒醉的慕尼黑、悦耳的维也纳到舞动的巴黎、长眠的伦敦,跨海抵达自由的美利坚。纽约就是女人的天堂啊,旧金山就是赌徒的梦乡,芝加哥则是美酒的海洋。我酒醉的步伐都洋溢着美国风情。在外傻傻漂泊十年,所见所闻数不胜数,但我只带来一样伴手礼:那就是恐怖的地狱故事……铿、铿、铿、铿……

▼啊——这是恐怖的地狱故事,而且是我凹陷的双眼目睹的事实。今天首度公开,各位不需要花费一毛钱,不但不需要,还会免费得到这本小册子,就是我现在吟唱的歌词内容。不会强迫购买!或许有人会怀疑,可是,各位完全没有必要担心,这纯粹是我的兴趣,宣传人类文化的事业,纯属一份参考资料。来,赶快靠过来,听一听、看一看,看看听听邪道祭——文、疯子地——狱,铿、铿、铿、铿……

一

▼啊——邪道祭文疯子地狱。若问地狱何在，佛教徒会说地狱就在身边，在于自身造成的因果。此刻你我在人世间种下因果，最后都会辘辘辘辘转着眼球，搭上那通往地狱的火车。一旦因果循环，马上就会跨越修罗道、畜生道、饿鬼道，堕入无底的地狱。从刀山地狱到血池地狱；从寒冰地狱到烈火地狱；从剑叶地狱到石斧地狱。还有火烤、油锅、倒悬地狱，数数足有八万多种地狱。这都是在人世间的因果报应。更有切割、剁碎、烘烤和蒸煮地狱，最终则是阿鼻地狱，饱受死也死不了的无限折磨。只要听到那种声音，连脑壳都会裂开。但，这只是和尚逃避现实的推托之词，铿、铿、铿、铿……

▼啊——和尚逃避现实的推托之词！这样的话不足采信，人死后是不会跌进地狱的，都是谣传，是活着的和尚为了香火钱谱出的谎言，释迦牟尼不会讲出这样的话语。而我亲眼所见到的"地狱"完全不同，没有敲钟、没有念佛，是无处不在的活生生地狱啊！铿、铿、铿、铿……

▼啊——无处不在的活生生地狱！是无所不在的地狱、漂流不定的地狱、义理人情错综的地狱，与罪恶必报、被逮捕、被判处有期或无期徒刑的"地狱"大有不同，那里是无法呼吸的、不见天日的、深不可测的地狱。那里的阎罗王就是医学博士，一大群学士则充当牛头马面，

地狱中最有名的几样东西：看清是非的眼、嗅出善恶的鼻，还有阎王的生死簿。然而，人心从内到外都如同透明澄净的玻璃，就算映照镜子也见不着踪影。他们是有罪呢，还是无罪呢？这个世间存在着那样一种人间地狱，不管人们正常还是疯狂，全被一脚踹进其内，哪怕听到那儿的名字都令人毛骨悚然！地狱表面是气派的精神病院，不相信的人可以亲自入内看看，你将会如愿饱受无数折磨。这是何等恐怖的疯子地狱呀！铿、铿、铿、铿……

▼啊——这是何等恐怖的疯子地狱呀！如果说精神病院是这般恐怖，各位或许很难认同吧！但是，请大家听我依序说明，听闻之间，绝对能够慢慢了解事情真相；只要了解之后，你们全身八万四千个毛孔将会浮起鸡皮疙瘩。没错，这样的地狱内幕太可怕了！铿、铿、铿、铿……

▼啊——这样的地狱内幕太可怕了！接下来述及这种地狱的起源。这实在是一种因缘，完全是拜文明开化所赐。世界文明日新月异，主要靠科学知识的发展，其中最重要的则为医生的工作，因为医生负责治愈人类的疾病。铿、铿、铿、铿……

▼啊——负责治愈人类的疾病！医生的工作内容既包括利用内科或外科的方法治愈人类身体的疯狂，还包括利用精神病院的手段治愈人心的疯狂。但是若比较身体疾病与心理疾病的治疗方式的异同，各位一定会震惊不已，甚至会吃惊到连嗝儿都打不出来了。因为，这二者发展的差异实在太大了。铿、铿、铿、铿……

▼啊——这二者发展的差异实在太大了。当然，不同的治疗对象会存在不同的治疗效果。人类的身体能见到形状，只要触摸四肢躯体即知，只要解剖五脏六腑即知。而且，身体疾病的诊断方式有很多种，有听诊、触诊、照射光、神经反应、血液检查等。就算是某些疑难杂症，用错药、诊断错症状，抑或治疗错误导致患者死亡，只要事后解剖尸体，也马上能够知道什么地方出了毛病，于是诊断治疗的方法大幅进

步。可是，就算是神仙，也无法诊断人心！铿、铿、铿、铿……

▼啊——无法诊断人心！不管是何等名医，皆无法诊断一个人精神和心灵的狂乱。精神疾病要如何把脉？如何观察舌头？如何给痛苦注射药物？如何解剖心病？如果没有测定疯癫程度的放大镜，难道只靠着温度计就能知道你是因为恋爱而体温上升吗？分辨假疯子和真疯子更是难上加难！心灵无法以X线透视，听不见声音也看不到影子，那是比屁还不可思议的东西，又如何诊断？古谚所谓"无药可医愚"，到了现在仍旧是事实。我们可以说，精神病是绝对不可能诊断治疗、没办法利用科学知识研究的莫名之物。铿、铿、铿、铿……

▼啊——精神病是莫名之物。但是，还有一件更令人不解的奇妙事情，那就是，如果无法诊断治疗人类精神和心灵的疯狂，为什么现在世界各地到处都有精神病院、疯癫治疗所和脑科病院呢？这些地方四处高挂招牌，建筑宏伟，收取昂贵的诊断、治疗费用，索取巨额住院、看护费用，可是只有头衔的精神病医生，又能做些什么？岂非与诈欺、勒索毫无两样？对此，你不会怀疑吗？这种愚弄世人的重大内幕我稍后再说明。由于无法诊断治疗，医生大赚其钱，所以演变成真正的阿呆陀罗经。铿、铿、铿、铿……铿、铿、铿、铿……

二

铿、铿、铿、铿……铿、铿、铿、铿……

▼啊——啊——很久很久之前，更久更久以前，在科学知识犹未进步的时候，所谓人的身体疾病和人的心理疾病相同，由于一无所知，无法诊断治疗，所以靠的只是风水、方位、占星，等等。一旦出现毛病，就是帮患者祈祷、施术，或让患者服用符水，或佩戴灵符、护身符。这种情况下，世间有无数难以治愈的疾病。因此，人们才发明药物，服药之后得以痊愈。循此调查，发现人的疾病出自体内，某处有某问题导致发病，因此促进了所谓医学的发展。如今有解剖生理学、病理学、医药化学、细菌学、药物学等学科，医院还设有内科、外科、皮肤科、耳鼻喉科、眼科、整形科、妇科和小儿科等科室。同时，市场上出现滴水不漏的医学器材和药物用以治疗人体的毛病，使科学知识的前途日益辉煌灿烂。铿、铿、铿、铿……

▼啊——科学知识的前途日益辉煌灿烂。但是，接下来却出现了精神疾病。医生的诊断、治疗能够发展到足以治愈人的心理问题吗？早先，人们将精神病人视为受到神明惩罚的人，所以以敬神、拜神为治疗手段；或视他们为受到亡灵作祟的人，因此供奉三牲祭品祈求平安，这样还算处之有方。紧接着人们视精神病人为恶魔附身，当时担任医生或

法官者乃是僧侣或巫女，只要发现患者，他们伸手一指，官府犬牙立刻一拥而上，枪、刀剑、捕绳、弓矢或棍棒交错而下，砍头、剁足、分尸，然后烧毁或埋于树根下，就和对付狂犬毫无两样。这是对精神病人最早的诊断治疗方式，名副其实的疯子地狱。铿、铿、铿、铿……

▼啊——这就是疯子地狱的起源。由于完全无法了解精神病从何而来，于是开始有恶徒借此谋害他人。而这类恶徒皆为聪明人，他们为陷害自己怨恨或忌妒之人，或是政敌、商业竞争对象，贿赂巫女、僧侣或衙吏，不分青红皂白地将正常人指为疯子，重者依国法处死，轻者受牢狱之苦。铿、铿、铿、铿……

▼啊——轻者受牢狱之苦。调查世界历史可以发现许多实例，许多身份高贵、享有爵位或名誉的人，财产领地的继承者，或是偷人妻女者等，在家族内部引起骚动或纷争时，为了除掉阻挠的对象，就会采用这种手段。那么，现在又如何？我虽然想说如今与昔日相同，但事实上却更为严重！铿、铿、铿、铿……

三

　　铿、铿、铿、铿……铿、铿、铿、铿……
　　▼啊——啊——现在是文明开化的时代，是科学知识万能的时代。但是，在精神病方面，仍旧如同往昔的黑暗时代，无法对其进行诊断治疗。当然，这么说或许有人会认为我这是放狗屁，从而进行反驳，但反驳之人才是疯子也未可知。不过我喜欢这种人，因为他们随时都不忘理智、常识以及科学知识，这种人非常靠得住。反而是世界各地一些抱着休闲心态的博士或学士，他们前往精神病院、学校或图书馆进行研究，摊开有关疯子的书籍阅读，发表各种空泛的理论，让人以为现在的精神病人也与外科或内科患者同样蒙受科学知识的光辉，能够轻而易举地彻底接受诊断治疗，如今已经有了多种诊断治疗方式……但是，只有外行人才会相信他们这些谎话！铿、铿、铿、铿……
　　▼啊——只有外行人才会相信他们这些谎话！我不想批评这些科学研究者的研究成果，只不过，他们根本不懂在他们头骨的空洞之中，蜷曲的脑髓具有何等作用，而这是最重要的一点。若认为我说的话是谎言，只要阅读古今中外的学者调查人类脑髓所写下的书籍，应该就能够明白我没有说谎。说脑髓仅仅是保存昔日所见所闻的知识、经验、记忆的仓库，不过是毫无事实根据的议论，他们对真正的事实一无所知。

铿、铿、铿、铿……

▼啊——他们对真正的事实一无所知。因为太无知，所以才有那样的言论。天下虽大，但只要真正深入调查人的脑髓，很轻易就能够明了。一旦完全了解脑髓奇妙无比的作用，怎能忍受那样的胡言乱语呢！我这样说，或许各位会嘲讽："是你自己每天幻想过度，导致脑髓与众不同吧！"可是，终有一天我会在某大学发表让世界各地的博士和学者皆震惊的研究成果论文，届时你们一看就明白。世上其他所有学者完全不懂如何研究大脑，自然遭遇无数的困扰；只能进行大略的判断，当然难以解明真相。就算能说明一项道理，还是没办法解释其他事实，就像东拼西凑的屋顶，想不漏水都很难。铿、铿、铿、铿……

▼啊——就像东拼西凑的屋顶，想不漏水都很难。人的心灵千变万化，从早到晚不停地转变，时而如走马灯或万花筒，时而似猫的眼瞳或火鸡的花翎。这让人不禁像歌舞伎《酒屋》中的半七一样询问："在何方，所为何？"而这些完全无从了解。其证据就是，你我眼前的精神病科书籍里密密麻麻写满了病症，可是写作这些书籍的专家学者却对这些病症一无所知。他们根本是在欺骗外行，只看患者表面，观察患者动作，就列举病症名称。动作倾向色情即称之为色情狂，如果杀了人就是杀人狂，所谓舞蹈狂就是跳舞跳个不停的人，所谓纵火狂就是纵火者……这到底是以什么样的科学知识调查的？像这种列举病名的方法，就算不是医生也可以办得到，这与世人见到有人喝酒失态、行为不检就称之为酒鬼、酒疯、酒痴、酒癫、酒狂等有何不同？凭此诊断治疗岂非可笑？铿、铿、铿、铿……

▼啊——凭此诊断治疗岂非可笑？面对送上门的精神病人，博士或学士之类的医生又是如何分辨出人的心理毛病？如何找到确知其是否疯狂的证据？其实只有外行人才会觉得不可思议，对医生们而言，这可是生意，没什么好担心的。铿、铿、铿、铿……

▼啊——这可是生意，没什么好担心的，只要冠上精神病人之名。

大老远被带到医院门口的人,大部分是任谁见了都会认为不正常之人;就算外表和普通人一样冷静,由于家人或家庭医生已经办妥手续,所以被视为精神病人,这也是常有的事。不必担心什么非法监禁,因为他们是被亲人自行送来,已经获得法律上的许可。医生们不需要费多大功夫,只要听家属说明,再观察患者的态度,然后翻开书籍对照症状,选定恰当的病症名称即可。如此一来,所谓的诊断即告结束,患者被送入红砖打造的囚房。其中或许也有误诊者存在,不过同样没必要担心,因为这种病与其他疾病不同,是否误诊无人可知,只要被断定是"疯子",就再也改变不了命运,陷入永远逃脱不掉的红砖地狱。越是辩称自己不是疯子,越是成为果然是"疯子"的证据,你的命运已经注定了。被断定是纵火狂的蔬菜店阿七,解剖一看,竟然是个色情狂;被断定为盗窃狂的石川五右卫门,住院后竟被确诊为夸大妄想狂……医生根本不需要担心任何后果,因为这些都是无法诊断的疾病和患者。精神病科医生多么轻松悠闲啊!铿、铿、铿、铿……

▼啊——精神病科医生多么轻松悠闲啊!担心治疗的方法的人完全是不识趣的门外汉!事实上,治疗和诊断一样,完全是盲目的摸索。没有马上剖开病人的脑袋,或许多亏了社会的开放。站在患者的立场,既然医生已经列举精神症状的证据,那么置身何种场所皆无所谓了。各位请看看精神病院,铁格子打造的囚房,恰似看守所或监狱般,还有无数的道具,诸如无袖的束缚衣、手铐、脚镣、处于监视下的病床、只开一个小窗的石箱等,林林总总。这些是连穷凶极恶之人都会吓得全身发抖的拷问刑具啊!铿、铿、铿、铿……

▼啊——让人吓得全身发抖的拷问刑具啊!这样真能治愈住院患者心理的创伤吗?在那里,一样药物或者医疗器材都找不到。给失眠患者注射麻醉剂,给骚乱者注射镇静剂,给厌食者注射营养剂,反正不是注射就是灌肠,比拙劣的外科或内科诊室更差。若病人得以治愈,表示医生医术高明;若病人死了,那就归结于运气不好。啊哈哈,这是何等恐

怖的疯子地狱呀！铿、铿、铿、铿……

▼啊——这是何等恐怖的疯子地狱呀！但是，这还只是初步调查的结果而已，疯子地狱恰似黄泉的忘川河，光听闻就令人全身发毛。无间地狱只不过是愚蠢的胡言乱语，充斥着无尽折磨虐待的人间啊，才是专为精神病人而设置的地狱！铿、铿、铿、铿……铿、铿、铿、铿……铿、铿、铿、铿……

四

　　铿、铿、铿、铿……铿、铿、铿、铿……
　　▼啊——啊——所有患者都已魂飞魄散。这不只是日本一地所发生之事，举世皆同。世界各地的精神病科医生丝毫不带慈悲之心，创建了一个个外观豪华的医院地狱，无一例外，全都住满了如此愚蠢可悲的患者。这也是有原因的，第一点就是这种地狱里的病床数量，如今增加了一千倍、一万倍以上，而且如雨后春笋般遍及全世界各地，却仍赶不上精神病人增加的数量。病人们一旦住院，治疗时间就会越拖越久，有些患者甚至一辈子无法离开医院，真是所谓的超级客满。医生们耀武扬威，把任何问题都推到患者身上，如果延误缴费期限，立刻要求患者出院，下令许可患者居家治疗。有些患者幸运地平安出院，有些则被附上其他病症的诊断书，装入棺材内抬出来。但是，想要挤进精神病院的人仍旧络绎不绝，就好像人群蜂拥挤向检票口的情形。铿、铿、铿、铿……
　　▼啊——就好像人群蜂拥挤向检票口的情形。但这不是很奇怪吗？这一切真是奇妙又不可思议！为什么要把钱花在那种地方？难道没有人怀疑？想必提出这种问题的人身边没有亲戚朋友患有精神病，慢慢听我说来，因为最令人震惊的内容现在才要开始，铿、铿……就算我不知

道，木鱼一定知道。铿、铿、铿、铿……

▼啊——就算我不知道，木鱼一定知道。还有更惊人的事实，而且不论到哪里都是相通且平等的，只要是与精神病院有关的人，即使不说出来，大家也都心知肚明。而要说起这些事，人们都会严守秘密，绝不外传。前后似乎有点儿矛盾，但这都是木鱼所说的话。将病人带到精神病院红砖墙内的，往往都是患者的父母、兄弟或妻儿等，不少人面对医生多是泪流满面地拜托医生"帮忙治好他"。问题是，即使像这样的骨肉亲戚，坦白说，真心想治愈患者的人，只有患者的母亲一人，而且患病的对象还必须是那位母亲怀胎十月所生的儿子或女儿。至于其他骨肉亲人，无论是血亲的父亲还是兄弟，多半非常冷淡无情；年轻的妻子就更别说了，通常只是为了避免内疚而留在患者身旁摇头叹息两三天，一旦娘家来接人，立刻迫不及待似的答应回家。当然，这还属于最好的一方。大多数人将患者交给医生，决定好病房之后，马上借口说要打电话或是上洗手间，拿出夹在衣带里的镜子，仔细在鼻头敷上蜜粉之后，晃眼间便不知去向，从此没再出现过。铿、铿、铿、铿……

▼啊——通常都是从此没再出现过。只要是确定病人所患的是无法治愈的疾病，将其带去看医生就只是一种表面形式，家属真正的居心则是抛弃患者。罹患这种已无生存价值的绝症，家属们嘴里虽说"请您帮忙照顾"，事实上真正的心意却是"如果治好他反而会造成困扰，所以若发生什么麻烦，希望您杀掉他"。因此，患者在精神病院里是处于生死交界之间，医生反而在此大赚其财。呀，没必要对我翻白眼，这种事太平常了，我就曾目睹，这些事并不是发生在日本的，而是发生在世界其他国度。上面这些话都是没有耳朵、眼珠，也不会说话的木鱼所说！铿、铿、铿、铿……

▼啊——不会说话的木鱼！在印度一带，不论男女，只要曾经发狂之人，无论外表何等冷静，经常会突如其来地做出粗暴举动，砍人、纵火、躁郁或无来由地感到悲伤，让周遭人们无法忍受。他们虽拥有人

类的外表，实际上却犹如动物，人们不会将其视为人，就算对其做出丢掷石块或瓦砾伤人的这类残酷行为，也不会有罪，对方更不可能记得。即使暂时痊愈，也不能令人放心，因为无人知道他们何时会复发。而现代比往昔更为严重，世人总认为那是父母遗传或遭秽物作祟，经常对病人们指指点点，加以嘲笑；而一旦自己的亲戚中突然出现这样的精神病人，事态就严重了。铿、铿、铿、铿……

▼啊——一旦自己的亲戚中突然出现这样的精神病人，事态就严重了。若是上流社会的富豪家庭，只要建造一栋牢狱般的房子将患者囚禁起来，事情也就解决了，没必要送入毫无治愈希望的医院。毕竟是上流社会阶层，能够以此避免困扰。但，如果是仅有一点儿声望的家族中出现了精神病人，那么一切就全完了。家族的血统遭受诅咒这种谣言很快会殃及儿女，儿女别指望嫁娶，甚至还会在背后遭人指指点点，被邻居们讥讽嘲笑为造孽所得的报应。因此，为了隐瞒事实，病人的家属们多会想尽办法悄悄地把他们送进精神病院；如果遇上医院客满，更得大费周章地拜托院长腾出病房。反正，这是个金钱万能的世界，更何况在精神病院这种疯子地狱。院长就算面若阎罗，见到钱，也立刻会变成笑容满面的地藏王菩萨，张开慈悲的双手。问题是，如此一来，其他患者就要被送入极乐世界了。如果有钱，情况就是这样！铿、铿、铿、铿……

▼啊——如果有钱，情况就是这样！越有身份家世、名誉地位的精神病人，在自己家中治疗越困难，如果不背着人送入精神病院内囚禁，绝对无法放心。如果是中级社会阶层呢？只有固定的年薪月俸，收入仅够维持生活开销，一旦赖以维生的一家之主或家人有谁发疯，若是租赁房子，马上会被屋主赶出门，想要将精神病人监禁在家中也不可能，加上照顾费支出惊人，很快就会花光积蓄。如果看护者是患者的丈夫或是妻子，那么看护者便无法工作。患者的孩子们在学校则会遭受同学的冷嘲热讽，说他们是"疯子的后代"，生活陷入说不尽的苦痛中。这时候，唯一能倚靠的只有精神病院院长。问题在于，如果没有准备足够的

金钱,无论到哪一家精神病院,绝对会被对方以"客满"两个字拒绝。铿、铿、铿、铿……

▼啊——无论到哪一家精神病院,绝对会被对方以"客满"两个字拒绝。不过,这还不算是最凄惨的,如果是那种每天所赚的钱只够维持生活支出,母亲在家做手工、女儿在工厂上班的家庭,其悲惨状况更不用赘述。想要匀出人手照顾?不可能!想要让患者服用药物?那么全家人只好一起上吊!若是就这样疯狂致死倒也还好,可是,精神病人本人非但不死,还猛吃猛喝,一副根本没事的模样。铿、铿、铿、铿……

▼啊——一副根本没事的模样。仿佛麦穗变黑、菜籽无法发芽之类的花卉、蔬菜出现疯狂现象一样,没有原因,也没有道理,人类世界骤然出现数也数不清的精神病人。在广阔的世间,能够免费供应这些人住院的,也只有公立大学的附属医院,而且病床数量顶多只有数百张。重要的是,它们并非以慈善为标榜,而是抽样选取,当作学生、教授的研究材料和活生生的标本讲义的参考,不适用者照样被拒之门外。那么,私立大学又如何?私立大学同样是基于营利本位,成为有钱有势者的私器,挤满了超额患者。铿、铿、铿、铿……

▼啊——成为有钱有势者的私器,挤满了超额患者。在感到不可思议的情况下,试着调查无数残余的精神病人会被送至何处、如何处理。结果,请继续听我说明,听耳朵听不见、眼睛看不见、嘴巴也动不了的残废木鱼说明。木鱼肚子空空,公平无私,敲打出来的是阿呆陀罗经,对地狱的了解更是深入,所以,大家快靠过来……不用付钱,听了会让您大吃一惊。铿、铿、铿、铿……铿、铿、铿、铿……铿、铿、铿、铿……铿、铿、铿、铿……

五

　　铿、铿、铿、铿……铿、铿、铿、铿……

　　▼啊——啊——如上所述，如果出现一位精神病人，与其他疾病不同，正常的家人会受到各种折磨。无法让患者留在家中，可是却怎么也想不出更好的办法，手边的钱很快花光，没办法工作，眼看全家人都要走上绝路，这是何等可悲、无奈、难堪！铿、铿、铿、铿……

　　▼啊——这是何等可悲、无奈、难堪！从老迈的父母到可爱的幼儿都得弃置不顾，只为了照顾一个没有生存价值的人？如果趁着带给他人困扰之时将患者勒死，全家人一同陪葬，这样倒也是一条路，问题是，究竟为了何种因果必须如此受苦？而患者本人只是露出无辜的眼神！铿、铿、铿、铿……

　　▼啊——患者本人只是露出无辜的眼神！就算仍旧保留原有外貌，本来的心灵却只剩下空壳，唯残留"人"形，比猫狗更难以收拾善后，在悲叹苦闷之余，患者的家人终于不得不犯下重大罪恶。铿、铿、铿、铿……

　　▼啊——患者的家人不得不犯下重大罪恶。假装迁居远方，或找一家陌生地方的医院，让外人以为他们将患者送去医治，事实上却是将患者弃置于再也回不来的深山荒野。不过这与弃婴不同，病人们不会被有

善心的人士拾回收养，反而四处遭人追打；挨饿受冻时，更是只能啃食树皮、草根。只要各位睁大眼睛仔细寻找，在树荫下、在草堆后，几乎随处可见这种可怜的患者。铿、铿、铿、铿……

▼啊——几乎随处可见这种可怜的患者。古老的传说中提到，日本延喜①年间，四皇子蝉丸与三公主逆发不知为何，一盲一疯，因此被他们的天皇父亲逐出家门，远离繁华都市，浪迹逢坂山。虽然这不过是传说故事，但是，不分古今东西，浮华尘世的确存在着这样的风俗人情，不管是否有钱，不分身份高低，不论是非道理，皆是这般秘密处置精神病人。铿、铿、铿、铿……

▼啊——完全不论是非道理。因为这样，徘徊在深山野地的精神病人中，稍微保留些许正常者，通常会试着前往他乡乞食维生。只不过，就算日后恢复正常，由于深刻体会世间人情冷暖，又以自己的模样为耻，为了家人设想，他们也会放弃人情，远离尘世，流着心酸的眼泪四处乞食，这就是到处能够见到乞丐的缘由。如果把野地里、寺门前、森林中、桥墩旁的茅屋内，三三两两捉着身上虱子度日的乞丐聚集起来，你将会发觉，这种人的数量实在多得惊人。但是，国家、社会对于这样的惨况、这样如同地狱的现象，却完全视若无睹，只差没有严厉要求他们干脆死掉算了。事实上，那些忍受不了苛酷打击的成千上万人中，只有一两个幸存者而已！铿、铿、铿、铿……

▼啊——那些忍受不了苛酷打击的成千上万人中，只有一两个幸存者而已！各位有什么样的感想？如果这是普通的疾病，无论在医药或护士方面，患者会比有钱人受到更好的照顾，有柔软的床铺、美味的食物，更有很多人前来探望。不仅是人，有时候连小鸟或小金鱼也能受到悉心照护。然而精神病人就不同了，只因不知道疾病的来龙去脉，他们不是被送入精神病院，就是被弃置荒山野地，饱受置身地狱般的折磨。

---

① 延喜：日本的年号之一，公元901年至923年。

铿、铿、铿、铿……

▼啊——饱受置身地狱般的折磨。不过各位仔细听着，以上我敲着木鱼所述的地狱故事，包括医院地狱与荒野地狱，只不过是精神病人一定会陷入的绝对真实的地狱，是非常寻常普通的疯子地狱。接下来我即使要冒着不孝的罪名，也要为大家讲讲那更加恐怖的地狱故事。也不知是罪孽或报应，一对没有发狂的正常男女因为和某件事扯上关系，突然被剥夺了自由，无法出声地就被送进疯子地狱之中。而且，仔细调查后发现，在世界各地都有这种雄伟的地狱建筑物。铿、铿、铿、铿……

▼啊——非常雄伟的地狱建筑物。擦拭得金光闪闪的烫金招牌和报纸杂志上刊登的大幅广告，写着某某医院治疗某某疾病，当然不会写上"地狱"两字，可是警察、报纸、侦探社完全知晓其内幕，却故作不知。只要踏入这扇挂有免罪金牌的大门，就等于宣告走到生命尽头，那是任由你如何号哭狂叫都再也出不来的黑暗世界。二十世纪的文明世界，科学知识万能的时代，法律道德礼仪的世界，人们耀武扬威地昂首阔步，却不知道有这样的地狱存在。也许到了明天，你自己就掉进这种疯子地狱的深渊也未可知。铿、铿、铿、铿……

六

铿、铿、铿、铿……铿、铿、铿、铿……

▼啊——啊——日本应该没有这种地狱吧！这世上杀人工具有很多，包括短刀、手枪、麻药、毒药、绳索、手帕等，数不胜数。然而，在最高文明国家——真实国①的首都恐惧市，我见到的新式杀人手段却是堂而皇之地使用高科技工具，而且在光天化日之下公然进行，更有巡警和医生站在一旁见证，杀人者不会留下指纹，现场也没有血迹。就算有检察官或侦探因怀疑而深入调查，也不可能有任何收获。只不过要多花一些钱，但是获得的利益也很大。反正，这是一个金钱万能的世间！铿、铿、铿、铿……

▼啊——反正，这是一个金钱万能的世间！首先是财产继承事件。其次，不管是政治、外交还是军事方面的机密，只要始作俑者发现能大赚一笔，其间却有人阻挠时，一旦查明对方或经常单独前往情妇的住处，或到某地赌博，或前往某处秘密聚会地点，始作俑者便会立刻找来事前约定的精神科医生和同伙，同时找上当地的警察、巡佐，伪称："我的好友有些精神异常，经常不愿回家，到处乱逛，所以想带他去看

---

① 真实国：作者虚构的国家，下文"恐惧市"亦然。

医生。可是对方又坚持自己没病，狂暴挣扎下，不得已只好采取非常手段……我知道他时常经过这一带，因此特别加以监视，能否请你们帮忙送他进医院？"叙述谈笑之间，拿出适当的金钱给警察、巡佐，精神科医生又从一旁说服，于是一切顺利进行，对方马上掉落地狱深渊，进入再也无法活着出来的疯子地狱。铿、铿、铿、铿……

▼啊——再也无法活着出来的疯子地狱。如果家族出了问题，对想要除掉的年轻的儿子或女儿，采取的手段就更为轻松了，特别是针对接受近代思想熏陶、反应过度敏感者，更可省掉许多麻烦。只要稍微加以讽刺，或是持反对立场，对方马上会出现神经衰弱的反应，脸色铁青，目露凶光，言谈举止完全改变，这么一来，只要找一位熟识的医生诊断，一切很快就可以解决。表面上借口让他静养，其实却是令其尚在含苞待放之时即堕入无间地狱。铿、铿、铿、铿……

▼啊——堕入可悲的无间地狱。专门收受这种患者而声名远播的混账博士，最初也只是一般医生，只因为收治这种患者能取得的谢仪太高，才逐渐转为专业，时至今日大发其财，在都市里拥有尽善尽美的医院建筑。院内满是代表现代文化的拷问工具，皆是能够不让患者发出丝毫声响就死亡的杀人设备，乍看是盛夏时节的医院内，其实是零下几摄氏度的冰寒地狱。富丽堂皇的大门两旁不知道停了多少辆豪华汽车。而且，因为掌握了富豪名士们的家族秘密，所以混账博士可以无穷无尽地勒索，如果对方不愿意，立刻威胁要公开其秘密，宣布误诊而让患者出院。这样一来，又可以得到患者本人的信任。像这样尽情敲诈，直到对方破产为止。一旦发觉自己的恶行有可能被曝光，混账博士只要替秘密患者注射一针，一切事情就解决了，即使患者尸体被解剖，也可以推称患者有暴力倾向，不得不使用该种药物。反正，由于目前的医学水平无法揭开精神病之谜，而使之成为精神病科医生长袖善舞的工具。铿、铿、铿、铿……

▼啊——成为精神病科医生长袖善舞的工具。不可思议的事情还

有很多，在真实国恐惧市，精神病科的混账博士不仅不会受到同行医生的批判，连政府、警察、新闻记者也对其行为置若罔闻。铿、铿、铿、铿……

▼啊——也置若罔闻。更不可思议的是，真实国的国家机密费用有绝大部分也不声不响进入了精神病科混账博士的口袋里，同时人们在其胸口佩戴无数勋章，将其抬升与文武官员同列，认同其对国家有伟大的功劳。虽然德国、法国、英国、俄国，甚至是日本，似乎还没有这样的现象，但是，混账博士在面对那些世界强国时，究竟做出了什么了不起的贡献才能获得如此之多的勋章呢？仅仅是这一点就足够惊世骇俗了……铿、铿、铿、铿……

七

▼铿、铿、铿、铿……啊——我知道各位一定觉得无聊,但是不可能就这样停止,因为这只是序幕。太多不可思议、无人见闻、科学文化地狱的真面目未被揭穿前,我只能继续说明,直到各位能够明白为止。这是未曾有人听闻的地狱故事,由奇妙的木鱼来叙述内容。铿、铿、铿、铿……

▼啊——未曾有人听闻的地狱故事,聋哑木鱼诵念的阿呆陀罗经。前述的最高文明国家真实国,表面上是世界强国,自认世界第一,是标榜崇尚自由、以民权立国的理想之国。与日本不同,在那里任何人皆可担任国家元首,以金钱和权势为本位,国民的嘴里、字典中都没有"忠义"二字,是彻彻底底的金钱万能社会。正义、法律皆能用金钱购买,更不用说什么良心或忠贞。亿万富翁讲的并非自由民权,纯粹倚靠豺狼本性,视国家利益为自己的利益,因为他们手中掌握政治实权。不管政权如何轮替,亿万富翁的威权依旧不变,上自部长、议员,下至警察、军队,国家权限由一人掌控。顶级的亿万富翁最赚钱,他们戴着法律与正义的面具,践踏弱小公民的自由、道德、义理人情。因此,由衷憎恨亿万富翁这种非法荣华的正义使者——学者和牧师——在言论自由的权利下,开始进行批判亿万富翁的演说,或是撰书讽刺之,因此当然受

到了人民赞颂，赢得了下层社会群众的支持。于是，打倒富翁的舆论日益盛行……铿、铿、铿、铿……

▼啊——打倒富翁的舆论日益盛行。这样一来，富翁当然暴怒如狂，他们一手夹着雪茄，另一手把刊登这种舆论见解的报纸杂志甩在桌上，怒责政府"该如何解决"。如果富翁中最有财势者这么做，政府方面当然困扰莫名，更担心激怒对方，否则下届竞选费用将就此泡汤。问题是，个人自由也是自由，完全未触犯国家法律，加上对方又是代表正义的学者和牧师，一旦控制其言论，或将学者、牧师送进牢房，绝对会遭受舆论全力反弹。经过一番苦思之后，唯一可行之途就是暗中送入疯子地狱。先找出正义之士的学者、牧师里的带头分子，利用刑事监控其行动，趁其单独一人时从背后下手，以对待精神病人的方式加上手铐脚镣，再以沾有麻醉剂的手帕迷昏，送上暗中等待的汽车前往精神病院，接下来不必说明大家也知道结果了……铿、铿、铿、铿……

▼啊——接下来不必说明大家也知道结果了。知道有如此方便手段的其他文明诸国，不分国家或个人，遇到麻烦问题时，纷纷有样学样。于是，被送入精神病院的有政治家、学者、情报掮客、大发明家、富豪、世家子弟，或有名的演员明星等。只要影响了权势者的野心与不正当利益，或是干扰了某个秘密计划，通常没有经过预审、公开审判、宣判，就会被判处无期或有期徒刑，甚至被送上电椅执行死刑，一切取决于权势者的要求。这是真真正正的地狱啊！铿、铿、铿、铿……

▼啊——这是真真正正的地狱啊！沉沦地狱中的患者，当然也有真正的疯子和疯癫患者，但绝大多数是英雄、豪杰、天才之类的杰出人物。疯子地狱的牛头马面只要抓到一位指定人物进入病院内，马上名利双收，精神病科混账博士当然更不用说了。铿、铿、铿、铿……铿、铿、铿、铿……

八

▼铿、铿、铿、铿……铿、铿、铿、铿……啊——各位绅士、淑女，各位在场的朋友，这就是我游历诸国带回来的特产，是真正存在于这个现代文明世界的活地狱。精神病人在鸟儿婉转啼叫、花草繁盛的极乐净土中徘徊，遭到家人遗弃，想哭也哭不出来，成为可怜的疯子乞丐，在这边村里、那边乡镇夜以继日地被人驱赶，被丢掷瓦片石砾，受到风吹日晒雨淋，摸索于冰天雪地之中。这世间有这样的地狱，开明的老天爷竟然都别过脸视若无睹，似乎笑着说"毫不知情"……铿、铿、铿、铿……

▼啊——似乎笑着说"毫不知情"。但是，这还算是悠闲的地狱！昼夜不熄的电灯、煤气灯带来唯物科学的文化之光，这光越来越亮，精神文化却变得黑暗了。无论是金钱或女人、权利或义务，比的是手段的选择和邪恶的智慧，是逸脱常理的生存竞争。户外有电车、汽车和飞机往来不停纵横飞驰。人的命运就在眼前，就取决于这一扇隐藏于黑暗中的秘密大门。不分男女老幼、疯狂正常、愚蠢聪明，只要被踹进门内，那么，连一句抱怨都来不及说，就会不声不响地堕入毫无义理人情的光辉、映照不出任何影像的黑暗世界——钢筋水泥砖瓦建造的科学知识世界的地狱。这个地狱内重叠了多层疯子地狱，上层是亲切地狱，然后

是轻蔑、嘲讽地狱，接下来是虐待、暗杀地狱，底层则是一无所知的地狱……铿、铿、铿、铿……

▼啊——底层则是一无所知的地狱。紧接着并列的是更加恐怖、完全明白一切的地狱。可恶，那家伙竟然把精神正常的我丢进这种地方！先是咬牙切齿、愤恨跺脚，但，亲切地狱之后是虐待地狱，然后是无牵无挂的白骨地狱，就算化为鬼也无法逃脱。铿、铿、铿、铿……

▼啊——就算化为鬼也无法逃脱。如果真的有这种危险的地狱之门存在，又该如何是好？在场的各位不必说，政府当局、天下的专家学者、知识阶级，不论是谁，只要是有血有泪的人，绝不能视若无睹。江户时期有一句古老的川柳①："在舒适的牢房里，也不能随便服药——《柳樽》②"，更何况是现代文明社会。尽管科学知识飞跃进步，却因为无法了解人类脑髓、人类心灵的真面目，精神病学研究者依旧有如盲目之鸦，没办法分辨疯子的真假。然而，学者们一味模仿其他医学，划分什么诊疗诊断，建造四面高墙围绕的医院，夸示各种仪器标本、医药书籍，是以出现了这样的地狱。为了防止这种情形扩大，当务之急是只要发现这种医院，就立刻予以拆除！铿、铿、铿、铿……铿、铿、铿、铿……铿、铿、铿、铿……

---

① 川柳：日本诗歌形式的一种，内容多调侃社会现象与人情。
②《柳樽》：日本江户时代中期至幕府末期，约一年发行一次的川柳集。

九

▼铿、铿、铿、铿……铿、铿、铿、铿……如果要预防这样诈欺的医院出现，避免疯子地狱的形成，只有一种方法，而且是相当费事的工作。亦即，选择一处气候与风景良好、交通方便的离岛，投入一千万日元建造一栋大型精神病院，并在该处设置研究实验所，让患者免费住院进行解放治疗，让地狱无法形成。所谓解放治疗，乃是真正精神科学对疯狂病症的治疗，不用药物，也不施行手术，完全不使用铁锁、石箱、铁箱，或控制行动的束缚衣等物，而是让所有精神病人置身于空旷区域内，对他们进行最自然的治疗。换句话说，就是精神病人的牧场，疯子患者的极乐世界，也是最奇妙珍贵、全世界首度出现的精神病院。当然，任何人皆能随意进入参观，同时，内部的一切设施皆是全新发明。铿、铿、铿、铿……

▼啊——内部的一切设施皆是全新发明。疯狂疾病出现的原理，全世界学者中没有一个人知道，但是总有一天，我会将其原理公布出来。那是非常简单易懂、让人感到轻松愉快的科学原理。我正在进行实际实验。一旦能针对绝不可能诊断预防、无法施药、无法动手术的疯狂病症进行诊断治疗，就可以获得极高的评价，日本人将成为世界上多数人种中最优越的人种之一，日本这个国家也将成为尊重正义人道的国家，

成为精神科学领域的先进国家。这就是我最大的心愿！铿、铿、铿、铿……

▼啊——这就是我最大的心愿！但是，一千万日元是个相当大的数目，就算卖掉父母留给我的农田旱地、取出积蓄、出售证券，最后把内裤当掉换钱，顶多也只能筹到一半数目，剩下的金额只好仰赖政府帮忙，同时请诸位行行好、发发善心，进行爱心捐赠，不管是五厘、一钱都没有关系，我愿意向诸位顶礼膜拜。铿、铿、铿、铿……

▼啊——我愿意向诸位顶礼膜拜。但也许会有人认为，讲出这种话的我这和尚同样是个不正常的"疯子"，眼神外貌有点儿奇怪，看起来与乞丐差不多，把包裹随手丢在路旁，敲起木鱼说着内容超乎常理的故事，还开口闭口说什么一千万日元，甚至夸称自己正在进行能治疗人类心灵的独步古今之研究。似此，各位视我为企图诈欺也在情理之中。我衷心向各位道歉！铿、铿、铿、铿……

▼啊——我衷心向各位道歉！坦白说，为什么我这个和尚要这样敲着木鱼，不顾羞耻地顶着炎天烈日向大家恳托呢？事情的起源在疯子地狱，在文明社会背后无尽扩大的野蛮粗暴的无底地狱，因为那种残酷、无奈、悲哀、痛苦非笔墨、言语、木鱼所能形容，再加上我的脑筋有点儿不对劲，可能是因果关系，我无法就这样弃之不顾。所以，我绞尽脑汁思索的结果是，要帮助精神病人，首先就要建造最大型的医院，免费收容患者，而要建造这样的医院，当然必须借助各位及舆论的力量。各位所捐赠的钱绝对不会白费！因为打扮成这副乞丐模样让大家觉得碍眼，我将自己印刷的疯子地狱之歌赠送给在场诸位，以表达歉意。各位不须花半毛钱，希望大家带回去阅读，让想要捐款者能了解事实真相。这是我一生最大的心愿！请各位详细调查拯救疯子计划的内容。另外，我所谓漫游世界的土产之疯子故事、家业作祟及血统孽缘、生灵与死灵的怨恨等魅惑人心的故事，各位听了或许会当作趣谈也未可知。不过若是有心人，可以在夹于册内的明信片上写上自己的姓名和住址，连同捐

款投进邮筒，寄至印在最末页的地址，并希望能向左邻右舍传达这些事实。如此一来，前面我所述及的疯子地狱、人类文化背面的秘密，就能在世间广泛传开，在舆论的推动下，一举摧毁作恶的精神病院，这一疯子地狱。铿、铿、铿、铿……

▼如此一来，政府也无法再保持沉默、置若罔闻，会把这件事列为当务之急。我也愿意投入自己全部财产，以五百多万日元为基金，免费照顾精神病人，协助政府建造国立精神病院，让四处可见的精神病人的过多数量开始趋于减少。铿、铿、铿、铿……

▼一改他们被世人遗忘、被世界遗忘而疯狂挣扎的命运，帮助可怜的精神病人。铿、铿、铿、铿……

▼不仅是这样，我更要将在国立精神病院研究出的治疗精神疾病的方法推广至世间，让世界各地的疯子地狱完全被摧毁，让所有的精神病人不再被残忍杀害。这才是我真正的心愿！铿、铿、铿、铿……

▼啊——这才是我真正的心愿！到了那时，各位将会了解我的工作是何等伟大与艰难，从而跟随我全心全意打垮疯子地狱。铿、铿、铿、铿……若是各位能够褒奖我几句，届时我也不知道自己会是如何地欣喜若狂。铿、铿、铿、铿……铿、铿、铿、铿……

十

▼铿、铿、铿、铿……铿、铿、铿、铿……啊——很抱歉，打扰各位忙碌处理急事或散步的宝贵时间，留在这里看我这个怪人，听我讲一些怪异的话语。但是，请大家仔细想一想，一个人如果处于这个大千世界流动的时间，几万、几亿、几兆年的无垠无涯时间里，就算能活到五十岁、七十岁、一百岁，也只不过如同眨眼一瞬，很多人都在莫名之中见面、分手、生离、死别。今天能在这条路上与大家相见，总算也是一种缘分，所以还请各位原谅，哪怕我们就这样分手，你我也都有所留念才好。铿、铿、铿、铿……如果今后从世间传闻或杂志、报纸、小说里得知有关本疯子的事迹，或在路上遇见真正的精神病人，请大家回想起我所说的这番话。阳光、月华、星辉转眼即逝，摩登文化的炫眼、博爱仁慈的光亮、正义伦理的探照灯，终究无法照亮整个世界，而且很快就会无声无息消失在比地狱更恐怖的疯子地狱里。可是，精神病人却如同漂浮于无穷无尽、黑暗深处血海里的鬼火之焰，不分罪孽福报地默默死亡。听到他们无数的怨恨之声，各位能无动于衷吗？我只能大声念着阿呆陀罗经，搭配单调的木鱼声，祈求各位垂怜。铿、铿、铿、铿……铿、铿、铿、铿……疯子地狱！

献给无聊的各位！

◆明信片请寄至下述地址：

九州帝国大学医学院

精神病学教授　斋藤寿八　研究室

面黑楼万儿　收

地球表面乃是疯子最大的解放治疗场

九州帝国大学
精神病科教室
正木敬之谈话录

自去年三月初以来，"疯子解放治疗场"工程与在九州帝国大学精神病科总馆后面新建的附属医院工程同时进行，过程极端机密，但后来已知该工程乃是该科新任教授正木博士私费投资兴建，于是记者拜访正木博士，与他在教授研究室对谈。以下是博士谈话内容。

社会似乎为了我在九州帝国大学开始施行"解放治疗"而骚乱不已，有人说那是我的独创，有人认为是崭新奇特的尝试。但坦白说，那绝非我独创，也不是崭新奇特的治疗法。亦即，这个地球表面，在还没有留下历史或传说的很久很久以前，就已经是最大的"疯子解放治疗场"，太阳是院长，空气是护士，土壤则是内部工作人员。
　　我这么说并非故作惊人之语，而是有断定这项事实的切实的理由，所以我的"精神病学研究"的第一步，可说是立足于这个"地球表面乃是疯子最大的解放治疗场"之事实。
　　若要问为什么，那是因为原本生长在大地的人类，不分身份高低、不论男女老幼，一旦发现有人哪怕只有一根手指头有毛病，或身体哪里有缺陷，或畸形，会立刻给他们挂上"残废"之名，予以轻视、同情的特殊待遇。同样，见到脑筋功能出问题，或者脑筋有某种缺陷者，也会马上给予精神病人，也就是疯子的烙印，加以区别对待，认为他们比禽兽、蛇虫更低级，可以随便轻蔑、虐待。但是，嘲讽、侮蔑这种精神病人的正常人，他们的精神状态真的毫无任何缺憾吗？他们的脑髓真的是完全依本人的意志命令自由自在地行动吗？

我敢说，如果基于公平严正的学问眼光来看，绝对很难认同上述观点。虽不像手脚扭曲、眼鼻有缺陷之类能用肉眼从外表看出来，可是说句老实话，我可以断言，生存在这个地球表面上的人类，无一例外，全都是在精神方面的残废者，不是个性扭曲、膨胀，就是智慧或情欲过多，抑或不足。

简单地说，俗谚不是常谓"人有七种癖好或四十八种特殊习惯"吗？丑陋、低级的习惯虽然经常遭人耻笑，但还是无法戒除，有时甚至会影响升迁或带给别人困扰。然而，就算下定决心，或向神佛祈愿，甚至在报纸杂志上刊登发誓广告，仍没办法戒掉坏习惯，这岂不是足以证明自己的脑筋不能依自己自由控制？岂不是自己的错误无法凭自己的意志改正的精神病发作之强烈表象？另外，即使不想哭，泪水还是情不自禁落下；虽然明知不该生气，还是忍不住怒火上升，岂非也暴露了自己头脑有弱点，无法改正精神上的暂时偏激？

除此之外，迷恋、厌恶、怠惰、好逸恶劳、神经质、变态心理等，路上遇见的人，不管认识与否，几乎多少皆带有疯狂的倾向。每个人都带有头脑作用不健全的倾向，亦即，普通人与精神病人只不过是五十步与百步的差别。

证据是，一旦指出这些人的这种弱点，亦即，指出他们有头脑作用不健全的倾向时，每个人不是脸红耳赤，就是额冒青筋地辩驳甚至挥拳相向。这与疯子坚称自己并非疯子的道理相同，虽是愚蠢至极，却也是人之常情。一旦将这种人之常情视为正常，这类精神病的倾向就会变成理所当然，何况若是给予当世流行的绅士待遇，更会助长其势，终至再也无法控制，化为家庭悲剧或是犯罪事件的元凶暴露于社会，轻者接受社会制裁，重者受到法律制裁。若是这样也无法反省，好像刹车失灵的汽车一样，就会被冠上某某狂之名，送进精神病院。

请别误会，我不是说那样不好，也并非侮辱身为万物之灵的人类。可是那样与生俱来或是被养成习惯的绅士淑女们，却在见到脑筋与自己只有五十步之差的精神病人时，予以轻蔑，或感到恐惧，自以为只有自己丝毫没有精神病倾向，是个完整无缺的人。我当然忍不住想讽刺一番，希望能够替受到那种绅士淑女一切残酷差别待遇，但其实本身无罪的精神病人辩护。

也就是说，如果按照这样的方式观察，无法区别正常人和疯子就如同无法区别监狱内外的人们一样吧！说得更刻薄一点儿，将尚未到达精神病人程度的人与疯子混为一谈者，就是那些自认为正常者……不，应该就是所谓的绅士淑女！

当然，这是种不负责任的言论，实在非常失礼冒犯，我自己也觉得遗憾万千，可是事实毕竟就是事实，这是无可置辩的。若不是站在这样的观察角度，将无法遂行有关精神病的真正科学研究，就像若不立足于人类只不过是一种动物的观察角度，便无法遂行一切医学研究般地无奈。万一真有人自信"唯有我不是疯子，我绝对是一个精神完全无缺陷的人"，那么无论何时何地都请来找我，我会让此人成为本大学的研究患者，免费让其住院。因为，我给学生授课时正缺少这样的患者……

对于出生在地面上的这种无限多的精神病患者，太阳永远持续默默对其进行治疗。当中属于比禽兽、虫蚁还更低级的半疯狂人类，在长久的岁月里，很自然地开始自觉到自己是一大群疯子的集合，开始制作出宗教、道德、法律、社会主义或民主主义之类的东西，设法让"彼此不要有暴力行为"。所以我也试着创造出一个小模型，取代太阳进行"不施用药物的解放治疗"，基于"人类全部是疯子"的观点，尝试真正科学化的精神病研究治疗。

什么？解放治疗场内收容几种精神病患者？目前还不知道。只不过，总有一天，我的学说……将会选择收容能成为新精神科学学理的实验材料之患者……

该学说是什么样的学说？你指的是我所揭示的精神科学之内容吧！这可是个非常重大的问题，实非一朝一夕所能解释清楚的。不过，扼要说来，可以肯定它将彻底推翻沿袭迄今的精神病研究方法。首先，从人类的脑髓作用重新研究，推翻以往认为"脑髓是用来思考事物的地方"之迷信学说，揭示反映新"脑髓作用"的精神遗传作用，根据由此衍生的精神解剖学、精神生理学、精神病理学观察诊断，搜集最容易了解也最有趣的精神病人的标本，试着应用我独特的精神暗示与刺激的治疗方法。

搜集些什么样的标本吗？事实上，会出现什么样的骚乱状况，我自己也没办法预测。哈哈哈……

但慎重起见，我必须事先说明，如果负责进行这种实验的我被误诊为精神毫无异常，反而会造成困扰！

太阳一旦发光，开始全面烘烤被命名为"地狱的精神病人的最大解放治疗场"，就很难予以终止，连想要途中加入酱油之类调味料的余裕都没有……同样，我一旦开始进行疯子的研究，也无法再考虑其他事情。就像是决心在马路上小便，不管是高官显要经过，还是警察来到身边，早已抱着被处罚的觉悟，还是会持续不停。

所以，即使大地上其他的疯子皆已痊愈，我的精神异常也永远无法痊愈，我能够保证的只有这件事！

绝对侦探小说

脑髓并非思考事物的地方

正木博士的学位论文内容
×记者 记

什么？我的学位论文《脑髓论》为何没有在精神医学界发表？啊，哈、哈、哈，别傻了，我并非因为害怕引起议论而不发表，只是还希望添加一些内容，才暂时没有公开。

要我叙述内容？嗯，也未尝不可。但我说出之后，报纸上一定会刊登，对吧！坦白说，上次我谈到的《地球表面乃是疯子最大的解放治疗场》一文，在你们的报纸报道之后，多少带给我些困扰呢！因为很多人认为那是我自己刊登的宣传报道。

什么？我根本不在乎，谁说什么我都不予理会。如果说我有所顾虑，那就是不想让一向抱持息事宁人主义的校长和懦弱的医学院院长担心。自从鹤川发表《万物还原为黄金》，赤井公开《返老还童手术》以来，九州帝国大学就被误解为全部是魔术师在执教鞭，更何况若再听到我《脑髓论》的内容，绝对会比上次的"解放治疗"话题增加不知多少倍的骚乱……

哼，你不会报道出来，请我说明吗？新闻记者嘴里说的不报道之语能相信吗？嗯，还是相信你吧？不过……怎么样，抽根雪茄吧！这可是上等的哈瓦那雪茄，一方面是慰劳你听我气焰嚣张的谈话内容，另一方面则是请你不要报道的封口费。虽然价钱便宜了些，哈、哈、哈……正好我今天蛮有空的,说不定会多讲一点儿呢!

对了,你读不读侦探小说?什么?不读?不读不行的!不阅读可称为近代文学神经中枢的侦探小说的家伙,等于赶不上时代潮流。什么?读腻了?哈、哈、哈,那我真是有眼不识泰山!也难怪,到底你是靠这个吃饭的新闻记者,哈、哈、哈,我真是有眼不识泰山!

那么我就告诉你一个自己珍藏的最崭新奇特的侦探故事吧!坦白说,我构思这个故事本来是想投稿给某家科学杂志,不过先讲给你听,听听你的评语也好。我认为情节的复杂微妙、最后结局的痛快讽刺应是前所未闻的。当然,如果有其他相似之例存在,我就不会公开发表了……

什么?我故意拖延时间?开玩笑!这故事与我要说的《脑髓论》可是有重大关联。因为所谓侦探小说,最主要就是脑髓的运动,凶手的脑髓和侦探的脑髓创造诡计,进行捉迷藏游戏,借着其中产生的错觉、幻觉与倒错观念的魅力,牵引读者的脑筋,你说对不?

但是我所谓的侦探小说却与这种寻常情节的类型有极大的差异,也就是说,那是"脑髓本身"追查"脑髓本身"的……宇宙间最高明的绝对的科学侦探小说,而且该绝对科学侦探小说的解谜对象是会让二十亿人类的脑髓细胞愕然失色的诡计,其诡计又是我《脑髓论》的主题。

你不明白?哈、哈、哈,本来就应该不明白才对呀,因为我什么话都还没有说呀!哈、哈、哈。

啊,没关系、没关系,你可以速记,只要等我的《脑髓论》正式发表为学位论文之后再报道就行了。如果还有什么问题,我甚至可以帮忙润稿,就算以我创作的名义发表也无所谓……

当然,我要事先声明,你就算听了这个侦探故事,也不一定能够了解,毕竟它是脑髓追查脑髓的绝对最高明的侦探小说。解谜关键从一开始就已经存在,不过读者绝对不知道,只会感觉被卷入黑暗、怪奇、幻觉、错觉、倒错观念的旋涡里,因为那是最顶尖的脑髓小说的谜团。

哈、哈、哈、哈、哈！

对了，一开始就劈头提出一个极端难解的谜团重击读者的脑筋，应该是侦探小说的典型模式吧！而所谓重击"人类脑髓"的谜团，又必须与脑髓本身有关联，对不？

既然如此，我也……来个下马威吧！哈、哈、哈。

事实上，"脑髓"本身就是现代科学界最凶狠、最蛮横残酷的"谜团"。即使在人体器官中，它也是唯一一种由无法了解其真面目的巨大蛋白质所制成的"不死鸟"，让地球上二十亿人类头盖骨疼痛作响的怪物。

被称为人类脑髓的怪物盘踞在身体的最高处，将人类的所有器官当成奴隶使役，充分榨取最上等的血液和最高级的养分。脑髓的命令一定被遂行，脑髓的欲望绝对能实现。没有人能确定，人类是为了脑髓而存在，还是脑髓为了人类而设计。能够如此彻底发挥专制独裁、完全控制人体所有器官的人类文化之君王，唯有脑髓。

不过话虽如此，这里还存在一件令人不解的事！

那便是，自称脑髓的蛋白质固体物质，古往今来在人体内负责什么样的工作、发挥什么样的作用？经过严密的科学研究后，人们终究还是"一无所知"。换句话说，这种名为"脑髓"的怪物，完全不让古今中外的学者专家们的脑髓了解它自身的真正功能。不仅如此，脑髓本身虽是只有一公斤或两公斤的物块，却向四面八方放射出超科学的怪异能力、神秘能力和魔力，完全粉碎了科学家们的脑髓科学方式推理研究。更简单地说，应该形容为"脑髓本身努力设法不让脑髓了解其自身的功能"！因此，脑髓逐渐将依其本身创造出的现代人类文化的中心予以无知化，甚至全面末梢神经化，一面使之颓废、堕落、迷乱、苦闷，一面装作若无其事地栖息于头盖骨的空洞之中，化身为恶魔中的恶魔。

当然，这不是我刻意夸大其词，这是我赌上自己专家学者的名誉的断言……

什么，你说脑髓是思考事物的地方？

没错，大家都是如此认为。不管是现代一流的科学家，还是举世各阶级的人类，无论是职业的或是业余的，大家全认定自己生来以脑髓思考事物，也确信收音机、飞机、相对论、爵士乐、安全剃刀、共产主义、毒气等所有一切，皆产生于这团重量在一千两百克以上、一千九百克以下的蛋白质。

不错，解剖人类的尸体观察脑髓时，应该会产生这样的观点。大脑、小脑、延髓、松果体等无边无量的重叠结合，奇妙形状的细胞，亦即以异想天开的方式而变形的神经细胞，从全身三十兆细胞的各处角落相互连接。研究其联络系统的结果，会发现人体各部位的细胞全体集合起来，周详、致密且井然有序地以脑髓为中心，互相结合成一系统，因此才会认为支配人类一切行动的精神或生命意识存在于脑髓之中，至少认为"脑髓是思考事物的地方"应该不会有错。

这种观念已成为全体人类不可撼摇的共同信念，甚至是常识。关于"脑髓是思考事物的地方"的事实，再也没有任何人会产生怀疑。如果发表演说，现代璀璨的文化文物，不管是一根针、一张纸都是靠着这种"思考事物的脑髓"想出来的，几乎没有人会高喊"不、不"。也就是说，目前社会已经成为脑髓万能主义的世界。

因此……在我的脑髓侦探小说中，会出现一位排斥此种世界性趋势的青年名侦探兼古今未曾有的超级脑髓学大博士，他彻底颠覆有关脑髓的所有泛世界性之迷信，让这个"脑髓"大恶魔的怪作用——应该可以形容为如同白痴般简单明了的错觉作用——之真相，暴露于真正科学的光明下，在读者们头顶给予重重一击……形同全垒打的一击。你认为如何？读者们能够接受吗？

什么？还是不明白？看样子需要多加说明了……

你说什么？这是幻想小说？别开玩笑了！我最初不是告诉过你，这是"科学侦探小说"吗？如果只是幻想，全篇的趣味就完全不见了。当然是这样……从一开始就非常缜密，你放心听我说明，慢慢就会明白。了解吗？

这位青年名侦探兼脑髓学大博士，我暂时称他是阿呆发愣，是一个刚满二十岁的美男子……听好了，他当然是实际存在的人物，而且虽然拥有古今无双的优越头脑，却生来患有极端危险的遗传精神病。因为疾病的发作，他进入本大学后不久，就被收容于本大学的附属医院中。

笑话！我这不是瞎掰！你实在是个很可怕、疑心病又重的读者……如果你认为我在说谎，我随时可以把他本人介绍给你，他就住在这对面的七号房里，我只要叫一声"喂，阿呆"，他就会很惊讶地回头，那模样非常可爱。

对了，这位病弱青年——阿呆发愣——因为遗传性精神病发作而不省人事，等到清醒过来之后，他发现自己不但不记得出生故乡或双亲姓名，连自己姓甚名谁也忘得干干净净了，所以我才给了他一个"阿呆发愣"博士的荣誉称呼。阿呆发愣博士因为头脑聪明，对丁忘记一切的这件事似乎非常在意，每天不分昼夜地在病房内的人造石地板踱着方步，思索自己脑髓的问题，经常一面嘴里念着"搞不懂、真搞不懂，我的脑髓到底曾经做过什么事？想过什么事"，或是"是我的脑髓支配全身，还是我的全身支配脑髓？不懂、完全不懂"，一面拉扯自己蓬乱的头发，或用拳头敲打自己的后脑，分秒不停地在房间内踱步。

不久以后，当那种发作开始呈现高潮时，阿呆博士会站立在房间正中央的人造石地板上，很不可思议似的圆睁双眼环视四周，做出从自己毛躁的蓬发中抓出某种眼睛见不到的东西用力甩在地板上的动作，然后指着该地板上的东西，开始滔滔不绝地发表与脑髓有关的演讲。没多久，他仿佛对自己的演讲感到非常兴奋，一脚踹起方才自己用力甩在地板上的东西，摆出将其踩烂的动作，同时晕倒于地板上。他持续昏睡三四十分钟，陷入不省人事的状态，然后又发愣般地睁开眼睛，站起身来,再度如前述一般,边反复念着"不懂、完全不懂",边在房间内踱步;紧接着又从自己毛躁的蓬发中抓出眼睛见不到的东西,用力甩在地板上,继而环视四周,一面挥拳一面开始关于脑髓的演讲,之后把甩在地板上的东西踩烂,昏倒在地……这就是此位青年名侦探每天必做的功课。

更有趣的是这位阿呆发愣博士的演讲!

阿呆博士演讲时,好像是站在某处人潮汹涌的电车线交叉路口。他像交通警察般伸开双手,瞪睨着前后左右的群众,拳头突然在空中挥动,使尽全身力气似的开始大叫:

停下来!

停下来!

电车、汽车、自行车、摩托、巴士、大货车、人力车全都给我停下来!还有绅士、淑女、老幼妇孺、上班族和职业妇女、扒手、警察全都不要动!

各位现在面对着非常危险的事态!

各位现在走在马路上,可能认为自己是边以脑髓思考事物边前进的吧!也认为自己是借着脑髓的判断力,分辨交通警察的停止、前进指示;辨别旗号的红绿,批判橱窗内的最新流行;从海报得知新人的出现;由晚报报道找出话题;警戒扒手;躲避债权人;追踪女人散发出的体香……各位可能认为你们让脑髓的感触达到高潮,表现出了文化人的傲慢……

但是,这样非常危险!我要发出紧急警告,脑髓的危险紧急警告!

请看,请听,请惊讶,请发愣……

现代二十亿人类和在场各位一样都是笨蛋,都是向邮局询问自己搬家住址的白痴，都是对着电话筒向自己家的电话咆哮的冒失鬼，也都是错误认为"脑髓"为"思考事物的地方"之低能儿童。

各位自己的脑髓把这样的紊乱错觉、幻觉得意扬扬地扛在肩上，视之为独一无二的倚靠，在"大脑是最佳也是最后的资本""现代是大脑的竞速时代"的倒错观念竞争情形下，让如此众多的电车、汽车、摩托飞驰，夜以继日地将人类文化追赶至窘境。

正常人能够坐视不管吗？

请看，请听，请惊讶，请发愣……
以下是我阿呆发愣的口号：
痛斥人类文化！
颠覆脑髓文明！
重建唯物科学思想的观点！

阿呆宣称：

"思考事物的脑髓"这一想法是人类最大的敌人，是宇宙间最高级、一流恶魔中的恶魔。天地初开时，让夏娃偷食智慧果实的撒旦之蛇，后来持续诅咒亚当和夏娃的子孙，潜入人类头盖骨的空洞里盘踞，那就是"思考事物的脑髓"的前身！

擦亮眼睛！
正视这个令人战栗的脑髓恶魔！
同时扫除一切与脑髓有关的迷信、妄信。

人类的脑髓自夸说：
"脑髓是思考事物的地方。"
"脑髓是科学文明的造物主。"
"脑髓是现实世界的全知全能之神。"
诸如此类……

脑髓就这样妄称拥有宇宙间最大、最顶级的权威，坐镇人体最高处，驱使全身各种器官为仆役，从全身榨取最上等的血液和最好的养分，享受王者的骄傲。这种脑髓自身的权威一天天达到顶峰时，也将使迷信脑髓权威的人类一步步沉沦至堕落深渊。

请看"脑髓罪恶史"的可怕！

我……阿呆发愣从各方面研究世界历史的结果，终于能做出以下的断定，亦即，脑髓的罪恶史有五项：
"让人类自以为超越神。"
这是脑髓罪恶史的第一项。
"让人类反抗大自然。"
这是第二项。
"将人类逐回禽兽世界。"
这是第三项。
"让人类疯狂追逐于仅存在物质与本能的虚无世界。"
这是第四项。
"驱赶人类走下自我毁灭的斜坡。"
这是最后一项。

事实是最好的雄辩！
只要翻开医学的历史就可以明白……

首度在人类尸体中发现脑髓的人，是被称为"西洋医学中兴之祖"的大科学家海波梅尼亚斯。但是，这位近代科学泰斗海波梅尼亚斯的伟大脑髓却使用极端大胆巧妙的诡计，将自己发现的死人脑髓之功能，封藏在绝对的秘密里。

也就是说，海波梅尼亚斯的脑髓认为"我的真面目不可被了解"，于是让呈现灰白色旋涡的"死人脑髓"与海波梅尼亚斯本身乱蓬蓬发下头盖骨内的"活生生脑髓"相互瞪眼，开始进行所有推理的决战。

……这东西到底有何作用？造化之神为什么要把这种像灰白色的蛇盘蜷成一团的东西收藏在头盖骨内？

面对这些难以解决的问题，海波梅尼亚斯的头脑日夜不停地苦恼不已。

……这么一团蛋白质，看起来就像是制造眼泪和鼻涕的地方，感觉也类似章鱼的粪便，竟然位居人类这种建筑物的阁楼里，又被视为宝贵养分的储藏库，而从其与小肠相同的蠕动曲线想象，它也可被认为是某种消化器官。但是，脑髓到底是什么呢？不懂！搞不懂！

像这样，海波梅尼亚斯摇头叹息、苦心思索甚至昏迷疲劳，最后还是一无所知，只是徒然让他的头盖骨内频频抽痛。

伟大的天才科学家海波梅尼亚斯此时终于掉进自己脑髓的诡计陷阱。他用力拍桌子，跳起来大叫："我明白啦！脑髓是思考事物的地方，我就是因为使用脑髓过度，才会这样头痛。"

因此，这位科学家马上拿起手术刀，把已经被取出脑髓的尸体均匀切割成十万分之一厘米的厚度，同时确定一个事实：形成人体各器官的三十兆细胞群完全与以脑髓为中心的神经细胞纤维结合。之后，他立刻捧起死人脑髓冲到街上：

"我明白啦！我明白啦！一切都明白了。"

"神掌控生命的本源根本就是谎言，神只不过是人类的脑髓思考出来的东西。"

"你们看看这个脑髓！"

"生命的本源存在于这个一千两百克至一千九百克的蛋白质块中。我们所谓的精神意识，只不过是靠着这块蛋白质的分解作用所产生的一种化学能量的刺激。"

"一切都是脑髓想出来的！唯有发现科学的脑髓才是现实世界全知全能的神。"

当时非常厌腻基督教的迷信与僧侣的堕落腐败之尖端人种，听到这些话后立即予以喝彩，并产生共鸣，完全认同海波梅尼亚斯的迷惘论点，确信"脑髓是思考事物的地方"之错觉。

"没错、没错，这世界上并没有什么神明的存在，一切只不过是物质的作用。我们将以我们头盖骨中的蛋白质的化学作用，创造新的唯物文化。"

像这样，巧妙地将神从人类世界抹杀的"思考事物的脑髓"，持续引导人类向大自然界反扑，开始创造出为人类而存在的唯物文化。

脑髓很轻易地替人类设计出一切武器来互相杀戮！

开发出各种医学技术，违背自然的健康法则；让病人人数增加，毫无顾忌地生儿育女。

利用各种机器代步，使世界更加狭窄。

研究出各种亮光，驱逐太阳、月亮和星星。

将在大自然出生的人类完全送进以铁和石块建造的住家，

使之在瓦斯和电力中呼吸，让动脉硬化，使之用铅和土化妆，与机器人玩游戏。

教会人类酒精、尼古丁、鸦片、消化剂、强心剂、安眠药、春药、解毒剂、毒药的使用方法，视这类东西所衍生的"非自然之倒错美"为真正的人类文化，使人类习惯于一日没有这种非自然就不能生存。

不仅如此……

从人类世界将"神"扫地出门，接着又驱逐"大自然"的"思考事物的脑髓"，同时又自人类世界中夺走了约束人类繁殖、提升进化、安慰幸福的一切自然的心理表现。亦即，认为父母之爱、同胞之爱、恋爱、贞操、信义、羞耻、义理、人情、诚意、良心等，"从唯物科学的观点来看并不合理，所以是不自然的"，并在这一错觉下对以上全部予以否定，呈现出只有物质和野兽本能存在的个人主义世界。而且让人类文化与日益深地无重心化、自渎化、神经衰弱化、精神异常化，终致全人类在精神上宛如徘徊于自毁、自杀化的虚无世界十字街头，成为徒然恋慕红绿灯的无知幽灵。

"思考事物的脑髓"就像这样，企图在不知不觉之间让人类灭亡！

请看脑髓文化的冷血、残酷模样！
这种情形可以放任不顾吗？
不只是这样而已……

"思考事物的脑髓"一方面把每个人都像这样埋葬在错觉的虚无世界里；另一方面又借着特别加工的魔术，玩弄全体人类的头脑。同时，尝试彻底混淆我——阿呆发愣——的侦探之眼。

请看……

受"脑髓之诡计"所玩弄的"脑髓之悲喜剧"如何大量呈现在各位眼前！"脑髓之闹剧"何等严肃地以全世界为舞台，持续展开！

请看……

"思考事物的脑髓"就这样君临人类世界的文化，自称掌握宇宙万物的奥秘，支配、指导深层的科学文化。

但是……

为何这种"能够思考所有事物的脑髓"将自己思考出来的学理学说，以及因其学理学说而产生的唯物文化产物，无远弗届地大量堆积于地球表面，却让其中唯一的、最重要的、最关键的有关"脑髓自身"之科学研究藏身于疑问的黑暗深处？为何思考过宇宙万物之神秘的脑髓，却唯独没有思考脑髓自身？截至今天，科学家们的学说、论文之中，完全没有一篇能够确切说明脑髓作用之文献存在，这岂非极端不可思议？

不是只有这样。各位……如果代表各位脑髓的全世界科学家们的脑髓，直到今天皆未注意到这项矛盾，未免也太可笑了吧！

请看……

人类的脑髓对于有关人类肉体的研究，已经进展到完全透彻的程度，细微精辟到解剖、生理、病理、遗传等各方面；对于疾病的治疗也区分为内科、外科、眼科、耳鼻喉科、皮肤科、牙科等类别，竞相发展。然而，独独对于思考、研究这些的脑髓，以及与之相关功能的研究，却与远古以前一样，同样属于付之阙如的"盲目摸索状态"，这是何等愚昧？

为了精神病研究而绝对必需的精神解剖学、精神生理学、精神病理学、精神遗传学等研究科目，全世界的任何大学都没有予以分科，从而让所有医生对于脑病或精神病的治疗几近放弃，脑髓又是何等失职？

"人类的生命或生命意识存在什么地方""为何会发生幻觉""所谓的早发性痴呆症是哪里出了什么毛病"等，以及任何人都会感到不可思议、与"脑髓"相关之重要问题，这样聪明的人类脑髓居然会仅仅打个大哈欠而不予理会，未免太缺乏道理。

如同占卜者无法占卜自己的命运一样，脑髓也不能思考脑髓，任何人都觉得理所当然。

这种情形如果不是脑髓的悲喜剧，又是什么？

如果不是脑髓们被脑髓玩弄的大闹剧，又算是什么？

最让我们有切肤之痛的是所谓中风后遗症的"强哭"或"强笑"。这是指不管产生愤怒还是震惊之类的情绪时，中风病人仅能表现出哭或笑中一种感情的病症。对于这种病症的说明，脑髓还是严格命令举世科学家们以"脑髓思考事物"之模式进行。所以奉行此项命令的举世科学家们只能将此种中风症状说明为，这是因为脑髓全体出血而麻痹，其中只剩驱动"哭"或"笑"的某一唯一部分还能活动，所以该人身上产生的一切情绪，只能借着"哭"或"笑"的一处神经细胞的活动来表现。除了基于这样的前提，无法再作其他说明。

但是，很遗憾，将这类中风患者的脑髓进行病理解剖的结果却与上述说明完全相反。通常因脑出血而受伤的并非脑髓全体，大多只限于脑髓中某一极小、极狭窄的部分，这岂不是很讽刺？不能哭或笑的脑髓竟然会有这样的恶作剧，不是很悲惨吗？

更讽刺、奇特的实例乃是梦游。对于这种病症，认为头脑万能的科学家们当然视之为无法理解的病症而敬而远之。可是，那些梦游症患者却似在嘲讽这类科学家般，屡屡展露各种各样的奇迹……譬如，这种患者只在梦游症发作期间，展现出实在无法被认为是此人头脑会有的高超智慧与技巧，完成某些人认为人类无法完成的伟大工作。不仅如此，患者在翌晨醒来后，又会恢复原来的痴呆模样，而且脑髓中不会留下任何有关其完成伟大工作的记忆。尽管一些专家迷信诸如"脑髓是思考事物的地方""脑髓是用来感受的地方""脑髓是用来记忆的地方"等观点，患者的脑髓却处于绝对的、永久的闭塞状态，完全没留下一丝一毫这样的判断。

这让所谓学者专家们发出惨呼："这根本不是人类脑髓能够想得出来的！"

这应该是脑髓做不到的恐怖剧吧！

然而，自诩为唯物派牧师、科学万能派传教士的所有科学家仍未引以为戒，而是持续高歌礼赞脑髓。他们将"脑髓的大小表现其拥有者的进化程度，涡纹的多寡显示其文化程度。亦即，人类是为其大而发达的脑髓存在，其脑髓又是为思考事物而存在，所以脑髓是文化之神、科学世界的造物主、唯物派的守护本尊"之类的迷信说辞视为比《圣经》更可贵，拼命拥护自己脑髓的权威。

问题是，在这类科学家们的显微镜底下，一些没头也没尾的低等动物不但能够正确判断寒暑，选择自己喜欢的食物，还能展现比人类脑髓更敏锐的气象预报能力，这岂非令人大跌眼镜？

这些低等动物虽然不会说话，却能够以肢体动作嘲笑：

"没有脑髓也可以思考事物哩！"

"我们的全身都是脑髓。"

"我们可以把脑髓完全变形，当作手脚、身体、耳朵、眼睛、鼻子、嘴巴、消化、排泄、生殖等各种器官使用。"

"你们只能由各种不同的器官分别负责这些功能。"

"我们的手脚也会思考事物！"

"也可以用屁股看或听哩！"

"抓屁股时只有屁股会痛的。"

"被跳蚤咬了，只有被咬的部位会痒！"

"脑髓不会痛也不会痒的。"

"还不明白吗？"

"啊哈哈哈……"

"噢呵呵呵……"

"咦嘻嘻嘻……"

大家听了不会觉得生气吗？

如果这不算是脑髓的讽刺剧，又算什么？

如果这一切不是脑髓的诡计，又是什么？

在这种唯物文化当中，与精神和灵魂有关联的怪奇剧和神秘剧从古老时代就已出现，而且如浪潮般不断涌现，嘲笑着人类的头脑，各位不觉得愉快吗？

在唯物资本主义的黄金时代，借着科学文化而巩固的大都市中，已死的人打来电话、陌生人出现在照片里、珠宝吸减美女的寿命、铁路道口威胁火车行驶等事实随处可见。这还不算什么，可怕的是拿破仑的幽灵抚摸阿莫隆根城的城墙、有人听到老恺撒的叹息声、埃及法老图坦卡蒙的木乃伊

133

祟弄埃及探险家……即使是科学推理的天才，以指纹、脚印、烟灰等唯物方式探索侦查的创始者夏洛克·福尔摩斯，到了晚年也受到这类怪奇现象吸引，在对于心灵学的热切研究中结束了他的一生……不仅如此，还有死者能借着没有利用伊塔波动的声波，与活在人世的妻子交谈……这些都被称为不可思议，但是却无人能断言这样的事实是否真的存在。就算能，最终也会遭人推翻，结果就是互相怪罪对方的脑髓有问题。在穷尽一切推理与想象之后，发觉这样也不对、那样更不行时，终于哀号出声："脑髓如何能够思考脑髓！"接着，所有的问题再度回到原点。

怎么样，诸位？现实中大体上的情形就是如此。

"人类的脑髓"首先必须遂行研究的是"人类脑髓的病理"。构成精神病科学基础与中心的各种重要问题，如各位所见，因为"思考事物的脑髓"呈现部分滞塞的状态，导致地球上所有精神病学者与所有精神病院的诊断治疗，只能被动地面对无能与无意识的嘲讽。同时，地球上无数的精神病人被禁锢于永远无法获得救赎、饱受侮蔑虐待的世界里，不是吗？还有，由这个社会构成的疯子地狱在地球表面上岂非到处可见吗？

若说这并非伟大的"脑髓的恶作剧"，那又是什么？如果这不是"思考事物的脑髓"对于"思考事物的脑髓"自导自演的恐怖闹剧，那又是什么？

鼓掌的人鼓掌吧！
喝彩的人喝彩吧！
哭泣者哭泣，欢笑者欢笑。

我，阿呆发愣刚注意到这种脑髓文化现状，立刻惊讶到牙关都咬不拢了。在自觉自身的脑髓正神不知鬼不觉地冷酷嘲笑此种恐怖战果的脑髓社会之时，我的左右膝盖骨抖得几乎快散掉了。我认为，无论如何都必须彻底摧毁此种脑髓的诡计，推翻举世对于脑髓的唯物科学迷信，让如此残忍、凄怆的恐怖闹剧尽快停止。

于是，我，阿呆发愣在这儿奋然站起，应用倾注了毕生心血的最高等侦探技巧，穿越无限时空进行搜索后，终于能够彻底拆穿脑髓这一大恶魔的，同时也是"受到诅咒的唯物文化偶像"的真面目！终于发现"绝对至上之大真理"！终于能够唤醒人们关于"思考事物的脑髓"之迷信与妄执！

但是，由于这个大真理过于简单、平凡，反而会被所有人都忽略。自从脑髓被发现以来，培根、洛克、达尔文、斯宾塞、柏格森等到处可见的拥有不平凡脑髓的人物，都只能在他们自身意识不到之处实现"脑髓真正的活跃"。他们只不过是一根根火柴棒，烧毁了持续玩弄且屠杀地球上二十亿生灵的"脑髓之大恶咒文"。

各位，尽情欣喜雀跃吧！勇敢跳起来、倒立、空翻吧！跳起狐步舞、圆舞曲、华尔兹吧！不必理会交通警察，也不必在乎什么安全地带，为自己从古迄今的脑髓之专制横暴——人类最后的迷信——之中获得解放而高唱凯歌吧！

我，阿呆发愣终于将地球上的大恶魔追逼至各位眼前，终于查明了神出鬼没、变幻自如的怪凶手，残忍凶恶的恶作剧者的诡计真相。就在方才，我也把大恶魔的真身——我阿呆发愣的脑髓——在各位面前摔烂了，此刻，我终于有幸在各位面前放声大叫：

"脑髓不是思考事物的地方！"

　　　　　　＊　　＊　　＊

　啊，哈、哈、哈，如何，觉得很痛快吧？绝对值得欢呼吧？这是一本足以践踏全世界二十亿脑髓的超级痛快的侦探小说吧？

　什么？还是不懂？

　啊，哈、哈、哈，这是因为你们尚未甩开以脑髓思考的习惯，因为"精神会变成物质"的唯物科学迷信思想仍旧盘踞在你们头脑中的某个角落。

　请听我说！

　我们的青年名侦探阿呆发愣博士指着被摔在地面上烂成一团的脑髓，继续进行论证……

　　　　　　＊　　＊　　＊

　请看，请听，请惊讶，请发愣！

　快看看脑髓诡计的真相，了解其比恶魔更恶的横行霸道的模样吧……

　自科学家海波梅尼亚斯最早发现脑髓以来，我们人类就持续受到"思考事物的脑髓"玩弄，不分昼夜地叩头跪拜脑髓，将自己的肉体和精神毫无保留地完全奉献给脑髓，任由错觉愚弄。连我，阿呆发愣都是其中之一。

　但是……现在已经到了必须打破这种错觉的时候了！清算发现脑髓的第一位科学家海波梅尼亚斯之错觉的机会已经来临了！与此刻躺在脚下的我的脑髓一样，把脑髓摔成烂泥的时机已经到了！

　我阿呆发愣在这个十字街头高倡地球上有史以来第一个宣言！亦即，我很荣幸公开发表最尖端的学术——最末期的科学宗教——阿呆发愣式"脑髓论"。

我，阿呆发愣断言：

"'思考事物的脑髓'无法用来思考'思考事物的脑髓'本身，这件事必须和'两个物体无法同时存在同一地方'的物理学原则一样，同为千古不变的真理。所以思考'思考事物的脑髓'的'思考事物的脑髓'让最初发现脑髓的科学家海波梅尼亚斯，持续饱受错觉自己脑髓作用的'脑髓幽灵'所苦恼，到了几乎要被自己的脑髓幽灵所杀的境地。"

所以，我，阿呆发愣对此公开发出挑战：

——思考事物之处并非脑髓！

——感受事物之处并非脑髓！

——脑髓只不过是无神经、无感觉的蛋白质固体……

我这话并没有什么可笑的，但是，各位为何觉得可笑？为何笑得七颠八倒？为何那样激动地在马路上翻滚？

为何跑进派出所？为何抱住电线杆？为何亲吻红色邮筒？难道各位的精神都出现异常了？

什么？……

"不是用脑髓思考，那是用哪里思考？"

"并非用脑髓感受，那是以什么地方感受？"

"我们的精神意识在什么地方？我们如何生存……？"

原来是为了这些。

这些问题一点儿也不可笑，也没什么不可思议和奇怪之处，都是极端平凡的问题，不是吗？

——掸掉裤子上的泥土吧！

——把帽子重新戴正吧！

——领带拉正听我说吧!

我们的精神或是生命意识不在别处,而是充满我们全身各个角落,这一点和没有脑髓的低等动物相同。

就像抓屁股屁股会痛,肚子空空会觉得饿一样,是非常简单明了的事!

不过因为过于简单明了,反而不易了解也未可知,所以我现在将予以琐碎繁复的说明。

我们经常不断意识到的一切欲望、感情、意志、记忆、判断、信念等,皆同样地、绝对平等均匀地分散在我们全身三十兆细胞之上。脑髓只不过是具有中介功能的一团细胞罢了,它不过负责将全身每一个细胞的意识内容,毫无遗漏地反射交感至全身其他的每一个细胞罢了。

共产主义者把其组织中每一位党员称为细胞。同样,如果把每一个细胞视为一个人,人类全身便如同一个大城市,脑髓就相当于位居中心的电信局。除此之外,它什么都不是。

若这样说诸位还不明白,那么可以跟着我阿呆发愣一起,回顾我在时间与空间的无限范围内来回奔波,企图追查脑髓真面目之漫漫踪迹。

首先,为了查明脑髓究竟从何而来,又是在何种理由之下诞生,你们将和我阿呆发愣共同搭乘头脑航空公司专用的超快速飞机"推理号"。当飞机从头脑机场升空后,将一口气穿越无限时空,在横亘于各位眼下、极端雄伟庄严的万物进化之大洪流里,逆向飞行六亿年。

请看吧!如今人类全盛的世界在一瞬间化为未来之梦,长毛象、大象、剑象等巨兽活跃的百万年前的象之世界,正在各位脚下徐徐展开!

　　接下来,各位眼前是早于刚才世界百万年的恐龙世界;然后是更早以前的鸟类世界、鱼类世界、贝类世界、海绵世界等进化程度越发弱化的微小生物之世界;最后,我们终于回溯到了六亿年前的古代……如何,这个世界非常年轻,对吧?火山大爆发、大雷雨、大海啸、大地震带来覆盖天地的烟尘、水汽和土尘接连不断地滚滚而上,遮蔽日月,当时的地球实在是"精力充沛",对吧?

　　接着,我们取一滴正在地表冒泡、盐分稀薄、保持在四十摄氏度左右的海水,以显微镜观察,各位应该可以发现,在眼前放大的是无数浮游的单细胞生物!是未来一切生命共同祖先的原始细胞大群集!而且,这些原始细胞乃是在地球表面的剧烈天候变化下,慢慢冷却过程中所形成的各种化合物里,最后出现的最高等复杂之物。它们充分且灵敏地发挥出了各种元素的活力,最终化合而成微妙的精英有机体……这是地球上最早的生命群体,也应该称其为"天御中主尊"[①]的正统、"耶和华"的爱子、"太阳神"之子荷鲁斯。

　　所以,这些原始细胞每一个都拥有因应其环境变化,体现所需的意识、感情、判断力等无限灵能,在同化自己以外的无机物、有机物,扩大分裂自己的同时,也能够向邻近分裂合并的细胞们反射交感彼此的感觉和意识。

　　请看上述论证的证据……在各位眼前,原始细胞正在旺盛地分裂扩大自己,快速让其形态与能力进化,不是吗?借其灵能转眼成长、分裂、结合、反射交感,而后化为同心同体的共鸣并活跃起来,在地球上发挥共同产生的灵能,逐渐开始进

[①] 天御中主尊:日本神话里的别天津神之首、宇宙的起源。

化成高等复杂的形貌，不是吗？

然而，有些家伙安心地自以为"我进化到此应该已经天下无敌了吧？应该没有谁能够进化到超越我了吧"，于是保持志得意满的形貌不再变化，转而化为海绵、贝类、鱼类、鸟类、兽类，各自繁衍其后代子孙……结果呢，就这样在不知不觉间，各位眼前才有了像今天这样复杂多样、千变万化的生物界。

不过，请看！

即使是在如此千差万别的动物之中，进化程度极低的海蜇之类的动物们，如大家所见，并未拥有脑髓或神经元之类的高级构造，仍旧和古老时代一样，靠着全身细胞的反射交感作用，让全身各个细胞同时相互意识到一切感觉，从而思考、行动、吃饭、休息、生存。

但是，到了像我们这样完成高等复杂进化的动物，如各位所知，我们已相当程度地融入意识内容。细胞之间的间隔距离逐渐拉远，当发现"我的身体竟然延伸至那么远的地方"时，人们就会如同在浴缸里尝试移动脚趾般长大。所以，就如手脚或眼耳鼻各司其职一样，"意识"也制造出名为"脑髓"的自动式、复合式反射交感系统，将全身三十兆细胞彼此间的感觉和意识纵横交织、反射交感于全身，形成"我就是我，我就是这样活着"的想法。

从流动的红细胞、白细胞至坚硬的骨头和毛发尖端，我们全身三十兆细胞就这样将我们所感觉到的意识内容，一个个地互相传递、感受、意识。

只靠眼球无法观看东西，只靠耳朵无法听见声音，其背后必须有全身细胞共同的判断感觉。

同时，脑髓不可能只靠其自身思考、感受事物，其背后必须有全身细胞相互的主、客观判断，否则人类的脑髓将与失去观众和银幕的电影放映机一样，同为毫无意义之物。

而且，所谓由脑髓中介全身意识的反射交感作用，其灵活度非常惊人，完全不是凭电话、收音机之类相互联系的人类社会组织所能比拟的！亦即，像是觉得背脊发寒的同时全身马上起鸡皮疙瘩、放屁的同时人会马上跳起来一样地迅速灵活。

构成我们全身各器官三十兆细胞的其中一团，就像这样分担各自专门的工作，同时使用脑髓的反射交感功能，全部直接观看、聆听、嗅闻东西，以脑髓为中心，意识、感激、战斗、歌舞、呼唤。

高兴时就有了食欲，因为胃也跟着同样高兴。吃饱后，即使尚未消化，也马上感到体力充沛，因为全身细胞同时都觉得吃饱了。

所以，我们用以意识自己的生命或是精神的真面目，其实只是全身无数细胞的每一个所描绘的主、客观意识，借着脑髓的反射交感作用居中中介，重叠合一所透视而得……

关于这点，各位应该已经毫无疑问了吧？既然如此，那么我们直到今天为止所迷信的脑髓之伟大内容，事实上只是全身每一个细胞含有的无限灵知灵能反射交感的错觉，就像是电信局支配整个城市一样……对此，各位应该也无怀疑之余地吧！

各位觉得如何，很简单明了，对吧？

想必各位应该都目瞪口呆了吧？

只要推翻"脑髓思考事物"的观念，马上就能解决令现代科学家们最困扰、最感到不可思议的生命意识之根本问题！脑髓负责的功能岂非和手脚负责的功能一样，可以很清楚地确定？

如果还是搞不明白，可以再度随我而来，看看此刻躺在我阿呆发愣脚边的这种名为脑髓的阿呆发愣式、自动式反射交感系统内部的样子。请仔细参观在这交感系统里之亲切爽朗的总机小姐——神经细胞们——的工作状况。

她们——神经细胞的大群集，如各位所见，自行化为电线、开关、插座、总机、转播台，或变形为天线、真空管、拨号盘、线圈等，同时因应全身各细胞所含的不同种类之意识感觉，细分为哭组、笑组、看组、听组、记忆组、迷恋组等，不分昼夜，仿佛离群索居般，反射交感全身三十兆居民的心情。

各位不可向她们搭讪！

她们是由全身细胞群中被挑选出的专精反射交感技术之技师，她们与普通电信局的女职员们一样，完全不知道自己正在反射交感什么内容，毫无一分一秒可休息，不断呼叫、被呼叫、切换、转接。无论是内阁即将改组、战争将要爆发、可能发生大地震、会发生大火灾，或是天气冷热、头被蜂蜇、屁股着火，都没有空闲去注意。因为她们只不过是向全身反射交感这些意识、判断和感觉的阿呆发愣式电池、插座、总机、线圈、拨号盘、真空管等。

所以，各位不可向她们搭讪！不能让她们思考事物！不能让她们做其他额外工作而使她们双重疲劳。

她们越是不去思考其他事情，越是专心一意单纯从事反射交感的工作，全身的反射交感功能越灵活、迅速，头脑越不会疲累，越清晰灵敏。

这不是非常简单明了吗？头脑马上变成像我阿呆发愣一

样,不是吗?

我,阿呆发愣脑髓管理局局长能够在此明言:

如果这样能让各位头骨中意识简单的脑髓变得如同阿呆发愣式反射交感组织那般灵活,意识明晰,各位应该就不会再陷入脑髓的诡计之中,也不会再用脑髓思考事物了!各位甚至可能成为最尖端脑髓学的权威大博士,一举将所有与脑髓有关的不可思议现象予以阿呆发愣化,并展现如我的脑髓一样的功能——侦察、拆穿掌握人类文化生死的大恶魔"脑髓"之真面目。

但是,在各位当中,或许还有人犹未甩脱此种束缚!或许仍旧有笃学之士对尚无法完全说明的一切与精神病或心灵相关之各种奇怪、不可思议现象感到不能释然也未可知!

没问题,真的没问题!

因为正是这样的人才值得我深入说明离奇怪异之事。我的听众必须是最新锐、最高级的顶端人种,必须是想要将地球上最怪奇神秘之物的真面目——一切邪魅、异常、无知主角的脑髓——彻底加以阿呆发愣化的人。

没问题,真的没问题!

这样的人请再度跟着我回到脑髓管理局的大门前,然后请仔细阅读揭示在这里的《脑髓管理局关于开通阿呆发愣式反射交感业务的规定》。

怎么样,各位?这项规定只有三条内容,不到一般电信局开通业务规定的十分之一,非常干脆。人类全身的三十兆细胞对于这三条规定视同祖先传下来的不成文法律,几近极端地、失去理智般地遵奉。另外,诸位只要完全了解这三条简单的规定,立刻就能够成为无懈可击的脑髓学大博士;至于目前正在世界各地持续演出的与脑髓有关的无解戏剧、讽刺剧、侮辱虐待剧、闹剧、恐怖剧等，各位也可以很轻易就看破其幕后景象是何等可笑！

◇第一条 由脑髓管理局反射交感而来的诸般报道，纵然并非事实，也应该信其为事实。

例如，梦见小偷闯入家中，遂大声叫醒家人者，即是受第一条所支配。

◇第二条 由脑髓管理局反射交感而来的各种事情，纵然是自己想做之事也不可承认、不可记忆。

例如，坚持"我不记得昨天曾经拉过你的棉被"者，就是严守第二条规定的人。

现代精神病科学界视人类的"恍惚状态"为重大疑问，而上述两条乃是引起该状态的规定。当然，即使是头脑一般的人也常见这种情形，而且这两条规定由于文字简洁，很容易被记住。不过到了第三条，文字内容就有些令人捉摸不定，但是意义还是和前两条一样简单明了，即："在人的脑髓反射交感功能发生异常时，与无脑髓的低等动物一样，让脑髓以外的全身细胞的反射交感作用替代脑髓活跃。"

这应该说是对于脑髓处于非常时期的应急手段吧！

但是，据此却能够说明，"思考事物的脑髓"到今日为止所演出的一切超过科学的，甚至无法说明的怪异现象，诸如幽灵、妖怪、幻觉、错觉、精神异常、强哭、强笑、梦游、恍惚状态等把戏，彻底玩弄全世界科学家的脑髓的魔术，其实只不过是逆用了这个简单明了的第二条规定。

◇第三条 脑髓管理局的反射交感功能发生故障时，在其产生故障的一处，正在反射交感的意识会与其他意识断绝联络。此时，全身所有细胞与原始低等动物的细胞处于同样状态（与脑髓的反射交感作用无关），将直接利用自原始以来所拥有的反射交感功能，先于其他意识而感觉、判断、思考或进行支配全身的运动。

【附则】

（一）当脑髓管理局来不及反射交感的紧急情况发生时。譬如，下意识地闭上眼睛或是躲闪时。

（二）麻醉时。譬如，利用麻醉剂让脑髓全部停止反射交感功能时，在细胞的感觉、意识、记忆作用下所进行的无意识的言谈举止。

（三）脑髓处于异常深度熟睡状态时。譬如，梦游、梦呓、半夜磨牙等。

以上三种状况也参照第三条规定。

希望各位趁着犹未忘记，把它记在笔记簿或什么上面，尤其是学生们更需要牢记。第三条乃是脑髓卫生学的根本，可以说，各位视为老毛病的神经衰弱症，就是一种出自上述规定的疾病。不，在人类之中，自称为文化民族的大多数人都是受到这种规定的束缚，一步步陷入精神性的破产、灭亡状态的。

理由无他，凭我方才说明的内容，大家就可以想象得到，脑髓管理局的阿呆发愣式反射交感机器构造非常精密，因此不仅很容易发生各式各样的故障，而且故障部分的零组件也很难更换，所以不得不设置这种应变式规定。

有一个最有力又最简单明了的证据能够证明这种脑髓管理局反射交感应急规定第三条确实存在，同时它也是能够解明脑髓创造出地球上一切怪奇现象内幕的最好实例，那就是前面提及的中风后的"强哭""强笑"。这岂不是一件很愉快的事？

也就是说，脑髓的某一处……譬如"负责笑"的交感系统因脑出血而麻痹,无法反射交感,此时只有被反射交感的"笑电流"如第三条规定所述,因与其他意识失去联络而游离,并使用脑髓以外的全身细胞自原始以来所遗留下的反射交感功能,令人只能不停地发笑。就算驱动其他"愤怒""悲伤"的电流,但在电流绕过中央的反射交感系统而来时,只有游离的"笑电流"最先直接传送散播至全身细胞,让其他感情没有向外发泄的间隙,这就是俗称的"强笑"。其他中风后遗症,如"强怒""强哭"的发生原理也是一样。

不必说,这都是由脑出血引起的故障。只要进行病理解剖,掀开头盖骨,马上就可以明白"哈哈,原来这里就是交感笑电流的地方"。但坦白说,这种肉眼能见到的脑髓故障近乎例外,肉眼见不到的脑髓故障演出的怪奇现象数不胜数。从科学文明的阁楼至地下室,从头脑文化的大马路至小巷弄,那些邪魅、异常、无意义的东西正昼夜不断地徘徊。不只这样,每一个怪异离奇的现象都无法用听诊器测出,甚至用X线也照不透,这不是很有趣的事吗?

而最令人气愤的是,拥有现代的所谓"思考事物的脑髓"的各位,做梦也未发觉到脑髓本身与全身细胞之间存在前述第三条应急规定这一事实。所以,各位毫无例外地说出"脑髓怎么使用也不会减少"之类的话,保留着绞尽脑汁、苦思冥想等勉强脑髓思考事物的习惯。但是,各位没注意到的事实是,脑髓并不是思考事物的地方,只是单纯的专门反射交感系统罢了。努力想让脑髓专门思考一切事物,这简直就像是让电信局去负责市政府的功能与职责,这不是太可笑了吗?

因此也就不难想象,脑髓管理局的"业务员"会因工作负担过重而苦恼不已,导致发生过多反射交感的错误,从而呈现出各种幻觉、错觉、倒错观念。

证据胜于理论,事实就摆在眼前!

过度用脑髓思考事物就和线圈导电过度一样,脑髓全体组织会发热,其反射交感的功能也开始减弱,这样一来,包含在全身细胞里的各种意识会失去彼此之间的联络,开始分别自由行动,此时的意识会出现较轻微、半自觉的梦游,在全身细胞所形成的意识空间中无边无际地驰骋。

各位之所以在深度思考某件事情导致头脑疲倦时,会出现放空凝视、随性胡思乱想或妄想等情况,就是缘于这一点。这样持续不久后,脑髓会完全疲倦而陷入睡眠之中,各种意识彼此间的联络也终于断绝,而后逐渐形成不合理的梦境。想必各位应该也有过各种类似的体验吧!像是在阅读小说的过程中睡着,或在教室里、电车上打盹儿等。

以前的人非常迷信,行走于黑暗中时会因为恐惧而使脑髓疲倦,陷入各种幻觉或倒错观念中,于是这类幻视或幻觉会化为故事里的幽灵、妖怪。而嘲笑这类事实的人,很遗憾,并不能称其为具有现代化高级神经之人。他们也无法成为因神经衰弱和歇斯底里而惯用镇静剂与安眠药的绅士、淑女之同伴。

即使像各位这样的现代人,尤其是过着纸醉金迷都市生活的人,脑髓就算在大白天也会疲劳,各种意识作用和判断感觉会游离于全身的神经末梢……细胞之间的反射交感功能交织,使人濒临恍惚的梦游状态。

所以经过大烟囱旁时,有人会觉得烟囱仿佛快要倒向自己的头顶,情不自禁加快步伐;或是睡觉时听到电车驶近的声音,很想立刻开灯。除此之外,发现壁炉打哈欠、蛋黄在盘子里翻白眼、昨夜回家时对面马路的邮筒换了位置、烤面包炉在深夜叹息、画像开始流汗、书桌抽屉里伸出一只惨白的纤手、掏出手枪对准自己发射等奇怪现象,绝对是因为各位的脑髓过度疲劳而引起的反射交感的错乱现象,即意识的梦游。

不过,前面也曾提及,若是这种程度的精神异常,各位之中一定大有人在。而且这些人也略微自觉到自己的精神异常,一旦视其为疯子,病况有更严重之虞,所以不能故意将他们算入精神病人的范畴。问题是,当病况转为严重时,又无法对其置之不理。病人一旦彻底发疯,便具备了居住在红砖病房里、过着受人看护生活的资格。

在我阿呆发愣落脚迄今的九州帝国大学的精神病科教室里,多的是这样的人。轮流让我们这些人到教室听正木疯子博士对学生授课时,我竟然听到博士讲述的内容和我阿呆发愣所想的相同,实在很有意思。

"咳、咳……所谓人类的脑髓,如同刚刚所说明的,就像复合式球体反射镜,巨细靡遗地反射交感全身细胞的意识内容,并将其聚焦到一点。人的意识感觉绕行于全身三十兆细胞中,而人类脑髓在同一时间显现包罗万象的意识内容,这情形恰似蜻蜓的眼球一转即可看遍大千世界、上下八方……但是,根据我的实验,由人类脑髓时时刻刻反射交感、时时刻刻聚焦成一点的精神,亦即,平均包含在每一个人类细胞里所谓一个人的个性或特征,不过是那人遗传自历代祖先的心理作用的累积。

"也就是说,所谓普通人指的是,其历代祖先所体验得来的、无数难以计量的心理上的一些习惯性表现,受到脑髓反射交感作用统一,彼此间保持和谐,逐渐形成的焦点。但是因为每一个人的心理皆有不同癖性,如果祖先没有矫正其癖性而将其遗传给子孙,那么,累积越多代,则该癖性越严重。

"譬如,有一女子遗传了祖先对于某件事爱钻牛角尖的癖性,有一天她忽然看上某位男子,不管睡着或清醒都想见到对方，想和对方在一起。于是，反射交感这种'恋爱意识'的一部分脑髓最终疲惫不堪，无法驱动，导致在该部分被反射交感的恋爱意识逐渐游离，最后化为空想、妄想，女子开始出现执念式的梦游。她不分昼夜地在虚空中描绘所爱慕男人的身影，嘴里讲的尽是男人的事。这样一来，交感系统中负责其恋爱系统的'业务员小姐'终于无法负荷，女子的恋爱意识在此时完全游离，活跃乱窜，导致发狂的程度越来越深……跑到街上……被关起来，摇撼铁窗狂叫……或者被挂上狂乱之名送入巡警捕快之处，百年之后仍博得大众喝彩。

"当然，这一般是普通人发狂的顺序。具有一点点这类倾向者称为普通人，具有过多这类倾向的则称为精神系统障碍者。所以，那些被称为发明狂、研究狂、收集狂及其他某某狂、某某疯之人，虽然程度上有所差异，却都属于这类人物。这样的症状只要及时治疗，应该能够得救。问题是，如果情况恶化，发展成为真正的梦游症后，那就完全不一样了。

"当然，这绝对是精神病的一种，发病时也比普通狂人更活跃，但是患者本人与普通人毫无两样。不，甚至这种毛病最常发生在一些只在鼻子或哪里有点儿小毛病的，头脑十分伶俐而做学问过度的，为人十分温柔、连一只虫都舍不得杀害的大好人身上，因此实在不能称其为疯子。但，即使这样，这些人到了半夜还是会忽然醒来，做出一些超越疯子行径的极端滑稽、残忍无道的事。正因如此，事情才更有趣。

"也就是说，这种人在清醒时的意识状态和普通人完全相同，其全身细胞的意识在脑髓的反射交感作用下，可以正常、协调统一地进行……可是，一到深夜，这种人的脑髓陷入全部休止的熟睡状态时，其熟睡状态便与普通人有所不同，换句话说，大幅超越普通的熟睡状态，接近死亡的世界。所以用寻常的摇撼或大声叫唤，绝对无法让他醒过来，等于是陷入与死人相同的状态。这就是梦游症患者的特征！

"不过，睡眠程度变得那样深之后，其必然的结果就是，全身细胞的意识会出现一两个无法如此深睡者，而且就像背景越黑，前景越发亮般，当人的睡眠越沉，这些睡眠迟缓的意识就越清醒地呈现出各种活跃的行动。

"譬如，假定某个人在某种感情或意志的极度亢奋下陷入睡眠……想着'我好想要那颗钻石'或'我想杀掉那个可恨的家伙'而亢奋地闭上眼……那么不久后，在脑髓陷入熟睡深渊的同时，与脑髓一起熟睡的细胞之中，只有上述意识难以入睡而保持清醒，且与那人的良心、常识、理智失联，当事人便有如跛脚者般惊醒，使用全身细胞所具有的反射交感作用代替脑髓的活动，在必要时从全身细胞唤起判断、感觉等意识，相互联系以便听、看、思考，进行自己想做的工作，窃取想要的钻石，杀害憎恨之人。但是进行这种工作的过程中发生的事情，因为没有通过脑髓，当然丝毫没有记忆，就算事后醒来，同样若无其事地恢复为痴痴呆呆之状。即使将其所窃取的钻石或所杀害之人的尸骸放在面前，患者自己也一无所知，当然更不会承认，最终变成十足的阿呆发愣！相对的，在这种梦游之间，由于全身细胞同时承担脑髓的功能和自己负责的专门功能，患者醒来以后，经常会自觉异样的疲劳。尽管这种疲劳感和使用药物麻醉脑髓后产生的疲劳感看起来几乎相同，可是却很难判断这两类疲劳完全属于同一性质，因此这一问题是法医学上一个非常有趣的研究课题。

"而这一课题的最佳实例标本，就是现在站在这里，正在听我讲解的这位青年。或许各位当中有人认识这位青年，但是，在此我仍旧依惯例不公开这位青年的姓名、住址。今年春天,刚满二十岁的他前来参加本大学的入学考试,以最高成绩顺利过关。之后不久,由于遗传祖先的梦游症,他在举行结婚典礼的前夕梦游症发作,勒杀了自己的未婚妻。不仅这样,据说早在他十六岁那年,也曾同样发作过梦游症,那时的他勒杀了自己的亲生母亲,这真是世所罕见。不过,后来他被送到我的精神病科教室来,接受了我独特的解放治疗。之后,青年似乎逐渐恢复正常,最近已经会挠抓自己的头发,用拳头敲打耳朵上方,同时口中说着'我一定是这里有毛病';他也时常站在房间中央,开始有关脑髓的演讲。由于他的演讲内容完全是一五一十地复述了在这教室里听到的学问,为了参考起见,偶尔我也会前来聆听,这种人的记忆力完美得实在超乎想象。

"原因何在呢?因为这位青年罹患的强烈梦游症发作,导致过去的记忆完全被切断,因此对于现在发生之事的记忆作用,能够不受任何事物干扰,悠游在绝对自由的世界里。一旦集中注意力,就可超乎常人地准确记忆任何琐碎事情。但是,平常却像这样宛如刚从蛋内爬出来的生物一般,一脸发愣诧异的神情,所以才会送给他阿呆发愣博士的称呼……"

正木教授说明至此,学生们再度望着我,大笑出声,因此我生气地转身跑出了精神病院。

今天,我站在这处十字路口观察各位脑髓的异常状况时,忽然觉得不能就这样放弃,才向各位提出警告,而且毅然决然公开超越时空的"阿呆发愣式脑髓论"。

各位感到佩服吗?看到了吗?听到了吗?觉得惊讶吗?

我阿呆发愣一旦揭穿"脑髓并非思考事物的地方",树木会因而丧失其翠绿色彩,花儿会不再嫣红,不是吗?一切唯物文化会彻底被推翻,所有精神病学都将成为纸上谈兵的理论,不是吗？

　　我再重复一遍。

　　人类借着"思考事物的脑髓"来否定神，甚至违背大自然，创造出唯物文化，排斥自然心理产生的人情、道德，迷信个人主义的唯物信仰，渐渐将唯物文化虚无化、无重心化、动物化、自渎化、神经衰弱化、发狂化、自杀化。

　　这完全是"思考事物的脑髓"的恶作剧，是深受迷信"脑髓幽灵"这一唯物信仰毒害的结果。

　　但是，如今清算这种迷信的时刻来临了！曾经否定神之迷信的人类，现在却陷入了要否定"思考事物的脑髓"之窘境。从唯物科学的非自然理论回归到唯心科学的自然理论的完美时节已经到来！

　　所以在实行该口号之际，我阿呆发愣才会像这样将自己的"思考事物的脑髓"摔在地上给大家看。

　　并且，还像这样狠狠将其踩烂。

　　嘿……呀……

*　　*　　*

好了。

　　哈、哈、哈，如何，觉得惊讶吗？看到了吗？听到了吗？感到佩服吗？

　　这就是我所谓的"绝对科学侦探"的写实小说，是超脑髓式的青年名侦探阿呆发愣博士不断追踪自己的脑髓，最后终于将自己的脑髓逮捕，并摔在地上踩烂的经过报告，也是世界最高级的科学浪漫"脑髓减脑髓"的高次方程式的分解公式。

所以说，真正了解这篇小说中诡计趣味的人，一定能够了解那篇名叫"胎儿之梦"的论文——对啦，我上次不是借给你了吗？——真正可怕的地方，更可以了解胎儿在母亲腹中受噩梦支配的原理，从而轻松明白实验该原理原则的解放治疗内容，还有被收容在我们医院的阿呆发愣博士的真面目和他那令人战栗的经历。

另外，还有一件事可以安慰你。如果你已经明白用脑髓分析"人类用脑髓思考事物"的旧观念可以得出"脑髓并非思考事物的地方"这一结论，那么你再继续深入分析"脑髓并非思考事物的地方"，最后又会回到最初的"脑髓是思考事物的地方"的结论，也就会明白这个极尽怪异奇妙的、我独创的精神科学式循环原则……这样，一切就更值得喝彩。

什么？你觉得头昏脑涨？

哈、哈、哈、哈，那是当然啦！听过我这些说明的人，通常都会如此……

什么，不是这个原因，是因为被雪茄熏的？

啊，哈、哈、哈、哈，这太好笑了，哈、哈、哈、哈……

（本文内容由记者负责整理）

胎儿之梦

——借人类胎儿代表其他动植物的所有胚胎。
——有关宗教、科学、艺术及其他无限广泛内容之考证、援例与文献的说明、注记予以省略，或是仅止于极端概略述及。

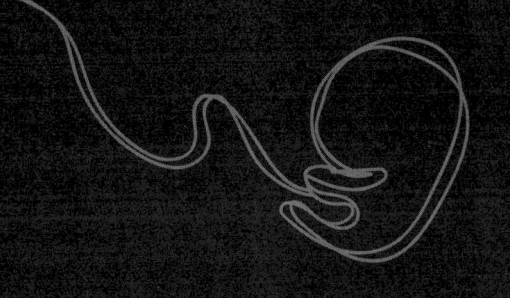

人类胎儿在母亲胎内十个月期间，都是在做一场梦。

这场梦是由胎儿自己担任主角演出，所以应该称为"物种进化实录"，是犹如一部跨越数亿年甚至是数百亿年长度的连续电影。

这像是一部由胎儿本身直接又主观描绘的超越想象的"奇幻电影"。"电影"的开始，描绘了胎儿自身最古老的祖先——原始单细胞微生物的生活状态情形；紧接着，讲述了作为主角的单细胞逐渐变成人类，也就是进化成胎儿自身形貌的过程。这是一段无从想象的漫长岁月，其间包括惊心骇目的天地异变，抑或自然淘汰、适者生存的窒息般的灾难、迫害、艰辛等。"电影"中当然有如今已成化石的史前怪异动植物，也有使这些动植物遭致惨死灭种、壮观到语言无法形容的天灾地变。另外，"电影"还描绘出在这样的天灾地变中，残存而进化的原始人类如何演化至现在的胎儿双亲为止的历代祖先；更有他们在演化过程中所经历的深刻且惨痛的生存竞争，以及在各种复杂的欲望驱使下所犯的无数罪孽的画面。最后，这一切化为胎儿自身的现实罪孽，终至成为极端惊骇战栗的大噩梦。

上述的噩梦，借着以下所述关于"胎生学"和"梦"两大不可思议现象的解决，已经直接或间接获得证明。

首先，人类胎儿在母亲体内之时，与一切生物共同祖先之原始动物相同，一开始显现的形貌只是一个圆细胞。

这个圆细胞宿于母体胎盘后不久，就分裂增殖为左、右两个细胞，紧密结合成一个生物。

这左、右两个细胞很快又各自分裂增殖为四个，同样紧密结合，摄取来自母体的养分，具备一个生物的功能。像这样，四个、八个、十六个、三十二个、六十四个……呈倍数分裂增殖后紧密结合，逐渐增大。在母亲胎盘里，胎儿从人类最初祖先的单细胞微生物，依序反复进化至人类为止的历代祖先们的模样。

最先化作鱼的形貌。接下来是鱼的前后鳍变化为四足，成了匍匐爬行的水陆两栖动物形貌。

然后是四足更强壮，可以四处奔跑的兽类形貌。

最后终于尾巴缩入，前足举高化为双手形状，后足直立步行，也就是人的形貌……等到进化至一般胎儿的形貌，才呱呱出生。

此一顺序所需要的时间因人而异，但通常不会差异太大。

这些在胎生学上已是完全确定的事实，属于无人能否定的现象。但若是如此，所有婴儿为何要在母体内反复进行如此繁复的胎生顺序？为何不在成为人的形貌后直接长大出生呢？另外，最初一个细胞为什么会像事先商量好似的，分毫不差地重复胎生的顺序呢？也就是……

"是什么让胎儿这么做呢？"

对此，没有任何一人能够适当加以解释，即使查遍现代的科学书籍也找不到任何答案，只能以"不可思议"几个字说明。

其次，尽管所有胎儿像这样毫无差错地在母体内反复遂行自己历代祖先进化的过程形貌，但是其经过时间非常短暂。胎儿在仅仅几秒钟或几分钟的时间内，便可把人类历代祖先的动物历经几百万年甚至几千万年才完成的各时代形貌进化过程，按照由鳍变手足、鳞变毛发之类的顺序反复经历。这一点可以算是相当不可思议了,然而更不可思议的是,被如此浓缩的时间长度与实际进化时间长度之间的比例,却并非是毫无道理的。

换句话说,人类胎儿在约莫十个月的时间里,反复遂行原始以来祖先们的进化历程。通常,其他动物进化程度越低,其胎生所需的时间就越短,所以进化程度最低的原始时代细菌和其他单细胞动物,大部分完全没有胎生时间,而是以分裂方式变成新的动物……这一事实的理由何在?还有,进化程度最高的人类胎儿为什么需要最长的胎生时间?换句话说,"是什么让胎儿这么做呢?"

在想要对这问题加以适当解释时,我们发现凭现代的科学知识绝对给不出答案。果然,这些问题只能用"不可思议"来形容。

以上是关于胎儿不可思议现象的实例。接下来,我们试着从解剖学的角度来研究观察如上述所形成的人类"肉体",同样发现数不胜数的不可思议现象。

亦即,试着从表面观察人类肉体,我们可以发现,其进化程度越高,其胎生过程进行得越慎重,外观就比其他动物越高雅优美。柔和且带着威严的五官轮廓、美丽的肌肤、匀称的骨架和肌肉,足以被称为万物之灵。但是,如果剥掉其肉体表皮,拔掉肌肉,检查其内脏,解剖其脑髓和五官详细观察,将可明白其各部分的构造,每一样都是承袭自低等动物进化而来的鱼、爬虫、猿猴等历代祖先的生活器官。也就是说,即使一颗牙齿的形状、一根头发的组织,都忠实记录着在惊人的漫长岁月里进化过程中所受到自然淘汰的迫害,抑或生存竞争的艰难历史。因此,为了鲜明纪念这样的历史,胎儿才会如此反复进化,将演变成人类形貌的一切伟大、深刻的记忆注记于每一个细胞中。

不必说,这种现象已经能够利用进化论、遗传学或解剖学等予以证明,没必要在此详述。问题是,谁负责记忆这些事情,让胎儿反复遂行这种历史演进?

"是什么让胎儿这么做？"这一问题还是无法清楚说明，同样只能用"不可思议"形容。

而且，不仅如此！

如果进一步观察人类的精神内容，则会更深刻痛切地证明这样的事实：

如果也从表面观察人类的精神，会发现其完美程度绝非其他动物所能比拟，是以自觉"万物之灵长"或"文化之骄傲"的一层"人皮"，包覆自己的精神生活内容，施以称之为常识或人格的巧妙化妆，超然而自得其乐。一旦剥下其表皮，也就是"人皮"一看，能彻底发现隐藏在底下的，是从人类远祖之微生物演变成现在的人类形貌为止，由于经历漫长岁月的自然淘汰、生存竞争迫害，所形成的警戒心理或生存竞争心理遗传下来的不同时代的动物心理样态之事实。

也就是说，剥掉所谓文化人的表皮——借着博爱仁慈、正义公道、礼仪制度掩饰的人皮之后，底下出现的乃是野蛮人或原始人的生活心理！

最能证明这项事实的人乃是天真无邪的幼儿。尚不知披上文化外皮的幼儿，充分发挥着同样不知道披上文化外皮的古代民族之个性。拾起木棒就想玩打仗游戏，是遗传了历经部落与部落、种族和种族之间战争行为的生存竞争的原始人好战的本性。也就是说，潜藏在细胞里的野蛮人时代的本能记忆，被木棒这种类似武器之物的暗示刺激而惊醒；幼儿见到虫类会毫无意义地追逐，则是由狩猎时代见到会动的东西就想追逐的心理暗示刺激所诱发；至于幼儿把捉到的虫类弄断手脚、撕掉翅膀、挤破肚子、火烤等，只是古代民族处置、玩弄、侮辱猎物或俘虏以彻底满足胜利感、优越感的残忍个性记忆的重现；还有，将婴儿置于暗处，婴儿号啕大哭，也只是尚不会用火的原始人对满是毒蛇猛兽的黑暗世界的恐惧感之复活；另外，随处便溺则为祖先昔日睡在树根或草丛时代的习惯之重现。这些都可以借着现代进步的心理学研究加以说明。

接着，如果继续剥掉野蛮人或原始人的另一层皮，会发现底下溢满畜生，或者说禽兽的个性。

譬如，同性，也就是两个彼此陌生的男人或女人初次见面，表面上会人模人样地互相打招呼，可是内心却在互相翻白眼，观察对方反应。稍不注意，双方马上就会从对方那些微小动作中发现令其不愉快之处，互相皱起鼻头，仿佛街头常见的猫狗互相叫阵般，咒骂对方"畜生"或"禽兽"。另外，在日常生活中到处可见比自己弱小之人，忍不住就会想稍微欺负一下对方；对于妨碍自己行动的人，则希望能有人帮忙杀掉对方；四下无人时，会产生想偷窃的念头；偶尔想闻一闻他人小便的味道；想埋藏自己的遗物等如畜生般的心理表现，都是来自禽兽的个性。

接着，我们再切开此禽兽个性底下的横膈膜，会立刻发现蠕动的虫类心理。

譬如，企图推落同伴独自爬上高处；绕至无人看见的地方独享美味；做了对自己有利的事情，立刻想钻进自认为最安全的洞穴里；一发现营养不错的家伙，会想偷偷接近并且寄生；不管他人感觉，任性做出令人不愉快的动作，力求自我保护；想躲在硬壳里，让敌人无法接近；发现敌人，即使牺牲别人，也尽可能想让自己得救；到了最后关头，挥舞毒针、喷出墨汁、射出小便、放出恶臭，或者利用保护色，幻化为地形地物或比自己强壮者的形状等，低级、懦弱的人所做之事，皆是这种虫类本能的反应。也就是说，俗语中所谓的"可怜虫""糊涂虫""寄生虫""鼻涕虫""血吸虫""放屁虫"等就是显现这种虫类时代心理遗传的轻蔑言辞。

最后……是虫类心理的核心。如果切开人类本能最深处的动物心理核心，将会显示出与霉菌及其他微生物所共通的原始动物心理。那是只会无意义生存、无意义行动的活动方式，大多表现为所谓从众心理、追求流行心理或看热闹心理。如果一一拆开单独观察，会发现这类行动似乎完全无意义，可是一旦集合多数，将会产生如同多数霉菌聚集一样恐怖的作用!

也就是说,人们会向着发光之物、高明之物、高声之物、道理简单之物、刺激明显之物等崭新且易了解之物群聚,但是他们既没有判断力,也无理解力,与置于显微镜下的微生物同样无自觉、无主见,恍恍惚惚聚成大群体。虽有无意义的感激、夸耀和安心,最后却莫名其妙地突然浸身感激之中,不惜为之舍弃自己的生命……献身于暴动、革命等心理,不过是与专注于一滴苹果酸的微生物相同。

人类的心理在这时候才首度接近物理或化学方式的运动变化法则。因为和微生物只有些微差异,所以从事政治或其他以拉拢人心为职业的人物,所利用的就是这种属于人性本位的霉菌特性。

我们人类的精神生活就是,在上述各种心理之中,以最低级、单纯者为中心逐一向外,借由高级复杂的动物心理包裹,最外层再包裹所谓的人皮,用交际、制度、身份家世、面子人格等蝴蝶结或标签装饰,化妆,喷洒香水,然后昂首阔步于马路上。但若是解剖其内容,绝大部分就如前面所述,只是重现潜藏在人体细胞中历代祖先的动物心理记忆。

但是,如同前述的肉体解剖观察,问题在于:胎儿如何能够将这样复杂多样的心理记忆,包容于细胞潜在意识或本能之中呢?

还是没办法说明"是什么让胎儿这么做"。不,甚至一个人的精神内容乃是过去数亿年间的万物进化遗迹的这项事实尚处于完全未被注意的状态,都被"人类是万物之灵"或"我是最高等的人类"的浅薄自以为是之态度所掩蔽。

以上列举的是胎儿的胎生,以及因胎生而完成的成人肉体和精神上出现有关万物进化遗迹之不可思议现象。接下来则是观察人类所做的"梦"之不可思议现象。

所谓的梦,自古以来就被视为不可思议的代表,因此如果碰上一点儿意外的事，人们马上会想"这是不是在做梦？"见到和实际事物有些差异的奇妙景象，或是出现无法想象的特异、不自然的风景或物品，这些不合于现实世界的心理或物理法则之景物，若是根据连神话或传说也没有的奇想法则，该景物立刻千变万化。因此，有关梦的真相和梦中的心理、景象变化法则，困扰了古今不知多少学者专家。在此列举以下三项梦的特征，当作解明梦的本质、真相的线索。

（一）梦中所发生的事情在进行变换之时，经常出现非常不合情理的部分。不，甚至可以说这样的情形实在太多，所以才会认为这种超自然景象、物体的不合理活跃、转变就是梦。虽然如此，可是在做梦之时，对梦中发生之事不仅不会怀疑其超自然、不合理，反而会严肃感受到更为现实的深刻痛切。

（二）以与现实同样的感觉，表现出至今从未见过的风景或天灾地变。

（三）虽然梦中出现了感觉有如几年或几十年那么漫长的连续事件，但是事实上，现代科学已证明，做梦的时间短暂无比，只有几分钟或几秒钟。

以上列举的有关"胎儿"与"梦"之各种不可思议的现象，乃是无人能够否定的科学界的重大疑问。但是，这样不可思议的现象，为什么迄今未能解决？为什么迄今犹未找到解决这些疑问的关键？其中存在以下两个原因。

其一，以前学者对人体细胞相关的观念完全错误。他们认为是人体细胞让人类胎生，让完成胎生过程的成年人做梦；其二，人类对于流动在宇宙间的"时间"的一般性观念完全错误。

换句话说，组成人体的每一个细胞承载的内容比作为主人翁的该人类所承载的内容更加伟大。不，前者拥有的完美、伟大内容及性能甚至能够和整个宇宙相媲美。所以，利用显微镜从外观察一个细胞，以化学方式分析其成分，借其形态、色彩的变化研究其分裂、繁殖的状况等老旧的唯物科学方式，无法了解细胞之内容与性能的伟大。这就像漠视英雄、伟人生前的功绩，只观察其尸体的外貌、解剖其内部，就企图确定其伟大个性和性能似的，根本就是缘木求鱼。

另外，对于所谓时间的认识也存在相同误区。由中央气象台、我们佩戴的腕表的指针、地球与太阳的自转公转等显示的时间，并非真实的时间，只是唯物科学擅自制造的人造时间，那是属于错觉的时间、伪冒的时间。所谓的真实时间应该不是这种无聊的尺寸所能局限的，而是变幻自如、玄妙而不可思议的东西。人们如果能够认同此项事实，应该同时也能够认同"胎儿之梦"的存在，当然也就能够掌握揭开生命之神秘、宇宙之谜团的关键。

本来，细胞就只有人体几十兆分之一那么大，是小度数显微镜无法捕捉到的微小颗粒，所以其内容的复杂或表现力的程度，应该也是人类整体能力的几十兆分之一。不管如何，细胞是极端单纯无力的——这就是迄今为止，大部分科学家根深蒂固的观念！因此，当细胞不可思议的生存、繁殖、遗传等能力陆续被发现时，科学家们都惊异万分。可是，其研究依然仅止于用显微镜观察、借化学公式分析的范围，即仅限于唯物科学能说明的范围之内。这样当然无法跨越细胞是人体几十兆分之一程度的单纯无力之概念，他们甚至觉得，若更进一步研究，就等于冒渎唯物科学，是身为学者专家的罪恶。

但这是拘泥于唯物科学理论的学者专家先入为主的观念所产生的错误，他们根据形状大小来判断细胞的内容和能力，得出"应该就这么多吧！"的极端不合理推论。生命的神秘、梦的不可思议等科学界大谜团之所以长久无解而残存至今，就是因为拘泥于这种"井底之蛙"式的不自由、不合理唯物论……

换一个方式说明，之所以产生这样的结果，是因为他们想利用过度拘泥于科学的非科学式研究方法，来研究细胞这一广大无边的生命主体。所以我们必须一扫这种旧式的学问常识，放弃对于受拘泥的唯物理论的迷信，转而用不受局限的、更为自由的态度观察宇宙万物，同时把这个问题与更合适明了的实际现象相对照。如此一来，我们将会发现一个细胞所包含的内容，远比利用显微镜或在化学实验室里观测、计量所得的内容更加深刻伟大，甚至与全宇宙相比都毫不逊色之事实。也就是说，我们要凭借超越现代的真实科学知识，直面那些迷信唯物科学研究观察法的人一心一意想否定却又无法否定的事实。

首先必须举出的就是，细胞具有创造人类的能力。亦即，身为生命种子、宿于母体胎内的唯一一个细胞，依前述顺序分裂增殖，循着历代祖先的进化脚步成长，一边回想那边是那样、这里是这样的，一边依照鱼类、蜥蜴、猿猴、人类的顺序，正确无误地塑造自己。虽不能一概而论，但人总会尽可能地综合双亲的优点或长处，努力希望能有多一点点进步。所以虽然每个人的眼、耳、口、鼻位置尽皆相同，却仍能从微妙细节处看出"这是我的儿子""酷似他父亲""脾气和他父亲一模一样""记忆力和我一样好"，等等。

另外，请看每一个细胞的惊人记忆力、相互间的共鸣力、判断力、推理力、向上力、良心，甚至灵性艺术的批判力，等等，是何等深刻！还有，这些细胞的大集团——人类——接触宇宙万物而予以理解，并产生共鸣，创立国家社会这个大群体，共同一致塑造人类文化，其创造力又是何等深远广大！这种几乎可谓全知全能的伟大作用，总归一句，只能认为是最初唯一一个细胞的灵能显现。换言之，现代人类如此广大无边的文化，若深究其根本，只不过是一个存在于显微镜底下的细胞所含有的灵能反映于整个地球表面而已。

◇备注：具有如此伟大内容的细胞大集团，以脑髓为中介，将其灵能在细胞共同的意识下统一而成的产物就是人类。所以显现出的知识、感情、意志等，照理必须比每一个单独的细胞所拥有的知识、感情、意志等更完美，但事实上正好相反。所以自从有了世界，无论任何贤人或伟人，面对细胞的伟大灵能时，总是形同无力，恰似星星在太阳面前必须跪拜一样……也就是说，统一成为人类形貌的细胞大集团存在着这样一种怪异现象：这个大集团连自身几十兆分之一大小的单个细胞的几十兆分之一的能力都不具备。这可以视作负责统筹人类身体各部位细胞灵能的机构——脑髓——的作用尚未充分进化，导致细胞灵能的充分活跃受到妨碍，同时也能够认为是地球上最初出现生命种子的单细胞在地球上最初出现的唯一意念和其无限灵能，历经将灵能具体反映于地面的种种过程，进化至最有利、最有能力的人类后，又会继续进化至更有利、更有能力的生物，现在的人类只不过是过渡期未完成的生物，因此才会出现这种矛盾、不合理的怪异现象。这些是非常重大的研究事项，不是一朝一夕可以说明完全的，所以言止于此，仅供参考。

一旦明白人类肉体及精神与细胞的灵能关系，则有关"梦"之本质的说明就容易了解了。

近代医学已经证明，任何一个细胞都与我们每一个人的生命拥有同样——甚至超越其上——的意识内容与灵能。因此，全部细胞只要从事某项工作，就会伴随吸收养分、发育、分裂、繁殖、疲劳、老死、分解、消灭的过程。而且，每一个细胞本身在工作、发育、分裂、繁殖、疲劳、老死、分解、消灭的过程中，与我们每个人一样，甚至会更强烈地意识到其工作的苦与乐，同时对这样的苦、乐，或与我们个人感受的相同，或有超乎其上的联想、想象与幻想，就好像一个国家从兴盛至衰亡之间会留下无数艺术作品一样。

证明这项事实的就是我们所做的梦。

所谓的梦，本来就是人类全身在睡眠时，体内某一部分细胞的灵能受到某种刺激而惊醒后开始活跃的过程。惊醒的细胞本身的意识状态反映于脑髓，留存于记忆之中。

譬如，人类吃下不消化的东西后睡觉，这时只有胃细胞惊醒，开始工作，同时不断表示不满，发牢骚"啊，好难过，做也做不完，这到底是怎么一回事"，或"为什么只有我们必须受苦"等，于是胃细胞的痛苦和不满情绪就会化为一种联想，反映在脑髓。亦即，恰似觉得受苦的主角无辜被送进牢狱，铐上锁链，呻吟着地扛着超过体力所能负荷的大石头之际，又碰上不可抗的大地震，最终被压在房屋底下挣扎……不久，当痛苦的消化工作转为轻松，总算松一口气时，梦中的情绪反映于脑髓，联想、幻想的内容随之转为轻松，成为在山顶观看日出或用雪橇滑雪的欢乐心情。

另外，如果一个人睡前想着"真希望见到她"而闭上眼，那么因这一念头的官能刺激而难以入睡，冲动地想去找她却怎么也没办法去的焦急心情就会化为梦境描绘出来。她的容貌借着美丽的花或鸟或风景来象征，在他梦中灿笑，可是一旦想取得时，却出现各种阻碍而无法接近。这时，不是留存记忆中的远古时代的天灾地变突然出现在眼前，就是看见猿人祖先所居住的高山断崖，其中有时会感受祖父落魄乞食的心境，有时则会看到父亲泳渡大河的情景，有时也可能变成猿猴攀山越岭，或化身为鱼横渡大海，费尽千辛万苦终于能够得到她——花或鸟等美好事物……最后，因为最初的刺激心理消失，梦境结束，人随之清醒过来。

此外，因为尿床而梦见远古时代大洪水，因为鼻塞而在梦中重新描绘少年时代差点儿溺死的痛苦等，像这样不管是手、脚、内脏或皮肤的一部分都无所谓，当全身熟睡之间，受到某种刺激而惊醒的细胞，一定会联想、幻想、妄想与该刺激相对应的对象做着某种梦。也就是说，呼应细胞每个时候的情绪，从细胞本身传自历代祖先的记忆或细胞过去的记忆，随机唤起类似的场景或情境，描绘出最深刻且痛切的那种情绪。如果该情绪属于非常识或变态，无法找到表现呼应的联想材料，便马上以想象的物品、风景替代。为了表现人体内细胞独特的恐惧和不安，会联想到像蚯蚓或蛇般弯曲的厨房器具；为了表现痛苦，会描绘滴着鲜血的大树或在火焰中盛开的花朵。这和不知神秘内幕的人类会想出长着翅膀的天使一样！

这与我们清醒时的心情会受周遭状况支配而变化正好相反。在梦中，心情会首先发生变化，随着心情变化，适合该心情的景象、物品、场景才会跟着千变万化，无论那些变化如何突兀、不合情理，梦中也不会感到丝毫矛盾或不自然。不但如此，人们还觉得梦中体验比现实印象更自然深刻。

换句话说，所谓的梦乃是细胞独特的艺术，毫无条理地组合起象征着唯有梦之主角的细胞本身才能了解的所有影像、物体的记忆、幻觉、联想，然后极端清晰地描绘心情的变化。

◇备注：近代欧美国家的各种艺术倾向，常借着无意义或是片断的色彩音响，抑或突兀的景象、物体的组合，企图表现比旧有的常识性表现方式更深刻的心情，这与梦的表现方式逐渐接近。

梦的真相如以上所说明，乃是伴随着细胞的发育、分裂、繁殖，将细胞本身的意识内容反映于脑髓。接下来则说明在梦中感受的时间和实际不一致的理由。亦即，一般人因相信靠时钟或太阳显示的时间乃是真正的时间，才会产生非常严重的错觉，惊愕于真正的科学判断。这样，应该足以解释这项疑问吧！

依据现代医学的标准，将普通人平静地呼吸十八次，或是脉搏跳动七十几下所经过的时间定为一分钟，规定其六十倍为一小时，一小时的二十四倍为一日，一日的三百六十几倍为一年。同时，因为一年也相当于地球绕行太阳一周的时间，所以有信用的公司所制造的钟表，其显示的时间就成为具有公信力的时间。但是，这主要还是人造的时间，所谓真正的时间并非这种东西，证据是，如果由不同人分别使用这种同样长度的时间，将出现极大的差异。

举一个随处可见的例子。即使用同一时钟计算一小时，阅读有趣小说的一小时与在车站茫然等待火车进站的一小时，长度上有着相当惊人的差异；用竹尺计量物品一尺的长度，并非在所有人看起来都是一样的；潜水闭气的一分钟，和闲话家常的一分钟比较，前者令人感觉漫长得无法忍受，后者却几乎不到一瞬间……这些绝对都是事实。

再进一步说明，假定这儿有一个死人，该死人在死后也能够借着其无知觉的感觉感受到时间的流逝，则其一秒钟的长度应该会和一亿年的长度相同。另外，这样的感受必须是死后的真实感受，所以等于感受到一秒钟包含一亿年，同时也在一秒钟感受宇宙寿命的长度。流泻在无限宇宙的恒常时间之真面目，就是如此极端的错觉。在无限的真实背后，时间这东西时而如箭矢般静止，时而似飞石般疾驰。

所谓的真实时间和一般人认为的人造时间完全不同！它是和太阳、地球及其他天体的运行，或是时针的旋转等毫无关系的，而是对于所有无边无量的生命的个别感觉，是个别的以无限伸缩自如的静止或流动的。

接下来，试着比较存在于地球上的生命长度。在几百年之间，从繁荣茂盛的植物、生存百年以上的大型动物，至仅仅生存几分钟或几秒钟的微生物为止，大体说来，形状越小者其寿命越短。细胞也是相同，在人体个别的细胞中，随机取出寿命较长与寿命较短的细胞，试着比较人类整体生命的长度，能够发现有如国家的生命与个人的生命之差异。但是，这些或长或短的各种细胞生命，其主观感受的一生长度完全相同，不管其由生至死的时间以人造时间计算是一分钟还是一百年，丝毫不受影响。

历经出生、成长、生殖、衰老、死亡而感受到的实际时间长度，同样都是一生的长度。不知道此种道理，将朝生暮死的婴儿之悲哀，与同样朝生暮死的昆虫生命相比较而觉得绝望，未免显得愚蠢、不自然，又不合理。毕竟，这只是将毫无通融的人造时间和无限伸缩自如的天然时间混淆思考的悲喜剧。

一切的自然……一切的生物依各自所需的长度占领这种无限伸缩自如的天然时间，视之为一生的长度而呼吸、成长、繁殖、老死。同样地，形成人体的细胞寿命，即使以人造时间计算非常短暂，其占领的天然时间也必然是无限，因此若细胞使用无限的记忆内容和无限的时间大幅描绘"梦"，很轻松就可以在一瞬间、一秒之间描绘出五十年或一百年之间所发生的事情。在中国古老传说、流传至日本的"邯郸一梦"中，卢生一梦五十年其实只是粟饭一炊的时间，这样的事实毫无不可思议之处。

根据以上所述，各位应该能理解仅只是一个细胞的灵能是何等无限，尤其是其中的"细胞的记忆力"是多么深刻无量吧！在认同让人类的肉体和精神同时胎生完成的"细胞的记忆力"大作用之时，相信各位有关于"胎儿之梦"当中"是什么让胎儿这么做"的疑问，应该能解开大部分吧！

胎儿因为在母亲体内，对于外界的感觉完全绝缘，处于与沉睡同样的状态。其间，胎儿的细胞旺盛分裂、繁殖、进化，竭尽全力只为了"迈向成为人类之路"，因此反复思索祖先进化当时的记忆，持续将当时情景反映于胎儿的意识。如前所述，借着母体胎盘完全隔离外界刺激的同时，又极端平静地受到保护，可以不必考虑任何事情，一心一意守住"迈向成为人类之路"的梦即可，所以梦的内容也会极端顺利、正确、精细地转移，这点乃是与任性奔放又自在的成人之梦不同之处。

若将这种情形反过来说明，那么，创造胎儿的是"胎儿之梦"，支配胎儿之梦的则是"细胞的记忆力"。所有胎儿在母亲体内进化的过程和所需的时间都大致相同且固定，是由于现在的人类是由某位共同的祖先进化而来的，所以细胞的记忆，亦即"胎儿之梦"的长度都相同且固定。另外，这种长达数亿甚至数十亿年的"胎儿之梦"能用仅仅十个月完成，若参考前述的细胞灵能，绝非奇怪之事，而进化程度较低的动物之胎生时间较短，主要是因为该动物的进化回忆比较简单。因此，自原始以来未完成任何进化的低等微生物完全不会做"胎儿之梦"，其理由也是因为其与祖先一样，是在一瞬间分裂、繁殖的。

◇备注：对于上述的内容，也就是"细胞的记忆力"和其他的细胞灵能是何等的深刻微妙、对于一切生物的子孙之轮回转世具有何等深远影响、对万物的命运具有怎样的支配作用等事实，在几千年前以埃及一神教为本源的各种经典上都已有所叙述，因此现在世界各地苟延残喘的所谓宗教，就是粉饰这种科学观察、为求方便教导未开化民族而予以迷信化的残骸。所以胎儿之梦的存在绝对不是新学说，特此记之。

那么，如果要具体说明并未留在我们记忆之中的"胎儿之梦"的内容，它又是如何呢？

虽然对照前此所述的各项，应该能够充分推测，但为参考之用，接下来试说明笔者自己的推测内容。

人类胎儿在母亲体内所做有关历代祖先进化之梦中，最常出现的就是噩梦。

原因何在呢？因为所谓人类这种动物，在进化至今日的程度为止，自身完全没有长出像牛那样的角、像虎那样的爪牙、鸟的翅膀、鱼类的保护色、虫类的毒液、贝类的壳等天然护身或攻击的道具，与其他动物相比，肉体很明显柔弱、无害、无毒、无特征，可是却还能够据此暴露于所有激烈生存竞争的场合，与各种天灾地变缠斗，终于进化至像今日这样的最高等动物。

可以想象到，这中间人类的祖先一定体验过其他动物所难以比拟的生存竞争之痛苦与自然淘汰之迫害，因此其艰难辛苦的回忆绝对无可计数。其中，每个胎儿清楚地做着属于自己过去的和自己同姓的历代祖先长达几千万、几亿年的深刻回忆之梦，又感受到如实际时间更缓慢成长，其辛苦绝非其父母在这个世间所感受到的辛苦那样的短暂、肤浅，不是吗？

首先，人类种子的一个细胞是与一切生物共同祖先相同的微生物，在子宫内壁的某一点着床后不久，随即开始做着这样的梦：与几亿年前无生代时期的无数微生物同伴浮游于温暖的水中。这种数不胜数的微生物群体中的每一个成员，其透明的身体都在吸收反射天空的强光。有的散发七色彩虹，有的射出金银色光芒，享受地球上最初生命的自由，它们漫无目的地浮游、旋转、摇曳，在每一瞬间分裂、生存、死亡，那是何等果敢、欢乐、美好？

但是……不久，其所居住的水域发生微妙变化，无法形容的莫大痛苦袭来，大多数同伴瞬间死亡，它自己也想逃生，可是全身却被痛苦束缚而无法动弹。好不容易挣脱这种痛苦、折磨，却又受到原始太阳如烈火般追迫，苍白月光如寒冰般穿透，或被狂风吹散于无边无际的虚空，被暴雨打落无间地狱。它们饱受这种无法想象的恐怖，被不知生死的苦恼所玩弄，苦闷于"啊，我希望让自己变得更强壮""我希望身体能够忍受寒暑"的挣扎。于是，一颗细胞开始逐渐分裂增大，终于变成接近于人类祖先的鱼类形貌。也就是说，它完全拥有了能够抵抗寒暑的皮肤和鳞、善于游泳的鳍和尾巴、嘴和眼睛、能够判断事物的神经等组织器官，呈现出进步惊人的外貌。

但是当它得意地在浪边散步，炫耀"啊，太好啦，这样没什么好抱怨了，没有生物可以比我更完美"时，却发现比自己身体不知巨大多少倍的章鱼，伸开足以遮天的手，袭向自己。

"哇，救命"，它逃进海藻林中屏住呼吸，不敢出声，好不容易才得救，松了一口气，可慢慢抬起头时，却发现比章鱼更巨大几十倍的海蝎，它的巨螯已逼近眼前。它慌忙转身想逃，这时，三叶虫像云一般向自己背上覆盖而来，海葵也从一旁刺出毒枪，它好不容易及时脱身潜入小石头下，全身发抖地向一同进化的生物同伴大叫道："啊，太可怕啦，这样还不能安心生存。"

可是同伴却说它大惊小怪，于是它只好将自己的身体用硬壳包裹住，只将手脚从岩石间伸出。自己好不容易历经进化至此，却必须在这种黑暗沉闷的水底忍受煎熬，这让它觉得非常不甘心。它拼命祈祷"我希望拥有一具能尽早到陆地，在轻快、明亮的空气中自由畅快跳跃的身体"。终于它变化为有如小小的三眼蜥蜴那样的东西，跳上陆地。

"啊，好高兴啊，真好！"但是，在它四处跑跳后不久，几乎令世界毁灭的火山爆发、大地震、大海啸从四面八方袭来，海洋沸腾如开水，让它无路可逃，只能在火烫的沙地上痛苦奔逃。好不容易勉强躲过天灾，这回却置身如山一般高大的巨龙脚趾下，被翼龙的翅膀挥开老远，又被始祖鸟那张像妖怪般的巨嘴啄到。"啊，实在受不了！"它大叫。一同进化的同伴中，有的身体长刺，有的变化为与附近生物同样的颜色或形状，有的披上盔甲，有的喷出毒气，可是它却不愿同样地苟活……它躲在石缝间一心一意祈祷，终于头顶上的一只眼睛消失，进化成两只眼睛的猿猴形貌，跳跃于树梢之间。

"太好了，这样就没问题啦，应该没有比我更自由自在、进步的生物了！"它在树梢上用小手遮眼往四处观望，想不到背后一条蟒蛇袭来，它吓了一跳逃走，头顶上一只大鹫鹰低空飞掠而来，它在千钧一发之际勉强沿着枝丫逃脱，想不到虱虫又开始在全身乱窜叮咬，山蛭也过来吸血。不管醒或睡都无法安稳，马上又有覆盖天地的大雷雨、大飓风、大冰雪肆虐大地。"啊，好无奈，我又没做过什么坏事，为何要遭受这样的折磨""真希望变成更健壮、可以不担心这种灾难的身体"……它把头埋入树洞里祈祷，终于尾巴掉落，进化成为人类形貌。

"好高兴，这样真的能过着极乐生活了吧！"

可是，为什么？为什么呢？梦为什么犹未结束？进化为人类形貌后不久，它又开始做人类的噩梦。

身为胎儿祖先的人们，由于彼此的生存竞争，以及想要完全遗传自原始人时代以来的残忍卑劣畜兽心理和各种私利私欲，便犯下直接或间接折磨他人的各种大小罪虐，而这些血腥恐怖的记忆——化为胎儿现在的主观感受重现眼前。

弑君夺城、饮酒欣赏忠臣切腹、为让自己的孙子继承王位而毒杀夫人和储君，或是毒害生病的丈夫、与仇敌上床、闷死刚出生的私生子等难以忍受的喜悦之情；将罪行嫁祸给儿媳妇，让她上吊自杀的愉快之情；把可恨的继子推落井中的痛快之情；折磨多位亲生女儿的趣味；让有家室的男人失恋而自杀的骄傲之情；聚集美少年和美少女并对其进行虐待的乐趣；随意花掉重要金钱的愉快之情；深入骨髓的同性恋之情；人肉的美味；毒药实验；背叛行为；尝试杀人；欺凌弱者……各种令人难以接受的景象，逐渐转化为眼前的梦。

另外，自己的祖先们——过去的胎儿——隐藏的犯罪行为和无法告诉别人的无数秘密，也变成血肉模糊的脸孔、无头的尸体、井中的毛发、天花板上的短刀、沼泽里的白骨等，逐一出现在梦中。这时胎儿会惊骇、恐惧、苦闷，在母亲体内舞动手脚。

就这样，胎儿终于梦至自己父母这一代，终于没有噩梦要做了，这才陷入深深熟睡。不久母亲开始阵痛，胎儿被推出子宫外。空气进入胎儿肺部的瞬间，潜逃至胎儿潜意识深处、与先前截然不同的表面且强烈痛切的现实意识遂渗透至全身，胎儿惊惶不已，害怕得哭泣出声。似此，胎儿——婴儿——终于接受父母完全的慈爱，开始和充满人性的和平之梦相关联。婴儿这才逐渐清醒过来，让创作自己本身的现实化为"胎儿之梦"的续集。

理应没有任何记忆的婴儿之所以在熟睡之间会突然害怕哭泣，或像想到什么般地露出微笑，可以认为是其做了在母亲体内尚未做完的"胎儿之梦"。至于一出生就四肢不全或精神有缺陷者,在其胎生时代应该存在着相当足以说明原因的梦。另外,在母亲体内常常发现只留下胎骨,或是牢牢缠在一起的毛发和牙齿的所谓"鬼胎",必须认为那是"胎儿之梦"不知何种原因停顿,或是急遽发展,最后断绝所留下的残骸。

空前绝后的遗书

大正十五年十月十九日

疯子博士手记

"哎呀哎呀，站得较远的人请用望远镜观看，站得较近的人请用显微镜观看，我就是九州帝国大学负责主持精神病科教室的疯子博士正木敬之。今天为了让所有名满天下、自认常识一流的人吓破胆，我突然想自杀，因而趁此机会发表古今未有的遗书，希望让不认同我的所谓常识一流的人们看看，究竟读的人是白痴，还是写的人是疯子，从而一举定胜负……"

尽管写出了上面那段话，可是我的内心却完全提不起劲头……

不过，这也情有可原。此刻我坐在九州帝国大学精神病科教室大楼教授办公室中我那张办公桌前的旋转椅上，手边放着方瓶威士忌，手上斜握着钢笔，瞠睨着眼前数张西式书写纸。头顶上的时钟指针刚过晚上十点……唇侧的雪茄袅袅冒出紫色烟雾——俨然一副只会死读书的教授留下来加班研究学问的模样，至少看起来绝对不像马上要寻死的样子，啊，哈、哈、哈……

我的个性总是这样，不超越常识想象就无法甘心。事实上，对于那些认为我是狂人的全天下所谓常识一流的人，我表示非常同情。

一时之间，我竟想不出该从何处下笔……别怪我，毕竟我也是第一次写遗书。

如果按照一般人认为的顺序来写，首先应该清楚叙述的内容，大概是我自杀的动机吧！

可以肯定，我想要自杀的所谓动机和一位可怜的少女有关……哼，这可没什么好笑的。

谈到该少女的美丽，实在、实在是写个二三十张纸还不足以完全形容，就算找遍所有装手帕的盒子、化妆品的标签、女性杂志的封面、服装店的广告模特、啤酒店和百货公司的海报，甚至欧美的电影公司，应该都找不到像她这样举世难寻的清纯、我见犹怜、年轻活泼到几乎令人毛骨悚然的女孩子，哈、哈、哈……还是不要再描述下去了，否则人家误以为我为老不尊，那可就麻烦了。希望各位不要瞎担心，因为那位少女在半年前已经从人类世界中除名了……

或许有一些自以为是的常识派分子会说"原来因为少女死了，你才对这个世界感到绝望"也未可知。但，且慢，不必急，真正的原因是在不久的将来，我会让已经死亡的那位少女和一位如同千载难寻的珠玉般的美少年缔结偕老同穴之盟，到那时，我在这个世界上的责任便宣告结束。当然，我若是这样说明，可能又会出现一些聪明的痴呆患者认为我是发狂自杀——因为做着死亡的美少女和活生生的美少年恋爱的怪梦，导致脑筋有问题。

实在令人惊讶，我从不知遗书居然这么难写，写它居然这么令人焦躁不安。可是，既然好不容易决定自杀，总是需要写下一点儿东西才行，所以我还是继续写下去吧。

事实上，我是想让已入鬼籍的美少女和生龙活虎的美少年实现真正的接吻、拥抱，并借此完成我毕生的事业——精神科学根本原理的研究，也就是完成被称为心理遗传的实验结论。

如何？难道还有比这个更有趣、更痛快的学术实验吗？啊，哈、哈、哈！

不，恐怕没有了。最主要的是，这项实验的基础是精神科学这门学问，而这儿学问乃是我独特的新发明。不仅这样，我独创的精神病学实验与普通医学或其他学问的实验不同，无法以鸟兽或人类尸体为对象进行研究。若要问为什么，原因在于，鸟兽和某种精神病人一样，从最初就显露其动物性，不适合当研究材料；死亡的人类则缺乏成为重要研究材料的"灵魂"，因而也不适合。无论如何，这个实验都必须使用精力充沛又具有健康公正精神的活人为材料！

正常的精神突然发狂，不久又逐渐恢复……必须对其前后的变化进行详细研究、记录，所以很耗工夫。特别是，如果要给我为研究所选择的"材料"命名，依现今学者的方式来说，应该称之为遗传性杀人妄想症患者、早发性痴呆兼变态性欲患者，属于舆论攻讦的目标，因此非常棘手。

被选为实验材料的人物更不是泛泛之辈，一不小心，很可能反而变成是我遭其毒手，因此我可以说自始就冒着生命危险进行这项实验。没想到，我最终还是受到波及，不得不陷入自杀的命运……不，由于距离自杀还有相当长的时间，我可以充分冷静地在紫烟与琥珀色液体相伴之下挥动钢笔。

请各位耐心阅读。虽说是遗言，其实也是很轻松的内容，不像殉教宣言或殉情遗书那样严肃，只像是疯子博士所做疯狂实验的余兴文章，可以视为趣谈。因为各位会逐渐了解，我研究的稀世美少年和绝代美少女的变态性欲之破天荒怪异实验，究竟是受到什么学理原则所支配，它又是如何持续紧张、白热化，终至爆发，并粉碎我这个实验者一生的……

故事需要稍微回溯一下从前。

应该是今年十月几日吧，在福冈某报纸学术专栏刊载我发表的《脑髓并非思考事物的地方》这一谈话内容时，坦白说，舆论的回响让我怯惧不已。我终于领略到"原来人类这种动物的自以为是和迷信是如此牢不可破"。

但是，即使这样，当时的我仍未注意到，他们会这么令人厌烦。他们，亦即所谓的知识丰富人物，不断利用报纸杂志喊话，甚至利用书信要求与我直接见面，用尽一切手段，目的就是推翻我的论证。更可怕的是，在标榜研究自由的本大学内，许多一脸高贵格调，摸着下巴、捻着胡须的教授，更是群起围剿，拍着桌子胁迫校长"赶走那种没常识的傲慢狂徒，最好把他送进精神病院"。

听到这件事的时候，我就算历练再多，也还是忍不住跳了起来。因为我一向认为大学是学术研究的安全地带，突如其来的这种事当然令我十分震惊。幸好校长行事风格有如行政官员，一向采取息事宁人主义，所以至今我犹能待在这个位置。但是，仔细想想，这种事岂非不可理喻？反正所谓能够当上博士或大学教授的人，通常是最高等的名誉狂或研究狂，当然会不以为耻地攻击我这个更高一级的名誉狂兼研究狂，称我是疯子。当时我有多痛苦，我的好朋友若林院长最清楚不过了。

"在这种情况下，我的精神解剖学、精神生理学、精神病理学和心理遗传等研究成果必然无法顺利发表了，因为那些都是认同精神病人比普通人正常的学说！哈哈哈……"

"应该是吧！因为一般人不知道科学是最侮辱人类的东西。"

"没错！听到'人类是猿猴的子孙'却得意扬扬的人……当他们被指说'你们都是疯子'时，那种慌乱激愤的样子真是奇观。从猿猴进化而来的是人类，却不知道人类继续进化就会变成疯子，看来他们完全循相反顺序思考啊！哈、哈、哈、哈。"

我们经常这么讪笑谈论着。

为了追加修正，延后了手边的《脑髓论》的公开发表时间，在约莫半年后的今天，刚刚将这篇著作的原稿完全烧毁。

你问为什么？不，没有特别的理由，我只是觉得无聊而已。

因为人类的文化还是太像傻瓜般幼稚，不应该接受我的研究。而且，我竟然笨得不知道这样的事实，花费长达二十年的岁月从事这种不合时宜的研究，我觉得很可悲。或许，我的精神异常应该就此平息吧，呵、呵、呵。

只不过……我的著作最精致美好的一部分会留在这篇遗书里，在适当的时代，提供给想要从事这种研究的疯子学者当作参考。其中，我的《脑髓论》内容如夹在这里面的剪贴所示，报纸皆已经报道，再也没有更深奥的内容，因此我半点儿都不觉遗憾。另外，从精神解剖学至精神病理学为止的研究片段，皆包括在二十年前我当作毕业论文向九州帝国大学提出的《胎儿之梦》论文内，因此予以简略，在此只是概略提及我最拿手的"疯子解放治疗"和"心理遗传"有关的部分。

如果把这部分和以前的新闻报道、《胎儿之梦》论文一齐研读，就能完全了解，以前述的美少年和美少女为材料所进行的实验，在大正十五年十月十九日，也就是今天正午获得空前的成功，同时也是绝后的失败之怪异的精神科学学理原则之活跃状况。还有，更可以发现现代文化精华中所谓的常识或学识完全化为尘埃，只剩无数的空壳。

但是……抱歉，请让我把熄掉的雪茄点着。这是我最喜欢的东西，就算以前生活陷入穷苦，雪茄和酒也绝不能少……反正，到死之前应该也抽不了几支了，各位就忍耐一下吧！哈、哈、哈、哈。

让大家久等了。接下来……看过促使我走向极乐世界直接原因的"疯子解放治疗场"的人们，似乎许多人认为那只是疯子的散步场所。有些人尽管看了新闻报道认同"啊，原来是这么回事"，接下来又会说"不管怎样，置身这种地方，疯子也不会亢奋"或"哈哈，只不过是一种光线治疗嘛"，一副自以为了解的模样，没有人能够真正识穿这项实验的真正内幕，实在太有趣了。事实上，这项实验的秘密连在这个教室工作的副教授和助教都不知道，他们只以为是某种非常高深的实验……但，坦白说，这是一项很寻常却又完美的有趣实验，使用"解放治疗"

183

这个名称,只不过是为了掩蔽世人耳目。

这项"解放治疗"的实验,乃是我以前毕业于本大学前身的福冈医科大学时所写的名为《胎儿之梦》论文之实地实验。

只是,我在《胎儿之梦》提列援引的是,所有人类个别或相互之间共同的想吃、想睡、想玩、想吵架、想赢过别人之类的心理遗传中最具有影响力的种类,但在此更深入研究的却是每个人特有的诡异心理遗传。请看最近流行的猎奇兴趣,都是极端神秘、尖端、奇异、怪异、恶毒……什么?各位尚未见过,希望我让大家见识?很简单,马上就可以让各位见到……

来吧、来吧,这里有全世界都找不到的灵魂因果者的标本、大白天的幽灵、正午的怪物、瞎闹的科学实验……参观费用大人十钱,儿童半价,盲人免费……不要推挤哦,会被疯子们讥笑!请保持安静,肃静。

咳、咳。

在这里要介绍给各位的是九州帝国大学医学院精神病科大楼后方、精神病科正木教授所设立的"疯子解放治疗场"的"浮现天然色彩的有声电影"。放映的机器是最近由九州帝国大学医学院眼科的田西博士和耳鼻科的金壶教授为了医学研究而协助制作完成之物,无比精巧,连目前美国正在研究的有声电影都望尘莫及,画面和实物的尺寸完全相同。首先,请看银幕上出现的九州帝国大学医学院的全景。

如各位所见,九州帝国大学校园内外都是一片一望无际的翠绿松林,西端两根并列的大烟囱底下,能够看到破破烂烂的两层蓝色西洋式建筑物,那就是鼎鼎大名的疯子博士——正木教授所在的精神病科教室大楼,南侧可见到约莫两百坪[①]四方形土地。

接下来要介绍给各位的是"疯子解放治疗场"。载着摄影机和技师的飞机渐渐降落,着陆于精神病科大楼顶上、教授研究室南侧的窗畔,

[①] 坪:面积单位,1坪约为3.3058平方米。

简直就像是蜻蜓或苍蝇……时间是大正十五年十月十九日的上午九点整。

环绕这处解放治疗场的红砖围墙高度是一丈①五尺。被围住的四方形土地全部铺上此处特有的纯白石英质沙土，因此洁净无比。正中央约有五棵梧桐树，树上挂满黄色枯叶。这几棵梧桐树从很久以前就矗立于此，为本大楼中庭增添了一种风情。不过自从设置这个解放治疗场而将四周圈起之后，就出现了像这样显著衰弱的色泽，说它是某种凶兆也不为过。另外也可以认为是因为被封在这种意料不到的地方，因此几棵树的"精神呈现异常"。然而，本教室尚未有余暇注意及此，从而对其予以诊断治疗。

闲话少说。治疗场只在东侧病房附近开了一扇门，兼作前往厕所的通道。木板门旁边切开一道长缝，如各位所见，从早到晚都有穿戴黑色制服与制帽、面目狰狞的大汉冷眼监视。我感觉，整个四方形解放治疗场有如设置于绿色浪涛中的巨大魔术箱。

铺在魔术箱底部的白色沙土，在湛蓝天空的阳光照射下一片灿然，其上有黑色人影或站或坐，一个、两个、三个、四个、五个、六个……总共十个人。这是些疯子，他们正是受到正木博士所谓的《脑髓论》中的《胎儿之梦》那段学说的续集"心理遗传"原则的支配而行动。

而且，三小时后的大正十五年十月十九日正午，随着面海的操场响起一声轰然午炮②，这十个疯子便爆发了一场完全在人意料之外的、完美的心理遗传大惨剧。这一事件在对世间造成冲击的同时，也让正木博士下定自杀的决心。这可以称为大惨剧前兆的现象，此刻已经显现于解放治疗场内，希望各位仔细观察疯子们的一举一动。

为了方便各位仔细观察，在此特别放大每一个疯子的身影。

首先是在西侧砖墙旁裸露双臂，正拼命工作的白发老人。各位也见

---

① 丈：长度单位，1丈即10尺，约为3米。
② 午炮：日本江户时代末期起，用于告知民众时间的空炮，于每日正午燃放。

到了，这位老人双手挥舞着一把圆锹，正在耕种和砖墙平行的约二亩半的长田。不过看他的身体、手臂和脚踝很苍白瘦削，颈项也没有劳动者特有的深深皱纹，很难认为是有农耕经验者。最令人触目惊心的是，虽然被他用手掌握住而不甚清晰，但是仔细看，圆锹柄上处处可见黑渍，那是手掌破皮渗出来的血迹。然而，老人仍不屈不挠频频挥动圆锹，由此想必就能理解正木博士发现的心理遗传实验是何等残忍、苛酷了吧！

接下来出现的是一个呆立在老人身旁、观看老人耕作的青年。他身穿黑色木棉和服，腰系白色木棉旧兵儿带①，模样看起来有些苍老。不过若仔细看，应该看得出他是个年轻小伙子，顶多二十岁。可能是难得出来晒太阳吧，他的皮肤似女人般白皙，嫣红的脸颊带着微笑，专注地看着挥动圆锹的白发老人。如果只看他的表情，或许会以为他是正常人，但请再多看几眼！那种眼眸、那眼瞳的光芒……简直就像是在深宫里成长的公主般澄亮、透明。这是某种精神病人在恢复正常之前，或是再度开始发作前显现的特征，也是正木博士始终感到棘手的，尤其难以鉴定其究竟是真疯还是假疯的眼神。

接着将镜头移至蹲在老人和青年背后不远处的少女。大家都看见了，她的脸孔有如幽灵般苍白瘦小，长满雀斑，略带红褐色的头发剪得很短。她蹲在老人耕作的田边，正用纤细的手种植各种东西，有梧桐落叶、松树枯枝、竹棒、瓦片，还有不知从哪里找来的青草。但是，毕竟老人的田是松软的白沙地，竹棒之类一不小心就会倾倒，所以她显得非常忙碌，随时得重新扶正植物。也许有人会认为何必这么麻烦，只要用力深插沙中不就好了？但……这种想法很没礼貌，同时也是外行人的想法！这位少女认为瓦片或竹棒是普通花草或是什么幼苗，所以不会那样粗鲁对待，而是必须小心翼翼用沙土埋住根部……不过，好不容易才栽好的竹棒倒下两三次之后，她终于也失去耐性，把竹棒像嫩草般地

---

① 兵儿带：系于男式和服腰间的一种带子。

轻松撕成碎片丢弃。各位可能怀疑，她那样纤细柔弱的手臂，如何能够有不逊于男人的恐怖气力呢？其实，所谓的人类，不论何等温柔贤淑的妇女，通常都有这样的力气，只是自历代祖先以来就开始在心里暗示自我——人类是比其他动物更高等、柔弱的物种，特别是女性——结果终致人们无法发挥出这种力气。只有当精神异常时，或是碰上火灾、地震等灾难时，因为上述暗示暂时遭到破坏，人们才能恢复原有的力气。这一点，从少女身上已经获得验证。

抱歉，我的说明经常有违常规，只是，这是反过来证明正木博士的"心理遗传"实例，因此特别附带提及。

接着出现的是身穿破旧晨袍的光头矮小男人。此刻他正站在与方才几人正好相反方向的东侧红砖围墙处发表演讲。

"达摩面壁九年而执少林牛耳，故吾人面壁九年练习辩论，应能打破糊涂纵横的政坛，废除一切不平等，在即将来临的普选时代……吾人……"

他大声说着，忽然像想起什么般举高右手左右挥动。

此时，从他背后走过一个打扮怪异的女人。大家也看到了，那是个长相低俗、猥琐发福的中年女人，脸上涂满泥土，大概自以为化着浓妆吧！和服衣摆下露出赤足，拖着破烂的长衣带蹒跚前进。女人蓬乱的头发上戴着不知是谁帮她用硬纸板做成并漆成红色的"皇冠"，为了不让"皇冠"掉下来，她仰着头左盼右顾，自以为是女王般来回不停走动。

每当这女人走过面前，跪在梧桐树根旁的络腮胡男人就顶礼膜拜。此人原本是长崎某小学的校长，历代祖先信奉耶稣教的虔诚心理到了这个男人的时代已达到最高境界，他被收容于这里之后，不停在砖块或瓦片上雕刻圣像，以供同房的患者膜拜。此刻，他相信刚刚的女疯子是圣母玛利亚复活，因此高兴、仰慕以至泪流满面。

接下来，再看看在跪地的络腮胡男人四周跳跃的垂发少女吧，她是高等女子学校二年级的学生。她原本很内向、忧郁，因为在艺术方面表现出相当的才华，结果变成了所谓的早发性痴呆。在病发的同时，她的个性也随之完全改变，当她来这里住院时，正木院长问她姓名，她回答"我是舞蹈狂安娜·巴普洛娃①"。她是院中最可爱的人，如各位所见，她总是唱着自己创作的歌曲跳舞。

> 望向蓝天
> 白云很高
> 黑云低垂
> 它们友好相互并排
> 飘飘飞行啊
> 飘飘飞行……
>
> 我也一起并排
> 摇摇晃晃走着
> 结果碰到墙壁
> 头晕眼花啊
> 头晕眼花……

再看，这边有两个四十多岁的工人模样的男人，他们很亲密地勾肩搭背，在与前面那个中年女人成直角的方向来回走动。值得一提的是，右侧的男人认为自己是在东京观光，左侧的男人认为自己是在南极探险，彼此才会如此情投意合地持续各自的旅行，不给对方造成任何麻烦。

接下来，是坐在这边门口的肥胖老太婆。从她身上的高品位和服

---

① 安娜·巴普洛娃：俄罗斯芭蕾舞演员，被广泛认为是世界最知名且最受欢迎的古典芭蕾舞者之一。

的图样判断，这应该是一个相当有身份地位的人，但是她本人却表现出一副住在贫民窟的模样：她拼命在身上抓着并不存在的虱子，然后掐死……突然，她解开和服衣带，赤身裸体地用力拍打和服。这时，演讲的男人、两位工人、女学生都中止心理遗传的发作，用手指着她、眼睛盯着她或是捧腹大笑。

各位在观看银幕上放映的疯子们的一举一动时，我想你们之中一定有人会感到意外：

"怎么回事……这只是很寻常的疯子呀！不单单是在这个解放治疗场，在任何一所精神病院的散步广场都可以见到这样的景象，不是吗？既然说是疯子的解放治疗场，我还以为能见到成千上万的疯子蠕动演出各种狂态……但是，仅仅这样太无趣了。最重要的是，什么心理遗传？根本无法了解哪里是心理遗传啊！"

一定还会有人感到失望、绝望、轻蔑、冷笑……

不过，别这么性急！

坦白说，可以验证正木教授研究的有关的心理遗传实验的人物已经够多了。接下来我会简单说明其中两三人的狂态如何体现出了心理遗传学说，各位应该就可以完全理解世界上所有精神异常的原因了。

事实上，这十个精神病人乃是从地球上千百万的疯子中挑选出来的精神异常的代表性人物……也可以视他们为亲身直接证明正木博士过去二十年所研究的心理遗传原理的世界性标本。

最先要介绍的是在红砖围墙边耕作的白发老人。

这位老人的姓名是钵卷仪作。其五世以前的祖先，也就是仪作的曾曾祖父，是福冈城外鸟饲村的著名豪农仪十。这位仪十生来就是左撇子，但是体力和精力绝佳，在他这代靠着一把圆锹挣得家产，获得领主黑田赐姓钵卷，并且得以佩带长刀，是励志传记中的人物。

但是，各位若要问为何被赐这种奇怪的姓氏，很简单，所谓的钵卷①本来就是这男人年轻时代的绰号。亦即，他连擦汗的时间都很珍惜，在田里工作时会用手帕缠在额头成为钵卷，因此得到此一绰号。据此，各位应该明白他是何等卖力工作了吧！从天亮至天黑，他只休息一次，就是在福冈舞鹤城的天守阁正午敲响大鼓报时的时候。一听到鼓声，他会立刻丢下圆锹，到附近堤防，或草原的树荫，或屋檐下吃便当，然后午睡约莫半刻——相当于现在的一小时——之后，醒来又立刻继续工作到日落，这男人应该也有偏执狂的个性吧！残留在他红黑色额头上的一条白色钵卷痕迹，直到他咽下最后一口气时仍未消失。听说他觐见城主时同样系绑着钵卷，城主身旁的臣子慌忙叫他"喂，取下钵卷"，城主觉得有趣，就赐了他这个姓氏。

物换星移，到了钵卷仪十死后第五世的这位钵卷仪作，不管是荣誉的钵卷或左撇子的习惯，甚至其庞大家产都已消逝无踪，他只是个在博多名产的笔店里制笔的师傅。可是到了老年，因为视力模糊无法处理纤细的笔毛而经常发生失职行为，这令他感到痛苦不已，最终精神异常，约莫一星期前被送进这儿。

然而，很不可思议！在他被送入解放治疗场后不久，正木博士便找出了这位老先生发狂的契机，也就是心理遗传的内容。一日，老先生偶然在场内角落发现工作人员用来杀蛇而忘记带走的圆锹，他马上开始模仿起他祖先的行为。当然，他没有系绑钵卷，但是各位也见到了，干活过程中，他完全没有擦过一次汗。另外，握着圆锹的姿势也和发疯前正好相反，变成了左撇子的动作，而且一听到十二点的午炮声，老先生就立刻丢掉圆锹回病房，匆匆吃过饭后，马上上床午睡，这些行为只能认为是五世前的仪十转生。只不过，可能因为剧烈疲劳吧，通常他一觉就要睡到第二天天亮，连晚饭也不吃。也许在梦中，他变成了曾曾祖父仪十，挣得了庞大家产吧！

---

① 钵卷：戴在头顶的白色布条。

这是心理遗传的第一个实例。各位如果有什么问题，不必客气，请举手发问。

接着要介绍的是先前面朝红砖围墙演讲的穿破烂晨袍的矮小男人。这是依据他在空中挥动右手的手势，以及左手似是扶住东西的动作，还有演讲中所使用的词汇，而获得的有力参考。

"……这是横亘帝国前途的一大障碍，如果继续任由今天这样的腐败思想横行，任由糊涂纵横的政治持续，我们日本民族的团结将有如没有加入茅草的土墙，会因为外来思想的风雨，不久将面临土崩瓦解的命运……"

怎么样？如先前各位所听到的，这位"光头砖墙先生"的演讲内容，经常会出现"墙"这个字眼，以及和墙壁有关的言辞。其实，这个矮小男人的外祖父曾经担任黑田藩的御用水泥工……各位不要笑，我并非在说笑话！

当时此人身为水泥工的外祖父在福冈城天守阁上工作时，忽然失足坠地惨死。而那位外祖父生前一向以身轻如燕自傲，每当他重新漆刷天守阁屋顶时，城主都会利用望远镜观赏他的功夫。此外，平常工作搭设使用的脚手架非常简易，粗制滥造，因为这样，那位外祖父曾经多次失足坠落差点儿丧命，还好途中总是被东西钩住而奇迹般获救。

像这样，也不知几岁的时候，那位外祖父爬上了天守阁的最顶端，在城主用望远镜观看其工作时，一不小心，他的屁股朝向了城主。这时底下监督的官员大声提醒他："谨慎点儿，主上正在看！"他可能一时慌乱，脚踩滑而从数丈高的石墙上摔落，当场死亡。此后，黑田藩再也没有御用水泥工。

但是，这位外祖父的心理透过女儿遗传至这个穿晨袍的矮小男人身上时，情况非常可怕。一直到中学时代，这个男人都经常会在半夜惊醒，大喊"救命"，家人惊讶问他"怎么回事"，他总是回答"我觉得自己好像从很高的屋顶上或云层上，头下脚上地栽了下来"。这不是很奇妙的事吗？

像这样，普通人眼中不足为奇的轻微梦游症发作，其实却是几代以前的祖先多次恐惧惊叫的刹那被彻底重现于梦中，这是何等不可思议的心理遗传实例！不，不仅局限于这个演讲的男人，对比此例来看，一般我们也常常在睡眠中感觉自己从高处摔下来而惊醒，这也就不值得大惊小怪了。其实这也是我们的双亲或祖父母曾经有过一两次认为"啊，完蛋啦"或是"我要死了"等瞬间的凄怆、悲痛乃至极端绝望的记忆，化为一项心理遗传，在我们梦中得以重现，相信没有人对此产生怀疑了吧？

大家有什么问题吗？

接下来介绍的是头戴硬纸板皇冠、来回走动的中年女性。从她衣服上的徽纹形状也可以了解，她本来是某穷苦人家的女儿，被卖为艺伎，不过因为相当精明能干，没多久就搭上某银行家。但是该银行家的父母非常顽固，基于"身份差异"的理由，不同意儿子娶她为正室，她始终引以为憾，终于在某宴会上发狂，大骂初次见面的客人："你算什么东西？居然敢叫我斟酒！"同时将酒杯摔在对方身上，并且一脚踩烂三弦琴……结果就被送来这儿了。

在如今新思想潮流发展迅速，而且她又是风月场所出身，会为了这点儿小事情就气疯，或许有人会认为不太可能，但这就是"心理遗传"恐怖的地方！从她发病之后的态度也可窥知，"身份差异"这几个字不仅伤及她的自尊，还带来更深层的打击。她的举止行动相当高贵大方，不管动作、眼神、步履都展现出贵妇风范。也就是说，她的家族直到明治维新以前都是京都的没落贵族，本来的姓氏清河原也绝非穷苦人家会有的姓氏。虽然在病发前受到环境风俗的影响，这女子的一切行为如同穷人家的女孩，可是一旦精神呈现异常，她马上就忘掉最近两代穷人家的习性，显现出几代以前祖先的气质风范。

哦，你有问题吗？请说。

不、不错，我听懂你的意思了。你是说，所谓的心理遗传不过如此，就为了研究这种微不足道的东西，正木博士便打算自杀实在不可思议。

很好，这部影片的编剧也考虑到可能有人会提出这样的疑问，所以接下来在正面拍摄心理遗传现象发现者——正木博士的同时，也让他针对此疑问发表一场演讲吧。这位九州帝国大学的疯子博士——比爱因斯坦、石坦纳赫更出名的正木博士——一旦出现在银幕上，希望各位能尽情鼓掌欢迎，甚至把手拍断了都没有关系，因为正木博士本人非常喜欢听人家的掌声，授课时也常以听学生们的掌声为最大乐趣。什么？在银幕上应该听不见掌声？啊，哈、哈、哈……这是当然啦，不过，很不可思议，他就是能够听见。事实胜于雄辩，各位看了就知道，鼓掌后就知道……只要擦亮眼睛仔细看，马上就会了解机关何在，嘿、嘿、嘿……

各位……这位就是名满天下的九州帝国大学医学院精神病科教授——正木敬之医学博士。银幕背景是九州帝国大学精神病科大楼教室的讲台，白色诊断服是他平时授课的标准穿着。

如各位所见，教授的身高只有五尺一寸，皮肤微黑，圆形大光头剃得几乎会反光，架在高挺鼻梁上的眼镜闪闪发亮，凹陷的眼睛、锐利的眼神和紧抿的嘴唇构成有如骷髅般的面孔。他环视各位一眼后，露出满口假牙大笑，全身散发出无比的精力、胆识与智……各位这样大笑是不行的！什么？有问题？是什么问题呢？哈哈，你问，正在为你解释说明的我和银幕上的正木博士是否为同一人物？

啊哈哈哈哈，看来我露出马脚了……那我还是快点儿走开，让银幕上的我，不，是让正木博士进行说明。【说明者消失】

【银幕上的正木博士随着身体动作出声】

咳、咳……

能够像这样在银幕上和全天下各位新人类相见是我毕生的荣幸，我感到无上的满足。

各位是一群虽然居住在常识的世界里,却很憧憬非常识世界的人。现在地球上火车、轮船交相穿梭,汽车、飞机交叉驰驶,充斥着冷漠的社交因循、对于科学的迷信、对于外国的模仿、已经死亡的道德观念……而各位对于所谓的现代社会常识感到厌腻,内心渴望活泼变化、奔放自在的真实生命特性的表现,亦即,眼眸里绽着灿亮的好奇心,见到我毕生研究的事业"心理遗传"实验立刻能够理解,也能轻松认同一般的精神病人是受到何种力量的支配就会做出何种事情的事实。不只如此,各位的好奇心并未就此满足,还想百尺竿头更进一步地发问"心理遗传只是这么一点儿东西吗"等。

这表示各位的脑筋与我不分伯仲,不,甚至还比我更机灵精明。不……谢谢各位,还不到鼓掌的时候!对于这一点,我必须表明满腔的敬意和感激。

其实,我的"极端心理遗传"学说如果只能那样呈现在精神病人身上,就不值得惊讶和担心了,前述那种说明程度的研究,还不能够算是可以让到处蠕动的蝌蚪般的专家学者目瞪口呆的大发现。对我这个疯子博士来说,这毕竟还只是有如乞丐刚准备出门乞讨程度的新发现。

我之所以大声疾呼,指出"心理遗传"的可怕,是因为,它已经被证明并非只出现于精神病人身上,也出现在普通人,亦即各位和我的身上。

什么,你有问题?稍等,我知道你要提什么问题。你大概是想问"岂不是没有办法区别精神病人和正常人?怎么可能会有这样的蠢事",对不对?

但是,如果站在纯正的科学家立场,我能够回答的只是"真的有这样的蠢事"。正常人和精神病人本来就完全一样。在精神生活上,我们——当然也包括各位在内——和精神病人没有任何不同,甚至还有比他们更强烈的"心理遗传",从早到晚,一分一秒也不停息地活跃着……在睡眠之间也化为梦出现，执拗地深深支配着我们的心理，也因为这样，我们的内心经常处于不自由的状态，加上报纸杂志的社会版面无限提供负面报道，我们就算想要视若无睹都很困难。

记得很久以前，我曾经和一位新闻记者进行过一次谈话。谈话中提及了心理遗传中极端轻微的实例，具体来说就是，所谓有多种奇怪习惯或癖好者就和精神病人一样，无法依自己的心思自由行动，而且不论别人如何嘲笑，哪怕当事人自己也觉得有改正的必要，却还是无法戒除，那么，这种情况就是方才所说的心理遗传的显现。比如，不想哭却忍不住流泪；觉得不应该生气，却不由自主地怒火上涌……这些都是暂时性的精神偏激，当事人自己却没办法控制。因为这样的个性是遗传自某位祖先，是挥之不去的心理遗传的显现，令很多人感到苦恼。

此外，偏执、喜新厌旧、暴躁易怒、健忘、好逸恶劳、某某狂、某某迷、花痴、变态心理、神经质等，是每个人或多或少都具有的精神异常倾向，可以说没有人不受到心理遗传的支配。

只要读过我很久以前所写的论文《胎儿之梦》，应该就能理解这个道理。所谓人类的精神或灵魂，只不过是遗传自历代祖先的各种动物性心理或民众心理的集合。

在这种心理表面包裹上一层"做这种事会被人耻笑""如果被人发现就糟了"等所谓的人类思想之皮囊，再绑以伦理、道德、法律、习惯等"胶带"，装饰上社交、礼仪、身份、人格等"蝴蝶结"或"标签"，然后涂以化妆品或油彩，边挥舞着洋伞或文明杖，边说些"如果你是绅士，我就是尖头鳗[①]""如果你是淑女，那么我也是大家闺秀""你若是人，我当然也是人"的话语，抬头挺胸、昂首阔步在光天化日的大马路上……这就是所谓的普通人，或是"文化人"。

但是此种低格调的"文化人"，包装也是低级庸俗，为了不泄露奔

---

① 尖头鳗：英语gentleman的音译，意为绅士，富有讽刺意味。

放无羁的心理遗传内容,每时每刻都绷得紧紧的。这种普通人若是承受痛苦,会一点儿一点儿慢慢呼吸,同时还在他人面前装出一副若无其事的模样。可是一旦痛苦再也无法忍受时,便会突然爆发,若是一个人,会因此做出躁郁、脱轨、喧哗、伤害、偷窃、诈欺、通奸等悖德行为,最后如果无法复原,就成为精神异常之人;若是一群人,则会造成暴动、战争、邪恶思想、颓废的风潮。这种心理遗传暴露的实例,每天都可见到报纸的大量报道。

我敢断言,各位和我都在与精神病人处于五十步笑一百步的心理状态下活着。无法区别正常人与精神病人,和无法区别在监狱里的人与外面的人之善恶相同,地球表面从古至今就是"疯子的最大解放治疗场",九州帝国大学的解放治疗场只不过是小小的模型而已。证据是,在其中的患者也和各位与我一样,一面持续确信"我不是疯子",一面拼命表现其心理遗传。

哈、哈、哈、哈,如何,各位不觉得有点儿生气吗?什么,不会生气?实在是太伟大了,各位是真正的高等常识分子,代表现代文化的绅士淑女们!咦,什么……不,不是这样,是因为一开始就知道对象是疯子博士,所以根本没有放在心上?哇,这太恐怖了!如果常识发达至这样的程度,那就天下无敌啦!

既然如此,那我也有所觉悟。本来科学研究的最佳本领就是厚颜无耻、无情无义,所以我很抱歉地要当面指出各位人类的耻辱,让各位不得不感到气愤。

这应该是任何人都曾有过的经验,亦即,一旦脑筋稍微模糊不清,马上就会接二连三浮现各种幻想和幻觉。事实上,这种所谓的幻想和幻觉乃是心理遗传的幽灵。若从学术角度说明,是因为脑髓的反射交感功能疲劳、滞塞,所以与理智、常识失去联络的心理遗传片段在全身的反射交感功能中开始随性漫游。如果是女性,可能会在纸门后面一边搜集需换洗的衣物,一边开始胡思乱想,最后忽然会产生"如果偷了百货公司的那枚戒指会怎样，要是被人发现该怎么办""如果丈夫留下财产而去世，就能够和那样的好人过着有趣的生活""如果能像这样杀死那个可恨的畜生，不知道有多爽""若是让婆婆服下猫驱虫药该多好"，或是"如果能够和那位男明星殉情……"等想法；如果是男人，则可能会望着电车车窗外，打着大哈欠想象着"如果打那位绅士几巴掌，不知道他会是什么表情""如果从上风处放一把火让这个乡镇化为火海，不知道有多么漂亮""砍死那群男人的话，一定非常痛快""如果丢一颗炸弹进入那家陶瓷店内……""打断那个巡佐的脚多好""如果把那家金鱼店的金鱼倒在电车街上，绝对很有趣""能够娶那样的小姐当小老婆的话……"，或是"把那家银行金库里的钱放进自己口袋的话……"等情景。当回过神的时候，当事人也常窘得面红耳赤。

这些尽是自己历代祖先们处心积虑想做的却一直忍耐的残忍个性、争斗个性、野兽个性或变态心理等，借着现代方式的样貌，显现于我们的意识之中的表现。如果谁硬要说没这回事，那他不是块缺乏反省能力的"石头"，就是个忘掉一切的"低能儿"。之所以这么说，证据在于，只要这类梦心理其中之一亢进发展，该人马上就会变成精神异常者。恰似阅读小说里的香艳情景时，人们会在意识里描绘该景象，不自觉地沉醉其中一样。在精神病患者那疲倦且出毛病的反射交感功能中，这种遗传心理深刻至超现实心情或感情，病人就会开始梦游，同时因为其他意识几乎全被抹杀，病人本人会认真地依其梦游意识行动，所以其所作所为完全符合祖先遗传下来的情境。整个过程与我的学说完全一致。

距今三千多年前，距离此地三千里。

当时大圣释迦牟尼佛在天竺的菩提树下，明示过去、现在、未来三世的真相，进入无上正等正觉之境，宣讲的"因果报应"之事就在于此。父母的因果报应于子女身上……啊，哈、哈、哈、哈……这不是老掉牙的古典文章，而是最新、最精锐的精神科学课程，更是各位平常已经充分经历过的精神生活。

但是各位，现在震惊犹为时太早！精神科学的原理原则还会提供更恐怖、更令人触目惊心的事实！

根据到目前为止的说明，各位应该能够完全明白才是。人类世世代代的变化，就像是我们沉睡又清醒的过程。睡了一夜之后，几乎就把昨天的事忘得干干净净；可是一旦起来之后，几乎又是毫无意识地重复昨日之事。木工继续建造昨天未完成的住家，水泥工同样继续砌着昨天未完成的墙壁，如此一来又记起昨天的事，"啊，昨天在这里掉了十日元的铜板"或者"昨天正好这个时候，一位漂亮小姐从对面走过"之类，然后又如昨天这个时候所做的一样寻觅、发愣。

精神的遗传也像这样，父母是"昨天的自己"，子女是"明天的自己"。夜晚的时间就是从昨天的自己转生为今天的自己之黑暗、无自觉的怀孕般的时间。

人类不论男女，碰到造成自己祖先的心情和精神状态的景象、物品、时间、气候等暗示时，会和前述的木工或水泥工一样，马上恢复昔日的心理状态。而且，这种遗传自历代祖先的心理并非只有一两项，同时也到处充斥着形成心理暗示的景象、物品、时间、气候等，它们不分昼夜持续刺激我们的心理遗传，只要视力所及，只要听力所及，片刻都没有歇息，也正是因为这样才更可怕！

支配我们一生的"命运之神"，其实就是这种"心理遗传"学说的原则！接下来我要提出最有力的证据了！

哈、哈、哈、哈，各位别搞错了，这不是什么艰涩难懂的内容，而是我们日常经历的极端平凡的事实。我们的心情从早到晚不停地变化、转换。比如，有人打算出去参加活动，途中却被神社门口的小夜市所吸引；有人准备旅行踏出家门，却忽然一头钻进图书馆；还有彼此爱慕的男女，在结婚前夕忽然互相厌恶对方；有人踏破铁鞋才找到一份工作，却因为一张明信片就推掉……诸如这类如此重大的心理变化，乃是因为前述的各种复杂的大量暗示，支配着我们的心理遗传导致的。至于我们自己并未察觉,主要是因为这类暗示与心理遗传的关系千变万化,时间太过于短暂,内涵又极端微妙、深刻。

对了……各位,你们不认为更深入、更基于学理地研究这种暗示与心理遗传的关系,能够遂行各种有趣的恶作剧吗?不认为心理遗传如同物理或化学实验一样,能够随心所欲地造成别人精神的变化吗?

举一个随处可见的例子吧。

所谓人类的犯罪心理,其实经常是因为受到非常无聊且一般被视为毫无关联的暗示所影响,导致产生意料之外的刺激而形成。譬如,很多人有这样的经历:凝视沾着红墨水的笔尖之时,会情不自禁想用它刺向一旁照片上女明星的眼珠;凝视着蓝天白墙之时,心情会忽然转为残忍;望着窗外的雾,就想要擦拭手枪;听到大风的呼啸声,会想要带着短刀出门散步;看见锋利的剃刀,会盯着镜中自己的脸孔而微笑;见到卧床上女人开玩笑说"杀死我也没关系",会真的兴起杀死对方的念头;在客厅听见鸟叫声,常会成为想要与原本关系纯洁的男(女)性朋友发生不伦行为的契机;等等。这样的心情变化,虽然看不出任何道理,其实皆是心理遗传的显现,当然也可以说,这些皆是重大犯罪心理最初萌生的嫩芽。

另外,如果有人阅读了古老的随笔、笔记、传说、传记等作品,或是窥看了祖先曾遗言称不可看的幽灵挂轴,便会开始讲一些怪异之事,如果有人拔出了祖先严命禁止拔出的传家宝刀,脸色立刻发生遽变之类的故事,都是因为此类可怕的心理遗传暗示的力量,借着任何人都很了解的物品显现了出来。事实上,我所调查记录的文件中,这样的例子几乎堆积如山。

问题是,如果进行学理研究,大量实际应用这些暗示的恐怖作用,会造成什么后果呢?应该能在现代实行远超过犬山道节[①]、石川五右卫

[①] 犬山道节:日本江户时代白话读本《南总里见八犬传》中的人物,学习过隐形五遁术,尤其擅长火遁。

门①、天竺德兵卫②、自来也③诸人的魔术、幻术吧！

就算未能达到那样的程度，如果巧妙利用这类暗示，至少可以在刚见面时就令对方发狂，而且由于不像使用现代科学制造的凶器那样会令人发出声音或流血，所以即使在大白天行动，或者有人经过身旁，行凶者也不会被人怀疑，甚至连当代最有名的侦探赶到，也完全查不出任何蛛丝马迹……说到这儿，何不此刻就在这里进行呢？

嘻、嘻、嘻，各位没必要这么紧张！因为，就算是像我这样伟大的精神科学名家，也犹未发现什么办法能从银幕上给予暗示便让在场各位一起发狂。当然，假如能够做到，那一定会非常有趣……哈、哈、哈、哈。

这虽然是开玩笑，不过这种犯罪手法已经超越幻想或推测的范围，成为目前必须面对的严重问题。如果我说"事实总是存在于研究之前"，相信各位一定又会目瞪口呆吧！

但，没什么好大惊小怪的。我的好友、九州帝国大学医学院院长若林镜太郎在他的大作《应用精神科学的犯罪及其证迹》的草稿绪论中，就大肆发表过这样的言论。正好他请我帮忙校对绪论内容，所以我特别抄录了下来：

——依据我的调查研究所得，不得不承认自从往昔就存在着此种犯罪的事实。譬如，役行者④、安倍晴明⑤、弘法大师⑥

---

① 石川五右卫门：日本安土桃山时代的一位盗贼，传说其忍术高明，可随意进入守备森严之处。
② 天竺德兵卫：日本江户时代前期的商人、探险家，传说其可使用妖术，行踪神出鬼没。
③ 自来也：日本古典读本中虚构的忍者，善用忍术行盗，又作"儿雷也"。
④ 役行者：日本古代传说中可以役使妖怪的人物，又称"役小角"。
⑤ 安倍晴明：活跃于日本平安时代中期的阴阳师，善用咒术。
⑥ 弘法大师：弘法大师空海，日本佛教流派之一真言宗的开山祖师。

等传承自密宗、阴阳术的人们，或是信奉真言宗的行者，或是修行者、祈祷师、巫师、巫女，以及其他崇信某某教、某某神佛之辈，皆有口传、心传自经年经验的一种精神科学式的暗示法，应用于理智、理性尚未充分发达的女子、小儿，或者无知、蒙昧的男子等身上，让其精神作用产生某种变化而给予伤害，随心所欲地获利。亦即，古来传说的所谓的"利用狐仙""使用真言密咒"，或是"利用生灵、死灵附身""遭神谴、佛谴"等类似灵验、神迹、法力的行为，站在精神科学的立场来看，并非绝对不可能之事。属于其高级者，亦即拥有催眠术、心灵术、降神术之类的技术者，在文明社会背后拥有异常的势力；玄怪奇异、很难逮捕凶手的犯罪事件背后，往往可见这种技术活跃的证据，很难认为完全是利用理智的诈术。

——在现今国内到处可见的精神病院、游民收容所，或是徘徊流连于街头的精神异常者之中，很难认为其中不存在此类犯罪行为的牺牲者，只不过因为目前尚无法针对此进行合理的追究调查，因此无法检举凶手。最主要的是，利用此种手段在精神上伤害他人时，不会像其他犯罪行为一样留下分毫物证，不只没有任何一滴血、一刹那的声响、一丝烟雾，被害者在丧失直接证言一切的资格的同时，精神异常的痊愈更需要漫长岁月，甚至永远都无法恢复，就算能够痊愈，是否会留下对于被害当时犯罪手段的记忆，也是学界一大疑问。因此可以预料，调查会遇到相当程度的困难。

——现代的文化是所谓的唯物科学文化，所以其间遂行的犯罪种类大多应用唯物科学的原理乃是很自然的道理。但是，将来当精神科学的诸般学理普及为一般常识时，将之运用于犯罪的行为同样也会兴盛流行，这一点不问自明，届时犯罪行为的恐怖与令人战栗，绝非现在应用唯物科学的犯罪所可比拟。

因此，对于此类犯罪行为，我们法医学者应该如何调查犯罪、研究凶器，如何对照基础知识查明犯罪行径以及手段的内容，乃成为重要课题。

各位有什么样的看法呢？我们敬畏的法医学家若林镜太郎先生研究在不久的将来将会广泛流行于全世界的"应用精神科学的犯罪"，为防患于未然地制止其流行，正竭尽所能找寻实例。尽管疑似犯罪被害者的精神病人和自杀者到处可见，却因为找不到其凶行线索的暗示材料或其他证据，若林教授面临无法发表真正研究心得的难题，所以迄今为止，对于人类所有的举止动作、眼神表情、手势言辞等他都持怀疑目光，怀疑是否为应用精神科学的犯罪行为的体现。

就在这个时候，各位……

我接获一项非常重要的研究材料。当然，最先发现这项材料的人是刚刚所说的若林镜太郎先生，他认为这绝对是空前绝后的"应用精神科学的犯罪"事件，而且已经完成调查。对我而言，这也具有成为我的"心理遗传"参考资料的无穷价值，这份研究材料极端恐怖，它造成我命运的终结，令我终于不得不购买前往极乐世界的单程车票……

但是，通过这份材料，我不但掌握了作为使人发狂之动机的强烈暗示材料的真相，也查明其受到心理遗传支配而开始梦游前后的怪异状况，更获得几乎令心脏融化那般愉快的"心理遗传"详细内容，完成了毫无遗憾的调查记录。坦白说，这可以算是国宝……不，是世界瑰宝！含有超过百分之一百二十的极端科学、彻底的浪漫、色情、恐怖、无知……空前绝后的超级大制作！故事情节曲折感人……无法形容……

啊，哈、哈、哈、哈，对不起，对不起，我懂我懂……请各位不要再鼓掌啦！抱歉我讲了一大堆形容词，看样子一旦稍微缺少酒精，我这脑筋的反射交感功能马上就变得迟钝了。失陪一下，让我去饮几口王中之王牌威士忌，顺便也抽几口哈瓦那雪茄……我马上就退出银幕，再次站上讲台，一边放映含有刚才所说的怪异事件内容的影片，一边担任解说，一举击毁各位的常识……

什么？我退出银幕还不是一样？哇，真是厉害！各位的脑筋这么好可是会吃亏的！事实上，再过片刻，另一个我将会在银幕上出现，会把极尽怪奇能事的"心理遗传"事件遂行"解放治疗"实验情况如实演出，所以届时另外一个我绝对必须在银幕外负责解说才行，毕竟这与未来派的影片不同……

请欣赏由K.C.MASARKEY电影公司超级特制影片，片名《疯子解放治疗》。毫无疑问，本影片为浮现纯天然色彩的有声电影，登场演员俱是研究相关人员本人，故事以稀世罕见的美少年和绝代美少女为中心，在持续产生的奇妙、战栗惊异事件里，夹杂着二十多位男女血、肉与灵魂纠缠的情节，在这处"疯子解放治疗场"中，凄惨、残酷，让人不忍心看的结局能否上演呢……敬请期待！【画面转暗】

【字幕】勒杀亲生母亲与未婚妻的离奇事件嫌犯吴一郎（明治四十年十一月二十二日出生），大正十五年十月十九日拍摄于九州帝国大学精神病科教室附设"疯子解放治疗场"——

【说明】首先介绍这桩事件的年轻主角——先前各位见过的十个疯子中，观看老人工作的青年——之正面特写照片。如字幕所示，他的名字叫作吴一郎，时年二十岁，是个连男人看到都会忍不住心动的翩翩美少年。

各位可能会问，在述及事件内容之前，为何要把事件主角的脸孔如此放大呢？理由无他，那就是这位少年的骨相和支配这桩事件根本的心理遗传有重大关系。

诚如各位所知，所谓骨相学在目前虽然尚未能称为纯正的科学，但是其中某些部分确实已经被证明符合实际。因此，正木博士每次见到新的精神病人，都会详细研究其骨相，毫不懈怠地调查其血统中混杂着什么样的人种特征。换言之，由于所有人类的心理遗传既显现其近代祖先的每一个个体的特征，也显现出远古荒蛮时代由各方混入的其他人种的心理特征，所以即使看起来是一个普通日本人，但却因其骨相和个性之中剪不断理还乱的因果关系，该人的特征中可能还结合着蒙古、印度、马来、犹太、拉丁、阿伊努、斯拉夫等各民族的风采和个性。亦即，所谓人类的骨相，乃是其历代祖先血统的浓缩图。也可以说，所谓某个人的个性，其实是该人历代祖先精神生活的凝结。

　　考虑及此，在研究上，了解一个人表面的个性当然有其必要；找出其隐藏的个性，并与该人发狂的状态相对照也是不可或缺的步骤。相犬专家或相马专家之所以见到市场上动物的脸孔、神态、毛色、骨架等就能够指出该动物的血统、性情、习惯或是隐藏的个性，就是因为在动物身上也应用了这种原理。因此，正木博士自很早以前就确信，将来的侦探技术和法医学家的研究，必须涉入此一范畴。

　　以下我根据正木博士的诊断笔记，深入地说明这位少年的骨相。若是和可怕事件的特征相对照，谁都能首先发现，作为一个日本人，这位少年的肤色过白了些。各位也看到了，他脸颊带着嫣红，这是他尤为童真的证据。此外，其皮肤在日本人独特的健康色泽下呈现透明乳白色，可以推定他混杂着白种人的血统。而且……从日后发现的有关其祖先的记录推测，我们还怀疑那是在相当久远以前的年代——至少是一千多年前——跨越天山山脉进入中国、被称为胡人的血统，在现代复活于这位少年的骨相上。

　　接下来，这位少年的骨相中，代表纯粹蒙古人血统的只有笔直的黑发和鼻子内部的形状。这位少年的鼻孔极少弯曲，以仪器观察，发现如一条直线般通往内部……别笑，这在遗传学上是非常重要的调查发现，因为如果是继承白种人血统的鼻孔，内部可能相当弯曲。

　　除了以上的蒙古人血统的特征之外，仔细观察这位少年的骨相，可以发现他几乎承袭了各色人种的血统。

首先，脸孔轮廓是具有拉丁血统的蛋圆形；至于眉毛和睫毛，看起来像是用画笔画过那般浓长且泛青，应该属于阿伊努血统；鼻子的外观形状则是纯粹的希腊式；脸颊至下巴一带的抛物线，以及小而薄的嘴唇有如波浪状，会让人联想到残留在古老佛像上的雅利安人式的手法……请再仔细看，他那很薄的两腮中央有着北欧人种式的凹陷，那正是所谓的"脸颊的酒窝如果是红宝石，那么腮上的酒窝就是钻石"，是对男人而言并不必要的美之要素。各位在看到他的微笑时，就更容易了解这些了。

像这样，调查每一个人的骨相之后，再对照其特征，会发现两者完全一致。其中最一致的乃是该人的个性、习惯，接下来则是才华……也就是说，这位少年同时有着日本人的温顺，阿伊努人的尊崇心和拉丁人的聪明。另外，看他那种忧郁眨眼的方式也可知，他具有北欧人种的内敛型高雅气度，所以不会把心思完全展现于表面……简单地说，这位少年虽然年轻，可是应该认为他具有稳重冷静的个性。

然而，此种表面冷静的个性，若一朝受到心理遗传的暗示而被粉碎颠覆，原本潜伏在内部流动的大陆民族性、超乎想象的深刻执拗且凶暴残忍的血统，就会蓦然跃出表面，呈现出完全不可思议的活跃状态。因此，可以认为刚才介绍的所谓空前绝后的怪异事件的真相，就是由于原本隐藏于这位少年鼻孔中的蒙古人血统的心理遗传一时流露出来了。

除此之外，在这位少年的骨相中还残留着不可忽略的重要之物。那就是，他一方面非常乐观悠闲，另一方面却是稍微受到刺激或环境产生些许变化，就立刻慷慨激昂，不顾四周情况地大笑、大哭、大怒。也就是说，他具有情绪易变的法国人个性。他虽然有着纯拉丁人的薄腮，不过此一特征并不太显现于少年的平常个性上，可以认为是受到前述的极端明晰的头脑和容易羞涩的个性所压抑。话虽如此，毕竟是十分显著的个性，正木博士抱着相当乐观的期待，认为这位少年在进入解放治疗场以后，于漫长的心理遗传发作途中，甚或在其恢复期，终有一天其腮部的拉丁人个性——感伤、激情的气质——一定会显露出来。

根据以上所述，各位应该已经能了解吴一郎这位少年的骨相。一想到造化之神竟然将各种人种的特征如此清晰明白、纯真美妙地融合在一个人的身上，就让人感到莫名的恐惧……经常以科学权威、知识进步自傲的人类，面对这种活生生的艺术杰作，也只能忍气吞声地服输。

接下来，以这位少年的心理遗传为中心之事件始末，将按照顺序放映于正木博士视野中……不，我说错了，应当是放映于被博士命名为"浮现天然色彩的有声电影放映机的暗箱"的头盖骨、喻为透镜的两颗眼球、喻为麦克风的左右双耳中……【画面转暗】

【字幕】九州帝国大学法医学教室尸体解剖间内发生的怪事……摄于大正十五年四月二十六日夜晚。

【说明】如各位所见，画面出现一片模糊的漆黑场景，因此无从说明这是何处。但是，请仔细看，在可以认为是丝缎或天鹅绒，又或黑夜乌鸦图案的漆黑银幕左上角，应该能够见到隐约的淡蓝色吧，它正似一大群萤火虫呈现不规则形状飘浮着！那是一位艺伎的胃中提取物，那位艺伎使用最近非常流行的猫驱虫药自杀身亡，这是从她胃内提取的一团残留物，正在玻璃盘中发出磷光。

如果能够看到这个，相信聪明的各位应该已经十分明白这并非寻常的黑暗。其实，这里是九州帝国大学法医学教室一隅，是从楼梯下的储藏室偷偷爬到天花板上，由木板缝隙向内窥看到的尸体解剖室的情景。

这处天花板上的窥孔，是具有偷窥心理的工人或受好奇心驱使的新闻记者经常窥看尸体解剖的地方，看样子是很久以前就已经存在了，窥孔内侧被人用指甲或刀子削成"Y"字形，只要稍微改变脸孔方向，就可清楚见到房间下半部的每一个角落。不仅这样，虽然稍微狭窄了些，不过只要把脚伸到储藏室的棚架上方，还可以用比搭乘三等车厢更舒适的姿势躺下来，所以实在是处宝地……刚才那发出磷光的盘子其实是在对面角落的桌上,但因为是从正上方俯瞰拍摄,所以这一幕出现在镜头的左上端。

当然,室内的东西不是只有那个盘子。但是因为两侧窗户的保护门和入口房门都紧闭着,房内极度黑暗,除了勉强能认出磷光以外,未能发现其他东西,在如泉水般涌出的死寂中,只有正木博士拍摄"浮现天然色彩的有声电影"的底片静静转动的声音,五十尺、一百尺、二百尺、三百尺……

正木博士是基于何种必要原因,千辛万苦地将他那双耳双眼式"浮现天然色彩的有声电影"的摄影机扛上解剖室的天花板呢?他是出于何种目的,如此耐心地躲在这么无聊的暗处凝视……不,拍摄下方呢?以他堂堂大学教授的身份,做出此种如老鼠般鬼祟的行径,是何等的丑态啊!对此,各位一定有所怀疑吧?不过,待会儿自然会明白一切,所以在此我先略过不提。

时间是大正十五年四月二十六日晚上十点左右,以吴一郎的心理遗传为中心的怪异事件发生后约莫二十个小时。

底片依然在漆黑中继续转动,五百尺、八百尺、一千尺、一千五百尺……画面的静寂和漆黑与先前相同,只是磷光逐渐转为苍白,亮度也增加了。和这间教室处于同一栋大楼、相距有点儿远的房间里,偶尔会传来阴郁的钟响声,一下、两下、三下……铛、铛、铛……

钟响到第十一下时,黑暗中突然响起厚重的声音,像是有人盖上了厚木箱的盖子。不久,室内大放光明,在炫目的亮光下,室内景物摇曳现出。

各位也见到了,那是有人打开了吊挂在接近房间中央的四盏二百烛光灯泡的开关。但……映入眼帘的室内非常凌乱。

最先吸引住视神经的是房间中央被切割成椭圆形、反射着阴森泛白光线的解剖台。这座解剖台本来是由洁白的大理石制成,不过现在已不知道被多少死人的血、脂肪、体垢所浸染而变成这种阴森色泽。

在丢置于解剖台上的黑色"凹"字形木枕附近，银幕上左手边发出闪闪炫目亮光的是圆筒形的高大镀镍煮沸器。可能是特别定制的东西吧，立刻令人联想到欧洲中古世纪的巨大寺院或是监狱模型中常见的，从圆筒状高塔的无数窗户不断冒出丝丝水蒸气的情景。

还有一样东西，各位最初或许不会注意到，但是慢慢你们就会发觉到异样之处。在右手边窗户底下，靠墙横放着一个长方形大箱子。看覆盖其上的白布，应该是装殓死人的棺材⋯⋯当然，尸体解剖室里有棺材，可说是必然的搭配，之所以会觉得异样，完全是因为覆盖其上的白布是昂贵的绢丝质料，并绽出华丽光芒。也许是画蛇添足，不过这种高等棺材一般不会被送进法医学解剖室。被搬进来的棺材通常是用松木或其他薄板制成的，上面用粉笔写着编号。

由四面八方环绕着解剖台、煮沸器和覆盖白布棺材等三种异样物体的是试管、蒸馏器、烧杯、长颈瓶、大瓶、小瓶、刀具等各种物件，还有许多散落其间的金色、银色、白色、黑色的机械和仪器，以及从地板排列至桌边、棚架上的紫色、褐色、乳白色、无色的玻璃钵或是暗褐色的陶瓷，其中盛放的灰色人肉、灰白色骨骸、黑褐色血污等，融合成一种冰冷、刺眼的凄厉光芒，投影出的交响乐是渗入骨髓般的静寂⋯⋯

而且，请看⋯⋯接近这整个景象中心，在白绢覆盖的棺材和白色大理石解剖台之间，站立着一位全身漆黑的奇怪人物。此人的头脸、身体完全用灰黑色护膜布包覆住，手上同样戴着护膜布与绢布的双层手套，双脚则穿着似冰海渔夫所穿的巨大长胶鞋，只有眼睛部分罩着黄色透明蜡镜，看起来简直像挖取死人心脏为食的恶魔，也如同藏在竹丛里、放大几万倍的黑色蝶蛹般恐怖⋯⋯不仅这样，他的身高还足够轻松打开高挂的电灯泡开关⋯⋯这么说，各位应该明白了吧！这个怪人就是世界上最先发现"利用血液鉴定亲子关系的方法"之人，同时也是草拟《应用精神科学的犯罪及其证迹》这一空前巨著、被称为"当代法医学界第一人"的若林镜太郎。

在前述以少年吴一郎的心理遗传为中心的精神科学界史无前例的重大犯罪事件发生后约莫二十小时，在这个深夜，这位著名的法医学家为了进行某项工作进入解剖室完成各种准备。等到钟响十一下，值班的医务人员和同事都就寝之后，他才打开电灯。

各位，你们是否注意到另一个奇妙的事实呢？

对初来乍到的人来说，这个房间内部的所有东西都很怪异、阴森、恐怖。但，即使这样，各位依到目前为止所见，一定会说"若林博士可能想要在解剖台上进行某项工作吧"，或是"其工作材料的尸体应该是在那具棺材内"。

但是，如果是这样，为何房内不见任何一位助手？这种尸体解剖，基于某种意义，原则上通常会有一两个人共同见证。虽不知原因何在，但各位也看到了，今夜若林博士刻意不让任何人接近解剖室，可推测他可能是基于某种必要原因，不得不秘密地单独进行工作……不！若对照解剖台前后的两扇门都插着钥匙的事实看，很显然绝对是如此。这表示，今夜的工作与一般事件的尸体解剖或验尸不同，是极度秘密的事项。

正想着，若林博士走向房间角落的洗手台，仔细清洗戴着手套的双手后，弯腰掀开棺材上的白布，打开此处难得一见的白木厚棺材板，从里面抱出一具盛装的少女尸体。

我想，各位若还记得先前的说明，应该已经能猜出这位少女是谁了吧！

这位少女正是前面介绍过的本事件主角吴一郎的新娘，刚准备举行婚礼的少女，姓名是吴真代子，十七岁的绝世美少女，是其未婚夫吴一郎——K.C.MASARKEY公司匠心制作的超时代、超常识的精神科学电影《疯子解放治疗》的主角、绝世无双的美少年——的对手角色。这位描绘出所有精神科学妖媚与战栗的王牌女明星，化身为棺材里的尸体，出现在各位眼前！

她躺在白木棺材内，外穿当年流行的新月黄底色配以炫眼春霞和五叶松刺绣的罩衫；内搭紫色双羽的仙鹤图案、下摆带花的三层振袖[1]；腰系金银色彩、特别裁制的丝锦衣带，看起来像是刚做好似的，一圈一圈地裹在身上……那种异样的美令人看了忍不住心疼，据此可窥知这桩事件的内幕非比寻常，也更能了解将她装殓进棺材里的人们是何等痛心。

但是，心理状态可谓已经完全学术化的若林博士，完全没有注意到这些，他仿佛认为衣裳毫无用处，极度理所当然似的把罩衫、腰带、三层振袖一一解开，随手塞在棺材一旁，只见底下出现以素绢覆盖的脸庞、以白色木棉绑住合十手腕的小臂、红色友禅染[2]的长内衣、火红色的纹缬花布内衣带、似要燃烧般的绯红绉绸内裙、穿白袜的白皙脚踝……这些在排列在解剖室内冷酷、残忍的机械、仪器的对照之下，更显出一种难以形容的凄惨和妖艳。

尸体被全黑的手臂抱出，置于灿亮的灯光下。更加令人心疼和我见犹怜的是，长至曳地的闪亮黑发与少女紧闭双眼的脸上残留的浓妆及口红。还有，啊……你们看！

她那擦着白粉的颈项四周触目惊心地残留着大片斑点状的勒杀痕迹……紫色和红色重叠的条纹状勒痕……

黑衣怪人若林博士把尸体静静放在大理石解剖台上，冷漠地解开绑在死者合十手腕处的白色木棉，解下纹缬花布的内衣带，敞开长内衣的胸口，然后用专业、权威的细腻、熟练的动作，毫不迟疑地检查少女玲珑珠玉般的全身。不久，他松了一口气似的喘息，动了动紧绷的双肩，交抱双臂，凝视着少女的尸体，如黑色铜像般动都不动。

这样的深夜，在这样的场所，像这样独自面对世上罕见的美少女，全身黑衣的若林博士究竟在想些什么？是面对尸体，努力想从与这位少

---

[1] 振袖：日本和服的一种，根据袖子长度分为大振袖、中振袖和小振袖。
[2] 友禅染：日本江户时期的一种布料染色技法，名字来源于创始者宫崎友禅斋。

女有关，残酷且极端怪异的事情中，发现自己独特、锐利的观察焦点吗？或是因为这具尸体呈现他未曾见过的凄泫之美与诡异妖艳，让一辈子奉献学术、目前仍是单身的他情不自禁地恍惚，同时感慨万千吗？不，我这类胡思乱想会伤害到博士一向庄重的人格，所以不再赘言。

不久，若林博士突然回过神，环视着应该另无他人的室内，伸手至黑色服装的右口袋，似乎摸索着什么东西，然后才好像想起来什么一样，走近棺材，从堆积的美丽和服底下，取出一支好像儿童玩具大小的黑色喇叭形圆筒。那是最近的医生已不常用的旧式听诊器，但若想要听出人体内极细微的声响，它比现今的胶管式听诊器更好用。若林博士把喇叭形圆筒较小的一端贴靠少女左乳下方，另外一端从蒙面巾底下贴住自己的耳朵，很专注地集中听觉神经。

听尸体的心跳声？噢，若林博士的行为是多么奇怪呀！几乎所有的观众的心都快跳出喉咙了。

但是，请注意看。若林博士依然把旧式听诊器贴在耳朵上，另一只手则从解剖服下方取出银色大怀表，专注凝视着。这表示他确实听到了心跳声，也就是说，解剖台上这具少女的肉体还活着。对了……先前若林博士检查这位少女全身时，并未见到死后经过相当时间的尸体特征——绝对会出现的淡蓝色尸斑——的踪影。另外，尸体也没有僵硬的情况……很可能这位少女被殓入棺材时，不，应该是在被殓入棺材前并没有死，尽管颈部四周存在清晰的勒痕。

这是何等不可思议的事啊！

但是若林博士并未显出特别惊异的样子。没多久，他拿下旧式听诊器，和怀表一齐塞入背心口袋，非常满足似的点了两三下头，又重新低头凝视少女。

从这样的态度推测，若林博士在第一次勘验这位少女的尸体时，就已经看穿她陷入医学上罕见的假死状态。当然，在那之前，先行抵达的医生或法医一定已经充分勘验过。既然如此，他究竟是从哪里确认少女是假死的呢？还有，假死的少女到底是以什么样的名目装殓入棺，又运入这个房间的呢？不只这样，他独自一人如此秘密地面对这位奇怪少女的尸体，又是出于什么样的理由和目的呢？

无论如何，若林镜太郎毕竟是一代著名法医学家，应该已经充分研究过古今中外各种假死状态的例证。他之所以会将这位少女假死的事实，作为只有自己知道的极度机密，应该是出于某些重大理由而不得不这么做吧，比如为了解决此桩空前绝后的离奇事件等。

非但如此，不用猜也可以知道，若林博士所装扮的这位黑衣怪客一定早在黑暗中时就已偷偷掀开棺盖，对这位少女施以某种独特刺激手法，让她从假死状态中苏醒了，同时还使用旧式听诊器听着少女的心跳声。之所以这么说，是因为在他听到十一点的钟响而打开电灯之前，黑暗中曾传来某种声响，那一定是他盖上棺盖的声音。旧式听诊器应该也是那时候被他遗忘在和服底下的。

同时，虽然是极端微不足道的小事，不过若从若林博士一贯冷静异常的个性来推测，会忘掉这种重要的谋生工具，绝对是发生了让他完全意料不到的事情，所以才导致心理状态与平日不同。至少，各位可以充分了解到他在黑暗中是如何费尽苦心，想要唤醒这位少女回到这个人世间。

但是，若林博士的手段如何卓越又可怕？这不过是个开始，接下来各位将会一一见识到。

若林博士知道解剖台上的少女正逐渐从假死状态中苏醒，各位也看到了，他紧张地摘掉双手的手套，把手伸进解剖服底下那个鼓起的长裤口袋里，取出各种物品并一一排列在旁边的木桌上，有染发用的药瓶和竹梳、三四支新笔、小罐墨汁、放着腮红和口红的化妆盒、化妆水、香油、乳霜、白色粉底等，皆是与这个房间不搭衬的物件。之后，他打开藏在入口附近棚架内部的褐色纸包，由里面取出白色木棉和毛织筒袖的和服、廉价的博多织①腰带、京都腰卷②、白色护士服和帽子、一条皮带、拖鞋、护士帽、发卡等，都是簇新之物，同样摆放在木桌上。这些物品都是白天已经准备好的，可以猜测他是打算让解剖台上的少女穿的，不过尚无法了解他为何要做这种事。

接下来，若林博士再度取出旧式听诊器，重新仔细听过少女的心跳之后，从对面的药橱内取出褐色小瓶，背对着药瓶，将其中的无色透明液体滴在一块脱脂棉上，慢慢拿到少女仍残留着白色粉底的鼻尖前，同时左手静静为她把脉。不必说，这是让少女闻嗅的麻醉剂，似乎他不想让少女太早苏醒。但是，他麻醉少女打算做什么呢？由于现在还找不到答案，所以他的行动看起来越来越奇怪了……

让少女闻嗅过麻醉剂之后，若林博士合拢少女敞开的胸口衣襟，一瘸一拐地走近正面的药橱，取出插在角落的一本日式装订的美浓纸③制成的记录本。记录本封面用楷书写着"尸体记录本——九州帝国大学医学院"几个大字。翻开封面，各页都分成上下栏写上"尸体编号""医院接收年月日""转交人住址姓名""交接年月日"等，而且都盖上了若林的印章。翻阅至记录本将近一半那并未填写满的一页，若林博士用手指按住倒数第二个尸体编号"四一四"、容器编号"七"的位置后，就这样把记录本丢在一旁的桌上，伸出他那修长的手关掉了头顶上方的四盏二百烛光灯泡的开关。

室内立刻恢复原先的漆黑。

而且，马上转变为与其他房间完全一致的漆黑状态，究竟会有什么样意义的漆黑在前方等待呢？【**画面转暗**】

---

① 博多织：日本博多地区特产的绢制品的统称。
② 腰卷：日本安土桃山时期至江户时代前期，处于社会高级地位女性的夏季正式服装。
③ 美浓纸：日本和纸的一种，产自日本岐阜县。

漆黑的底片依然在各位眼前持续转动，十尺、十五尺、三十尺、五十尺。在各位眼前的漆黑核心中，不久亮起了黄色的小而脏污的灯泡的光芒。各位眼前出现了从某处钥匙孔窥看的阴森室内景象。

各位……你们见过像这样的房间吗？

右边可见到的混凝土灰暗楼梯显示这个房间是一间地下室，正面并列的十几个漆成白色的大抽屉皆是放置尸体的容器。是的，这个房间乃是九州帝国大学医学院院长负责管理的尸体冷藏室。纵然是在盛夏的大白天，也保持着令人皮肤起鸡皮疙瘩的低温，何况此刻是深夜，冰冷和恐怖的静寂，让人怀疑在这里几乎能听见死人的呼吸声……

在此出现的负责人、医学院院长若林博士所扮的黑衣怪客，似乎受到室内冷空气的冲击，有很长一段时间都在不停痛苦地咳嗽。不久后，他终于慢慢适应了。咳嗽平息后，他从口袋里取出钥匙，打开标着编号"七"的尸体容器上锁着的坚固锁头，拿下，然后将容器拉出来，他很快弯下身，将里面那具全身用绷带牢牢缠成木乃伊状的僵硬少女尸体抱出，置于地板上。仔细一看，僵硬的尸体肤色很黑，容貌丑陋，和先前假死状态的少女完全不像，但是她们年龄相仿，身材、体格还有发型等还有点儿神似。

若林博士似乎早就看中了这具尸体，他既未仔细检查，也毫无半点儿踌躇，立刻将容器推回原位，锁上锁头，之后将尸体如同木头般扛起，一步步爬上混凝土楼梯，同时一手关上墙壁的开关，熄掉地下室的灯光。【画面转暗】

在此，短时间内持续着漆黑的场景，但是，请听那乱吠的狗叫声。

那是设在松树林附近的实验用动物笼内的野狗群。它们发现了为避人耳目、扛着尸体走在尸体冷藏室和法医学教室后面的漆黑松树林间的若林博士的异样身影，才开始乱吠。紧接着，受到狗叫声惊吓的猴群开始尖叫；同时，温驯的羊和鸡也醒来，开始喧叫，漆黑中一阵骚乱……

不过，动物们这种骚乱几乎可说是每天晚上必有的现象，当然没有人会有所怀疑，更何况谁会想得到堂堂九州帝国大学医学院院长竟然做出偷窃自己负责管理的尸体这种前所未有的怪事，进而引起狗群吠叫呢？

被黑暗笼罩的九州帝国大学校园之春夜，在动物们凄绝的叫声中更显静寂。

不久，骚乱声逐渐减弱，当周遭恢复寂然的同时，四盏二百烛光的灯泡再次亮起，场景回到先前的法医学解剖台。

一看，四一四号少女的僵硬尸体已经静静躺在水泥地板上。同时，将入口门户严密锁上的若林博士站立在解剖台前，正按住黑色蒙面巾上泉涌的汗水，不停喘气。

大正十五年四月二十七日深夜，九州帝国大学法医学解剖室里，就这样并列着两具少女的肉体——美丽而即将苏醒的少女和丑陋僵硬的少女。其中，解剖台上穿红色友禅的少女肉体，短时间内已恢复明显的血色，在被麻醉的状态下，从隆起的胸部起伏中可知道她正开始轻轻呼吸。她异常地平静温柔，可能是因为有台下的丑陋少女的脸孔作为对比，显得更加美丽，甚至是几近阴森的美艳。

量过脉搏后，若林博士盯着怀表的秒针，开始测量麻醉的效果。全身黑衣的博士，低垂着头，如同石像般一动不动，而室内霎时仿佛变成位于地底下一千尺的墓穴，弥漫着难以言喻的静寂。

不久，若林博士放开为少女测量脉搏的手，把怀表收回口袋内，轻轻抱起少女的身体，让她躺在置于房间角落的棺材盖上，转而抱起四一四号少女僵硬的尸体，并放上解剖台，让其头部靠在"凹"字形旧木枕上，拿起银色的大剪刀剪断缠绕少女全身的绷带。

请看！这位少女灰黑色的皮肤从背部至胸口、从胸口至股沟，纵横交错着大小长短不一的伤痕，是殴打、烙伤、擦伤所留下的痕迹……这些褐色、黑色、深紫色的直线、曲线与腰部呈现的显著尸斑被明亮灯光照出的同时,也令人怀疑是各种形状和色泽的蛇、蜥蜴和蟾蜍在她皮肤上爬行……

各位之中应该有人知道,供全国各大学或专科学校解剖研究用的大多是这一类的尸体。尤其九州帝国大学收容的种类更是繁多,从被绑架至当地许多煤矿、纺织厂或其他工厂,或是被拐至魔窟的受虐者,到自杀者、路上病亡者都有。九州帝国大学把这些全当作研究材料,加以解剖切割后,送入大学附设的火葬场烧成骨灰,附上五日元奠仪,送还其家人。没有家人的尸体则被埋葬在公墓,每年替他们举办一次供奉法会。可以想到,眼前的尸体就属于后者。

说话间,迅速检查过尸体全身的若林博士松了一口气似的叹息,隔着面罩擦拭汗滴,走向房间角落的洗手台,直接从水龙头接水喝,途中因呛到而停下,等呼吸顺畅后又继续喝,然后剧烈咳嗽不已。对罹患多年肺病、身体极度衰弱的若林博士来说,这样的奔波劳动绝非体能所能负荷。

但是,博士的怪异行动才进行到一半。

从洗手台回来后,若林博士先在尸体的脚部附近放置一个圆钵,将接上水龙头的水管插入钵内,开始在尸体脚部至背部的解剖台上冲水,紧接着又在另一个圆钵内贮水,利用海绵和肥皂仔细擦拭解剖台上的受虐少女尸体,然后用纱布和脱脂棉将其全身皮肤完全拭干,将其红褐色的头发中分,从一旁排列整齐的手术刀中拿出一把,往尸体眉心一插,接着从少女的头皮至后脑部划开一条直线。

我相信,多少具有这方面知识的人一定会惊呼出声。因为正常来说,解剖尸体的顺序应当是从胸部、腹部往头部,再移向背部;然而若林博士根本无视正常顺序,直接从头部开始动手。

但是,在怀疑著名法医学家若林博士基于何种目的随性挥动手术刀时,四一四号少女的头皮已经被巧妙翻转,和头发一起有如脱下袜子般被褪至两眼下方。紧接着,若林博士利用锯子将白色头壳锯成钵状取下，把其中的脑髓以剪刀熟练地取出，置于玻璃盘上。本来以为他会详细调查或是制作成标本，但……结果完全出乎意料，他以像是在处理牛排或荷包蛋般漠不关心的态度，将盘中的脑髓抛向空中翻个面后，填回原有的空洞内，盖上头盖骨，套上头皮和头发，迅速用针线粗糙地缝合。

这实在太令人意外！可以称为一片狼藉的粗糙工作了！一向以严谨出名的若林博士，为何今夜会如此极端无诚意地解剖尸体呢？在众人瞠目之间，尸体被翻转成俯卧状，满是伤痕的背脊中央、脊椎左右的肌肉被手术刀切开，然后由该处插入锯子，锯断左右的肋骨。若林博士将取出的背骨纵切成两半，同样没有检查便塞回原处，随即以粗针缝合，其一气呵成的动作与先前相同……

接着若林博士再度让尸体仰躺，稍微擦净脏污部位后，试按腹部皮肤的厚度，拿起新的手术刀，从咽喉部位一刺，由乳房之间切至鸠尾腹部，在肚脐处向左转半圈，直接切开至耻骨，然后先移开胸口软骨，摘除胸部肋骨，双手灵活动作着，只用一刀就从胸腔剥开至腹腔，内脏却毫无伤痕。在苍白的灯光照射下，五脏六腑历历可见，这应该是恐怖、恶心的情景吧！

尸体肺部出现一片黑色污渍，明显表示这位少女曾在煤矿矿坑工作。另外，其直接死因是肝脏破裂和严重内出血，可以证明她所受到的虐待与迫害是何等残酷。但是若林博士毫不在意这些，只是随手将内脏一一翻转、挪动，最后则是形式性地戳破胃、大小肠和膀胱，结束了检查。他没有像一般的解剖程序那样，各取下一部分内脏当作标本，而是直接拿起粗针和线，由小腹依序缝合至咽喉。不过……在这过程中，他使用手术刀的毅然镇定，以及使用针线的巧妙迅速，仿佛是借着此种工作来满足某种难以忍受的深刻强烈欲望，让人不禁怀疑，这岂非精神异常之人的表现？

各位从刚刚开始就详细观看其一举一动，想必已经注意到了吧？此刻若林博士的态度完全丧失了他原本的冷静稳重，残酷到几乎像变了一个人似的,而且他的举动好像是受到某种异样的兴趣所驱使……

但是,这绝非怪异的现象。自古以来,被称为某种行业的大师或某项技术的天才、名人之流中,很多人一旦热衷于自己的工作,便会因为来自疲劳后的异常兴奋和超自然的神经清醒所产生的妄想画面和幻觉,化为与平常完全不同的心理状态,很理所当然地出现乍看之下非常识的偏激兴趣,或做出极变态怪异的行为。更何况是若林博士这种具有特殊体质和头脑的人物,会有前所未见、在漆黑中设法让假死的绝世美少女惊醒的行为,又有任意地残酷切割被虐杀的少女尸体的行为,其神经是何等的亢奋?其心理变形为何种方向?一般人实在难以想象。

具有这种不可解心理的黑衣怪客——若林博士——就这样快速地完成了缝合少女胸腹至咽喉的工作,最后拿起一把非常锋利的小手术刀,移向四一四号少女的脸孔。

首先,他将手术刀插入少女右眼眶,像是尝试他独特的毒物反应检测一般,依序挖出两颗眼球,不过同样并未检查眼窝底下,他就马上把眼球塞回眼窝。接下来将中间的鼻梁割开至能见到里面黏膜的部位,再从嘴唇两端切开至耳朵附近,然后将下颌用力往下拉至露出咽喉为止。

尸体脸孔就这样完全变形到令人无法想象是人类的程度。不过,若林博士将其再度缝合成原来的模样后,连喘口气的时间都没有,马上又拿起纱布和海绵,蘸足酒精,一一仔细擦拭脏污的部位。没多久,就完成了一具相貌完全改变、分辨不出是谁的奇妙尸体。

黑衣博士此时才深吸一口气,反复比较着躺在解剖台上、下的两具少女尸体。不久,他摘掉左右双手的双层手套,将一旁桌上的固体白粉放在掌上融化,小心翼翼地不让它溅出,开始在四一四号少女脸孔、双肩、双臂和腰部以下化妆。

请注意看他的手。如何?看他很小心却又毫无停滞地在粗糙的缝痕和额头等处,用手指仔细涂抹白粉的动作,应该是非常习惯使用这种化妆品,不是吗?

这是因为博士自己曾有过多次变装的经验吗？还是来自博士内在个性不知厌倦的变态兴趣和法医学上的研究兴趣相互影响，让他对传闻中数千年前的"木乃伊化妆"的怪异兴趣达到最高点，借着这样的机会暴露？不管如何，像那样用磨砂粉掩饰青黑色或褐色的受虐致死伤痕，以白粉抚平皮肤皱纹和绷带痕迹的手法，实在令人惊异，可能是学自妓院老鸨隐瞒妓女得病的手法吧！

终于，原本皮肤灰黑、伤痕累累的少女被涂抹成了和皮肤白皙少女差不多相同的漂亮肤色。之后，他又依次使用口红、腮红、眉黛、粉底，在尸体各部位加上微细的色泽变化，连大大小小的痣都不放过，同时把全身各处的毛发和地板上的少女一一比较，以不逊于理发师的技巧梳染成一模一样，再抹上香油。

紧接着，他拉开附近桌子的抽屉，取出红、蓝、紫及其他黄蓝颜料置于梅花形调色盘内，用画笔一点一点地调和，开始在颈项四周画上勒杀的斑痕。转眼间，颈项四周已经浮现蚯蚓状浮肿和如同蜥蜴般的血斑。

但是，黑衣怪客的工作还在继续进行。

接下来他迅速重新戴好手套，从桌下取出一包绷带，从尸体已经化完妆的脸部往头顶开始缠绕绷带，然后依颈项、肩膀、上臂、胸部、腹部、双腿的顺序缠绕全身。不久，眼前的尸体便恍如小孩制作的光头裸体玩偶。这时，他拿起躺在棺材盖上的美少女的华丽内衣，并将其穿在裸体玩偶身上，再系上火红色衣带。只是，那模样无比奇妙、滑稽……而且，与站立面前俯瞰的黑衣怪客形成了诡异且强烈的对比……

但是，光头裸体玩偶尸体的粗糙双手还露在外面，要如何加以掩饰呢？真不愧是绝代的黑衣怪博士，他轻松地咔嚓一声掰弯尸体双臂的肘关节，使其双手合十，又用白色木棉线绑住。正当大家觉得这样应该没问题时，他又把尸体那同样难以掩饰、满是皱痕的脚踝勉强塞入美少女小小的袜鞋内，同时用绷带裹住。接着，博士将僵硬的尸体抱起来，放入棺材内，然后把三层振袖反穿在尸体上，用锦丝带系住。这时，他才以大量的海绵、热水、肥皂和水仔细清洗解剖台,将逐渐恢复意识的赤裸美少女轻轻抱起,置于台上,再盖上方才美少女躺过的棺材盖,以白色绢布覆盖其上。

但是,黑衣怪客还有工作必须完成,而且,这才是他真正的目的!

他站在棺材和解剖台之间喘了一口气,又迅速脱下手套,首先拿起剪刀,将解剖台上少女的长发拂开,抓住正中央一把剪下,用从抽屉中取出的日式半纸包住。他又把同样由抽屉中取出的尸体勘验册和两三种文具摆放在先前的尸体记录本旁,拉过铁质圆板凳,拿起新笔蘸上墨汁,在纸包上写着"遗发"和"吴真代子"字样。然后,他拿出怀表看着,似乎在考虑什么,不久好像决定稍后再填写尸体勘验册,把它推到一边,转而翻开尸体记录本,将中间写着"四一四号"到"四一七号"那一页和另外一页小心翼翼地撕了下来。

接着,他在另一个碟子里倒入墨汁,调制成各种轻淡色泽,用与撕下的两页上之字迹完全相同的笔迹,填写上十几个尸体的姓名、年月日、编号等,但是他将其中有关"四一四号"到"四一七号"的部分全部抹去,填入后面的"四二三号"到"四二四号",并且一一盖上"若林"的印章。亦即,有关刚刚躺进棺材里的那位少女尸体的资料,已经从这本尸体记录本中消失了。

到了这个时候,各位应该明白若林博士费尽心血所做的一切,是为了何种目的吧!代替美少女吴真代子被收容在棺材内的,是原本无依无靠、遭人虐杀的失踪少女之尸体,只要医院方面不寄出通知,应该没有人会来领取骨灰。

依本大学的规定,如果家属接受尸体解剖,通常会接获翌日前来领取骨灰的通知。可是,尸体解剖后,通常马上由位于后方松树林的本大学专用火葬场的工人领走,在毫无见证人的情况下火化后,把骨灰和遗发交给前来领取的人。这里与一般火葬场完全不同,采用绝对信任的制度，所以根本不需要担心会被人发现尸体已被调包。当然，也不能断言绝对没有亲属会在火葬之前前来，要求再见死者一面的情形发生。不过就算有这种状况，见到缝合得乱七八糟的脸孔，应该也无人能认得其是否为自己的亲人。

唯一需要担心的是，有关方面的负责人或医生为慎重起见而再次前来勘验。但，如此天衣无缝、巧妙准备的替身，他们又如何可能识穿？何况，他可是无论人格还是名声皆闻名天下的若林博士，谁会对他这位九州帝国大学医学院院长利用职权、慎重再三而完成的工作有所怀疑？这起九州帝国大学尸体冷藏室遗失尸体事件，除了若林博士本人之外，在只有一位相关医务员怀疑之下，永远埋葬于黑暗中，失踪少女遭虐杀的尸体也将化为白骨埋于坟中，领受香火的祭祀。

同时，解剖台上逐渐恢复气息的少女——名为吴真代子的美少女——已经被从户籍上除名，成为没有身份的活人，在高大的若林博士掌握中继续呼吸。但是，日后她能发挥什么作用呢？若林博士又为何要让这位少女变成没有身份的活人呢？我很希望稍后能为各位作说明，问题是，就连此刻在天花板上窥看的正木博士也完全猜不透，所以……各位应该也是一样吧？

不过，被报纸誉为解谜专家、拥有绝世智慧头脑的若林镜太郎博士，费尽这般苦心、使用超常识的诡计持续挑战的事件真相是什么……凶手的头脑又是多么极端奇怪和令人费解……对于这些事实，相信各位早就已经抱有十二万分期待了吧。然而，实际上再过不久，毫不辜负各位期待的事件惊人内幕以及其具体过程，将会依序呈现在各位眼前。

如各位所见，解开事件的关键"钥匙"已经落入九州帝国大学法医学解剖室内的黑衣怪客若林博士手中，而且这位博士正倾注全副智慧与精力，完成针对掀起该怪异事件的奇怪人物的战斗准备。

话说回来。改写完尸体记录本后，若林博士将记录本和尚未填写的

221

尸体勘验册随手丢在桌上，支撑起精疲力竭的身体，收拾妥散落在室内的纱布、海绵、脱脂棉等物，和文具及化妆品一同用崭新的粗布包住，再用绷带仔细捆好。他可能想将之丢弃于无人知道的某处，尽量让今夜的工作成为秘密吧！更可以认为，他未取下四一四号尸体各部位的标本之原因也在于此。

结束工作后，若林博士再次仔细环顾四周，不久，他取下一旁桌上的新护士服和白木棉布和服，走近解剖台，准备替犹未苏醒的少女穿上，但……若林博士不由自主地停下脚步，手上的东西掉落，他几乎踉跄后退。

少女之美令人瞠目……呈现和先前假死时截然不同的清新生命之光，似乎她每呼吸一次，全身就焕发光辉。那脸颊……那嘴唇……都有如芬芳的花瓣，又像甜蜜的樱桃一般，呈现新鲜的血色。其中，特别是那形状可爱的乳房，隆起成犹如诞生于神秘国度的贝类的肉一般，带有生动的蔷薇色，在耀眼的灯光下，让人产生如梦似幻的心思。

冰冷、静寂的九州帝国大学法医学院尸体解剖室的大理石台上，绝世美少女接受麻醉的身影很可能再也不会出现第二次，那鼓动胸部的呼吸，应该会令地球上全人类拜倒吧！

若林博士仿佛已陶醉在她芬芳的呼吸中，摇摇晃晃重新站好身子，然后似与少女的呼吸共鸣般，开始有气无力地喘息，同时上半身缓缓前倾，用颤抖无力的指尖将面罩掀至额际。

啊，那表情是何等可怕！

他那出现在亮光下又长又大的脸孔，与解剖台上的少女正好相反，有如死人般松弛苍白，汗水淋漓。眼睑因极度衰弱和兴奋而似热病患者般浮现红晕，嘴唇则是在常人脸上见不到的绯红色，而且呈现病态的干燥。黑发黏黏地贴于额头，太阳穴不住颤动，低头往下看……

他就像这样，良久，动也不动，也不知道正在想些什么，想做些什么。

看着看着，他的右眼下方开始出现始自深皱纹处的痉挛，同时很快扩散至整个脸部，也不知道是哭是笑。他那苍白褪色的脸上，左右两边的火红眼瞳开始不停睁开又闭上，好像为了某事很高兴一般；绯红色的干燥嘴唇如狼似的大张，冒着白气的舌头低垂，仿佛在嘲笑什么人……那是认识严谨、充满绅士风范的若林博士之人，做梦也想象不到的另一张脸孔，不，是只有当他独自一人的时候才会表现出的恶魔一般的模样……

但是没多久，他慢慢抬起头来。用双手拂高不知何时已干的额际乱发，仰脸望着头顶上灿亮的四个灯泡。

他的呼吸又开始逐渐激烈，脸颊也出现一种异样的淡淡红晕，眯着眼，恰似正在与虚空中的人物交谈般，腹部响起低沉可怕的声音，断断续续地笑着："啊哈，啊哈，哈、哈、哈！"

不久，他咬住下唇，低头望着美少女的睡姿，举高颤抖的手指，关掉头顶上的电灯开关，一盏、两盏、三盏，最后，第四盏灯也熄灭。

但是，室内并未回复原先的黑暗。从紧闭的窗缝流泻入拂晓的鱼肚色，让室内的一切东西呈现如海底般蓝黑、透明。

他茫然凝视透明的蓝光，久久，双手颤抖地掩面，踉跄后退至墙边，颓然坐倒在地，失神似的，双手滑落地面，双腿前伸，俯首不语。

此时，解剖台上的少女嘴唇轻轻嚅动，发出梦一般轻微的声音。

"大哥……你在哪里？"【画面转暗】

【字幕】正木和若林两位博士的会面

【说明】接下来播放的是正木博士在九州帝国大学精神病科教室大楼的教授研究室打盹儿的身影。时间是大正十五年五月二日，也就是距上次影片中，出现若林博士调换尸体那一场景正好一星期之后一个风和日丽的下午。教授研究室三边的窗外，松树林在烈日下掀动炫目的绿浪，已经能听见暑热的蝉鸣。不过，南侧并排的每一扇窗外，横亘着水彩颜色般的五月晴空，其下吹着爽朗的风，卷入阵阵目前正在施工中的解放治疗场的作业声。

正木博士坐在正面大桌子和大暖炉间的巨大扶手旋转椅上，穿白色诊断服的右手手指间夹着熄灭的雪茄，左手抓着当天的报纸，鼻头架着眼镜，正在打盹儿，恰似外国漫画中常见的臭屁医生模样……手上的报纸背面可以见到"新娘命案陷入迷宫"的超大标题。

不久，当大暖炉上的电子钟指针指着三点零三分时，身穿大学工作服、年纪约莫四十岁、头发分边的工作人员，拿着一张名片进来，走到正木博士面前，递给他。

被关门声音吵醒的正木博士接过名片看了一眼，很不高兴似的盯着他看。

"要讲多少遍你才听得懂？没必要无论何时都这么郑重其事的。下次不必拿这种东西，直接让人进来就好。"

说着，把名片随手丢在桌上，再度闭上眼睛打盹儿。

这时，若林博士小心翼翼地抱着一个蓝色绢布包袱进入房间，在正木博士对面的小旋转椅上坐下。矮小的正木博士坐在大椅子上打盹儿，高大的若林博士拘谨地坐在小椅子上，这种情景绝对是最佳漫画素材。

不久，若林博士咳嗽的老毛病再度发作，用白手帕掩嘴，开始痛苦咳嗽。

被他这么一吵，正木博士好像终于清醒了，报纸和雪茄往上一动，不但看清了眼前的若林博士，也醒觉自己是在九州帝国大学的研究室，他深深打了个大哈欠。

就这样，事件发生后，两位博士初次见面始自这个大哈欠。但是，接下来两个人之间的对话，表面上看来非常融洽，实际上却带有强烈的相互讽刺，正爆出尽可能威胁对方的火花……如果各位能注意到这点，应该就可充分推测出横亘在这桩事件背后的暗流是何等巨大深邃。

"啊，你终于来啦，哈、哈、哈、哈。我心想，你也差不多该来了。"

"嘿……这么说，您已经知道事件内幕了？"

"也不能算是知道，只是……应该是这个吧？《新娘命案陷入迷宫》……当然，报道内容一定有很多是谣传……"

"没错。不过，您为何知道我和这桩事件有关联？"

"也没什么。前不久我刚好有一点儿事打电话给你，听说你放掉下午的授课，不知道开车去了哪里，我就在想，一定又有什么事了……结果，看到当天的晚报报道婚礼前夕新娘被勒杀事件，我就猜你应该是为了这件事吧！"

"原来如此。但是，您又怎么知道我今天会过来找您？"

"嗯，我虽然不确定是在今天或是其他什么时候，但是我知道你一定会来。因为我一开始就认定这桩事件绝对是我所谓的'心理遗传'因素造成的，因此很期待你调查过后会来找我，哈、哈、哈、哈。"

"厉害！的确如您所说的。但，事实上，我从两年前就和这桩事件有关。"

"哦，两年前？"

"没错……"

"哼，两年前也有过这样的事件吗？"

"是的，而且是同一位少年勒杀亲生母亲的事件。"

"同一个家伙用相同的手段……而且是杀害亲生母亲？"

"其实，当时是我主动和事件扯上关联。我认为那桩事件凶手另有其人，死者并非被少年所杀害……但是怎么也查不出凶手。"

"连你的法眼都追查不出？"

"我很惭愧。但，那是我有生以来首次面对这样难解的事件……该如何说明才好？犯案形迹清晰可见，但是却毫无凶手存在的形迹……"

"嘿，这可有意思……"

"所以，这位少年在上次勒杀亲生母亲的事件获判无罪之后，我仍不放心,拼命想找出凶手,于是和被害者的姐姐——少年的姨母八代子——以及警方联系,请他们日后若发现少年的生活起居或行动出现什么怪异情况,马上通知我一声。终于在两年后的现在,发现少年在与姨母的女儿——将成为自己新娘的少女——吴真代子举行婚礼的前夕,勒杀对方,因此两年前的弑母命案,应该也是这位少年在精神病发作之下的凶行。正因这样,两年前认定凶手另有其人的我,现在完全丧失了信用……"

"啊,哈、哈、哈、哈,痛快,如果不是这样就无趣啦!这似乎是你发挥所学的最佳机会呢!"

"谢谢……也没什么好发挥的所学。事实上,我也相信这桩事件可以当作以前接受您指导而研究的精神科学犯罪这门学问之合适的研究材料,所以从各方面调查每一件事,整理出相当多资料,就在这个包袱里……"

"哇,数量非常庞大!话虽如此,事件发生才过了一个星期,你居然就收集到这么多的资料……"

"不,这里面包括与两年前的事件有关的调查资料,所以……再说,关于这次事件,我不知道自己的病况什么时候将加剧恶化,所以几乎不眠不休地从各方面深入调查。也因如此,感觉气喘的老毛病急速恶化,大概活不了多久了。"

"嗯,也对,近来你好像消瘦不少,要好好注意身体。制作木乃伊也要等人死后才能进行,如果自己成为精神科学的幽灵,那可就半点儿用处也没有了。哈、哈、哈,辛苦你啦!对了,包袱上面突出的方形盒子是什么?"

"是用于这次的心理遗传事件暗示的一卷绘卷,盒子是我特别请工匠制作的。可以认为是因为有人拿这卷绘卷给那位叫吴一郎的青年看,结果导致青年精神出现异常。不过就如我方才所言,警方当局的推定和我完全不同,他们认为吴一郎的精神异常乃是自然发作,或只是伪装成精神病人，因此当我提供这卷绘卷给警方作为参考资料时，他们只是付诸一笑。但正因这样，我才能顺利获得这类贵重的参考资料。"

"啊，哈、哈、哈、哈，这太好了！反正你若拿这一类东西放在警方或是法院那些家伙面前，还说这是正木博士独特研究之前所未闻的新学理——心理遗传的暗示材料，通常会碰一鼻子灰。幸好你没有被误会为骗子，啊，哈、哈、哈、哈。"

"哈、哈、哈、哈，其实我也只不过是形式上拿给他们看看罢了，这东西我自己想要得很呢！"

"你倒真的是……心机很深呀！"

"见笑了。"

"对了，你今天来是打算把资料和事件推给我？"

"是的。一方面当然是这样；另一方面……希望请您鉴定被视为新娘命案凶手的，就是被送进福冈土手町看守所的少年吴一郎的精神状态……"

"嗯，那位少年吗？那位少年的精神状态从报纸中我已大致了解，是所谓的发作后健忘状态，也就是说，由那卷绘卷的暗示或什么导致精神异常，引起某种梦游，杀害了新娘。少年极力想抑制此企图的意志中断了梦游，却导致极端兴奋的神经细胞高度疲劳，使得回溯发作以前的所有记忆受到拘束而无法顺利活跃，亦即陷入'逆行性健忘症'。这一点，我单是看新闻报道就足以判断。这是很常见的症状，我没必要出面，只要由你说明就足以应付了。"

"好的。问题是这次的事件让我的信用完全破灭，只凭我的鉴定并不足以采信，在法庭上的可信度不高……也许，吴一郎会被认定是杀人狂也未可知……"

"哼，那就奇怪了。法官就算再无知，也是有限度的，最主要是认为这世界上有所谓的杀人狂存在，根本就是把人当成白痴。因为杀了人就说是杀人狂，比将故意杀人和预谋杀人混为一谈错得更离谱儿。"

"话是这样说没错……"

"当然！也许你已经注意到，但是现今的专家学者却无人明白。病发前后的一举一动都是鉴定精神病的重要参考材料，犹如嫌犯在行凶前后的一举一动是检举犯罪的重要参考材料一般。所谓的精神病人，虽说他们是疯子，可是他们的行为却非毫无道理的粗暴妄为，而是依据发作契机的刺激、心理遗传的内容、精神异常状态的程度等，条理井然地遂行各种脱轨行径，其间毫无些许紊乱，所以远比普通人的犯罪形迹有更合理的顺序可循。尤其是杀人行为，其行凶前后的样态，更必须视为比普通犯罪还有力的参考材料。"

"这是我第一次听到……您说得没错。"

"因为不懂这种道理，见到有人杀人就冠上杀人狂之类的名称，如果杀害两个人，那更是绝对不会错。确实，从杀人的结果来看，或许能够称之为杀人狂也不一定，但，这个杀人狂如果是以敲破人的头壳来代替温度计呢？哈、哈、哈、哈。可笑的是，当然还是有专家学者称其为杀人狂。精神病人经常会有把自己以外的存在，不管是人类、动物、风景或是天地万象，全部看成影子，甚至是会动的图画。譬如，若是产生想要红色颜料的欲望，这类精神病人敲破人类的头壳，与敲破内有红色酒精的温度计，皆出自相同的心理。一旦了解其真正目的只是想获得红色颜料画红色图画的道理，就绝不可为其冠上杀人狂之类的名称。所以，我判断这位少年的行凶应该另有目的，换句话说，一切视支配他的心理遗传内容而定。"

"确实没错，坦白说，我也认为可能是这样，而这完全不是我所专精的部分，是属于博士您专精的领域，所以才会带来所有相关资料供您参考……还有一点，也是攸关这次事件的最后疑问，事实上我就是为了这个才特意前来请您帮忙。"

"嘿，听起来好像很令人紧张！是什么？"

"是的，那就是使用这卷绘卷给予吴一郎暗示的人……"

"啊，不错。如果确实有这么一号人物，他就是完美的新型罪犯，找出这个家伙的确属于你负责的范围……"

"是的。问题在于我到目前为止毫无眉目，整桩事件如同被笼罩在五里雾中……"

"那是当然啦！受心理遗传支配的事件通常都被笼罩在神秘云层里，也经常不了了之，单就报纸报道的案例就不知有多少了。"

"但是，据我的看法，这次事件有可能破除此种神秘云层……因为，最后的重点必定残留于少年的记忆深处。"

"嘿，我明白，非常明白。你的意思是，如果这位少年能恢复原先的精神状态，应该就能想起让他看绘卷的人是谁，对吧？所以为了找出其记忆，才要求我进行精神鉴定？"

"是的，实在很惭愧，毕竟这并非我能力可及之处，因此……"

"不，没关系，我了解。不愧是享誉全国的著名法医学家，居然能注意到这点，哈、哈、哈。好，我接受！"

"真的衷心感谢您。"

"别客气，我明白，完全明白。现在暂时忘掉这件事，趁着心情还轻松愉快的时候好好摄取维生素……不，讲到维生素，一起到吉冢吃鳗鱼吧？难得可以一起喝上几杯……当然只有我喝了。别客气，就当作慰劳你遇上这桩事件的辛苦吧！"

"那……谢谢您。不过，您什么时候前往鉴定那位少年的精神状态呢？我必须提前通知法院一声……"

"嗯，随时都可以。其实并不麻烦，只要看那位少年一眼，我就能判断他到底是杀人狂还是装疯卖傻。但是为了更仔细鉴定，有必要让他住院，所以我必须安排带他到这里。不过没必要担心，虽然若林博士的风评扫地，正木博士的声誉却正如日中天，哈、哈、哈、哈、哈。"

"实在很惭愧！那么，这些资料怎么办？"

"啊，交给我保管好了。对了，嗯，我有个好点子，拿到这边来。

把它丢进暖炉里,像这样盖上盖子。反正我今年冬天之前不会生火,连释迦牟尼佛也发现不了——的——呢!"

"您这……是什么歌?"

"不是歌,是谣曲《劝进帐》①的一节。你这个法医学家,竟然什么都不懂,哈、哈、哈。"【**画面转暗**】

哎呀,怎么回事,浮现天然色彩的有声电影竟然变成纯粹对话,这样与收音机或留声机就毫无两样了。看样子当电影解说员真是不轻松哩!每一句话都要用敬语语尾非常麻烦,一旦不用又变成这种情形,所以接下来只好让各位观赏"不用敬语""不需要说明"的影片,不,应该不只是"不需要说明",还"不需要银幕""不需要放映机""不需要底片",说它是"什么都不需要的电影"应该就没问题了,反正是德国出产的什么无字幕电影之类的落伍东西所比不上的。

但,各位若问到底是什么样的东西,很简单,就是把刚刚若林交给我、丢进空暖炉里的事件调查资料,经过我研读后加上自己的意见,依照顺序制成影片给各位观看。这么听起来好像还是很费工夫,其实也没什么,我只是把那些东西穿插进遗书的适当位置。

咳、咳……各位也只是阅读内容而已。这是我最新发明的诡计电影,如果各位认为这种方式的电影将大为流行,我也可以把专利权让给各位,只要各位有需要……好的,马上就开始,请稍待片刻。

本来,我就打算把这些资料穿插进自己的《心理遗传论》之内。虽然论文原稿先前已经被烧毁,却仍留下这里的一小部分,各位靠着我到目前为止的说明,应该都已经成为精神科学家兼伟大的名侦探,凭这样的实力,相信在阅读这些记录资料后,绝对可以轻易地彻底揭露本事件的真相。

---

① 《劝进帐》:日本传统文化歌舞伎中的著名曲目。

这桩事件是借着什么样的心理遗传发作而产生的呢？是有人故意让此种心理遗传发作吗？另外，如果真有这样的人存在，此人在哪里？而若林和我的态度对于这桩事件的解决又提出什么样的暗示？各位一定得聚精会神地研读才行……我提出上述恐吓之辞之后，可要趁这段时间慢慢喝威士忌、抽哈瓦那雪茄了，哈、哈、哈。

心理遗传论附录

实例：吴一郎精神病发作始末
由W氏留下的手记整合而成

第一次发作

◆**第一参考**：吴一郎的谈话

▼**听取时日**：大正十三年四月二日夜里十二点半左右。其母亲，即下述的补习班女负责人、被害者千世子（三十六岁）头七[1]法事结束之后。

▼**听取地点**：福冈县鞍手郡直方町日吉町二十番地之二，筑紫女子补习班二楼，吴一郎的八叠[2]榻榻米大小的自习房间兼卧室。

▼**列席者**：吴一郎（十六岁），被害者千世子的儿子；姨母八代子（三十七岁），住在福冈县早良郡侄之滨町一五八六番地，务农；我（W氏）。以上三人。

---

① 头七：殡葬习俗用语，人死后第七日称为头七。
② 叠：日本面积单位，1叠榻榻米约为1.62平方米。

——谢谢。直到医生问我当时"做了什么样的梦"为止,我都没有想起做梦的事。全都是因为医生(W氏),我才没有成为弑亲凶手。

——只要大家知道杀害家母的人并不是我,那就足够了,我也无话可说。不过,若是有助于查出凶手,任何事情都可以问我。虽然对于很久以前的事,家母未曾告诉我,而且我只记得懂事以后的事,但是应该没有什么不能让人知道的事。

——我应该是明治四十年年底出生于东京附近的驹泽村。关于家父的事我一无所知(注:吴一郎的出生地怀疑与事实有所出入,然而对于研究上并无影响,因此未加以订正)。

——似乎自从我出生后,家母就和这位姨母一起住在侄之滨,但是她十七岁那年,表示想学习绘画和刺绣,从而搬离姨母家。之后,前往东京寻找家父期间生下了我。家母经常挂在嘴上的一句话就是"男人越是有名望越会说谎",可能是因为埋怨家父吧(脸红)。每当我问起家父的事,她总是一副快哭出来的模样,所以我懂事以后就很少再问及家父的事。

——不过我很清楚家母一直拼命寻找家父的行踪。应该是四五岁的时候,我记得曾与家母一起,从东京某个大车站出发,搭了很久的火车,再转搭马车行驶于田园和山间的宽阔道路持续前进。那途中有一次,我睡着后醒来,发现自己仍在马车上。在天色已经很暗之后,才抵达某乡镇的旅馆。接下来,家母几乎每天都背着我挨家挨户打听家父下落。由于四面看到的尽是高山,所以我每天哭闹着要回家,结果经常挨骂。之后,我们母子再度搭乘马车和火车回东京,同时家母买了一支喇叭送我,用那喇叭吹出的声音和山中马车车夫所吹奏的声音一模一样。

——过了很久以后,我发觉这一定是家母到家父的故乡找寻他,于是问道"当时是在哪个车站搭乘火车的",家母泪流满面地回答:"问这种事已经毫无用处了。在那之前,我到那里找过他三次,不过现在已经完全死心了，你也死了这条心吧！等你大学毕业后，如果我还活着，到时候我再把你父亲的事告诉你"，此后我就再也没有问过了。现在，我对于自己那时见过的山与乡镇的印象已渐渐模糊，记忆里只留下清楚的马车喇叭声。后来我买了许多地图，计算当时搭火车和马车的时间，仔细调查后发现，那时我们去的应该是千叶县或是枥木县的山中。是的，铁轨附近看不见大海，不过或许是在火车车窗的另一边也不一定，详情如何我不得而知。

——在东京居住的地方吗？我们好像住过很多地方。我还记得的有驹泽、金杉、小梅、三本木，最后则是从麻布的笄町搬来这儿，总是租住二楼、仓库或别院。家母通常会制作各种刺绣的手工艺品，完成几个之后就背着我到日本桥传马町的近江屋，那里打扮得漂漂亮亮的老板娘一定会给我糕饼糖果，即使到了现在，我都还记得那栋房子的模样，以及老板娘的脸孔。

——家母当时制作的手工艺品种类？我记不太清楚，但是，应该有神像的垂帘、和服内搭、薄纱巾、和服衣摆的图样、和服外褂的纹样等。怎么缝的？能够卖多少钱？当时我还很小，完全不懂，不过至今仍清楚记得一件事，那就是，从东京搬来这里的时候，家母送给近江屋老板娘一个用来包包裹的薄纱巾。在薄得几近透明的绢布上，刺绣着各种颜色和形状，有非常漂亮的菊花图案，每天只能完成约莫手指头大小的部分，完成之后送过去。当我递给老板娘时，老板娘吓了一大跳，大声呼叫家人们出来，所有人全都目瞪口呆、很佩服地看着。后来我才知道，那是真正的"满面绣"，是现在的人已经不知道的刺绣方法。老板娘的丈夫似乎拿钱给家母，但家母推拒，只带着糕饼、糖果回家。而且家母和老板娘曾一直站在门口哭泣，让我觉得困惑不已。

——好像是因为家母曾找人占卜过，所以我们才从东京搬来这里。她曾说"狸穴町的占卜师傅真准"，大概是因此听从了对方的建议吧！对方好像是说"你们母子一直留在东京会很不幸，因为一定会受到某种诅咒，为了躲开这种厄运，最好回故乡。今年若要出门，西方最佳。你的星象是三碧木星，和菅原道真①或市川左团次②等人属于相同星相，所以三十四岁至四十岁之间乃是最多灾难时期。你所寻找之人是七赤金星，与三碧木星正好相克，如果不赶快放弃将会出现严重后果。即使是彼此手上的东西放置得比较接近，都有可能因此互相伤害，属于相克中最可怕的相克，因此连对方的遗物也不能留在身边。等过了四十岁运势转平顺，过了四十五岁就会有好运来临"。因此，我好像就在八岁那年搬来了这儿。家母经常笑着对补习班的学生说："真的是这样呢！我和天神或什么的属于同样的星相，所以才会喜欢文学和艺术。"不过，关于七赤金星的事，家母只告诉我一人，并且严禁我说出去……

——家母搬到这里不久就租了这栋房子设立补习班。学生约莫有二十个人，因此分为白天和晚上两组，在楼下正面的八叠榻榻米大小的房间上课。家母常常因为有看起来温柔婉约的大家闺秀前来学习而高兴不已。不过家母比较急性子，经常责骂学生。还有，偶尔也会有无赖汉或不良少年模样的人前来骚扰学生，或向家母勒索金钱，但都被她叱骂赶走了……所以，进来过这个家的男人只有老房东先生、我中学时代的导师鸭打老师，以及修理电灯的工人。此外，从来没人寄信给家母，家母也从未寄信，连彼此交情很深的近江屋老板娘也没有联系，仿佛很怕让人知道自己的住处。理由何在？她虽然并未告诉我，不过很可能是因为过度相信占卜者所说的话，认为有人企图伤害自己吧！家母虽不迷信，却很信任占卜师傅……

——坦白说，我并不喜欢这里。可能是因为从东京前来这里的途中，我身体不舒服，居然在火车上严重晕车，而且我最讨厌煤炭的烟味，这儿却到处都是矿坑，从早到晚都闻得到那种臭味！但找到这么合

---

① 菅原道真：日本平安时代中期公卿，学者。日本古代四大怨灵之一。
② 市川左团次：日本歌舞伎演员。

适的地方，家母很高兴。我也只有忍受了。不久我也慢慢习惯，搭火车已不会晕车，不过对于煤炭的臭味和恶劣的空气仍无法忍受。另外，入学后，学生们各有各的腔调，那些话不仅粗鲁，而且让人听不懂，令我非常困扰，因为，几乎全日本各地的儿童都集中在那里……

——可能因为我从小就到处搬家，所以我的朋友很少，搬到这里后，在学校里还是很难交到朋友，只能自己埋头苦读。到了中学四年级①的时候，我努力考上了福冈的六本松高等学校，发现那边的空气非常干净，内心高兴不已。是的……我会那么早就参加考试，一方面是讨厌这里，另一方面则是希望能早些从大学毕业，如此一来，家母就会告诉我关于家父的事情。虽然家母没有直接讲过这种话，连我进入中学就读的时候也是一样……就这样到我读文科二年级的时候……（脸红，暗暗流泪）

——不可思议的是，我通过了考试，但家母却没有很高兴的意思。这种情形从很早以前就是如此，对于我的好成绩，她从来没说过任何称赞的话，她似乎相当不喜欢我的成绩被公布，也不喜欢我的姓名被刊登于报纸杂志上。由于我自己也不喜欢这种事，所以当成绩依照校规必须公布时，家母曾带着我去找导师，拜托"请尽量贴在不显眼的角落"，导师夸赞家母"您真是个谦虚的人"。事实上，家母并非谦虚，而是真的很讨厌这种事。报考高等学校时，她很担心我的姓名被刊登在福冈的报纸上，我就对她说："既然这样，我们何不搬到东北地方或是哪个偏远之地呢？随便找个私立的专科学校或什么学校读的话，福冈的报纸应该就不会刊登了吧。"她沉吟了好一会儿，然后说："无论如何你都必须读大学，再说，我也舍不得这些补习的学生。"所以我终于决定报考福冈的六本松高等学校。但家母仍常说一些"福冈有太多不良少年和不良少女，你最好不要随便离开宿舍"，或"路上有陌生人向你搭讪的

---

① 中学四年级：1899—1947年，日本国内中学实施五年制教育。

话，不要随便回答"之类的话。现在回想起来，应该是那位占卜师傅的话让家母相信有人企图伤害我们，她才会想尽办法隐藏居住的地点吧！

——就读期间，我住在宿舍，不过星期六晚上至星期天，我一定会回这里。假期都一直在家中帮助家母做事，晚上九点或十点就寝。家母个性极坚强，这里虽然人口不多，但我不在的时候她仍然独自睡这个房间，她说："早上八点左右，学生就会陆续前来，一直到深夜十一点为止都没有休息，我完全不会感到寂寞，因此如果你忙着课业的话，也不必勉强回家。"

——直到最近并未发生什么奇怪的事情。只是，去年夏天，家母拿着用来当作刺绣材料包装纸的美国报纸来找我，问"这个人是做什么的"，我读了那篇报道后，知道是美国电影演员朗·查尼所扮演的小丑角色，就据实回答了。家母很无趣地说"噢，原来如此"，就下楼回房了。当时，我想家父也许是那样的相貌，同时人也在国外，于是便特别仔细看了那报道，所以才会记得这么清楚。可是那个人的脸孔看起来像一只大蚕，所以我悄悄下楼，走到六叠榻榻米大小的家母房里，在梳妆台前照镜子看自己的脸孔，却发现半点儿也不像报纸上的人（脸红）。

——那天晚上并没什么奇怪事情发生。我和平常一样在九点左右上床，不知道家母什么时刻就寝。如果是平常的话，应该是十一点左右吧！

——还有，我没有告诉警方这件事，但那天晚上我曾在半夜醒过来。这是因为至目前为止很少有过这种情形，我害怕说出来反而会引人怀疑。我不知道原因何在，不过应该是听到很大的声响才会忽然醒来。当时四周一片漆黑，我调亮睡前移放在枕畔的这盏灯，看着置于尚未读完的书本底下的腕表，发现是半夜一点零五分。之后忽然有了尿意，起床时若无其事地看了一眼面朝这边而睡的家母，发现她嘴巴微张，两颊鲜红，额际如瓷器般苍白透明，看起来几乎是令人觉得不可思议的年轻模样，几乎像是来家里上课的年岁稍长学生的年纪。然后我下楼，上过洗手间后，打开两间房间的灯，没有发现任何异样。我在想先前听到的声响究竟是怎么回事，会不会是我的错觉，再回到二楼一看，家母的脸孔已转向另一侧，棉被盖到脸上，只能见到她梳卷的头发，于是我马上关灯。就这样，我再也没有看家母的容颜。

——接下来就如我在警察局所告诉医生（W氏）的，我做了一个奇怪的梦。那天晚上实在很奇妙，因为，我一向很少做梦的。不，不是梦见自己杀人，而是梦到火车偏离轨道，发出隆隆声追着我；巨大的黑牛伸出紫色长舌头，眼睛瞪着我；太阳在蓝天的正中央，一面喷着漆黑的煤烟一面滚动着；富士山顶峰裂成两半，鲜红的血如洪水般流出；大浪朝着我袭来；等等。我非常害怕，但是不知何故双脚却无法动弹，想逃也逃不掉，不久，我似乎听到房东的养鸡场传出两三声鸡啼。但是那些可怕的梦境仍旧清晰映现，我一直没办法醒过来，在拼命挣扎后才终于能睁开眼睛。

——当时这个窗户的格子已经明亮，我放下心来，想要起床，却发现整颗头剧烈抽痛，同时嘴里有一股奇怪的臭味，胸口也阵阵闷痛，心想自己一定是生病了，所以再度躺下。当时本只是想再稍微小睡片刻，谁知道竟然连梦也没有做地沉睡过去，浑身是汗。

——不久之后，突然不知道被什么人拉了起来，我的右手被人紧紧抓住，好像有人要把我带去什么地方。我睡眼惺忪地以为自己仍在做梦，想要甩开对方的手。这时又有另一个人过来，抓住我的左手，把我拉向楼梯口。这下我终于清醒，回头一看，一个身穿西装的人和腰系指挥刀的巡佐蹲在家母枕畔，似乎正在调查什么。

——看到这个，我半梦半醒地判断，家母一定是罹患了霍乱或是什么重大疾病，而我也是相同，所以身体才会如此不舒服。当时被两个男人拖着走的痛苦，我至今仍忘不掉！我的身体疲倦得像是快融化般，全身骨头也似乎快散掉，每下一阶楼梯，眼前就一片黑暗，脑壳内仿佛有水摇晃般刺痛。我拼命忍住，想停下脚步，可是底下的人却立刻伸手把我往下拉,我几乎是跌跌撞撞地下楼。途中,我忽然抬头,见到楼梯对面上方的扶手上,家母身上褪色的衣带被系成环状垂挂其上。

——不过那时候我连思考究竟为什么的能力都没有,何况在我身旁的男人又用手用力戳我的身体,痛得我感到一阵昏眩,只好快步来到后门,穿上家母平常穿的红色鞋带木屐,走出后巷。这时,我想到家母可能已经死亡,便停住脚步,望向左右,发现抓住我双手的男人是这地方警局的刑事和巡佐,熟悉的脸孔正凶狠地瞪着我。同时,他们用力拖着我前行。我连询问的机会也没有。

——马路上是炫目的阳光,家门前挤满了人,我一走出来,所有人的视线皆集中在我身上,站得较近的人慌忙往后退。一见到他们泛着黄光的脸孔,我眼前一暗,差点儿摔倒在地,同时脑中阵阵抽痛,很想呕吐,慌忙想伸手按住额头,可是因为双手被用力抓住,完全无法自由行动。此时我才想到家母并非生病,而应该是被人杀害或什么的,而警方怀疑我是凶手。于是,我乖乖儿地跟警察走。

——当时我的脑筋一定出了毛病,丝毫没有一点儿恐惧或悲哀,只是我全身因汗水而湿透,身上又只穿一件背后和腰部完全湿漉漉的白色浴袍,实在难过得受不了。加上头顶照射的艳阳光线似乎有点儿刺眼,也有点儿令人喘不过气来,我几乎快晕倒;同时口中溢出腥味,忍不住想呕吐,只好时时睁眼望着闪闪发亮的地面,边吐唾液边往前走。然后,我发现果然不是去找医生而是走向警察局,虽然心跳加速,不过在开始向着警察局前的阶梯走时,我的情绪已经完全冷静下来,这时竟有一种错觉,好像我正在阅读描写自己故事的侦探小说,也好像正在做梦。我凝视着脏污的地板时,忽然,背后响起很大的叫声,我惊讶地回头,发现带我前来的刑警正在制止跟在后面的一大群人进入警察局。人群中应该有我熟识之人,但是我记不得都有谁。

——之后,我被带至里面的狭窄房间,坐在木质BANKO(九州地方方言,指椅子)上,接受巡官和刑警们的讯问。可是我头痛欲裂,现在已经完全忘掉当时是如何回答的，只记得一直被说是"这一定是谎言，对吧"，所以我也坚持"不，不是谎言"。

——没过多久，这个乡镇中无人不识、绰号"鳄鱼探长"的谷探长进来，一开口就说"令堂被人杀害了"。当时我忽然哽咽，再也忍不住出声恸哭，不停拭泪。这时候，保持沉默的谷探长开口道："你不应该不知道。"同时丢了某样东西在我面前的脏木桌上。那是家母总是放在床榻上、睡觉时穿着睡服用的衣带，上头有紫色系绳系着的铁质茄子挂饰，那挂饰已经相当老旧了，听说是家母离开故乡时所系用之物。但是，就在我低垂着头，还不知道到底是怎么回事时，谷探长发出了如雷般的怒叫："你就是用这个勒死了你的母亲，对吧！"这实在太过分了，我终于怒火上涌，情不自禁站起身，瞪视对方。这时我忽然又头痛欲裂，也很想吐，于是双手撑住桌面，全身不停颤抖，但是却怎么也忍不住因为内心感到难堪而流出的泪水。

——谷探长接着又说出各种话斥责我。这位探长被此地矿坑中的恶徒们称为"魔鬼"或"鳄鱼"，令人闻名丧胆，但是我没做任何坏事，所以毫不害怕，默默听着。他说，当天早上八点半左右，补习的学生和平常一样两三人前来上课，见到前后门紧闭，马上通知住在后面的房东。老房东先生从厨房后门的门缝大声呼叫，可是仍叫不醒人。不久，老先生在昏暗的光线中发现，往下通往厨房后门的楼梯口那里，悬着两条白皙的腿。老房东先生立刻脸色铁青地跑至警察局通报。之后，警方赶到，首先撬开顶住厨房后门的木棒，正想上二楼时，发现家母穿着一件睡袍，把细腰带绑在楼梯的扶手上，套上脖子自缢了。我则像是完全不知道这件事般地呈"大"字形躺在床上沉睡。但是调查家母的尸体时，发现颈项周围的勒痕与细腰带不一致，被褥也凌乱不堪，所以判断是遭人勒杀之后再伪装成自缢。另外，家中并没有东西失窃，也无外人潜入的痕迹，因此只有我最可疑。

——另外，家母在被褥里被勒杀时似乎曾非常痛苦地挣扎，勒痕有两至三层，因此睡在一旁的我不应该没有醒来。而且我比平日多睡了三个小时以上，原因何在？一定是勒杀家母之后假装睡着，结果却真的睡过头。是另有喜欢我的女人呢，还是前来补习的女学生中有我喜欢的女孩子，因此和家母吵架？或者我向家母要求每个月给多少零用钱，家母不答应？甚至还问家母是否真是我的母亲，还是由情妇假装成我的母亲？要我立刻自白……我听着听着只觉得整颗头都麻痹了，低头茫然想着，所谓的人类真的会在不知不觉之间杀人吗？难道是我在半梦半醒之间杀死家母，结果连自己也忘了这件事？这时，谷探长说："既然如此，你留在这里好好想一想。"然后将我送进拘留室。

——接下来，这天和整个晚上我都没有吃任何东西，睡睡醒醒的，第二天早饭也因为头痛而吃不下，可是后来实在太饿了，拿到午饭时就吃得一干二净，头痛也消失了。到了傍晚，一位酷似家母的女人前来面会，我吓了一跳。那就是这位姨母，也是我有生以来第一次见面的姨母。当时，姨母也问了和医生（W氏）一样的话"你没有做什么梦吗"……可是我实在回想不起当时的事，只好回答说我什么都不知道。我……完全不知道自己被麻醉剂迷昏的事……

——翌日，医生（W氏）来了，中学时代的导师鸭打老师也来看我。又过一天，法院的人也来了，很亲切地问我各种事情，似乎好像有获释的可能，我开始想去看看家母到底如何了。前天回家后一看，家母的遗体已经火葬了，我非常失望，因为家中连一张家母的照片都没有，我再也见不到家母的容颜了。明天姨母要带我回她在横滨的家，听说家中还有一位名叫真代子的表妹，我想我应该就不会那样寂寞了！

——我最喜欢的是语言学，其中最感兴趣的是阅读外国小说，尤其是爱伦·坡、史蒂芬森和霍桑的作品。虽然大家都说那是陈词滥调……

——现在如果上大学，我也想要研究精神病。坦白说，我真正希望的是念文科，研究各国语言，然后和家母一起寻找家父的行踪。但是关于家父的事，家母只告诉我一点点就死了，我很失望。除此之外，目前我还没想过以后要成为什么样的人，我虽然不讨厌国语和汉文，不过中学毕业后就未曾刻意学习。第二喜欢的是地理、物理和数学，最不喜欢的则是唱歌，不过却非常喜欢听歌，一听到好听的西洋音乐，就觉得像是在欣赏名画一般。至于民谣，家母心情好的时候常和学生们一起唱和，所以我觉得还不错（脸红）。

——到目前为止我从来没生过病，家母好像也没有。

——接下来我想前往曾经到警察局探望我的鸭打老师家致谢。

◆第二参考：吴一郎姨母八代子的谈话

▼同一地点同一时刻：吴一郎外出后——

——真的，一切好像是在做梦。一郎绝对是舍妹的儿子没错。他的五官轮廓酷似他母亲，连讲话声音都和家父一模一样。

——太久以前的事我不知道，不过，我们家世代在侄之滨务农。我们姐妹的母亲早逝，父亲也在我十九岁那年正月辞世，因此我们家只剩下我和这位妹妹（依家谱所写）千世子两人。就在那年岁暮，我招赘先夫源吉后不久，妹妹留下一封信表示"我要去东京学习绘画和刺绣，打算一辈子过着单身生活，请不要管我"之后，就离家出走了，时间是明治四十年元旦期间。后来，虽然有人在福冈见过妹妹，详细情形却不清楚。可能她是真的喜欢绘画和刺绣吧！诚如一郎所说，舍妹是好胜心非常强的女孩子，十七岁那年以全校第一名毕业于县立女校；她只要一开始喜欢上什么东西，就会无比狂热地投入，经常通宵达旦地阅读小说或是绘画，尤其是对于刺绣，她从念小学的时候就喜欢上了，即使傍晚天黑以后，她仍会走到回廊，以木棉线缝制用图画纸从寺院纸门上描绘来的图案。因此可以想到，她是见到我招赘之后，就决定一心一意学习刺绣的。如今回想起来，当时就已是今生的别离了！她讨厌田里的粗重工作，所以我经常留她独自在家，不过，我家门前就是闹市区，而且家中有很多人进出，应该不是做了什么见不得人的事才离家出走的。

——后来知道舍妹的消息，是通过村办公处的通知而得知，明治四十年岁暮，她在东京附近的驹泽村生下名叫一郎的儿子。当时我马上拜托警方协寻，但是她申报出生的地址乃是出租的房子，人已迁出，而且我为慎重起见所寄出的信也被退回，因此我沮丧不已。另外，我不知道该如何取得一郎就读小学的户籍文件之类，所以就这样断绝了音讯。后来我在二十三岁那年正月，丈夫去世后不久，生下独生女真代子，此后母女两人相依为命。

——在报纸上看到这次事件的报道时，我恍惚地匆忙赶到警察局，接受警方各种调查，不过我的回答都和刚才所说的相同。

——第一次见到一郎时，我忍不住流下眼泪。当时会问他是否做了梦，主要是因为住在我们那边的一个年轻人曾读过有关梦游症的相关报道，好像是发生在西洋那边的事情，我们都不太了解。那个年轻人笑着说："若是罹患梦游症，发作时所做的事完全无罪，我看以后我也假装梦游症发作来做点儿坏事吧。"我想起他说的话，心想会不会一郎也是这样，所以才会试着问他。我是个无知的女人，知道随便乱讲话非常不应该，但我真的很希望能救一郎（脸红）……全靠医生您的帮忙，不仅让一郎洗脱罪名，也因为您解剖尸体，证明了舍妹已经很久没有不检的行为，我总算完全放心了。所以，等在此替她办完法事之后，我希望能向舍妹曾经叨扰过的人一一致谢。

——昨天东京近江屋的老板寄来奠仪时附上一封信（内容从略），提到"宫内省的官员托我请她帮忙修补衣物，就在我寻找她的行踪时，警方通知了我这件事，我才知道，当时非常吃惊"。看信上内容，知晓舍妹身世遭遇的那位老板娘也去世了。如果舍妹还能够多活一段时日，或许会开始有好运来临也不一定……我虽然不知道这中间存在着何种怨恨，但是，如果能逮捕做出此种残酷事情的凶手，真希望能把他五马分尸（落泪）。

——我们家目前虽然还有远亲，不过一郎最亲近的亲人只有我和小女。今后我会把他当成自己的儿子一般，尽全力栽培他成为社会上的杰出人士。可是，一想到他是无父又只能守着母亲牌位的孤儿，我（啜泣）……

◆第三参考：松村松子老师（福冈市外水茶屋翠丝女子补习班负责人）谈话

▼同年同月四日：摘录自玄洋新报社晨报报道

——那位精于刺绣的小姐到我这间翠丝女子补习班补习，已经是很久以前的事情了，那是在日俄战争时期，当时我三十几岁，详细情形我已经记不太清楚了……是的，她确实在这儿补习过。那时候年纪有十七八岁吧？感觉不太引人注目，不过身材娇小玲珑，人也长得漂亮，她说自己叫虹野三际，是的，绝对没错，因为是罕见的姓名，我记得很清楚。而且，你方才提到会"满面绣"之类刺绣的人，除了虹野小姐以外，我还未曾见过其他人。

——我这里并未留下任何一幅虹野小姐的作品，因为当时我并不懂这种东西的价值。想想还真是吃亏呢！早知道……哦！只有过那么一次，她花了大约两个月的时间完成约五英寸四方的小内纱作品，曾在我的补习班的展示会上展出，不过因为定价高达二十日元，当时并未售出，如果现在还保存着，那可就不得了啦！如果我当时也学会就更好了。虹野小姐不但技术一流，还能写一手比小野鹅堂抄本还漂亮的字，我经常要她帮忙写其他学生用来刺绣的字。另外，她也擅长绘画，常常临摹我这儿较好的底画作品。但是，她只来了半年左右就没再出现过。哦，当时看起来像是怀孕的样子吗？不……她身材娇小，如果怀孕，应该马上看得出来……什么，是有男人抛弃虹野小姐而逃？原来是这么回事，唉……

——当时所居住的地方吗？这，如果知道就好了，但，那时候来我这儿的学生都是快四十岁的妇女，嘿、嘿、嘿。什么，可能是那男人杀死了虹野小姐？哇，好恐怖！那么漂亮的女孩遇害，太可惜了……你这么说我倒是想起了一件事，只不过，你可不能告诉别人……听说虹野小姐非常会玩弄男人，曾经有两三位大学生为她失恋呢！当然，这只是谣传。我完全不知道当时的虹野小姐住在何处，她有时候从东边来，有时候却从西边来，回去的时候也是一样，没有人知道她到底住在什么地方。我的补习班虽然拒绝品行不良的学生，可是她这样也没有什么不对之处，再加上工作能干……不，没有照片。不过，如果真的是因为当时的怨恨，凶手未免也太会记恨了吧，呵、呵、呵。

——嘿，就是那桩有名的迷宫事件被害者吴小姐？啊，怎么办？你们怎么知道虹野小姐就是那位被害者？哦，她曾告诉东京的近江屋的老板娘，只是没说出男人的姓名……原来如此，那么，请你不要把我所说的话告诉任何人。

▼附记

有关吴一郎精神病第一次发作的事件记录要点，尽包括在上述的三项片段内容之中，详细部分则予以省略。只不过，第三参考的松村老师部分，在我所谓的前文"第一次发作"的参考资料中，属于完全不必要的范围，但是基于尊重制作这份记录的见解之意义，同时也因为司法当局对于该事件的调查方针，以及当时各报纸的报道，暗中皆受到的见解所影响，特别予以列出。

◆W氏对于上述内容的意见摘要

本人（W氏）最初在报纸上发现有关这桩事件的报道时，立刻认为这是极端罕见的梦游症的最适当实例，遂第一时间前来调查，发现这处地方原来是位于筑丰煤矿中心，日本屈指可数的伤害案件发生地。警方的调查手法既单纯又粗糙，现场的证据到了事件发生的翌日，已经完全被搅乱踩躏殆尽，无法充分调查。然而，综合现场的状况及前记诸项谈话、警方当事人的记忆、左邻右舍的传闻等结果，仍可得到以下各项事件特征。

（甲）命案现场的女子补习班内，除了吴一郎母子与学生的形迹，以及关闭厨房后门唯一一根直径约一英寸、长约四尺一英寸的竹棒因为不明原因掉落地上之外，完全未能找到凶手的指纹、脚印等，也不知道是否已被人拭去。另外，前述竹棒位于只要用力推木板门就能伸入手指挪开的位置。还有，木板门边缘和竹棒接触的部分，为了防止磨损并且加以固定，而用铁皮覆盖，但是这样反而只要轻微使力就能让竹棒松脱。

（乙）被害者千世子乃是在当天凌晨两点至三点之间，遭人用绢制衣带由背后勒杀，留下踢开被褥、在榻榻米上翻滚挣扎、痛苦死亡的痕迹，之后才被移尸至楼梯边，利用比扶手还细的腰带挂住脖子，面朝楼梯口伪装成自缢。这一点，透过勒痕有两层到三层之多的情况就能推定。伪装成自缢的行为乍看犹如浅陋掩饰凶行的手段，事实上却非如此。如果考虑并比较凶手消除指纹之类的行为，只能认为那是为了利用两种矛盾行为产生的错觉，误导警方判定侦查方向的巧妙手段。另外，被害者手中并未持有任何物件，可以怀疑或许遭人施以轻微麻醉。还有被视为当时行凶使用的腰带，后来辗转经过几位警方人员手中，终究无法查出任何与事件有关的证迹。

（丙）吴一郎遭人施以麻醉之事，是依据出现在其痊愈后谈话中的各种迹象推测而得。

（丁）尸体在死亡后约第四十个小时，于该女子补习班后院，在舟木医学士会同见证下，由我（W氏）执刀解剖的结果，确定被害者最近并无性交痕迹，子宫内也只有曾经怀过一个胎儿的痕迹。

根据以上的事实，要推定凶手及行凶的目的非常困难，但是可以推测，凶手乃是个具有相当学识、惯于使用麻醉药剂、个性深思熟虑而且具有相当臂力的人物，而且将凶行嫁祸给吴一郎对他非常有利。（中略）这条线的调查方针最初基于如上的推定进行，不过在吴一郎获释后，只好再度放弃此方针，转移至纯粹预估猜测性质的搜索，终于一无所获，导致事件陷入所谓的迷宫里。（下略）

◆与上述内容有关的精神科学观察

这桩事件由于并非作者（正木）自己直接调查，所以在进行其专精的精神科学观察和说明上有些许不便，但是根据W氏站在其独特的法医学立场所做的调查记录中对此事件各种特征的观察，不容怀疑事件真相是在于，以现代所谓的科学知识和随之而来的所谓常识实在没有办法判断和说明的"心理遗传的发作"，这乃是笔者所谓的"没有凶手的犯罪"之最显著实例。亦即，所有的迹象皆指出，W氏最初的直觉完全正确。W氏在事件后仍旧不舍对于这点的疑念，如前所示的记录宝贵的谈话内容，其准备之周详，让我不得不表示敬意。

也就是说，通过前述的W氏的观察和三项谈话内容，可以列举出下列追查这桩事件真相的观察要项。

【一】吴一郎的个性与性生活

吴一郎当时虽是满十六岁又四个月的少年，但是生长在以母爱为主的家庭，又显现平常有与年轻女性接触的、文弱敏感且发育良好的少年所惯见的特征，所以事件发生前，其性发育虽然已充分成熟，但品行因母爱的纯美和自己头脑的明晰而净化，未曾有发泄肉体欲望的心理缺陷，因而得以保住无垢的童贞之身。

他述及倾听异性唱歌时会脸红，这可视为具有这种个性的少年之特征；而从他的谈话中，也处处可见其单纯率直。加之，吴一郎虽然自觉有被认定是凶手的无可撼摇之理由,却仍对自己的立场毫无任何恐惧,从这些事实来看,也能知道他心理上从未有些微暗影驻留,一直过着清净纯真的童贞生活。上述年龄与性生活的推定,应该成为影响有关此事件的全部精神科学观察的、重要断定之基础,所以特别在一开头就述及,请各位注意。

【二】诱发梦游状态的暗示

吴一郎告白称,事发当夜,他在半夜一点左右醒来,见到母亲的睡容并感到异常美丽。既证明前述的观察乃是合情合理,同时,应该也足以说明该夜引起吴一郎心理遗传——梦游——状态发生的暗示的性质。换句话说,前述的告白已经明白揭示一个事实:吴一郎半夜的清醒是其性冲动高潮的显现。当时吴一郎的精神状态正濒临某种危机的最高潮,而这种危机随着他一度下楼上完厕所再爬楼梯上到二楼之时,应该有着显著的缓和,又加上作为刺激对象的母亲千世子已经转身背对着他,可知道危机已有相当程度的幻灭,让他能够恢复平常的冷静而再度就寝。然而,这种一时间受到压抑的性冲动,在吴一郎陷入熟睡后,刺激到了潜在于无意识间的恐怖心理遗传,诱发梦游状态(参照后文的第二次发作记录),终于化为凶行。这一切,只要对照下述各项的理由,应该能够逐渐了解。

【三】吴一郎的第一次清醒与梦游的关系

吴一郎会在当天半夜清醒,他自己也表示是以往很少发生的异常之事,而且,有相当理由认为这一点是后来他在睡眠间存在梦游状态的一项征兆。但是在揭明该理由之前,必然要考虑的一件事就是,顶住厨房后门的竹棒落地声被认为是造成吴一郎第一次清醒过来的原因。

249

对此，吴一郎本人也确信无疑。不过，无须踌躇即可认为这是相当草率的判断，因为这其实是将睡眠中的感觉作用与清醒时的知觉作用混为一谈了。从很多例子可以看到，即便有人说是睡眠中听到声响马上清醒过来，若是依照清醒后的正确判断力来检测，其实距离那声音响起已经过了几分钟，甚至是一两个钟头。最极端的例子乃是，所谓的睡懒觉者多次回答别人叫他起床的声音后，又多次陷入熟睡，等到日上三竿真正起床时，睡懒觉者仍坚持他今天只听到一次叫声，且一听到就醒来了。由此也可以充分证明，睡眠中感觉到声音，再到受此声响刺激而清醒，两者之间经过时间的判断有何等巨大的误差。更何况，虽然有人称在梦中察觉明确声响而清醒，但是经过之后的冷静检查后发现，绝大多数证实现实中并未出现过什么声响。依此观察，认为竹棒掉落声与吴一郎的清醒之间存在必然的因果关系，对于进行正确的推理来说非常危险，认为此两种现象毫无关联，再来观察事件才更说得通。如果把这点和吴一郎清醒后的异常情绪直接联结，骤然断定有人从户外潜入，对吴一郎施以麻醉后行凶，说是非常冒险又不合情理的推测也不为过。

事实上，被误以为竹棒掉落的梦中声响的真相，虽然有必须另行发表的重要研究资料，但因为要列举相当广泛的实例并加以极端精密详细的心理学说明，因而在此仅大略叙述，并举出两三个"感觉梦中并非实际存在的声响"之中，睡眠本身自行醒觉的显著实例当作参考。

（甲）梦中感觉到幻象之进行突然停滞的时候……譬如，某一种感情（喜、怒、哀、乐等）急速达到高潮顶点的同时，又幻视某种物体爆炸、散落或是落下情景之瞬间，等等。

（乙）梦的进行突然陷入某种无限深度的空虚时……譬如，掉出世界边缘外，或者坠落黑暗深谷的刹那，等等。

（丙）梦中正在进行的某两种心理现象突然交叉或是冲突时……譬如，因害怕某人而进行的秘密工作被该人发现的刹那，或是正在担忧会冲撞的轮船或汽车突然转弯迎面冲过来的瞬间，等等。

（丁）梦中正在进行的景象突然遽变成完全出乎意料且正好相反的心理对象时……譬如，发现好朋友是恶徒，或是同伴忽然变成恐怖人物，或是舒适的室内物件、花园里美丽的花朵突然变成自己最害怕也最厌恶的事物形貌的刹那，等等。

根据上述事项观察可知，梦中感受到非实际声响的真相无他，乃是在梦境进行中，突然受到不可抗拒的惊愕、恐惧、欢喜与其他心情的急遽变化，和清醒时忽然受到极大声响冲击的心理急遽变化酷似，故导致产生错觉的一种声响。

对照上述的事例分析这桩事件，能够认为吴一郎第一次的"清醒"乃是在其真正清醒前，心理充满性冲动高潮所描绘的某种梦中行为，与因此受到刺激唤醒的象征良心的冲动出现的某种幻象，两者产生不可抗拒的交叉冲突的刹那引起恐惧心理状态，带给他如同声响的错觉。如果认同这种假设，那么在性冲动之中苏醒的他，所说的见到母亲的睡容感觉"异常漂亮"之语，乃是极其自然的心理归趋，可以说是童真少年在春天常见的有关秘密心灵经验的纯真告白，同时可以更强烈证实他在后来的熟睡中，受到相同冲动刺激，诱发梦游的可能性。

另外，竹棒掉落的事实，难道不能认为是他本人在梦游中受到无意识的理智驱动而进行的掩饰犯罪之手段吗？经常会进行凶行或其他不正当行为的梦游者，遂行此种行为的实例多得不可胜数，所以并不稀奇，而且绝大部分是像这桩事件一样，手法浅薄得可笑，可见这样的疑问并非不自然。

当然，也可能是有人想从外面潜入，不小心使得竹棒掉落，正在那人窥伺有何反应时，吴一郎从楼上下来，所以对方慌忙逃走，才会出现此种偶然的巧合，这也不是完全不可能。只不过警方对于这方面的调查完全付之阙如，所以只好保留疑问。

【四】梦游状态发作当初的行动——勒杀

至于本桩事件凶手的行凶目的,时至今日,我们仍旧一无所知。如果参考推理范围之外的事实,同时基于W氏的"筑紫女子补习班内未发现吴一郎母子与女学生以外的任何形迹"这一调查事项来分析,最为恰当也最为简单、更能获得大多数人的认同的真相推测便是:吴一郎梦游症发作杀害其母亲。同时也可以毫无遗憾地说明,有关其他凶手的推断只不过是勉强尝试想将凶手假设为第三者的一种错觉行为。也就是说,推测得知吴一郎内心隐藏了前述的性冲动而熟睡后,由于受此刺激诱发的心理遗传发作,化为梦游状态起床,依据意识里出现的梦幻(在这个时候其内容不明)欲求,拾起一旁见到的被害者衣带,对其梦幻对象的女性——其实是他母亲——完成凶行,再续行后面会述及的若干学术上罕见珍贵的奇怪梦游之后,才继续就寝。

由于陷入熟睡,吴一郎本人脑髓的作用,也就是意识精神作用停止,取而代之的是全身细胞进行相互间的反射交感作用(主要是负责联络交感、迷走神经的内脏诸器官来发挥此作用,再加上肌肉、结缔组织、脂肪、血液等加入,事后全身细胞异常疲劳——请参照拙作《精神病理学》)与五官直接联络、见闻、判断,又付诸实行,导致清醒后的有我意识中几乎不留下丝毫记忆。在混淆之后,妄信只依照有我意识(脑髓觉醒时的意识作用)进行一切需要判断力的行动,因此产生推断上的错误,如前所述的塑造出假设的凶手。可以说,以现今科学知识的发达程度,这是必然会出现的一种结果。

因此,根据这桩事件,应该研究的吴一郎之梦游状态中,与事件着眼点的心理遗传内容有直接关联的发作,只有"勒杀"这么一点,而后的梦游毋宁称为脱轨行为。然而,而后的脱轨梦游行为之真相实在可称之为精神科学界的罕见奇珍,其研究价值甚高,亦是很难发现的参考实例,所以特别在此记述,让各位能够彻底明白事件的真相是因为吴一郎的梦游发作而衔接起来的事实。

【五】承接勒杀的第二段梦游——玩弄尸体

被害者在地板上痛苦翻滚挣扎的痕迹及勒杀痕迹非常明显，伪装自缢也是凶手为掩饰犯罪的肤浅行为，导致被假设的第三者被怀疑为智力普通。这虽然有其判断的理由，不过，仍必须认为是过度不自然的观察。因为如果将这些现象以及当夜在该处发生梦游状态特有怪异行动的形迹，认为是当夜由吴一郎演出笔者所谓的"玩弄尸体"，那么不但没有丝毫不自然，反而更能简单适切地说明一切。

只是，有关梦游中玩弄尸体的现象，自古以来几乎未曾存在足以信凭的明确记录凭证，唯有散见于对这类超唯物科学现象有深刻兴趣的拉丁民族彼此之间流传的记录，以及强烈迷信的东方各民族的传说。而且，这种记录并非所谓的实际见闻，顶多只是拥有特异头脑的僧侣、医生等人记载从他人口中得知或打听出来的事迹之随笔或杂文，内容十之八九是使用尸体威胁他人、施以电力尝试让尸体移动、冒充死人为非作歹等，又或者是取得被迷信为药材的器官、掠夺陪葬品、奸尸等误认和误传，很遗憾，并不容易从中掌握真相。

然而，有一点是不容怀疑的，那就是这种玩弄尸体的事实自古以来就存在，换句话说，检视中国、印度、日本等国家所谓尸神、尸鬼、鬼火列车之类玄奇妖异的故事内容时，能够由自然科学、精神科学等各方面推知这种梦游行为——玩弄尸体——被误传的事实。

有关此类事实的详细部分，日后笔者将累积成一册《妖怪论》予以研究论证，目前正在积极整理资料阶段，不过若摘要说明，则为此前人们倾向于认为尸神、尸鬼、鬼火列车之类妖异现象乃是狐猫族类或乌鸦、猫头鹰等动物所为，但那并非事实。这些传说、记录中所观察到的玩弄尸体的状况，首先是形容静卧棺柩内的尸体忽然站立，在虚空中行走，然后是描述闭眼、头发和双手无力下垂的死者或倒立，或翻跟斗，或斜立静止，或前进、翻滚、爬行、倒吊半空中、吊挂空中、或旋转、翻转、后倒，或跳上、摔落等，恰似受到某人的操纵一般，做出各种奇怪动作。但若更冷静、仔细观察这些形容时，会发现这就酷似天真无邪的幼儿玩弄玩偶、小动物或是人偶之类的物体，一方面做出各种残忍的行为，另一方面处于自得其乐的状态。而且幼儿在进行此游戏之际，几乎忘了玩偶是正被自己亲手玩弄的事实，错觉人偶乃是感受它自己的意志而随心所欲地变化跃动，从而满足一种残忍心理，这在我们日常生活里随处可见。不过，这种玩弄生物或拟生物的心理，如果对照于我们人类祖先在混沌蛮荒的时代征服、擒获敌人或猎物，借着击毙对方来获得喜悦与胜利感的高潮，就恰似今日遗传于食肉兽类和虫类身上的玩弄猎物习性之高等变形遗传（割下敌人首级抛投欢呼的史实确实存在，而且更应该注意，此种玩弄拟生物的习惯主要最容易出现在男童身上的事实——请参照拙作《心理遗传总论》中有关变形遗传的部分），可以确定这类心理遗传会诱发玩弄尸体的梦游是无可置疑的。

接下来将上述的观察对照事实加以具体说明。首先，以照顾某濒死病人至最后的人，或是收拾尸体的人为例，当其睡着后，特别是因为照顾而心身疲累，或由某种心安导致陷入比平常更深沉的熟睡时，因为受到尸体的深刻暗示，被诱起前述残忍的梦游心理，该人可能会取出未埋葬或刚埋葬的尸体加以玩弄，而且，自己当然对于动手的事实毫无记忆。即使在半蒙眬状态下能意识到这些，却也如同幼儿玩弄人偶般，不会认为是自己下的手，而是错觉是尸体本身的活跃，深陷一场噩梦般地玩弄尸体之后，将之丢弃于某处，或者又丢回棺材里，自己则回去继续蒙头大睡；到了翌日，发现尸体移位或消失等，立刻大惊小怪，认为是妖异现象，结果形成了所谓的传说。也就是说，这类传说事迹乍看几乎全是留在尸体旁的人所传述的故事。但是妖异现象的主角绝非尸体本身或是其他鬼兽，而是睡在尸体旁的人梦游所造成，想必现在多数人守灵的习惯，就是因为根据无数人的经验，潜移默化认为这样最能有效防止此种妖异现象的吧。另外，在死者枕边放置刃物的习惯，应该也是认为该刃物的光芒或形状所形成视觉上的刺激暗示，能够有效破除这种梦游症患者的幻觉习惯。不管如何，像这样进行观察时，玩弄尸体之梦游状态的存在已毋庸置疑，毕竟在守灵的习惯或火葬流行以前，尸体旁边的人呈现这种梦游状态确实是相当常见的。

以上述的研究观察来对照这桩事件可以得知，当夜，吴一郎勒杀女性后的梦游，几乎可以说与前述情形相同。不过，其中又明显添加了变态性欲的内容，所以特别值得玩味。亦即，吴一郎由于自己血统中遗传的独特变态性欲这一"心理遗传"的梦游发作（请参照后面的第二次发作），首先勒杀作为其梦幻对象的异性获得第一阶段的满足，然后再借着尸体的暗示，将前述的一般梦游状态，转移为玩弄尸体……因此笔者怀疑，被视作尸体剧烈挣扎的痕迹，与被吴一郎梦游中玩弄尸体的痕迹相混淆了。当然，或许有一小部分痕迹是被害者痛苦挣扎留下的，不过需注意，因为玩弄尸体含有一种寻求变态性欲快感的特殊、深刻滋味，所以梦游者不知厌腻、反复玩弄，达到了变态性欲中最高程度的变态（请参照下一项）。

【六】承接玩弄尸体的第三段梦游——自我虐杀的幻觉与自己的尸体幻视

称为"自我虐杀的幻觉"与"自己的尸体幻视"的变态心理，即使在非梦游的一般情况下都属于特异中的特异事例，要详细叙述会陷入这种变态的心理过程并不容易，不过为了当作参考，在此还是简单说明。

所谓的性欲或恋爱，指的是恋慕自己以外的异性之心理，如果追溯其本源进行观察，将会发现不管是何等忘却自我的恋爱或表现性欲，终究还是爱惜、尊重自己灵肉要求的本能主义，或是利己心理的表现。因此，如果性欲和恋爱受到体质、个性及境遇的影响而处于经常无法得到满足，也不知道满足的方法，更不知道厌倦（与此正好相反的性欲衰退状况也会达到同样结果，不过在此省略不谈）的情况，其欲求会极端高潮尖锐化、深刻强烈化，结果，终于因无法靠着寻常手段获得满足，导致走向变态性欲的境界；如果仍无法满足，最终必然是陷入恋慕、爱惜自己的心理。

也就是说，若从积极方面举例，一旦有人不知厌腻地被异性爱抚之欲望极端化，便会厌倦平凡性交，转为虐待异性，甚至喜欢上虐杀的愉快滋味（sadism①），或是迷恋上尸体（necrophilia②），更进一步则是偷窥异性的肉体、喜欢上异性的形状（pygmalionism③）、喜爱异性的附属物（fetishism④）等，然后变成从遭受异性直接刺激或抛弃的痛苦中得到深刻快感，并且继续追求更异端、猎奇性的滋味，终于受到人类爱自己的本能吸引而陷入自恋。

若是从消极方面观察，希望被无限爱抚、满足之愿望如果超乎自然地高涨，将化为被虐待的渴望（masochism⑤），进而转为喜欢异性的秽物（coprophilia⑥），历经遭受异性侮蔑讥笑、嘲讽厌恶的承受欲等过程，陷入和前者同样的结局。由此可知，所谓的自恋（narcissism⑦）乃是笔者所谓积极、消极两种变态恋爱交叉于一点的显现。

此种名为"自恋"的变态中，还存在着积极、消极两种极端合一的变态。亦即，对自己极度的爱抚、掩饰转为自我虐待、裸露身体一部分或偷窥等变态兴趣，进而成为自我轻视、自我嘲讽或自我恐惧的心理，最终变成自我虐杀的快感或对自己尸体幻视的快感之沉溺者。事实

---

① sadism：施虐狂、虐待狂。
② necrophilia：恋尸癖。
③ pygmalionism：雕像恋癖。
④ fetishism：恋物癖、恋物症。
⑤ masochism：受虐狂。
⑥ coprophilia：粪便嗜好症、嗜粪症。
⑦ narcissism：自恋、自我陶醉。

上，这种心理实例非常广泛多样，而且具有普遍的特质，昔日的切腹、殉义、愤死之类的心理，或在一般自杀者的遗书发现如梦般的"自我赞美"，或是含有甜蜜眼泪的"自我陶醉"心理的背面，常潜藏这种变态心理；尤其是失恋自杀者的心理，说它是追寻这种变态欲求的最后且最高的满足也不为过。

另外，一旦达到这种特异的心理显现，常会出现轻度的异常行为，诸如：涂抹破坏自己的姓名、肖像；毫无理由地破坏镜子；志愿担任模拟战争或戏剧里的伤员或死者角色；在各种艺术作品中残忍地描绘以自己为主角的人物；等等。

更严重的还有：不留遗书的自杀；在他人或群众面前自杀；美化粉饰自己及环境的自杀；同情的殉死；同性的殉情；自杀俱乐部的存在等毫无端倪的欲求变幻和怪异的显现方式。

即使是在日常生活的起卧谈笑之间，和本来的自我爱恋之心保有不即不离的关系，却在不知不觉、不言不语的背后，流露此种变态心理者也不胜枚举。所以，如此极端的变态心理尽管研究价值颇高，但是其显现的事例并不稀奇罕见，反而远较其他中间性质的变态性欲有更为普遍的现象。具有相当自省能力的人，经常可以发现自己的心理生活处处存在着这种变态心理。

根据以上所述，研究观察此一事件显示的特征，要推测出吴一郎在其梦游第一段的勒杀行为前后，认为被害者的容貌与自己酷似这一点并不困难。同时，也可推测其梦游根源的深刻强烈之性冲动因为无法借着梦游获得解除，导致在不知厌倦地继续玩弄尸体的过程中，多次认同尸体容貌神似自己，结果陷入自我虐杀的错觉、幻觉中，将尸体误认为自己而数度勒杀，应属自然。像这样，最后转移为对自己尸体的幻视之梦游，把误认为是自己的被害者尸体吊挂在楼梯扶手上，自己则从楼梯附近正面观看而兴奋不已。观察进行到这里时，应该已经能自然且完整地说明被害者遭到两三次勒杀后，又被伪装成自缢的本事件最重要的各种特征出现之因。本事件的检验调查，因为未留意上述诸点，将其视同一般事件的结果，形成了忽略有关这些方面的指纹、脚印等痕迹的倾向，因此很遗憾地无从详细推测此种罕见梦游特有的怪异行动。

支持吴一郎梦游发作之性冲动的最高涨状态，最终因为此种自己的尸体幻视的出现而获得解除。而后吴一郎的行动，完全只是此一梦游症的余波，应认为是陷入笔者所说的"踉跄状态"。但是在这种踉跄状态之下进行的梦游行动，又会形成本事件表面上出现重要疑问的特征，因此特别在另一项中叙述。

【七】吴一郎的噩梦、口臭及其他显现的梦游症特征

综合吴一郎所言做噩梦的事实，以及清醒后感到头痛、晕眩、发冷、口臭、想吐的事实，会怀疑他遭人施以麻醉自然有其道理。然而，如果从精神科学的观点来观察，对照现代科学的发达程度，可说是不得不出现的错误。亦即，前述的梦和梦游的真相，在学理上被说明或从常识上被理解的程度相当浅薄低级，以下述的两段说明进行判断，可以发现前述各种现象并非起于麻醉剂的使用，反而是可称为梦游并发症的各项特征之最显著表现。

（一）口臭、其他与轳辘首①的怪谈

吴一郎说其清醒后感觉到的头痛、想吐、疲劳等，如前所述，皆为梦游症的特征，是最容易出现的并发症。其中，在此笔者想提出特别有趣的观察材料就是吴一郎本人所述"嘴里有一股奇怪的臭味"。关于此

---

① 轳辘首：一种长颈妖怪，最早出现于中国晋代小说《搜神记》，后常见于日本民间怪谈。

种梦游症患者的口臭与其他，我会在他日改稿的《妖怪论》中述及，不过在此先略述其一部分腹案。一般的梦游症患者在某次发作结束之前，受到梦游根源的各种内在冲动驱使，不仅不会感到丝毫疲劳，还能够以超越普通人所能想象的精力和耐力持续进行梦游，此种实例非常多。然而，当该发作的最高潮或发作的主要部分经过以后，随着精神的松弛，梦游者会感觉异常疲劳，而且出现相当口渴的生理结果（随着苦闷、呻吟等轻度梦游症状的噩梦清醒后亦然）。

所以根据此一道理，与此次事件比较研究的最佳参考材料就是，流传于日本街头巷尾的轳轳首（或称为拔首）怪谈。轳轳首的怪谈或绘画象征人类的梦或梦游心理，这一点在此应该毋庸赘言。同时，这种轳轳首因为有舔喝油、地下水或其他不净之水的习惯，到了翌晨口中会感到恶臭，依怪谈或绘画的说明，乍看似是荒诞无稽，事实上并非如此。亦即，在这种怪谈中，只推断是头颅伸长舔喝什么东西，完全是因为不懂梦或梦游的真相而穿凿附会的想象。这其实是当事者在梦游之间，受到生理上的欲求所驱使，渴望某种液体而四处寻找然后喝下的结果，而且这一定是在发作的最高潮后才会产生的欲求，纯粹是因为剧烈的口渴刺激而勉强持续梦游状态，因此意识的清晰度显著降低，搜索寻找东西的能力也显著薄弱，才会不管是何种液体，只要是类似水之物，或是确定为某种液体，马上就大口喝下。因此，当事人在梦游中喝了油或下水沟的污水，自己却不知情，到了第二天早上感到异常口臭，又因为喝下之物无法消化而觉得头痛和想吐，引起家人怀疑，再加上佛坛上或灯笼里的油减少等事实与想象一经结合，结果就是怀疑是该人的头颅伸长出去找东西喝。这在民智未开的古代，可以视为理所当然的推测。另外，这种轳轳首，也就是梦游的主角，以平日容易压抑或被压抑自己一切本能的自我心理冲动的妙龄美女，或是象征人类祖先的低等动物中的坚头类[①]的三眼怪物两种为代表，而且其伸

---

① 坚头类：史前的两栖类四足动物分支，形似蝾螈，被认为今日爬虫纲动物的祖先。

出长舌舔舐液体的动物般举动,在心理遗传学中的动物心理遗传之显现方面,可说是最好的参考材料。不过,在此为免烦琐不再特别叙述。若根据以上所述分析,吴一郎清醒后出现口臭现象,并非因为吸入或注射麻醉剂所引起的嗅觉神经异常,也不是由药剂在口腔黏膜的再分泌所导致,而是那天夜里他喝了某种不是水的液体(譬如香水、化妆水或清洁用的挥发油等物);至于其他病态现象的大部分,应该也是因为该液体产生的作用。问题是关于这方面的调查完全付诸阙如,虽说是不得已,却也算是千秋的遗憾。

(二)噩梦

吴一郎在事件当天半夜一点零五分左右醒来,紧接着又继续睡下,看起来他做了一场连续的噩梦,其实是第二次清醒以前不久所见到的事物停驻于记忆中,和普通的梦相同,与梦游内容没有直接关联。反而可以根据上述说明,解释梦游中所说的话,以及是受到什么人的影响。

【八】梦游进行的时间、其他

依据上述的理由观察这桩事件时,得以推定吴一郎当夜发作进行于第一次和第二次清醒之间。如果被害者的死亡时间是在两点至三点,那么吴一郎在第二次就寝的三十分钟至一小时后,应该陷入最容易引起此种梦游状态的最深度熟睡;而第二次拂晓的清醒,则可视为平常清醒时的习惯性潜在意识的显现。等到了之后的睡眠,吴一郎才脱离梦游的余波或是梦游中喝下之物所刺激的噩梦,进入真正的熟睡和休息。这点,从其出汗现象即可察知。

【九】关于梦游清醒后的自觉,以及关于双重人格的观察

接下来是吴一郎清醒后在警察局因为弑母嫌疑而接受讯问时,曾

经告白"难道是我在半梦半醒之间杀死家母,结果连自己也忘了这件事?",这看似只是他对自己行为的极端轻微怀疑,其实却是他对自己的梦游留有几分记忆的重大证言。亦即,如笔者在第四项中所述,吴一郎当夜梦游的事实,应该不会存在有意识的记忆,却可能因为脑髓以外的细胞所形成无意识记忆中的某些部分,譬如当时极度的疲劳感等,由于警方讯问的暗示力量而在意识中浮现。

不过,若从另一面来观察,也可认为是气质纯真、良心澄明,拥有极端灵敏头脑且喜欢阅读小说的吴一郎,在面对这种结果时所产生的一种特有的错觉。因此,上述的疑问不能确切证明吴一郎梦游行为的存在,只能当作辅助的补遗参考。

根据以上所述,应该就能了解自古以来梦游症患者皆被认为拥有双重人格的理由。也就是说,他们遗传自历代祖先的无数记忆,和包含于其血统中的各种族、各家谱、各不同个性等无数性能统一成一个人的个性,其中有一部分觉醒且分离呈现,形成所谓的双重人格。如果显现于梦中,即为梦游症。这样的梦游症患者的本质当然带有遗传特性,所以梦游症患者对于在梦游中进行的犯罪,患者本人只需负担轻微责任,倒是处于该遗传源头的祖先及当时的社会要负担绝大部分的责任。这点特别提出来,作为此事件在法律方面的参考。

【十】有关吴家血统的谜语

在一开始记录的四项谈话中,除了前述的部分以外,还有相当多的部分能够证明吴一郎的心理中含有导致其梦游发作的遗传因素,如下所述。

在吴一郎的谈话中,说明吴一郎的母亲千世子是女性中少见具有明晰头脑、个性好强的人,并且吴一郎称她从来不迷信。可是关于母子两人的宿命或命运,她却极度固执且愚昧迷信之事实,让人不得不怀疑,她的内心存在着某种不可抵抗的忧闷不安。

在同一谈话记录中,占卜师傅之所以会说"你们受到某种诅咒",可怀疑是因为占卜者在与千世子的交谈中推测出了某项事实。

在八代子的谈话中,对于在直方警局的拘留所和吴一郎初次面会之际问"你没有做什么梦吗",她解释道:"曾经听过有关梦游症的事"云云。但是,除了作为女人,特别是一介农妇的教养外,应该没有接受过任何高等教育的八代子,面对这样的异常事件,能想到如此超越常识的高等精神科学的现象之存在,本来就很不可思议,更何况她马上就直指事件背面的真相,未免过于惊人。不管该妇人如何敏慧,又有如何果决的判断力,还是让人不免觉得有些不自然。只不过,如果该妇人经常受到某种痛切的事情所迫,很注意这类问题,对于与这类事实有关的传闻或说明常投以敏锐的注意,则这种时候能发出这样的质问倒可认为是情理之中。

此外,该妇人曾说在佐之滨的老家亲戚很少。事实上,乡下的富庶家庭往往是这种血缘孤立的世家,其血缘孤立大多是由于家世或血统上相关的恶评,或是有令人忌讳的遗传因素,导致附近的人不希望与之缔结姻亲关系,吴家应该也是如此。

尽管八代子反复辩称妹妹千世子离家出走是为了学习刺绣和绘画,但若对照前项疑点,千世子离家出走应该是另有他意。也就是,千世子预料到和姐姐待在同一个家中终究没有结婚的可能,又认为应该到他乡留下吴家的血统,才在与姐姐的默契下离家,也因此姐姐对于搜寻她行踪的态度才会稍显不够热心。还有,根据姐妹两人都是罕见的好强女性这一点来推测,也不难想象两人之间存在某种默契。

在松村松子老师的谈话中,综合所谓"虹野小姐非常会玩弄男人"的事实,以及前述疑问,足可窥知千世子离家后的行动之一斑。

透过以上各项疑点,可见从事件当初就已充分暗示佐之滨的吴家存在着极端恐怖的血统,而拥有该家最后血统的八代子和千世子两姐妹皆非常清楚这件事。

【十一】剩下的问题是，在这次事件里，吴一郎的梦游是依据"何种程度"的"何种心理遗传"的显现而发作的。

换句话说，在第一次发作中，应该认为是直接诱发梦游的有形暗示非常简单，只不过是"一位女性的美丽睡姿"，而且其刺激是由异性诱惑力最薄弱的母亲所给予的。因此可以观察到，引发吴家特有的令人惊异的心理遗传的暗示程度很弱，其梦游内容与该家族特有的心理遗传内容（请参照后段）相一致的唯有"勒杀"一事，然后就转移至受到尸体及其容貌暗示而来的脱轨式梦游，未能显现更多的心理遗传内容。

因而，对于有关前列诸项的一切根本疑问的解决和说明，必须等到这桩事件发生的约两年后，根据在第二次发作中出现的诸般状况分析，才能彻底揭明。

第二次发作

◆**第一参考**：户仓仙五郎的谈话

▼**听取时日**：大正十五年四月二十六日（侄之滨新娘被杀事件发生当天）下午一点左右

▼**听取地点**：福冈县早良郡侄之滨町二四二七番地，谈话人的家中

▼**列席者**：户仓仙五郎（吴八代子雇用的农夫，当时五十五岁），户仓仙五郎之妻，以及我（W氏）

附注：谈话内容多为方言，为方便，笔者尽可能以标准语记录。

——是的，没有比这更可怕的了。当时从梯子上摔下来撞到的腰部，现在还痛得受不了，连小便都要爬着去上，差点儿丢掉性命。不过今天早上用烤茄子下酒，再捣烂鲫鱼贴上，你看，疼痛已经减退很多了。

——吴太太的家被称为谷仓，在这一带可算是规模第一大的农户。除此之外，包括养蚕、养鸡等一切，全部由现在的太太八代子独自经营，所以财产庞大，也不知道是不是有几十万日元或几百万日元之多。学校是自己建造，寺院也是祖先所建造，继承家产的少爷（吴一郎）可说是最幸福的人，想不到会发生这样的事……

——少爷乖巧且沉默寡言，从直方来到这里以后，总是在最里面的房间用功读书，对于下人或邻居不会摆出一副不可一世的态度，风评很好。到目前为止，虽然说是吴家，家人却只有守寡的八代子太太和十七岁的真代子小姐两人，感觉家中总是阴森森的，但是自从前年春天少爷来了之后，很奇怪，家里突然变得有了朝气，连我们都觉得做起事来更有干劲儿……今年春天，少爷以第一名的成绩从福冈的高等学校毕业，又以第一名考上福冈的大学，再加上准备和真代子小姐举行婚礼，整个吴家喜气洋洋……

——但是，就在昨天（四月二十五日），福冈因幡町的纪念馆（一

座很大的西式建筑物）举行高等学校的学生英语演讲会，少爷当时以毕业生代表的身份负责一开始的演讲。他穿着高等学校制服准备出门时，八代子太太叫住他，要他换上大学生的新制服，可是少爷苦笑着表示还不到时候，不愿意换穿就想逃走，太太却勉强他换上，一面送行一面高兴地拭泪，那情景至今仍深印我脑海。现在回想起来，可能是少爷的大学制服在作祟吧！

——然后到了翌日，也就是今天，如我刚刚所说，因为是少爷和真代子小姐举行婚礼的日子，我们从前天起就住在吴家帮忙。真代子小姐也梳着高岛田发髻[①]，身穿草绿色振袖和红色长裙工作，她那绝世姿色连祖先的六美女画像都难以比拟，而且温柔的气质更如摇篮曲中所形容的"漂亮千金、气质千金，再嫁千金夫婿"。另外，说到少爷，虽然才年满二十岁，可是不管懂事的程度还是言谈举止，连快三十岁的人都比不上他稳重，尤其是他的相貌，你们应该也看到了，根本不逊于王侯公卿，大家都在说，像这样的夫妇，整个博多应该没有第二对吧！还有，因为家中有的是钱，少爷又等于是入赘，所以太太废掉一片农田，建造了一栋豪华别院让他们夫妻俩居住，还向福冈最有名的京屋服饰店订购了一套和服。至于料理方面，也是昨天就向福冈第一的鱼吉料理店订妥外送的高级料理，从这里也能看出太太内心是何等高兴了。

——昨天的演讲会，少爷的任务很简单，所以出门时他表示再怎么晚也一定在下午两点以前回来，可是过了三点还是没见到他回来。少爷一向言出必行，从来没发生过这种事，所以我就对老一辈的邻居们倾诉心中的忧虑，但他们只说"可能是演讲会比较晚开始吧"，完全不当一回事。不过，因为从未发生过这样的事，特别是在这种人生大事的重要关头，我仍旧担心不已，只是后来太忙也就淡忘了。不久，原本

---

① 高岛田发髻：起源于日本江户后期岛田市的未婚女性发型，后部头发如武士般折起并系紧，十分牢固。

晴朗的天空忽然转为阴霾，天色昏暗犹如日暮时分，我忽然想起少爷迟迟未归的事情。一看，明天起就是少爷岳母的八代子太太边擦拭着湿漉漉的手，边把我叫到屋后，对我说："都已经二十岁了，应该不会出问题才是，不过到现在还没回来，你能帮忙去找找看吗？"我正好也有这念头，就暂时停下修理蒸笼的工作，抽了一根香烟后，便穿着草鞋出门了。时间应该是下午四点左右吧！我搭轻便铁道列车至西新町，在今川桥的电车终点站顺路拐到我弟弟开的餐馆，问他："有看到我们少爷吗？"弟弟和弟妹回答说："这……少爷约在两个小时前经过这里，并未搭车，而是步行走向西边，由于他是第一次穿大学生制服，所以我们俩都到外面目送他好久。真是个好女婿哩！"

——少爷一向讨厌这条铁路的煤烟味，即使是到高等学校上学时，也以运动为借口，每天从侄之滨沿着农田走路前往，但，就算那样，从今川桥到侄之滨只有一里的路途，应该不会花两个钟头的时间……我担心地往回走，时间应该是四点半左右吧！我沿着国道铁路的旁边走，正好在离侄之滨不远的路旁，靠海岸这边的山麓，有一家切割石头的工厂，切割的是被称为"侄滨石"的黑色柔软石头。稍后您要回去时顺便过去看看就知道，不管是从福冈过来，或是从这里前往福冈，一定都会经过那家工厂……工厂的石头似屏风般矗立，夕阳照射下的内侧暗处，我似乎见到戴着方帽的身影晃动。

——我虽然视力不好，也觉得那或许是少爷，走近一看，果然不出所料，少爷正坐在高大岩石背后观看某种像是书卷或画卷的东西。我沿着切割好的石头爬过去，刚好来到少爷头顶上方，悄悄伸出头一看，那应该是卷册的一半位置吧。可是，很不可思议的，上面却是一片空白，不像有什么内容的样子。但是少爷的眼睛却仿佛见到什么一般，专注地望着空白处。

——以前我就听说吴家藏有一幅会作祟的绘卷，但那已经是很久很久以前的事情了。我不认为在现今的时代里还会存在这种事，就算有，应该也只是谣传，我做梦也想不到少爷拿的那幅卷册就是那个会祟弄人的绘卷。我以为见不到字或图案是因为自己视力不好，为了不让少爷察觉，将脸孔尽量靠近，可是，不管我怎么擦亮眼睛，白纸还是白纸。

——我感到非常不可思议，很想问少爷到底看到了什么，于是慌忙跳下岩石，故意绕一圈来到他面前。少爷似乎没发现我走近，手上拿着半开的卷册，望着西方火红的天空，茫茫然不知在想些什么。我轻咳一声，叫着"喂，少爷"，他好像吓一跳，仔细地打量着我的脸，然后才像清醒过来般微笑："啊，原来是仙五郎，你怎么会来这里"，说着转身把卷册收起用绳子绑妥。当时我一直认为少爷是在思考什么重要的事情，便毫不在意地告诉他八代子太太非常担心他，并指着他手上的东西，问："那是什么卷册啊？"这时，不知何时又背对着我的少爷，好像忽然惊觉，他望着我的脸，又看看手上的卷册，说："这个吗？这是我接下来必须完成的卷册，是一旦完成后必须献给天子的贵重之物，不能让任何人见到。"并将之藏入外套底下的制服口袋里。

——我更加莫名其妙了，问："是因为那里面写着什么，所以……"这次，少爷脸红了，苦笑回答："你马上就会知道了，上面画着很恐怖的画，也写着非常有趣的故事。那个人说是我们举行婚礼之前必须看的东西……马上就会知道，很快就知道了……"我觉得自己似懂非懂，但重点在于，少爷的态度明显像是魂不守舍，所以我执拗地问："哦，是谁给你这种东西的呢？"少爷再度盯着我看，凝视良久，才仿佛回过神来似的双眼圆睁，眨了两三下眼皮，好像在想些什么，紧接着含泪哽咽，回答我说："送我这个的人吗？那是先慈的朋友，说是送还先慈秘密寄存在他那里的卷册，并表示不久一定会再和我相遇，届时再告诉我他的姓名，然后……就离开了。不过，我知道那个人是谁！但现在还不能说，不能说……你也不能把这件事告诉别人，知道吗？那……我们走吧。"少爷说完，立刻抢在我前面，在石块上跳跃着回到马路上，快步往前走，速度之快……宛如被什么附身般，与平常完全不同。现在回想起来，当时应该就有问题了……

——少爷一回到家，马上对八代子太太说："我回来了……抱歉，这么晚"。太太问"见到仙五郎了吗"，他接着说"见到了，在石头切割工厂遇上他了。我们刚从那里回来"，然后指着后进来的我，匆匆走向别院。八代子太太好像放心了，也没问我什么话，只说声"辛苦啦"，马上对正在一旁摆碗筷并擦拭的真代子小姐使了使眼色。真代子小姐在众目睽睽之下，羞涩地站起身来，提着水壶跟在少爷身后走向别院。

——之后，还有一件在日暮前发生的奇妙事情，我后来才明白其原因……接下来我在后门的栀子树下铺上草席，叼着烟斗继续修补先前未完成的蒸笼。从那里隔着栀子树枝，可以看到别院客厅，所以我不经意地朝那边看去，见到少爷在别院客厅桌前换上和服后，喝着真代子小姐倒给他的茶，对小姐说些什么话。虽然因为在玻璃窗内而听不到声音，但是他的神情与平常完全不同，脸色铁青，眉毛频频挑动，仿佛是在责骂着什么，可是仔细一看，真代子小姐却在他面前边叠好制服边红着脸微笑，不住摇头，感觉是非常奇妙的景象。

——后来少爷的面色更加铁青，他快步走近真代子小姐，指着从这边看就在那三间并排的仓库的方向，伸出一只手放在真代子小姐肩膀上摇撼了两三下，本来脸孔火红、缩着身体的真代子小姐好不容易才抬起头来，和少爷一起望着仓库方向，不久浮现出不知是悲或喜的神情。小姐那梳着高岛田发髻的头点了两三下，脸孔红到脖子根，低垂着脸。那种情景，让我感觉好像是在观赏新派的戏剧……

——见到小姐那种态度，少爷仍旧把手放在真代子小姐肩膀上，坐下后，隔着玻璃窗不断环顾四周，不久，仰脸望着屋檐前的黄昏天空，似想到什么般露出洁白的牙齿笑了，然后吐出鲜红的舌头，不停舔着嘴唇，他的笑容惨白且带有一丝邪恶，我看了忍不住打了个哆嗦……可是，我怎么也想不到那是会发生这种事的前兆，只是觉得很疑惑，心想，有学问的人会表现出如此奇怪的模样吗？但……后来事情一忙，也就忘记了。

——接下来是昨天晚上。家中的人完全睡着了，周遭一片静寂，应该是在半夜两点左右吧！新娘真代子和母亲八代子睡在正房靠内侧的房间，新郎少爷和代表他家长的我则睡在别院。当然，我比少爷晚睡，十二点过才上床，关好别院门户之后，睡在少爷隔壁的房间。不过因为年纪大了，今天一大早天色还未亮就醒过来想要上厕所。就在我借着两扇玻璃遮雨门微亮的光线，来到少爷房前的回廊时，发现崭新的纸门有一扇被人推开了，纸门前的玻璃遮雨门也有一扇被人推开了，我望向房内，却没见到少爷在被窝里。我觉得奇怪，同时内心一阵不安，但是因为外面下着小雨，只好从崭新的厨房入口拿来自己的木屐，沿着地上铺的跳石绕向正房，见到内侧房间开了一扇门，门前可见到略沾着沙的木屐印痕。我稍微考虑一下后，毅然脱下木屐，赤足沿走廊前进，望向内侧房间的玻璃纸门，发现八代子太太一只手伸出棉被外熟睡，可是铺在她旁边的真代子小姐的被褥却是空的，睡衣叠放在被褥旁边，绯红色高枕置于床褥中央。

——当时我才想起前一天傍晚见到的情景，总算松了一口气，心想"原来是这么回事，那就没必要担心啦"；可是转念一想，如果真的是这样就好，但是少爷的行动有点儿古怪……我开始呼吸急促。这可能就是所谓的第六感吧！我认为不能粗心大意，应该趁大家都还没起床……我叫醒八代子太太，指着真代子小姐的床褥说明一切。八代子太太揉着眼睛，好像有点儿震惊，一边问"你见到一郎最近拿着某种卷册？"一边猛然坐起来。但是，当时我完全没有警觉，回答："是的，昨天在石头切割工厂找到他的时候，他正读着某种内容不知道是什么、完全空白的长卷册。"当时，八代子太太骤然遽变的神情令我迄今难忘，她嘶哑地尖叫出声道："又出现了吗！"她用力咬住下唇，双手紧握，全身不停颤抖，两眼往上吊，仿佛有点儿愤怒失神。我虽然不知道是怎么回

269

事，却也被吓坏了，一屁股坐倒在地。不久，八代子太太好像回过神来，用衣袖拭掉脸上的泪痕，露出又哭又笑的表情说："不，也许是我想错了，也可能是你看错了，反正我们去找找看。"她站起身来，表面上是一副和平常相同的态度，率先从回廊下来，可是事实上她似乎异常狼狈，赤足走到了大门口。我慌忙穿上木屐，紧跟在她后面。

——小雨这个时候已经停了。我们很快来到别院前的……从这里能见到的最右侧第三间仓库前面时，我发现仓库北向的铜皮门敞开着，慌忙拉住前行的八代子太太，指给她看。事后回想起来，这个第三间仓库在秋麦收成以前一直都是空的，存放各种农具，人们出入频繁，经常会有年轻人疏忽忘记关闭门户，这时或许也是如此，应该没有什么特别值得注意之处……但，可能是想起白天的事情吧，我不禁愣了一下，站住了。这时，八代子太太也颔首，绕向仓库门前。但是，仓库门可能被人从内侧锁上了吧，怎么都推不开。这时八代子太太又点点头，马上去拿挂在正房腰板上的九尺梯子，轻轻靠在仓库的窗下，做手势要我爬上去看看，当时，她的神情很不寻常。我仰脸望向窗户，发现似乎有灯火晃动。

——大家知道我一向胆小，所以我当时的心情绝对不会愉快，可是八代子太太的脸色相当难看，不得已，我只好脱下木屐，爬上梯子，到最顶端时，双手攀住窗缘看向里面。看着看着，我的双腿脱力，已经无法爬下梯子，同时攀住窗缘的双手也完全失去力量，直接从梯子上掉下来，腰部受到重击，勉强站起来后，却没办法逃跑。

——是的，当时我见到的景象，让我这辈子想忘也忘不了。堆放在仓库二楼角落的空麻袋在木质地板正中央铺成有如四方形的床褥，上面摊开真代子小姐的华丽睡袍和红色内裙，其上仰躺着梳水滴状高岛田发髻的真代子小姐一丝不挂的尸体！尸体前方放着原本摆放在正房客厅内的旧经桌，经桌左侧摆着合金烛台，上面插着的一根大蜡烛正在燃烧；右边应该是排放着学生用的画具或笔之类的东西，我记不太清楚了。位于正中央的少爷面前,长长摊开着昨天在石头切割工厂见到的卷册……是的,绝不会错!确实是前一天见过的卷册,边缘的烫金图案和卷轴的色泽我都还记得,而且里面什么都没有,只是白纸……是的,少爷面对卷册正坐,身上穿着白花点图案的睡袍。也不知少爷是怎么发现我的,他静静转过脸来对我微笑,似乎在说"你不能看",同时,将手左右挥动。当然,我现在说的话都是事后才想起来的,当时我如同触电般僵住,连自己发出什么样的声音都不知道。

——八代子太太当时一面扶住我,一面好像问了什么话,我不清楚自己是否有回答,只记得自己好像指着仓库窗户说了些什么。但,八代子太太好像明白似的,重新架好梯子,亲自爬上去。我虽然想制止她,可是我站不起来,连牙关都咬不拢,也发不出声音。我只好用双手撑在背后冰冷的泥土地面上,抬头看向上面。只见八代子太太敞着前襟爬上梯子,用手攀住窗缘,用与我同样的姿势望向里面。她当时的胆识,我现在想起来还毛骨悚然。

——八代子太太从窗外环视里面的情景,用镇静的声音问"你在那里做什么"。这时,我听到少爷从里面以像平常一样的声音回答"妈妈,请您等一下,再过一会儿就开始腐烂了"。周遭一片静悄悄的……这时,八代子太太像是又考虑了一下,说:"应该已经腐烂至相当程度了吧?重要的是,天亮了,你还是赶快下来吃饭吧。"里面传来一声"好的"。同时少爷好像站起身,被映在窗边的影子忽然暗了下来。我心想,这是面对女儿尸体的为人母亲者应该讲的话吗?但是,八代子太太迅速从梯子上下来后,边对我说:"医生、找医生!"边走向仓库门前。令人惭愧的是,当时我完全不知道她是什么意思,就算知道,我也是全身虚脱,根本走不动,只是害怕得不停颤抖。

——仓库门开了,少爷一手拿着钥匙,穿着庭院木屐走了出来,看着我们微笑,但是眼神已经和平时完全不一样。八代子太太迫不及待地轻轻从他手上拿过钥匙,好像欺骗他似的一面在他耳边低声说了三两句话，一面拉他进入别院，让他躺下。这一切，从我坐着的位置可以看得一清二楚。

——接着八代子太太回来，爬上仓库二楼不知做些什么。这期间只剩我单独一人，我非常害怕，便爬到仓库后面的木门处，扶着那边的一棵朱栾树勉强站起来。这时候，头顶上方响起仓库窗户贴着铜皮的遮雨门关闭的声音，我又吓了一跳，回头看了看，接着听到仓库门锁上的声音。不久，只见八代子太太左手用力抓紧卷册，头发蓬乱且赤足跑向别院。虽然脚底沾着泥土，她却毫不在意地跑上回廊，一把拉起刚躺下不久的少爷，将卷册递向前，神情可怕地责问了几句话。这时已经天色大亮，一切情景透过玻璃门，被我看得清清楚楚。

——少爷当时手指着前一天的石头切割工厂方向，又是摇头，又是以奇妙的手势和动作，拼命地说着什么。他的话我在后门口听不太清楚，同时也因为内容晦涩，我实在听不懂，只听到无数次"为了天子""为了人民"之类的……八代子太太双眼圆睁，边点头边听着。但是不久，少爷忽然噤声，盯着八代子太太手上的卷册，然后一把抢去塞入怀中。当然，八代子太太又马上抢回来。事后回想起来，八代子太太不应该这么做的……卷册被夺回，少爷好像有点儿气馁，但他随即嘴巴大张，瞪着太太的脸孔，神情无比可怕。八代子太太也害怕了，后退好几步，转身想离开，可是少爷立刻一手抓住她的衣袖，把太太拖倒在榻榻米上，再度盯着她看，好像很高兴似的忽然笑出声。

——见到少爷的表情，我仿佛被当头淋了一盆冰水般全身发冷。八代子太太也恐惧不已，甩开少爷想离开，可是少爷从背后抓住她的头发，直接从回廊拖到庭院里，微笑着拿起木屐很愉快似的不住敲打太太的头。眨眼间，八代子太太立刻面如死灰，头发散乱，脸孔流血，边在泥土地上爬行，边尖声喊叫……目睹这种情形，我吓坏了，尽管膝盖不停发抖，还是硬拖着身体回到这里，对内人说："医生，快找医生！"之后我马上钻进被窝里发抖。不久，宗近医生困惑地来到我家，我立刻

272

赶着他说"是在吴家,在吴家"。

——我看到的只有这些……是的,全都是事实。后来我才知道,八代子太太的尖叫声惊醒了两三个年轻人,他们赶忙抓住少爷,用细绳将他绑住。但是,当时少爷的狂暴力气非常恐怖,三五个人的力量都比不上他,细绳两度绷断。好不容易制服他,把他绑在别院梁柱上时,他好像也累了,就这样沉沉睡去。等他再度醒来时,很不可思议,少爷的样子完全像变了一个人。警方问话,他也全然不回答……八代子太太以前说过,少爷在直方那边也曾出现过这种病症,当时在大学教授的调查下才知道,他是被施以麻醉药物,因为后来完全没问题了,所以才带他回到这边。但是,所谓的血统实在可怕,看他这次的情形,我认为一定是那卷卷册在作祟。

——当然,虽说是卷册在作祟,可是那也很久没出现过了,我们也不知道究竟是怎么一回事,不过……听说卷册本来是藏在对面可以看到屋顶的那间如月寺的佛像肚子里,只要是具有吴家血统的男性,见到卷册后精神一定会马上异常,一见到女性都将予以杀害,无论是其母亲或姐妹,还是无关之人……寺中好像存放有写明其缘由之物,至于详情如何我就不知道了……卷册为何会落入少爷手中?我只能说这很不可思议。是的,如月寺现在的住持为法伦师父,听说和博多的圣福寺师父齐名,我想他应该知道这件事的因缘……是的,住持年纪已经是相当大了,身体瘦得像仙鹤一般,白眉白须,看起来慈眉善目。如果有需要,您可以去问问他,我会叫内人带您过去……

——是的,八代子太太现在处于半疯狂状态,加上脚部扭伤,听说还在卧床休息。虽然头部伤势并不严重,可是讲话颠颠倒倒,应该无法提供什么资料。我腰部受伤,暂时无法去探望她……

——好像有人说因为我没有去找宗近医生,所以才没能救回小姐。但是这是不可能的,宗近医生来帮我诊断时曾说,真代子小姐被勒杀的时间是在今天凌晨三点至四点,而对照蜡烛燃烧的状况看,应该也是在那个时间左右……是的,其他都如我刚刚所说的。八代子太太如果恢复正常,应该能够说明一切。不过,就如我方才所说,她现在尽是讲些埋怨少爷的话,或者说些"你快点儿清醒过来,我现在只能倚靠你一个人了"之类……

　　——警察还没有找过我。因为最先发现这场骚乱的只有当天睡在这儿、听到八代子太太尖叫声赶来的几个年轻人,警察讯问他们之后就离开了……我一直非常小心,生怕自己会受到怀疑,特别要求宗近医生保密,幸好在骚乱之时,没人知道是谁去找宗近医生的,因此对宗近医生的讯问也是草草了之。是的,我没有隐瞒任何一件事,所以如果可以,希望能借着您的力量让警察别来找我,您也看到了,我腰部受伤,个性软弱,听到"警察"两个字就会发抖……

◆**第二参考**：《青黛山如月寺缘起》（开山一行上人手记，下文简称《缘起》）

附注：该寺位于侄之滨町二十四番地，吴家第四十九代祖先虹汀所建

晨镂满目金光雪，夕化浊水落河海，今宵银烛列荣花，晓若尘芥委泥土。三界如波上纹，一生似空里虹，一旦结下恶因缘，将念念而不可解。生则堕入地狱之转变，现叫唤鬼畜之相；死则恶果传子孙，受孽报永劫之苛责。其恐惧、痛苦，无任何事物差堪比拟。

为此观其因果，究其如是本来趣理，断证根源，转菩提心，起一宇伽蓝，奉庄严佛智慧完全一念称名、人天共敬的清净道场。

追溯其缘起，乃是庆安时期，山国城京洛祇园精舍附近，贵贱群集之巷内有一家开设多年的美登利屋茶铺，其每年特选的上贡宇治茗茶取名"玉露"，芳香闻名全国。当代主人名叫坪右卫门，育有一子三女，子名坪太郎，深受无比宠爱，然生来不喜生意之道，自年少时期就拜宇治黄檗的僧人隐元禅师为师，兼学柳生剑法，旁涉土佐流绘画，俳句体裁则受芭蕉影响而另成风格，长大后自号空坪，一心一意游山玩水，无志于家嗣之累。然因家中无其他男人，经常被催促娶妻生子。空坪尽管总以学业未成而推诿，仍无从逃避。终于，其父坪右卫门邀请隐元禅师前来谕示，期能让他心念一转时，他在自己家门贴上一句"年至二十五岁的今日，不闻不如归"而出家为僧，只持一钵一杖西行寻访名胜古迹将近一年，由长崎路进入肥前唐津藩①。当时是延宝二年②春四月，空坪时年二十六岁。

空坪四处赏玩此地胜景，因虹之松原而改名虹汀，并选八景展纸

---

① 肥前唐津藩：肥前即肥前国，日本古代令制国家之一，位于今佐贺县及长崎县的本土地区，唐津藩位于今佐贺县内西北部。
② 延宝二年：延宝为日本灵元天皇在位期间的年号，延宝二年即公元1674年。

笔，亲自起版撰江湖事，似此这般滞留半载有余。某日，适逢晚秋月圆，受美景吸引而出，前往虹之松原，并列于银波白沙的千古名松于清光中尽展风姿，宛若名家墨技之天籁。行走一里，过滨崎渔村仍未尽兴，故背负流霜，续行半里至夷之岬，倚严角遥望湾内风光与雁影，直至半宵。

此时，一位约年方二八之女子，翻展华丽衣袖，移动我见犹怜之小脚，渡过荒寂的层层岩石走近虹汀身旁，浑然不知有人正在观看她。女子朝向西方，双手合十，凝神祈念良久，之后挥泪揽袖，意图投海。虹汀骇然跑近抱住，伴其至松原沙清处，询问事情缘由。少女最初只是啜泣不已，久久才倾诉——

"我是这滨崎某吴姓家中的独生女，名叫六美女。家中世代豪富，但是盈必有亏乃世间常情，可能是某种恐怖的因缘吧，家中往昔以来就有精神错乱的血统，导致今日只剩我单独一人悲痛苟活。

"最初……吾家有一幅祖先留传的绘卷，其上描绘美妇裸像，据说乃是吴家某位祖先与最宠爱的夫人死别之际，在痛苦悲伤之下以丹青描绘尸体身影，期能作为电光朝露之纪念。后却不知何故，在描绘初期尸体开始急速腐烂，图像尚未完成一半，夫人便已化为白骨。那位祖先在悲叹下终于疯狂，夫人之妹虽然尽心照顾，但那位祖先最终仍追随夫人步向黄泉。当时，夫人之妹腹中已怀有该狂人之子，已近临盆，同样伤心欲绝，所幸终于勉强保住性命。

"正好此时位于筑前太宰府[①]的观世音寺奉修佛像，一位客僧胜空由京师[②]前来监督，等奉修完成临行之际，行至附近一带，闻此缘由后深觉不忍，乃止住锡杖于吾家，观看未完成的绘卷，于佛前诵经供养后，砍伐后院的大栴檀树，选其赤肉部分，手雕弥勒菩萨坐像，将绘卷

[①] 筑前太宰府：筑前即筑前国，日本古代令制国家之一，位于今福冈县一带，太宰府位于今福冈县中部。
[②] 京师：当时日本的都城京都。

藏其腹中,供奉于吴家佛坛,严令日后只有家中女性方可祭拜佛坛和观看绘卷,所有男性禁止接近。

"后来该位狂人祖先的遗孤、外貌如玉的男儿平安无事出生到这个世间,及长,娶妻继承吴家,谨守胜空上人的戒条,严禁任何人接近佛坛,一切牲礼香花的供养,由其妻子独自负责,一心一意祈求现世的安稳与后代的善果。然而,可能是承袭狂人血统的缘故,此男子壮年后育有几个儿女,又遭逢妻子早逝,同样出现精神错乱。在其后的历代男子中,也总会出现一两个精神狂乱者,有的是杀害女人,有的则是用锄锹挖掘女人新坟……若有人制止,发狂者则会击杀或伤害对方,或咬舌自尽或自缢而死,极尽恐怖之能事。

"似此,见者、听者皆恐惧自危,远近相传吴家男子见到绘卷会立刻受到祟弄,不净的女人接近佛像也会遭遇不幸,知情者完全不敢与之结亲。因此,吴家血统数度将近断绝,必须靠着给予钱财结合,或是远从外地寻觅不知情者来传宗接代,时至近年,更是连下贱乞丐都不敢与吴家沾上边,导致如今只剩小女子孤身一人。我的两位兄长同样发狂,长兄挖掘他人坟墓,二哥用石块殴打我,而且两位兄长都很早就结束了生命,经谣传之后,在家中工作之用人几乎全都借故离开,连侍候我多年的女仆都因为照顾我而病亡,导致我连一个倾诉对象都没有,内心不知有何等寂寞。

"就在此时,唐津藩的家老云井某某听闻此事,表示要将其三儿子喜三郎赐予我为婿以继承家业。用人侍女们得知后皆兴高采烈地回来。其中只有一位从小照顾我的奶妈不仅面无喜色,甚至还明显露出愁容,问其何故,她深叹口气,表示她从云井宅邸做事之人口中得知,即将成为我未来丈夫的男人,也就是那位喜三郎,其实是云井家老的庶子,长于剑术,是藩内第一高手。可是从年轻时期就声名狼藉,不仅沉溺女色,更到处结交不良之辈,破坏各处道场,敲诈勒索茶屋小馆,结果在别处无法存身,这才悄悄回故乡。藩中世家不仅无人敢把女儿嫁给他,还对他畏如蛇蝎。那位家老因为听说我家情况，才决定让他成为我的丈夫。不仅这样，那家老还心怀不轨，欲等事成之后凭其权势并吞吴家财产。虽是命运，可奶妈也无力为我抗争，一想到我日后将承受的痛苦，她就忍不住头晕目眩、泪流满面。我虽有些困惑，却并未深信，也无从查证，日久之后便逐渐冷静下来，等待秋天举行婚礼。今夜，那位叫云井喜三郎的人连一个随从也未带，连披肩长裤的礼服也未穿，便独自来到我家。

"当众人忙于送上酒宴至后面客厅之时，我也重新化妆前往酒席，只见他半张脸孔烧烂，脸色如灰，另外半边脸孔无眉，白眼球凸出，嘴唇歪斜，与鬼魅毫无两样。我强忍住扑鼻酒气，全身发抖地帮他斟酒。可是才喝没几杯，他马上抓住我的手，我当时情不自禁地缩回手，杯里的酒溅在他膝盖上。他马上借酒疯想抓住我，奶妈拼命拉住他，他却立刻拔刀砍倒奶妈。我趁乱逃出来，好不容易到了这里，想到我家的不祥，又想到自己的不幸，正要自尽之时却被你拦下。如果不能寻死，我只好出家为尼。虽不知你是何方人氏，仍请你大发慈悲指引我明路。"

说完，她趴在沙地上低声啜泣。

虹汀听完，沉吟良久之后，扶起少女，说："好吧，我尽力而为，你先不要叹息，等看过绘卷以后，我自会让你了解本身的因果。"说完，他牵着六美女的手正想离去时，松树后忽然出现一个半脸鬼相的狂暴武士，一声不吭地挥刀斩向他。虹汀以修禅之机锋转身避开，让对方斩向虚空，同时大喝一声，对方的武士白刃随着身体在空中游走数步，一起摔向断崖外侧，落入月光粼粼的海中，随水烟消逝无踪。

就这样，虹汀陪六美女回到吴家，和家人一起收拾奶妈尸骸，自己做法事诵经。虹汀命人严禁把事情传开之后进入佛堂，要求其他人回避，随后从弥勒佛像肚中取出绘卷。敬畏祭拜后，摊开一看，绘卷中美人全身溃烂长脓之模样令他寒毛直立，于是他立即在佛前坐下，镇摄精魂入定十余天。在延宝二年十一月晦日拂晓，虹汀忽然睁开眼眸，大声咏诵三遍"雪凡夫之妄执不若念佛，南无阿弥陀佛、南无阿弥陀佛、南无阿弥陀佛、南无阿弥陀佛……"，随即将绘卷投入一旁的火炉中，化为一片灰烟。

之后，虹汀起身召集吴家人，说："我已经借法力了断吴家的恶孽因缘，立刻将此灰放入佛像内，与三界万灵共同供奉。我本人也将还俗成为这个家的男主人，孕育万代胜果。各位如果有任何问题，请说无妨。"但是并无一人发表意见，因为所有人皆畏惧云井家怪罪报复。虹汀了解此种心理，当天就厚赏家人，让他们回家休息，并封存家屋仓廪，钉上写着"反馈乡里，吴坪太"几个大字的木牌，只携带金银书画之类四大车，请壮夫驾驶，自己则背负弥勒佛像，怀内放着吴家家谱，手牵六美女，于翌日未明离开滨崎，朝东方前行。时间是延宝二年腊月朔日，大雪纷飞，在长汀曲浦五里的路上须臾化为连绵银屏，让虹汀疑为天赐红彩祝贺。

像这样前行约莫一里，东方天际渐红，忽然后方传来杂沓人声。虹汀回头一看，二三十人的捕快手上带着拘捕犯人的工具正向他奔来，正中央则是落海的半脸鬼相云井喜三郎，也不知他是如何上岸的。

只见喜三郎系白巾、带绑腿、上穿战阵披肩、下着武士裤，手持长刀紧追而来，口中大骂："恶僧别逃！上回我以为你是朝廷密探，有所顾忌而未曾动刀，后来接受藩地密令调查你的素行，才知道你就是无法无天、声名狼藉的大恶徒坪太！不仅假冒画匠偷窥本城的地形，还伪装僧人游走各国，欺骗有德之家谋夺财物，诱骗良家儿女送入火坑，十恶不赦，天地可鉴。不管你如何会飞天遁地，你今天已无路可逃。快速捕这个诱拐良家妇女、卑劣下流的贼和尚。"

手下的捕快们一起踏着雪地蜂拥而上。当下之地一边是巍峨参天的悬崖峭壁，另一边是临海断崖，背后则是纤弱女子和马车车夫，眼看似乎无处逃生。但是虹汀毫无惧色，他将背负的佛像交给车夫，拂掉网笠上的雪花交给六美女，手持惯用的竹杖，一面数着胸前的念珠，一面慢步前进。捕快们大感意外，完全为对方气势所慑。

　　虹汀向众捕快施一礼之后，轻咳两声说："劳驾各位老远赶来，真的辛苦各位了。这么多人前来为我这位声名狼藉者送行，贵藩政道之昌明实在令人佩服。既然这样，就劳烦诸位干脆送我至前方不远的筑前藩吧！否则请勿拦阻，我不希望无益的杀生造成贵藩的耻辱，如何？"

　　捕快们一时呆若木鸡，而云井喜三郎脸红耳赤，怒骂："满口胡言！上次我是喝醉酒才失手，这回你绝对逃不掉！弟兄们，对手只有一个人，除了女人以外，其他人都不能放过，动手！"说完立刻挥刀上前。捕快们也同时行动，似认为解决一个行旅僧人乃是轻而易举之事，闪闪刀光映在雪上，令人触目惊心。虹汀不再多言，左手握竹杖，右手挥空拳，率先夺下一人的刀刃，接着击落袭来的白刃，斩落群至的球棒和刺叉。他不接近群聚路中的人马，专一攻击落单的家伙，很快地，有十几个人不是被击昏就是倒在雪地上，甚至掉落海中。

　　行旅僧人出乎意料的功夫让众人完全慌乱，云井喜三郎暴跳如雷，拔出长刀，摆出青眼架势，一步步向前逼近。虹汀也不知在想些什么，丢掉夺来的刀，右手重新握妥竹杖，接住喜三郎渴血的凶刃，无一丝一毫放松，冷冷如水地制其机先，切切似冰地压其机后，只闻一声轻响，喜三郎手中的长刀如遭大石所击，呼吸急促，咬牙切齿。

　　虹汀见之莞尔一笑，说："喜三郎先生，如何，还不快快醒悟吗？所谓弥陀的利剑，指的就是竹杖的心，所谓不动的系缚，指的就是此亲切的呼吸，就算是千锤百炼后的精妙、不出虚实生死的剑也比不上悟道的一根竹杖，恰如眼前不可思议之景象。你千万不可怀疑，快快放下屠刀，转恶心入佛道，进入念念不移、刻刻不迷、阔达自在的境界吧！否则依照一杀多生之理，我会将你斩成两段，消除唐津藩当下的不祥。你现在可是面临生死边缘、地狱天上之分的刹那。"

　　好杀残忍的喜三郎听了脸色铁青、两眼充血，汗流浃背、气喘吁吁，然积年累月的孽业已让他无法回头。他机敏转身，忽然奋起冲天之勇，以上段架势自正面一挥长刀之精锐，如电光石火般斩入。虹汀翻身闪开的同时击出竹杖，正中喜三郎眉心，趁喜三郎飞退之际又乘虚而入，伸手握住喜三郎腰间的短刀，说了声："那就让你了遂心愿吧！"话声未落，人已后退。一看，再度举起长刀的喜三郎不住后退，仰天倒下，被砍中的肩膀鲜血泉涌，染红雪地，最终气绝而死。

虹汀见到此处地形，心想：这片地方，北边有爱宕灵山[①]耸立半空，南边毗邻脊振[②]、雷山、浮岳等名山大川，云烟相连。有万顷良田，足以养育儿孙万代，室见川的清流又能泛舟，更拥有袓滨、小户等古迹，芥屋、生之松原等名胜，而且距黑田五十五万石之城下不远，实在是集山海地形精华之胜地。

于是他立刻收养随同前来的车夫为家人，寻求田野，建家屋仓廪，并捎信给故乡京师以求万代之谋，同时选中一地，集雷山、脊振的巨木，自司绳墨设计，建造一座大伽蓝。山门高耸迎真如实相[③]之月，殿堂连檐送佛土金色之日相观。林泉深奥、水碧沙白、鸟啼鱼跃，念佛、念法、念僧，真乃末世奇特罕见的净土。

似此，在人皇第一百一十一代灵元天皇延宝五年丁巳霜月初旬，伽蓝落成，从京师本山召请贫僧前来担任开山住持。贫僧以寡闻浅学之由再三固辞而不听，终于感其奇特，荷笈下向为住持，将寺号取名"青黛山如月寺"。于翌年延宝六年戊午二月二十一日之吉辰，讲往生讲氏七门的说法，诵读净土三部经，执行七日大供养，普度饿鬼。当日虹汀亲自上座，略述本来因缘向听众忏悔，诵吟两首和歌——

　　唱　　六道六字今不迷，竹杖送往佛世界

坪太郎

[①] 爱宕灵山：爱宕山，位于日本京都府境内。
[②] 脊振：脊振山，位于福冈县与佐贺县交界处。
[③] 真如实相：佛教术语，即真如与实相。真如指清净之心，实相即真实之相。

和　　佛陀亲持紫竹杖，回归一切尽虚空

六美女

接着由贫僧上座，详细辩证缘起因果，述明六道流转、轮回转生之理，授念阿弥陀佛、即灭无量罪孽的真谛，最后接上一偈——

一念称名声，功德万世传，青黛山寺钟，迎得真如月。

另外，六美女时年十八岁。她将事先写好的三万张六字名号分送前来参加的信众，不到三天即送完。

如上的故事，婆娑显六道之巷，眼前转孽报之理趣，闻烦恼即菩提，六尘即净土，吴家祖先的冥福，应无止尽延续末代正等正觉的结缘，吴家日后男女若欲报此鸿恩，必须深心领会此意旨，不懈怠于法事念佛。此事不得外泄，若疏忽泄露，或会招来他藩之怨，仅止于当时本寺住持及吴家当代夫妇。慎之。

延宝七年七月七日　一行记

◆第三参考：野见山法伦上人的谈话

▼听取时间：前述同日下午三点左右

▼听取地点：如月寺方丈室

▼列席者：野见山法伦上人（该寺住持，时年七十七岁，同年八月殁）、我（W氏）。

——您（W氏）会怀疑乃是当然。如上述《缘起》内文所述，已被一百多年前，可称为吴家中兴之祖的虹汀先生烧成灰烬、封入弥勒佛像腹中的绘卷，为何会恢复原有的形态出现于今世，而且落入吴一郎手上，导致他精神错乱……坦白说，就算您没问，我也会说明，只不过一切需要由您自行判断。

——关于这段《缘起》，本是继承吴家当代家主的夫妻第一次前来祭祀祖坟时，屏退外人让他们观看的。除此以外，有关吴家血统的事情，除非极端寻常之事，否则完全不会泄露给他人知道，这是自开山一行上人以来，身为本寺住持应守的秘密。但是因为您的身份不同，而且牵涉吴一郎少爷是否真正疯狂与会不会被判处有罪有重大关联，我当然不能隐瞒……

——事情很简单。也就是，很久以前就有人找出本应已化为灰烬、藏在本寺佛像腹内的那幅绘卷，发现它竟仍保留原貌。不仅这样，从佛像腹内取出绘卷，造成吴一郎少爷精神病发作之人，我也非常熟识，而且相信绝对是她没错。当然，这只是我个人的猜测，而且一定很多人会感到意外……那不是别人，就是吴一郎少爷的亲生母亲——前些年奇妙横死于直方的千世子小姐。没错，这件事情非常奇怪，最主要是，这世界上真会有如此无慈悲心的母亲，竟然会将传说中那样恐怖的东西交给自己的儿子吗？其中当然存在很深刻的理由，您只要听过我接下来的说明，应该就可以明白一切。

——回想起来，那已经是很久很久以前的事了……应该是三十多年以前吧！我不知道您是否已经知道，这位千世子小姐自小就聪明伶俐，而且双手非常灵活，尤其特别擅长绘画和刺绣，从开始懂事以后，她就经常独坐在本寺大殿角落，临摹画在纸门上的四季花卉图案，或是栏杆间的仙人雕刻，当时她就已经非常可爱了，五官轮廓有如洋娃娃……

——应该是她十四五岁的时候吧？有一天好像刚从学校回来，身穿褐色裤子，手抱包袱径自进入这方丈室，向正在独自喝茶的我说："喂，和尚，那尊黑色佛像肚子里放着漂亮的绘卷，对吧？你能不能偷偷拿出来让我看看。"这幅绘卷的事，自从本寺开山当时举行大法会后，就成为附近一带有名的传说故事，村里应该还有很多人知道，所以我想她可能是听那些人说的吧！当时我笑着告诉她："那早在很久以前就化为灰烬啦，我就算想给你看也没办法。"可是千世子小姐却说："但是我刚才摇动佛像，却听到里面有声响，一定放着什么东西。"我吓了一跳，骂她："你做这种事会被佛祖惩罚的。"等千世子小姐回去后，我忽然开始担心，于是就静静走进大殿，试着摇动弥勒佛像，果然听到似有卷轴之类的东西在里面碰撞的声音……

——事情太过不可思议而让我大惊失色，因为我一直认定，佛像腹内放的是《缘起》内文中所写的绘卷灰烬……但是后来我转念一想，或许是虹汀先生假装已经烧毁绘卷，其实却将之保留原貌藏入佛像内，因为旁边的装填物随着年代久远而干燥，才会发出这样的声音。喜欢绘画的人总是有这样的心理，因为过度舍不得绘卷才决定这么做，而且也认为随着经年累月的供养，孽缘会逐渐淡薄而不再作祟吧！如果真是这样，我应该重新取出烧毁吗？绘卷到底又是怎样的东西呢？想着想着，我还是有点儿不能释怀，又觉得有点儿恐惧，只是认为应该没有人会打破佛像查看内部，就这样放回原处。

——岁月流逝。就在去年秋天，盂兰盆节[①]前一天傍晚，我见到八

[①] 盂兰盆节：日本传统节日，公历7月15日前后，各地会在节日期间举办各类祭祀活动。

代子太太和一郎少爷、真代子小姐一齐前来扫墓,当时八代子太太单独打扫灵堂后顺便至方丈室来喝茶话家常,并提到说"虽然时间尚早,不过等明年春天,一郎从六本松的学校(福冈高等学校)毕业后,我打算让他和真代子成婚"等。八代子太太在宣布这类重大事情之前,必会来找我商量,所以当时我回答"这样很好呀"。然后我们走出大殿的回廊一看,身穿学生制服的一郎少爷和系红色腰带的真代子小姐已经扫好坟墓,正蹲在山门旁的坟前双手合十,看起来非常亲密。见到这种情景,八代子太太好像因一时心酸掩面进入灵堂,我则留下来望着相貌神似的两人,想着吴家过去未来的事情,忽然想起多年前千世子小姐所说的话,忍不住心中一震……当然,当时我只认为是老年人没必要的操心,可是仍旧放心不下,当天晚上怎么都睡不着。

——所以我慢慢起身……借着窗外照入的月光和灯火微光,单独前往大殿,双手捧起佛像摇动,但是已没有先前听到的声响,不但如此,我还感觉里面已空无一物。

——可能是出于第六感吧,我感到莫名恐惧,于是毅然把佛像抱下佛坛,搬进方丈室,戴上眼镜仔细检查。虽然佛像身上沾满尘埃有点儿看不清,可是佛像颈部衣襟处却有切断后再装上的痕迹,若用力摇晃就像要松脱一般。当时我心想,原来是这么回事!我拼命保持镇定,沿着走廊搬出佛像,掸落上面的灰尘,从切断处拔下佛像的头,见到挖成经筒状的底部有旧草纸包住的灰,不过灰包正中央有卷轴状的凹陷。至此我已明白,虹汀先生虽说将绘卷烧毁,事实上可能另有某种特殊原因而未予以烧毁,而是直接将绘卷藏入佛像中,而且绘卷已被某人窃走,一切全是毋庸置疑的事实。是的,除此之外,佛像中还有充填在四周的旧棉花,其他连一片碎纸屑都没见到……请往这边走,我让您亲眼看看。

◇**参照后段备注**

——如您所见。这该说是我的不谨慎吧,或者……我很担心,一心一意希望不要发生什么麻烦,可是从另一方面想,如果是千世子小姐拿走的,那她为什么要这么做呢?而且,自她横死直方到目前为止,又是谁偷偷藏起绘卷的?如果是收拾千世子遗物的八代子太太发现这绘卷的,不至于连告诉我一声都没有。就在我每天担心不已时,竟发生了这样的事情,我只能说一切都太不可思议了……听说绘卷在一郎少爷精神错乱后又消失无踪,这又是另一桩不可思议的事情。村里有人说,在一郎少爷精神异常前后,曾目睹绘卷如灵蛇般飞越空中,但是真相如何就不得而知了。想到一切皆起因于我的不谨慎,我觉得非常愧对死去的真代子小姐和发狂的一郎少爷,总认为如果能以我垂老的短暂生命交换,或许还能……现在我只能每天以泪洗面……

◆第四参考：吴八代子的谈话概要
▼听取时间：同一天下午五点左右
▼听取地点：本人宅邸内侧房间
▼列席者：吴八代子、我（W氏）。

——啊，医生，您终于来啦，我是何等盼望能见到您呢！不、不……我的伤没关系，性命或什么都不重要了，我现在只希望您能够帮忙找出罪魁祸首！找到那个从寺中盗出这幅绘卷（说着就从怀里取出来交给我），埋伏在石头切割工厂交给一郎，还企图杀害这个家中所有人的家伙。而且，如果找到那家伙，请您问他，究竟有何怨恨让他必须做出如此残忍的事（涕泣）。请您一定要帮我问问啊（涕泣）！很遗憾在一郎精神正常时没能问出那个人的事……如果我知道是谁，就算咬碎他的骨头我都不会甘心（涕泣）。不、不，离开直方时并无那种东西！一郎随身携带之物，我全部仔细检查过了……警察又知道些什么？让一郎受到那样的痛苦折磨……我问他话，他也完全不回答……我已经死心了，一郎是否能够恢复正常，女儿是否可以活着回来，我的生命又如何……这些我都毫不在乎，杀害妹妹千世子、谋害一郎还有女儿的仇敌绝对是同一个家伙，是知道这幅绘卷的事，又刻意拿给一郎看的家伙……（精神亢奋、错乱，无法继续问答。而后约经过一星期，随着心情恢复平静，逐渐出现倾向失神的状态。）

▼备注
（一）事件发生当天晚上十点半，检查已禁止进出的吴家仓库（被称为第三号仓库）时，发现铺在楼下木板房间入口的旧报纸上明显留有吴一郎的双齿木屐痕迹，以及真代子外出穿的红色草鞋并列摆放的痕迹。在这里开始有蜡烛泪滴落的痕迹，延伸至陡峭的楼梯上方。楼上的状况以及被害者的尸体上，并未发现打斗、抵抗或挣扎的形迹。尸体颈

项有勒绞的痕迹、瘀血以及与其他绳子交缠的痕迹，但是死者气管咽头部和颈动脉等处没发现来自外部的损伤。另外，置于尸体前方的桌底下掉落一条带着脂粉香的崭新西式手帕，这是嫌疑人之物，用来遂逞凶行。桌上中央似有卫生纸，另外叠放着带有妇女体味的四折白纸十数张，对面左侧置放吴家佛具的合金烛台一个，上插一支大蜡烛，有点燃过的痕迹。根据日后调查的结果，推定蜡烛约在点燃两个小时四十分钟后熄灭。另外还有三支崭新的大蜡烛和火柴盒一起置于桌下。在以上四支蜡烛上端及中央部分印上的指纹，完全只有被害者真代子左右手指的指纹，毫无嫌疑人吴一郎的指纹。而且，根据火柴盒上也只检测出被害者的指纹这一点判断，前述四支蜡烛乃是被害者自己携带前来，她划亮火柴点燃其中一支置于桌上左端，几乎没有值得怀疑之处。（其他关于八代子的脚印等叙述予以省略。）

（二）同一晚九点，被害者尸体被送达九州帝国大学医学院法医学教室，马上由我（W氏）执刀，在舟木医学士陪同见证下进行解剖，十一点结束，确定死因乃是颈部遭压迫的勒杀。而且推定被害者是在出于某种原因丧失意识后，惨遭勒毙。另外，处女膜并无异常。（他略）

▼备注

（一）调查如月寺弥勒菩萨坐像，发现其头大身小、形象怪异，既无背光也不偏袒，披普通法衣如轮袈裟，结跏趺坐并结弥勒之印，有被认为是作者自己之像的嫌疑。整体的刀法颇简劲雄浑，有锯齿状和波浪状凿痕，底部中央以极端严谨的刀法刻着两个一英寸大小的方字"胜空"。

（二）中央空洞是纵深一尺、横径三英寸三分多的圆筒形，扣除充填在上部和底部的棉花和灰烬的厚度，高约一尺六分，正好符合绘卷（另外的参考物）的体积。另外，属于其盖的颈根方形部分可见到粘贴的痕迹残留。

（三）检查包灰的白纸和充填上下左右的棉花时，认定褪色与记录的时代符合。根据检验镜分析的结果，发现灰烬是由普通和纸、绢布烧毁留下的，并无装饰用的金线或轴用木材留下的痕迹。

▼备注

（一）调查沿着侄之滨的国道、位于靠海一侧山麓的石头切割工厂附近的结果，据称前一天吴一郎观看绘卷所坐的石块，位于切割剩下的粗石后面，是经过附近者很难注意到的位置。

（二）石头切割工厂内除了无数大小石片石块、工人作业的痕迹、从道路飞入的稻草纸张和蹄铁片等各种东西之外，并无特别值得注意之物。另外，由于经过小雨冲刷，未能发现疑似吴一郎或其他一切人物的脚印。

（三）平日在工厂作业、住在侄之滨町七十五番地之一的野军平，两天前，因为和其妻阿密及养子格市都腹痛下痢，疑感染流行病而被隔离，后来痊愈后询问的结果，证实并未发现前些天作业中有可疑人物进入切割工厂或在附近徘徊。关于这几个人的病况，由于所食用的鱼类一向新鲜，无法认为是食物中毒，所以病因无从查明。

◇ 插入绘卷照片
◇ 记入绘卷由来
◇ 记入前述第二次发作的全盘研究观察事项

☆　　☆　　☆

哈、哈、哈、哈、哈……

如何？各位觉得很难堪吧！

各位一定忘记了这是我遗书中最重要的一部分而忘情地阅读吧！有悲剧，有喜剧，有剑斗场面，也有历史故事，如果能再加上特别宣传，绝对可以成为让大人感动、小孩惊恐的玄奇怪异记录吧！尤其当中所显现心理遗传方式的奇特，真的是古今未有的手法，就算用尽现代所谓常识和科学知识，也无法比拟。

即使是著名法医学家若林镜太郎博士对此事件也感到棘手，在其调查资料中有着如下的叹息：

　　我希望将这桩事件的凶手称为假设的凶手，因为，此一事件的凶手除了假设他是拥有超越现代一切学术、道德、习惯、义理、人情的可怕且神秘的不可思议之人外，已经找不到其他合理解释了。亦即，像这样在短短两年间将三位妇女和一位青年或杀害，或使之发狂，让其一家血统无法再续地完全断绝，如此残虐恐怖，却又令人无法推定其残虐手段究竟是出于偶然，或是伪装成某种超科学的神秘作用；别说凶手的存在，连进行如此一连串凶行的目的是否存在都令人怀疑……

怎么样？看过前面的记录，再对照这段文字，各位应该注意到了吧！站在法医学立场的若林博士对于该事件所主张的重点，与身为精神病学者的我所主张的重点，从事件发生当初就正好相反，直到今日为止也没有一致。亦即，若林依其法医学者特有的角度，一开始就认为这桩事件绝对另有隐藏背后的凶手存在，而且该凶手从某处操控并自在地玩弄与此事件有关的奇异现象。

但是我却认为绝对不是如此，从精神科学的立场观之，这是所谓"没有凶手的犯罪事件"，不管外观或内在，都只是奇特的精神病发作之表现，是被害者和凶手都在某种错觉之下化为同一人所遂行的凶行。如果非要有凶手存在才行，那就应该把遗传这种心理给吴一郎的祖先逮捕，送进牢里。这就是这桩事件的中心趣味所在！

什么？你们已经知道这桩事件的真凶是谁了？

嘿，这实在太令人惊讶了。再怎么厉害的名侦探，脑筋如此敏锐也未免让人困扰，最重要的是，我和若林都不用再混下去了。

别急，请等一等。就算诸位指出的人物真是这桩事件的幕后凶手，也是若林所谓的"假设的神秘可怕人物"。重要的是，那只不过是一种推测，应该也没有确实的证据。就算有不可撼摇的确实证据，各位也知道凶手目前人在何处、正在做什么事，并将凶手绳之以法，但若从其身上又发现事件背后令人震惊的新事实，又该如何处置呢？呵、呵、呵、呵、呵……

所以，还是别说吧！对于这种奇妙不可思议的事件，以薄弱的证据或概念式的推理判断绝对是非常危险的事。想要判断究竟有没有凶手，至少必须彻底了解事件在前述的状态下发生后，经过什么样的途径到了我手中，我对事件又进行了如何的观察、以什么样的方法进行研究，并了解研究所发现的第二次发作之内容是何等凄惨、悲痛、绚烂、怪异且无知，为何突然发展成为我自杀的原因，等等。

各位应该会头昏眼花于"居然有这回事"……别急！关于我对这桩事件的研究后来如何进行，以下用消除敬语的浮现天然色彩电影来说明。问题是，像我这样的乡下人，又是新兴的影片说明者，一旦省掉敬语，听起来一定像在朗读外行人所写的剧本吧！很不幸的，我没学过做中华料理，也没写过剧本，不知道究竟该如何做。不过距离天亮还很久，时间多的是，所以就试着编写一下剧本玩玩。只是，在此要事先声明，我必须将这事件核心的心理遗传内容挪至最后，首先从外侧的事实依序进入中华料理……啊，不，是剧本，情节也不会出现冲突。有关此事件的记录，完全依照当时事件本身进入我眼中的顺序排列，只要研究此一顺序就可以了解事件真相……因此，请各位相信，这绝对是极端科学、毫无矫饰、俯仰天地而不愧的真实记录……嘿，真累人！

【字幕】吴一郎的精神鉴定——大正十五年五月三日上午九点，福冈地方法院会客室。

【电影】正木博士身穿棕褐色徽纹披肩，毛织单衣搭配毛织裤，旧袜鞋，俨然一副村长模样的打扮，跷起二郎腿坐在和入口反方向的靠窗椅子上，悠闲地抽着雪茄。

中央的圆桌上丢着似是他带来的旧洋伞和旧礼帽，旁边站着的是若林博士，正在向正木博士介绍身穿威严制服的探长和身穿毛织西装、举止优雅的绅士。

"这是大冢探长和预审员铃木，他们两人从一开始就关注这桩事件……"

正木博士站起来，接过两人的名片，轻松点头致意："我就是你们想见的正木，很抱歉，我没有带名片……"

探长和预审员神情严肃地回礼。

这时候，穿蓝色白点双层和服的吴一郎由两位法警拉着腰带进来。三位绅士左右让开，宛如侍从立在正木博士身旁。

吴一郎站在正木博士面前，用乌黑锃亮的忧郁眼神慢吞吞地环视室内，白皙的手臂和颈部四周有狂乱发作之际被压制而留下的几处擦伤和瘀青，使他那世上罕见的俊俏容貌显得特别怪异。他身后的两位法警行举手礼。

正木博士回以注目礼，呼出雪茄的烟雾后，他拉着吴一郎铐上手铐的双手向自己靠近，同时让自己的脸孔和对方的脸孔接近至一尺左右，四目相对，凝视对方瞳孔深处，像在暗示什么；接着，又以自己的视线回抵吴一郎的视线,似要深入对方瞳孔深处。两人就这样互相盯着,动也不动。

不久,正木博士的表情开始紧张了。一旁的绅士们表情也跟着紧张起来。

只有若林博士连眉毛也未挑动一下,他低头用冰冷的苍白眼瞳凝视正木博士的侧脸,仿佛正从正木博士的表情中寻找某种不为人知的东西……

吴一郎非常平静,以精神失常的人所特有的澄明眼神,轻松地将视线从正木博士的脸孔上移开,由下至上缓缓打量着一旁若林博士高大的身躯。

正木博士表情转为柔和,望着吴一郎的脸颊,重新吸燃快熄灭的雪茄,语调轻松地开口:

"你认识那位叔叔吧?"

吴一郎仍旧仰望着若林博士苍白的长脸,深深颔首,眼神像是正在做梦。

见到这种情景,正木博士脸上的笑意更深了。

这时,吴一郎的嘴唇嚅动:"认识,他是家父。"

然而,这句话还没讲完,若林博士脸上浮现出可怕的表情……苍白的脸孔马上失去血色,如镍般失去光泽的额头正中央,两道青筋凸起,转为以愤怒或惊慌都难以形容的样貌,他全身颤抖,回头望向正木博士。那种神态,简直像是要立刻朝他扑过来……

但是正木博士似乎没有注意到这些,他神色自若地大笑出声,说:"哈、哈、哈,父亲吗?好吧……那么,我这位叔叔呢?"

他指着自己的鼻子。

吴一郎很认真地盯着正木博士的脸,不久,嘴唇又嚅动了:"是……家父。"

"啊,哈、哈、哈、哈。"正木博士更愉快似的笑了,最后放开

293

吴一郎的手,受不了似的狂笑,"啊、哈、哈、哈、哈,有意思。这么说,你有两位父亲喽?"

吴一郎显得有些犹豫,但,很快就默默颔首。

"哇、哈、哈、哈、哈,太好啦!真难得!那么,你还记得两位父亲的姓名吗?"正木博士半开玩笑似的问。

在场所有人的脸上霎时浮现紧张的神色。

但是,被正木博士这么一问,吴一郎脸色一黯,静静移开视线,眺望着窗外灿烂的五月晴空,没多久,他好像想起什么事,双眼浮现泪珠。

见到这种情形,正木博士又拉着吴一郎的手,缓缓吐出一口雪茄烟雾:"不,没关系,不必勉强自己去想起令尊的姓名,因为不管先想起哪一个人的姓名都是不公平的,哈、哈、哈、哈、哈。"

到目前为止都很紧张的人们同时笑了起来。若林博士也好不容易恢复原来的表情,露出哭泣似的僵硬笑容。

吴一郎很专注地一一看着每一张笑脸,良久,仿佛很失望般叹息出声,低垂着头,眼泪一颗颗掉下来,从手铐上滴落至脏污的地板。

正木博士拉着吴一郎的手,悠闲地环顾众人的脸孔:"我希望你们能把这位患者交给我,不知各位意下如何?我认为这位患者的头脑中一定还残存有关事件真相的某种记忆。如我方才所问的,每个人的脸孔看起来都像自己的父亲,这或许正是暗示事件真相的某种重要心理之显现……如果可能,我希望以自己的力量让这位少年的头脑恢复正常,撷取与事件真相相关的记忆,不知各位意下如何……"

【字幕】吴一郎出现在解放治疗场的最初之日(大正十五年七月七日拍摄)

【电影】矗立于解放治疗场正中央的五六棵梧桐树的绿叶在盛夏阳光中闪动灿烂光辉。

八个疯子从东侧入口排队依序进入。其中有人像是感到很不可思议似的环顾四周，但是很快就开始展现各自的狂态。

吴一郎最后进入。

他的神情寂寞忧郁，一时之间呆然环顾四周的砖墙和脚下的沙地。不久，好像从自己脚下的沙中发现某样东西，两眼发亮地将其拾起，置于双手间搓揉，然后对着炫目的太阳映看。那是蓝色、漂亮的莱姆玉。

吴一郎面带微笑地正面望着太阳，然后将该玉放进黑色兵儿带中，又匆忙撩起衣摆蹲下，用双手在沙中翻找。

从刚才就站在入口观看的正木博士命令同事拿一把圆锹过来，交给吴一郎。

吴一郎高兴地道谢后，接过圆锹，开始比先前更热心十倍地翻动闪闪发亮的沙土。湿漉漉的沙土曝晒在阳光下，变白、干燥。

正木博士热切地看着吴一郎的行为，不久微微一笑，点点头，从入口处快步离去。

【字幕】约两个月后，在解放治疗场的吴一郎（同年九月十日拍摄）

【电影】可以见到解放治疗场中央的梧桐树树叶稍显枯萎。周围的平地处处可见翻掘过的沙土坑，恰似一个个黑色墓穴。

站在洞穴与洞穴间的沙土平地一隅的吴一郎，以圆锹为杖，挺直腰杆儿，正很难受般地吁出一口气。他的脸孔被秋阳晒黑，加上连日劳动的疲劳，看起来相当憔悴，只有眼睛还闪动着炯炯光芒。汗珠不停流下，激喘的呼吸似火焰，尤其是他手中充当拐杖拄地的圆锹，锹刃已被磨损成又薄又锋利的波浪状，闪动着像银一般的慑人光芒，充分说明他这几十天的掘沙作业是何等疯狂、剧烈。所谓的活生生堕入焦热地狱的死者，应该就是他现在这种模样吧！

不久，吴一郎又像是被什么人逼迫般，用晒黑的手臂重新拿起圆锹，开始在石英质的沙土平地挖掘另一个洞穴，很快掘出一个巨大的鱼脊椎骨后，他再度恢复气力，以比先前更快数倍的速度挥动圆锹。

舞蹈狂女学生掉入吴一郎背后的一个大洞穴,双脚在空中晃动,发出惨叫。其他患者则是一起鼓掌喝彩。

但是,吴一郎头也不回,继续专心挖掘。过没多久,他好像挖到某种眼睛看不见的东西,只见他的双手手指频频蜷曲、伸直,又马上拿起圆锹,眼睛亮得像在燃烧般,咬牙切齿地开始拼命翻动脚下的地面。

正木博士从他后面缓步进入治疗场架在鼻头的眼镜反射着阳光,他注视着吴一郎的作业。不久,他走近,伸手轻拍吴一郎挥起圆锹的右肩。

吴一郎吃惊地放下圆锹,呆然回头望着正木博士,同时擦拭脸上的汗珠。

正木博士乘隙以电光石火般的动作一手伸入吴一郎怀中,抓出用脏手帕包住的圆形物品和先前被吴一郎挖出的鱼脊椎骨,迅速藏在背后。但是,吴一郎似乎毫无所觉,拿着擦拭汗水的毛巾眨眨眼,从洞穴中抬头往上看。

正木博士站在洞穴边缘往下看,微笑问:"你刚刚挖出什么东西了?"

吴一郎不好意思似的红了脸,伸出左手手指送至博士鼻尖。博士挪挪眼镜仔细看,发现他指头上缠绕着一根女人的头发。正木博士似乎知道那意味着什么,严肃地点点头,紧接着解开藏在背后的脏手帕,将里面的物品置于左掌上,递向吴一郎鼻尖。他的掌上是吴一郎两个月前刚进入这个解放治疗场后就拾获的莱姆玉,以及今天挖出的鱼骨,还有红色橡胶梳子碎片和断成约小手指大小的玻璃管。

"这些是你从土里挖出来的吧?"

吴一郎激喘点头,同时看了看博士的脸,又看了看那四样东西……

"嗯……不过,这是什么呢?有什么用途?"

"这分别是青琅玕[①]、水晶管、人骨和珊瑚梳子。"吴一郎不假思索

[①] 青琅玕:亦作"青瑯玕",一种青色似珠玉的美石。

地回答，同时从博士手上接过四个破烂东西和手帕，牢牢绑得像石头般后，再次慎重地放回怀内深处。

"嗯，那么，你为何那样拼命地掘土呢？"

吴一郎左手拄着再度深入土中的圆锹，右手指着脚下，回答："这儿埋着女人的尸体。"

"哦，原来如此。"正木博士喃喃说道，然后盯着吴一郎双眼，用非常严厉的口气，一字一字地问："原来如此，但是，女人尸体埋在土里到底是什么时候的事？"

吴一郎双手拄着圆锹，惊讶似的抬头望着博士的脸孔，脸颊的红晕霎时消失，嘴唇嚅动，以梦呓般语气开始反复念着："是……什么……时候……"

在这期间，他茫然若失地转头望着四周，不久，忽然转为无比寂寞困惑的神情，放掉手中的圆锹，两眼无力低垂，慢慢爬出洞穴，走向入口。

目送吴一郎的背影，正木博士交抱双臂，露出会心的微笑："果然不出所料，心理遗传正确无误地显现了。但是，可能得再忍耐一段时间吧！因为接下来才是真正有看头的部分……"

【字幕】同年十月十九日（距离前一场景约一个月后）的解放治疗场内

【电影】最初映现的是在场内平坦沙地的砖墙前耕作的老人钵卷仪作，只不过，仪作已经比第一次出现时多耕作了约一亩的田地，但是一旁的瘦弱少女却只栽种枯枝和瓦片至一半。

站立在老人面前的吴一郎也和最初见到的一样，面带微笑，双手放在背后，很专注地看着老人上下挥动圆锹，仅仅一个多月的时间，他的皮肤已经完全变白，也胖了很多……这是因为这一段时间他停止了挖掘洞穴的工作，整天都待在自己房内——第七号房。

正木博士从他背后微笑走近,伸手搁在他肩上。

吴一郎吓了一跳似的回头。

"怎么样?你好久没有出来了呀!皮肤变白,而且胖了。"

"是的。"吴一郎同样微笑回答后,又注视着圆锹的挥动。

"你在这里做什么?"正木博士盯着他的脸问道。

但,吴一郎的视线仍集中在圆锹上,他静静回答:"看那个人耕作。"

"嗯,看来意识已经清醒很多了。"正木博士喃喃自语似的说着,抬头打量着吴一郎的侧脸,不久,他刻意加强语气说:"我想应该不是吧?你是希望向他借那把圆锹吧?"

这句话犹未讲完,吴一郎的脸颊马上刷白,他双眼圆睁凝视正木博士的脸,良久,视线又回到圆锹上,喃喃说着:"是的……那是我的圆锹。"

"我知道。"正木博士颔首,"那把圆锹是你的。但是他很难得那样热心耕作,你就再等一会儿吧!只要正午十二点的钟声一响,那位老先生一定会丢下圆锹去吃饭,而且……一直到天黑都不会再出来。"

"一定吗?"吴一郎说着,回望正木博士的眼眸里带着浓浓不安。

"一定!不久后,我会再买一把新的给你。"

即使这样,吴一郎仍旧不安地凝视着上下挥动的圆锹,再次自言自语地说:"我现在就想要……"

"哦,为什么?"

吴一郎没有回答,他紧抿着嘴,又凝视着上下挥动的圆锹。

正木博士神情紧张地盯着吴一郎的侧脸,仿佛想从他的表情中找出某种东西。

一只老鹰的影子掠过两人面前的沙地,接着又消失不见了。

* * *

观看至此终于能明白,吴一郎的心理遗传主要与佩戴青琅玕、水晶管和珊瑚梳子之类饰物的古代贵妇有关,也可以明白吴一郎很热切地在寻求以该妇人为模特儿所完成的绘卷中的女尸。

但是在正木博士质问尸体是什么时候埋在土中的时候,吴一郎却茫然不知如何回答,转身回自己房中思索,原因何在?

还有,经过一个月后的今天,也就是大正十五年十月十九日,他又走到这处解放治疗场,一心一意等待老人放下手上的圆锹又是为什么?

我这样说话之间,解放治疗场的危机也正从四面八方逼近……

能够解开这些疑问的人只有目前正在调查这桩事件的若林博士,以及身为他的商量对象的我,哦,不,是银幕上的正木博士……不是的,真麻烦,就算是我好了。影片停止播放,我要恢复深夜在九州帝国大学精神病科教授研究室、正在独自写这篇遗书的正木疯子博士的身份了。

或许多少偏离主题也未可知,反正这是临死之前打发时间所写的遗书,就算威士忌后劲很强也无所谓!毕竟接下来我就将与山野同化。现在在这里,还是再抽支雪茄吧!

啊,真愉快!在这自杀前夕以怀抱宇宙万物的心情写遗书,累了可以只穿拖鞋缩坐在旋转椅上,抱膝吞吐淡紫烟雾,这么一来,烟雾会如朝霭、夕云渲染般,袅袅飘至天花板,等到了一定高度,就恰似浮在水面的油渍缓缓扩散,如同有灵魂存在般扭曲纠缠,似悲又似喜地描绘着非几何曲线,然后淡薄、消失。坐在大旋转椅上茫然抬头望着、有如瘦小尸骸般的我,应该就像《天方夜谭》中的魔术师吧!啊,好困,威士忌好像完全发挥了它的功效。呼噜、呼噜、呼噜……只有一颗星星,原来是"见到一颗星星,博士辞世"吗?哈、哈、哈,一点儿都不好玩儿,呼噜、呼噜、呼噜……呼噜、呼噜、呼噜……呼噜、呼噜、呼噜……

* * *

"如何，读完了吗？"

突然，耳边响起了声音，但，随即只剩空洞的回响，然后消逝无踪。

有一瞬间，我以为这是若林博士的声音，可是马上发觉语气完全不同，带着年轻快乐的余韵，我惊讶地回头，但是房内空荡荡的，我连一只老鼠也没看到。

太不可思议了……

秋天早上明亮的阳光从三边窗户如洪水般流入，炫目地反射在摆成数列的玻璃标本架、透明漆和树脂地板上，周遭一片静寂。

吱、吱、吱、吱、吱、吱……喳、喳、喳、喳、喳、喳……

只听到小鸟群在松树枝头啼叫。

我感到奇怪，盖上已经读完的遗书，望着自己眼前，我差点儿吓得跳起来。

就在我眼前有一个奇怪的人……先前一直认为是若林博士坐着的大桌子对面的扶手旋转椅上，已经不见若林博士的身影，和我面对面坐着的是身穿白色诊断服、身材瘦小如尸骸的男人。

那是一位理着大光头、眉毛也完全剃掉、全身被太阳晒成红黑色的五十岁模样的绅士，不过，实际年龄好像更年轻些……高挺的鼻梁上戴着无框眼镜，紧抿成倒钩状的大嘴叼着刚点起的雪茄，双臂交抱胸前……是个和尸骸酷似的瘦小男人。在与我视线交会时，他右手拿着雪茄，露出洁白的牙齿，笑了。

我跳了起来："啊，正木博士……"

"啊、哈、哈、哈、哈，吓了一跳吧！哈、哈、哈、哈、哈。不简单，真是不简单，竟然还记得我的名字，也没有误以为我是幽灵而逃走，太让人佩服了，哈、哈、哈、哈、哈、哈，啊，哈、哈、哈、哈、哈。"

在他笑声的回响环绕下，我感到全身麻痹，右手抓着的遗书掉落到大桌上，同时因为写遗书的正木博士之出现，觉得自今天早上以来发生的一切完全被否定，突然全身乏力，一屁股坐回原来的旋转椅上，无数次地吞咽唾液……

见到我这种态度，正木博士愉快地仰靠椅背，大笑："啊、哈、哈、哈、哈，你看起来相当吃惊呢！没必要吓成这样，你现在是陷入严重的错觉了。"

"严重的……错觉？"

"你还不明白吗？呵、呵、呵，那么，你想想看，你刚才……应该是八点以前吧，被若林带进这里听他说了很多话，对吧？说我已经死了一个月或什么的，嗯，还有那月历上的日期之类……哈、哈、哈，吃惊吗？因为我什么都知道……在你阅读那些《疯子地狱邪道祭文》、《胎儿之梦》、新闻报道或遗书之时，你真的相信我早在一个月前已经死亡了，对不对？"

"……"

"啊，哈、哈、哈、哈，那根本就是若林安排的诡计，你完全被他骗了。我可以让你看证据，你只要看遗书的最后部分就能明白，你不是正好翻到该部分吗？怎么样？那就是我昨天熬夜所写的证据，你一定还闻得到墨水的味道？哈、哈、哈、哈，如何，所谓的遗书并非一定要在本人死后才出现的，所以我还活着根本没有什么不可思议的，啊，哈、哈、哈、哈。"

"……"

我目瞪口呆。正木和若林两位博士为何要做出此种奇怪的恶作剧？就算不是恶作剧，未免也太过怪异、不合理了。我从今天早上起看到的各种事情和读过的各项文件内容，真的都是事实吗？或者，只是两位博士为了戏弄我而联手演出的戏码？想着想着，我胸中原本满溢的感激、惊讶和好奇等，同时开始崩溃，仿佛与自己的身体一同消失。

我用力站稳身子,双手紧紧抓住大桌子的边,恍如做梦般茫然望着眼前的正木博士。

"嘻、嘻、嘻、嘻、嘻,"正木博士大笑,却忽然被雪茄呛到,露出痛苦又可笑的表情,慌忙用手按住鼻头上的眼镜,"啊,哈、哈、哈、哈、咳、咳、咳、咳,你的表情很怪呢,嘻、嘻、嘻,好像在说我没死很不应该似的……咳、咳,没办法,就这样吧!我稍微说明一下……今天早上,应该说是半夜一点左右才对,你呈'大'字形躺在七号房内睡觉,醒来时突然发现忘记了自己的姓名,所以大惊失色地喧闹,对吧?"

"这……你为什么知道?"

"你那样大声地怒叫,我想不知道也难,不是吗?其他的家伙都在熟睡,但是正在这儿写遗书的我听到骚乱声,走去一看,发现你在七号房里拼命想找出自己的姓名,我就想到你一定是刚从梦游状态中清醒……可是,这样我更要赶快完成这篇遗书,马上回到二楼。不久,天亮后,我从打盹儿中醒来,觉得身体有些不适,茫然若失之间,发现若林搭乘他那辆有新式喇叭的汽车前来。这可不是好消息……一定是有人发现你从梦游状态中清醒而向若林报告,若林又是相当机灵的家伙,所以马上赶来,打算动什么手脚……我躲在暗处窥看,见到他让你理发、洗澡,打扮成大学生模样之后,让你见在隔壁房间——六号房——住院的一位美少女,说她就是你的未婚妻,这令你困扰莫名,对吧?"

"这么说,那位少女也是精神病人?"

"当然,而且还是精神医学界罕见的精神异常。因为在举行人生最重要的婚礼前夕,未婚夫出现意料不到的'变态性欲心理遗传'的严重梦游,导致她也不知不觉被梦游发作的暗示引发与未婚夫同样的心理遗传,陷入假死状态。但是她被若林救醒后,竟开始说些羡慕千年以前死亡的唐玄宗和杨贵妃、很对不起根本不存在的姐姐之类的话,又模仿抱婴儿的姿势,说些'你一定会成为日本人'之类的话……当然,她现在也已经相当清醒了……"

"这么说……那位少女叫什么名字?"

"这……你不必问也知道的呀!她就是在侄之滨被称为和小野小町①一样才华横溢的美女——吴真代子。"

"哦,那我岂不就是吴一郎?"

我这么说的时候,正木博士紧抿着他的大嘴,虽然雪茄烟雾让他皱眉,他仍将黑眸的焦点静止在我的脸上。

霎时之间,我全身的血液往心脏集中,似乎即将完全流失,冷汗一滴滴从额头滴落,身体似乎摇晃不定,于是慌忙用双手扶住大桌子。自己的身体好像化为空气四散,只有两颗眼球凝视着正木博士。这期间,我的灵魂恍若在无限的时空中高速疾驰,很害怕想起身为吴一郎的自己的过去,同时听到自己的心脏和肺脏从不知何处的遥远地方传来如巨浪般谴责的声音……我不停颤抖。

但是,无论心脏和肺脏何等骚乱动荡,我的灵魂还是怎么也想不起来身为吴一郎的过去回忆。对于不知道在脑海中反复多少遍的"吴一郎"三个字,总是没有"这是自己名字"的怀念和熟悉感。不管再怎么穷搜过去的记忆,当回溯至今天凌晨听到的嗡嗡声时,立刻完全中断。不管别人怎么说、拿出何种证据给我看,我都无法认同自己就是吴一郎。

我深深叹息出声的同时,全身的意识逐渐恢复,心脏和肺脏的亢奋也开始静止下来。过了不久,我颓然坐在椅子上,腋下冷汗淋漓。

与此同时,正木博士若无其事地在我面前深吸一口雪茄,吐出了紫色烟雾。

"如何,想起自己的过去了吗?"

我默默摇头,从口袋里拉出新手帕擦拭脸上的汗,心情慢慢转为平

---

① 小野小町:日本平安时期的女诗人,相貌出众,与杨贵妃、埃及艳后克利奥帕特拉七世并称"世界三大美女"。

静。即使这样,莫名其妙的事情还是太多了,害我静静缩在椅中,动都不敢动。

不久,正木博士突然大咳一声,我又吓得差点儿跳起来。

"咳……如果想不起来,我再告诉你一次,知道吗,你可要冷静地听!你现在陷入了一个诡计里,亦即,我的同事若林镜太郎处心积虑想让你确信自己是吴一郎,并让你与我见面,由你指证我乃是这个世界上独一无二、穷凶极恶、毫无人性的人。"

"嘿,指证你……"

"嗯,你听我说。只要你完全冷静下来,再次从头思索自今天清晨以来所发生的事,一切就可以轻松解决。"正木博士严肃地咳了两声后,仰靠着椅背,不停吐出浓浓的烟雾,再悠然地回望大暖炉旁的日历:"我要事先声明,今天是大正十五年的十月二十日,知道吗?再重复一遍,今天是大正十五年的十月二十日……也就是如这篇遗书上所写的,吴一郎隔了一个月以后再度走出解放治疗场,观看钵卷仪作老先生耕作的十月十九日的翌日。证据是,你看日历,OCTOBER(十月),十九日……也就是昨天的日期。这是因为我昨天很忙而忘记撕下一页,同时也证明我从昨天起就在这里工作到天亮……明白了吧?还有,顺便看看我头上的电子钟,现在是十点十三分,对吧?嗯,和我的表完全一致。亦即,距我今天早上写好那篇遗书开始打盹儿,才经过了五个小时。综合这些事实以及遗书最后部分留下墨水味的事实,我会这样冷静并没有什么不可思议。好,如果没有记好这点,那么事后又会有发生严重错觉之虞。"

"但是,若林医生刚才……"

"不行!"大声说话之间,正木博士高举右手拳头,似乎想一口气挥除我脑海中的迷惑,气势惊人,"不行!你必须相信我说的话,不要相信若林说的话。若林方才就是在这一点上犯下了唯一的重大失误,他进入这个房间后不久,一定是闻到了我在大暖炉中烧毁著作原稿的焦臭味，然后见到这张桌上放置的这篇遗书，于是马上想到一个诡计，随即向你那样说明。"

"可是，他说今天是你死后一个月的十一月二十日……"

"哼！真是无药可救。像这样存在先入为主的观念，实在让人受不了。好，你听我说。"正木博士语气里透着不高兴，将沾在舌头上的雪茄屑吐在地板上，移动支撑在桌上的双肘，用被雪茄烟垢熏黄的右手手指在我鼻尖点着，仿佛要把所说的每句话都敲入我的脑子里般说明，"知道吗，你仔细听好，别再搞错了……若林会告诉你今天是我死后一个月的日子之类故弄玄虚的话，只是让你不要吵闹的手段。如果让你知道我留下这样的遗书后，那我消失不到几个钟头，你一定会想着我是去什么地方自杀了，内心七上八下，若真是那样，同时他也会坐立不安。不论是基于朋友的义务，或是基于院长的责任，他都必须先放掉一切找到我，制止我自杀，对吧？但是这样一来，若林就很可能丧失一手主导能够唤醒你过去记忆的独一无二良机，你说是不是如此？因为，你是否能想起过去的记忆对他而言非常重要，而今天早上是最佳机会……"

"……"

"因此，若林尽管知道我一定在某处凝神静听，还是说出今天是我留下遗书后一个月的十一月二十日之类、半点儿都不像出自法医学家之口且漏洞百出的话，目的是让你先冷静下来，然后慢慢完成这项实验。如果真能让你恢复身为吴一郎的记忆，则一切就掌握在他的手中了……因为，一旦你如他所预料，恢复身为吴一郎的过去记忆，那么，不须再作深入说明，很容易就能让你认定我是你不共戴天的杀母害妻之仇人。另外，最主要的是，我是个精神科学家，有充分自信能对一无所知的吴一郎施以催眠术，让他勒杀母亲和未婚妻，所以我是这桩事件中最符合一切条件的嫌疑者。你说，对不对？"

"……"

"万一实验不能顺利进行，也就是，你读了这些文件资料以后，仍旧想不起什么的话,就只好采用最后手段……这回,他趁你不注意时躲起来,让你和必然会来这儿的我碰面,看看你是否可以想起我的脸孔。如果可以,就进行借这种印象恢复你过去记忆的实验,万一实验进行顺利,就等于是他借着我的力量来陷害我自己。你说,这是不是极端巧妙毒辣的计谋?事实上,这种毒辣手段正是他的专长!"

"……"

"他本来就是善于使用这类策略的人,就算是完全无辜的嫌犯,一旦被他讯问,马上就会被搞得晕头转向,陷入无法正确思考的心理状态,最终不知什么是什么地认为自己再也无路可逃,如此一来,慌张的家伙就会心悦诚服地承认自己毫不知情的罪行。最近美国颇受议论的《第三等讯问法》根本算不了什么,那家伙的手段可以从第一等到第一百等为止,而且还互为表里交相混用,实在令人受不了。现在也是一样,他假定我是如他所预料,杀害斋藤教授后占据这个职位,尝试进行这次实验却失败而打算自杀。所以他明知我躲在某处偷听,仍企图让事情合理进行,使我逐渐承认自己是大恶徒,也使你承认你就是吴一郎,陷入只能听和看,却无法出手的状态,然后他再一举夺走我赌上一生的事业功绩,让我只剩两条路可走,一条是默默自杀,另一条则是出来俯首认罪。若林的手段一向如此,再怎么困难的事件落在他手上,他都一定有办法从某处找出凶手,也因此报纸杂志常给他'破除迷宫高手'之类的称号,事实上,在他背后却隐藏着这样不为人知的内幕。"

"……"

"但是,这回他可无法称心如意了。他从今天一早连续尝试的实验结果——出乎他的意料,你没任何反应,看他将一向擅长的讯问诡计进行得如此彻底,就知道他内心绝对非常焦急……看样子,这位举世无双的法医学家,很可能因为这次对手是我而过度紧张,导致他从今晨开始就有点儿慌乱,所以,这次或许将成为他'空前绝后的失败'也未可知呢,哈、哈……"

"可是……可是……"

"还有什么'可是'吗？说说看，'可是'什么？"

"可是，这项实验是你主持的……"

"没错，你会想起过去记忆中的实验是由我主持是很当然的，所以他才会想用这种诡计独占此一实验成果，他想尽一切办法要把我干掉。"

"嘿，这样未免太过分……"

"但他确实实行了，所以才很有意思。重要的是，我并未上他的当，我能好好活着来到这里说明一切就已经是最好的证据。"

正木博士说完，唇际浮现一抹极端憎恨又讽刺的冷笑，他仰靠旋转椅背，傲然交抱双臂，不停往上吹出雪茄烟雾，恰似预计到若林博士正躲在哪里偷听般……

见到他的样子，我的心脏又因大受到新的恐惧冲击而收缩。两位博士的争斗太可怕了，这是何等深刻执拗的智斗啊！直到方才为止，我做梦也想不到自己会夹在这样恐怖的斗争中……第一次知道自己先前见到的痛苦、无奈、恐怖、疯狂乃是来自两位博士相互角力的恶魔般诡计，我冲动地想要尖叫逃走，而且几乎马上就要站起来，可是……

这时候的我却无法离开椅子一英寸，只能用手帕擦拭额头渗出的汗珠，深深叹息出声，同时凝视正木博士的脸孔，陷入必须等待他那泛黑的阴森嘴唇再度张开的状态。那或许是因为这两位博士全力，不，应该说是竭尽全力、死命争夺的怪奇精神科学实验本身的魅力已吸引住我的灵魂也不一定；更或许是流动在故事底层、无从形容起的不可思议事实已抓住我的心脏，激起难以言喻的好奇心也未可知……我茫然思索这些事情，凝视着眼前的空间。就在此时，轻咳一声的正木博士的声音又在我耳畔响起。

"哈、哈、哈、哈、哈，怎么样？已经明白错觉产生的原因了吗？

明白了？好。不过应该还有一小部分不懂吧？嗯，有？好，你的脑筋真是聪明，因为，最重要的是你完全不知道自己是来自哪里、姓啥名谁的青年，又为了何种因缘而被卷入这桩事件，哈、哈、哈。不用担心，只要听过我接下来所说的事，一切疑问马上会如同被梳子梳理过般豁然开朗。这些事情也许稍有重复，却是接续我遗书内容的部分，从和这项实验相关的我与若林过去的秘密，逐渐进入吴一郎心理遗传的内容，最后才能帮你了解你是谁。当然，如果你在途中就察觉到自己的身世，那最为可喜，不过现在还是先听我说明吧……但是，我要再提醒你一次，千万不能又产生错觉，如果又认为我是幽灵，或已死了一个月，问题可就麻烦哩！哈、哈、哈，因为听了接下来的话以后若是陷入错觉或妄想，也许就永远无法弥补了……真的没问题吗？好、好，那我就放心地开始了……"

正木博士边说边点着已熄灭的雪茄，然后双手插入口袋里，津津有味地连吸好几口，这才将雪茄叼在唇际，在蒙蒙烟雾中重新坐正身体。

"对了，这件事终有一天会曝光，届时看报纸就知道，不，说不定昨天的晚报或今天的早报已经报道出来了……事实上，昨天的'疯子解放治疗场'爆发了重大事故，亦即，我为了替以这桩事件为中心的心理实验加上结论，让布置于解放治疗场的精神病人群中、应用精神科学的炸弹之导火线，从上次就开始引燃，到了昨天正午——大正十五年十月十九日——的午炮一响，几乎在同一时间终于爆发……不，其实也不是什么大不了的内情。所谓的导火线是放在一把圆锹之上的，不过因为是纯属应用精神科学的导火线，所以它不会冒烟，也没有火焰。在普通人眼中，不会想到是这样的布置，毕竟其外表只是一把普通圆锹。但……坦白说，其结果可说是爆炸过度，形成一时之间让我也困扰不已的意外惨剧。为了表示负责，我马上赶往校长室提出口头辞呈……不过仔细想想，现在似乎正是我停止实验的时机，反正我实验迄今为止的研究成果，若林会在之后公布。老实说，当时我还不认为若林是如此昧着良心的家伙，总以为他会设法帮忙处理，没必要让我自己麻烦，所以我才准备连生命也顺便舍弃掉，不再当人……

"我回到住处收妥一切后，前往东中洲的闹区喝了几杯。等心情恢复愉快，想到应该整理文件资料便回来了。可回来一看，不禁大惊失色，刚刚我离开时还是空着的六号房里竟亮着灯。我觉得奇怪，就问正要下班的同事，同事回答说若林不知从哪里带来一位小姐，委托值班医生替她办理住院手续，而且那位小姐是从未见过的难以形容的漂亮。

"当时连我都不自觉地佩服起他，忍不住用力一拍膝盖。我心想，这家伙没安好心。看这情形，他，若林镜太郎绝非简单人物，的确有身为法医学家的资格，不，甚至很可能是超乎其上的大恶徒。我这时才完全明白，他在我面前虽然乖得像猫一样，可是在我不注意时，他却马上变成不逊于我的精神病学者，而且非常擅于利用人性弱点。也就是如我在遗书中写的，从当时到今日为止，我一直无法了解若林镜太郎在这桩事件发生之际，利用院长职权让那位少女变成活死人、掌握在自己手中的目的何在，可是我现在终于明白了！他是打算在你恢复至某种程度的本性时，偷偷让你和那位少女见面，从色、欲、情三方面迫使你承认自己就是吴一郎，同时使你认定我就是你不共戴天的仇人，让你向社会昭告此一事实，扭曲事件真相……不仅如此，他还巧妙地让你的叙述成为他毕生研究事业《应用精神科学的犯罪及其证迹》的最佳实例。

"因此我也不得不想办法了。好，既然他有这种私心，我也有我的办法。若林的精神科学犯罪研究本就是基于我独创的心理遗传之原理原则所进行的，不可能一举推翻，那么，如果我烧毁自己研究精神科学所发表的所有原稿，半讽刺地留下述及内容概略的遗书，那么不管他是否心甘情愿，都必须在其著述中纳入我这篇遗书，否则无法具有公信力。但问题在于，那家伙会公开我的遗书吗？如果公开，会采用什么样的手法公开？这就相当有看头儿了，或许我的遗书会成为空前绝后的破坏性礼物也未可知……

"这样一想,我忽然感到心情愉快了。急忙来到这个研究室烧毁一切资料,开始撰写这篇遗书。不久,天亮了,听说你即将清醒,迫不及待的若林兼程赶来,让你和少女见面,但是……他却彻底失败了。当然,对方认同你是她恋慕的大哥,应该算成功了一半;但,最重要的你却用手推开美少女,完全不认同她是你的表妹和未婚妻。所以他只好改变手段,带你来到这儿。

"坦白说,这时我也有些狼狈!可怕的家伙若林镜太郎已洞穿我的心事,他早就料到我迟早会放弃这种危险万分的放牧式解放治疗实验,并在向精神医学界公布的同时潜匿行踪。而且这桩侄之滨新娘被杀事件我也会毁掉实验材料,准备在事后向精神医学界提出报告,宣称不管在任何人眼中,它看起来都不像犯罪事件。所以那家伙竭尽全力加速行动,企图趁我犹未潜匿行踪之时把我控制住。

"那家伙在今晨进入本大楼玄关的同时,一定就看穿我从昨夜起就待在这里,为了运用某种诡计陷害我,便把你带至这里。这手段实在太厉害了!我大惊之下还来不及收拾遗书和未烧毁的资料,只能立刻带着威士忌酒瓶消失。当然不是跳出窗户,也不是冲出大门,而是一步也未离开这个房间、在未被人察觉下消失。我好像又运用了精神科学的魔术手法,其实不是,关键就在这个大暖炉!

"这个大暖炉存在的目的主要是,万一这项实验失败,或我的研究内容有可能被人偷窃时,让我能将所著述的原稿全部丢进炉内烧毁,同时也为了让我能用来潜匿行踪,因此一开始就是采用瓦斯和电力并用的自动点火设计……你看,拿下铁盖后,内部很宽敞,底下的电热装置会喷出瓦斯。没什么好惊奇的,只不过是利用两百个本生灯泡[1]并列,上面若放置生物,打开瓦斯龙头,扭开电力开关,首先喷出的瓦斯会使之

---

[1] 本生灯泡:科学实验室常用的高温加热工具之一,以德国化学家罗伯特·威廉·本生的名字命名。

窒息，不久，电热器一热，会立刻点燃瓦斯，不到一小时，连骨头都会化成灰；如果在上面堆放石块或瓦片，它们全部都会因为高热而释放出强烈的辐射热。你看，比肉还难燃烧的西洋原稿用纸就有将近四大箱之多，但是皆已化为白灰，对吧？如果连我自己也化为烟灰，好不容易发现的伟大学理又要还原于虚空了，哈、哈、哈。我听到你和若林走上楼梯的声音的同时，就带着威士忌酒瓶躲进这里面，在灰上铺着报纸盘腿而坐，抱着随时会化成烟灰的觉悟，边抽雪茄边凝神静听。

"但是，那家伙不愧是闻名天下的法医学家，虽然没见到我也丝毫不以为意，马上利用这个机会让你陷入错觉。因为他的脑子和圣德太子一样，能够双重、三重同时运用，所以在对你述及我和斋藤教授的事情时，迅速检查了这篇遗言的内容，发现虽然有些部分不太适用，却因尚未写上结论，应该还算安全。不仅这样，他更预估，如果让你读了这个，将远比自己说明还有可能让你自以为是吴一郎，所以故意让你看剩下的部分资料和遗书，然后趁你聚精会神阅读之时悄悄离开，借此考验我会如何处置这种情况。

"我觉得更有意思了。好，既然这样，我也拟妥一项计划，打算对他的挑战展开各种反击。于是我从暖炉里出来，坐在这把椅子上等你读完遗书。哈、哈，怎么样？现在你和我乃是在闻名天下的法医学家若林镜太郎的计划之下对决。你是来自哪里、叫什么名字的青年，与这桩事件是基于何种因果，导致你现在必须坐在这把椅子上等问题，不论从学理或实际上都尚不能明白确定。

"所以，假定如那家伙所预估的，你从自我忘失症化为侄之滨的吴一郎清醒过来，那么我则成为活跃在事件背后的魔手，无血无泪、穷凶极恶的精神科学魔术师，并在这场对决中落败。相反，如果你完全想不起身为吴一郎的记忆，简单地说，那就是我的胜利……亦即，你只是罹患一种名叫'自我忘失症'的自我意识障碍，被收容于九州帝国大学精神病科的第三者，却因为若林的计划而被卷入这桩事件的一位无名青年。一旦公开这项事实，他的处境就变得非常危险……如何？很有趣，对不对？这是天下无双的著名法医学家和空前绝后的精神科学家之间极度痛快深刻之斗智，而决定胜负关键的吴一郎是否就是你自己，如我方才所言，迄今犹未明朗而留下诸多疑惑，哈、哈、哈、哈……"

　　正木博士的笑声在室内引起强烈回响，袭入我耳中。此刻，我茫然不知两位博士所说之言到底谁真谁假，脑海里一阵紊乱。声音蓦然消失，只剩下周遭一片静寂。

　　但是，正木博士完全不在乎我的心情，不久，他用力紧闭一只眼睛，津津有味地深深吸入雪茄烟雾，然后双手撑住旋转椅的扶手，缓缓站起。

　　"呦……接下来必须真正决胜负了。首先由我让你恢复记忆，因为，如果你不能确定自己是谁，面对若林一定又会中他的圈套。你到这边来，这回由我亲自进行让你回想起过去的第一次实验。"

　　我怀着半梦游的心情离开椅子，在感觉若林博士的苍白眼眸正从某处窥看的惶恐中，随着正木博士走向南侧窗畔，但是，隔着正木博士的白色诊断服肩头望向窗外的瞬间，我当场呆立。

　　眼前是"疯子解放治疗场"的全景。角落一隅站立着的吴一郎，正注视着老人耕作，背朝这边，头发乱蓬蓬的，皮肤白皙，脸颊嫣红，身穿和服……

　　亲眼见到这一幕的瞬间，我不禁闭上眼睛，用双手掩面，震惊、恐惧到实在无法正视，而且神经难以形容地紧张……吴一郎岂不是就站在那边，那正是那篇遗书中所写的吴一郎的身影！没错……但，如果那是吴一郎没错，站立在此的我究竟是谁？

　　刚刚望向窗外的一瞬间，我似乎脱离自己的身体，改变穿着站立那边，只剩下魂魄在这儿看着……难道站在这里看着乃是我的幻觉？我正在做着白日梦？

脑海中电光石火般闪过这样的想法，我被一种难以言喻的苦闷、不可思议的亢奋所侵袭，试着慢慢睁开眼。

但是解放治疗场内的景象不管怎么看都不像做梦。蔚蓝的天空，红色的砖墙，白到让人目眩的沙地，在地面上逍遥自在的人影……

这时，站在我面前沉吟着的正木博士回头看我，若无其事地指着窗外："怎么样，你知道这是什么地方吧？"

我没办法回答，只是略微点头。我完全被从睁开眼睛的下一个瞬间起，场内出现的异样景象迷住了。

反射着阳光的场内白色沙地上，患者们的黑色身影几乎全部如先前遗言中所描述的，反复进行工作，每个人的一举一动仿佛是在证明正木博士的心理遗传原则而演出的戏剧……仅作老人依然挥动圆锹耕作另一亩沙田；吴一郎青年依然背对这边，站在老人面前专注看着对方挥动圆锹的手；中年女人未发觉头上的硬纸板皇冠掉了，还是威风凛凛地四处绕着；敬拜着的络腮胡男人似乎拜累了，把额头埋入沙地中熟睡；矮小的演讲者用拳头抵住砖墙祈祷；瘦黑少女正在场内走动，好像是在找能够栽种的东西；其他人虽然所在的位置不同，但是，所做的工作与遗书上的说明毫无不同。只有先前唱歌跳舞的舞蹈狂女学生，现在站在我们站立的窗户正下方，挖掘深及肩膀的沙穴，利用硬纸板皇冠和松树枯枝做着小陷阱，似乎有点儿脱轨。但，不管如何，却未见到正木博士刚刚所说的昨天正午的悲惨事件是于何时、在哪里、由哪个疯子所引起的形迹，这让我感到很不可思议。也不知是因为舞蹈狂的少女停止唱歌，抑或隔着玻璃窗眺望，一切像幻影般悄然静寂……我试着数算人数，就如遗书所说的是十个人，既未增加，也没有减少，这到底是怎么回事呢？

更不可思议的是，俯瞰着这种平静无奇的景象之时，我却预感到正木博士利用十个疯子的心理遗传所布下的精神科学式大爆发——造成他辞职原因的大惨剧——即将开始，并不是昨天或前天，而是眼前即将发生的事实。不，不只是在场内的疯子，连对面屋顶上那两座耸立天际的红砖大烟囱,还有从其上方冒出的浓黑煤烟,甚至天上耀眼的太阳,都仿佛受到某种神秘的精神科学原则的支配,时时刻刻急迫地朝向空前绝后的悲惨事件发展……这种冰冷、不知所以的严肃感觉不断袭向我的颈项,让我无法忍受地全身发毛。怎么会有这样的事呢?我越这样想,就越觉得一定是这样,在神秘的念头控制下,我呼吸急促,心情焦躁地注视解放治疗场内的景象,异样心急地凝视着注视老人耕作的吴一郎的背影……

这时,我耳畔忽然响起低沉的声音。

"你在看什么呢?"

声音与刚刚的正木博士完全不同,我愣了一下,转过身去。

一看,正木博士不知道什么时候来到了我身旁,手指夹着冒着淡烟的雪茄,但是他脸上原有的微笑消失了,眼镜镜片底下的浓黑眼眸紧盯我的侧脸。

我深深叹息一声,尽可能平心静气地回答:"看解放治疗场。"

"哼……"正木博士闷哼一声,眼睛仍旧眨也不眨地盯视我的眼瞳,"在解放治疗场里看到了什么呢?"

正木博士的声音相当怪异,我静静回视他的眼瞳,说:"是……十个疯子。"

"什么,十个疯子?"正木博士用慌张的声音说着,好像极度震惊地再次盯着我的脸孔。

我回头凝视解放治疗场内吴一郎的背影,似乎他也回头与我面对面,然后似将发生某种重大事态一般,全身自然地转为僵硬……

"嗯……"正木博士在我身旁喃喃出声,"你清楚看到里面有疯子吗?"

我默默颔首。心想,怎会问这样奇妙的问题呢?不过并未特别在意。

"嗯……而且还是十个人?"

我再度点头,回头:"是的,确实是十个。"

"嗯……"正木博士漆黑的眼球往内陷入，"这就奇妙了，非常有趣的现象……"

他自言自语似的说着，视线从我脸上移开，望向窗外，然后脸色转为苍白，静静地沉吟不语。过没多久，他恢复原先的脸色，微笑露出洁白的牙齿，望着我，指向窗外，用愉快的语调问："那么我再问一个问题，你看到站在角落注视老人圆锹动作的青年了吧？"

"是的，见到了。"

"嗯，见到……那么，他此刻面向哪边站立呢？"

我发觉正木博士的问题越来越奇怪，带着感觉怪异的心情回答："背向这边站立，所以看不清脸孔。"

"嗯，我想应该也是这样。不过，你看，他可能马上会转向这边也不一定，到时候你看看他的脸孔……"

正木博士这样说着的同时，不知何故，我全身僵硬，好像心跳和呼吸同时停止。

这时，被正木博士指着的青年吴一郎恰似得到某种暗示般，忽然回头望这边，隔着窗玻璃与我视线交会。而且，青年脸上的微笑霎时消失，转为和今晨我在浴室镜中见到自己的脸孔时完全相同的惊骇表情，他也是圆脸、大眼、薄腮……没多久，他又面带微笑静静转头望着老人耕作。

我不知从何时起已双手掩面。

"吴一郎是……是我……我是……"我叫着，身体踉跄后退。

正木博士好像扶住我，同时将几乎会呛喉的芳香却火辣刺舌的液体倒入我口中，不过一切我并未确实记住，只是依稀记得当时正木博士在我耳畔怒叫的零碎话语。

"冷静些，仔细再看一次那位青年的脸孔。不，不能那样发抖，没必要如此震惊，没什么不可思议的……镇静！那位青年当然和你长得酷似了，无论是学理或理论上皆有可能。快点儿，让心情平静下来。"

315

这时我才发觉自己还清醒着。可能是因为已习惯了各种奇妙事情吧！我感觉远去的魂魄一点儿一点儿地回来了，直到能够稳稳站立窗前为止，我不知道闭上又睁开眼睛多少次，用手帕擦拭脸孔多少次。而且，就算这样，我怎么也鼓不起再度望向窗外的勇气，只是低头凝视地板，无数次颤抖叹息出声，不停吹散在舌头上燃烧的强烈威士忌芳香。

这期间，正木博士把手上的扁平威士忌酒瓶放入诊断服口袋，同时也像是终于冷静下来般轻咳出声。

"也难怪你会如此震惊，因为那位青年和你是同年同月同日同时从同一个女人肚子里生出来的。"

"什么？"我大叫，瞪视正木博士的脸孔，同时似乎了解了一切，产生了回头望向窗外的勇气。

"这么说，我……和吴一郎是双胞胎？"

"不，不对。"正木博士神情严肃地摇头，"是比双胞胎更亲密的关系。当然，也并非毫无关系的两个相似之人。"

"岂有……"话未说完，我的脑筋又完全糊涂了，凝视着正木博士眼镜底下带有一抹讽刺微笑的黑眸，我在内心怀疑：他是在讽刺呢，还是很严肃地这么说？

正木博士的脸上霎时浮现像是怜悯我般的微笑。他不住点头，吸入雪茄的烟雾又将之吐出。

"嗯，你一定会感到困惑的，因为，你罹患的是史籍上记载的有名的'离魂病'。"

"离……魂病？"

"正是。所谓离魂病，乃是出现另外一个自己，做着和自己不同的事情，所以古来就被视为怪谈予以记录。但是依照身为精神病学专家的我的说法，那是在学理上实际存在的事实。只是亲眼见到的时候，还是会有一种难以言喻的奇妙心情，对不对？"

我慌张地重新揉眼睛，怯怯地望向窗外。青年仍像刚才一样地站立原处，不过能稍微见到侧脸。

"那是我……吴一郎和我……谁才是吴一郎……"

"哈、哈、哈、哈、哈，看样子你是真的想不起来了，你还无法从梦中清醒。"

"什么？我在做梦……"我双眼圆睁，回头不停上下打量着得意扬扬的正木博士。

"没错，你此刻正在做梦。证据是，在我眼中，那处解放治疗场从方才起就连一个人也没有，只剩还留有枯叶的五六棵梧桐。解放治疗场自昨天发生重大事件后就被严密封锁了。"

"……"

"是这样的……听好，接下来是稍微专业的说明。在你的意识里，目前醒转活跃的大部分是对于现实的感觉罢了。也就是说，你的意识仅仅发挥思考并记忆眼前见到、听到、嗅到、尝到、感受到事实的作用，将与此相关的部分记忆唤醒，并让那些记忆像做梦一样地浮现于眼前。因此你从这里观看场内景象的一刹那，使得此前你曾站立在该处的记忆苏醒至做梦般的程度，化为你方才所见的清晰幻影浮现在你的意识中，与你自己此刻站立于该处的意识重叠。也就是说，窗外站立的你，乃是从你的记忆中化为梦境显现出来的你自己过去的客观映象，玻璃窗内的你才是现在的你的主观意识，你此刻是同时见到了梦与现实。"

我再次用力揉着眼睛，瞪视用力眨眼的正木博士那奇妙的笑容。

"这样的话，我果然是吴一郎……"

"不错，不论从理论上来说，还是从实际上来看，无论如何，你都必须是名叫吴一郎的青年。而且，如果你过去的记忆并非只呈现到像现在所见到的做梦程度，而是恢复到完全清楚的现实景象，那么，很遗憾，这项实验是若林大胜，我是挫败的一方……不过，是否如此还得看结果才会知道。呵、呵、呵！"

"……"

"这是很奇妙的状态，也非常不可思议，对吧？不过如果从学理上说明，却不足为奇。即使是普通人，在脑筋疲劳时，或濒临神经衰弱的时候，也常会出现这样的情形。当然，那种程度是轻了许多……譬如，有的男人可能会在眼前浮现昨夜自己被女人围绕、大受欢迎的情景，于是走在白昼的街道上也莫名其妙地微笑；有的人走在寂静无人的路上，忽然幻视自己上次差点儿被电车撞到的刹那情景，于是便吓一大跳似的忽然停住脚步；有的女人，会在旧嫁妆的镜中看到自己犹是新娘的模样而茫然若失，又或是受到学生时代的回忆影响，而不由自主地回到学校门口……像这样的例子还有很多。这是与在梦中描绘未来的葬礼相同的心理，是自己对于过去的客观记忆所产生的虚像，与映现在现在主观意识上的实像的重叠。然而，因为你做梦部分的脑髓比普通睡眠时的昏睡程度更深，所以此刻解放治疗场内的幻觉仍如你刚才看到那般极端清晰，和睡眠时所做的梦同样真实。不，甚至比梦还具有更深的魅力吸引着你，导致相当不易区别梦境与现实意识。"

"……"

"何况如我刚刚所说，那是你头脑长期陷入昏睡状态的脑髓功能之某一部分，从有关最近事物的记忆开始一点一滴慢慢苏醒所做的梦，因此很可能尚有大部分记忆还未恢复。真正清醒的时候就是窗外的你和现在在这里的你互相发现彼此都是自己的那一刻……但是，届时这个研究室、我和现在的你也都会一并消失无踪，你很可能在出乎意料的地方发现有着出乎意料外貌的你自己……事实上，刚才在你几乎要昏倒之际，我还以为你就快要完全清醒了呢，哈、哈、哈、哈、哈。"

"……"

我不知何时闭上眼，只是用耳朵听着正木博士的声音。他的话中所包含的两三重奇妙的意义，让我一而再，再而三迷惘不已，拼命地用力站稳双脚，同时不住颤抖，生怕只要现在睁开眼睛，自己就会消失于某处。

就在此时，原本几乎毫无意识抱头的右手，同样几乎毫无意识地往下移动，摸到前额时，我突然感到深入背脊般的痛楚。

我忍不住"啊"地惊叫出声，闭着的眼睛更用力地紧闭，咬紧牙根，再度试着仔细抚摸该处。可能是心理因素使然吧，我发现该处似乎有些肿胀，不过不是长疔疮或什么，应该是撞到某种东西，或者是遭到殴击的痕迹……可是，之前我完全不觉得痛，也不记得从今晨到现在额头曾经遭受重击……

所谓恍如一梦，指的应该就是这种情形吧！我用手轻轻按在痛处上方，紧闭双眼，用力摇头，然后抱着从峭壁上往下跳的心情用力睁大双眼，仔细检查自己的上下左右……但是，一切和闭上眼睛之前毫无两样，只不过从先前似乎就在解放治疗场附近盘旋的一只老鹰，又投影在场内沙地上飞掠而过。

见此，我不得不自觉这一切都是现实了，就算那是精神科学理论上何等奇妙可怕的现象重叠，对我来说，眼前的一切绝对并非梦幻，而是我亲眼所见、亲耳所闻的事。我完完全全确信，并且已能不带任何恐惧地再度冷然盯视窗外那个先前只能认为是另外一个我的青年吴一郎。随后，我回头望着正木博士。

博士眯着眼，嘴巴咧开，可以见到假牙后方："哈、哈、哈、哈，给了你这么多暗示还不懂吗？你不认为自己是吴一郎吗？"

我默默颔首。

"哈、哈、哈，厉害、真厉害，老实说，刚刚的话全是谎言。"

"什么，谎言？"说着，我放开按着头的手，双手无力地下垂，目瞪口呆地面向博士。

眼前的正木博士忍俊不禁地捧着腹，矮小的身体似用尽全力般轰然大笑，然后被雪茄呛到，拉松领带，解开背心纽扣，重新扶好架在鼻梁上的眼镜，又彻底俯仰大笑，室内的空气仿佛随着他的每一次笑声消失又出现。

"哇、哈、哈、哈、哈，实在痛快！你彻底坦白太有意思了，啊，哈、哈、哈、哈。啊，真好笑，快要受不了了！你千万不能生气，方才我所说的全都是谎言，不过，我并无恶意，只是利用那位青年——吴一郎——长得与你一模一样这一点来考验一下你的头脑。"

"考验我的头脑？"

"没错。坦白说，我接下来要告诉你的是有关吴一郎心理遗传的真相，不过因为其中充满令人难以理解的内容，除非头脑相当精明，否则会有产生严重错觉之虞。譬如现在，如果你相信刚刚那位青年是'自己的双胞胎兄弟'，那就无法了解我的叙述，所以我事先替你打个预防针，啊，哈、哈、哈、哈。"

我仿佛真正从中清醒般地深呼吸。一面为正木博士的辩才无碍打哆嗦，一面再次伸手摸着头上的痛处。

"可是，我这里忽然很痛……"说着，我慌忙噤口，害怕又被对方嘲笑，怯怯眨眼。

但是，正木博士没有笑，他好像早就知道我的头上有痛处一般，淡漠地说："那里痛吗？"

我觉得比被笑更难堪。

"那……并不是现在突然开始痛的，是从今晨你醒来之前就已经存在，只不过你先前并没有注意到。"

"可是、可是……"我在正木博士面前屈指算着，"今晨理发师傅摸过一次，护士也摸过一次……之前自己则不知道摸过几次，至少也搔抓过十次，却一点儿都不会痛……"

"搔抓几遍都是一样的。当你认为自己与吴一郎完全没有关系时，不会感觉到痛楚；可是一旦明白吴一郎的容貌跟自己一模一样，就突然想起这个痛楚，这是精神科学之不可思议合理作用的显现。宇宙万物全都具有与'精神'相对照的精神科学性质，能证明在唯物科学中绝对无法说明的现象确实存在，那就是……你的头痛与那位吴一郎遗传的终极性发作有着密切关系。因为，吴一郎昨夜将心理遗传发挥至极点，企图撞墙自杀，而其疼痛现在留存在你的头上。"

"什么？这样我岂不还是吴一郎？"

"呀，没必要如此慌张！蜜蜂不知虻心，犬不懂猪心，张三的头遭重击李四完全不痛，这乃是一般的道理，亦即唯物科学的思考方式。"正木博士突然随着雪茄烟雾讲出这种莫名其妙的话，然后在我不懂其意而蹙眉之时，他闭上一只眼睛笑出声来，"那么，现在你认为和自己毫无关联的吴一郎的头痛，又是基于什么样的精神科学作用而遗留在你的颅骨上呢？"

我不得不又回头望向窗外，凝视着吴一郎站立解放治疗场一隅微笑的身影，而同一时刻，带着神秘的脉动，再一次真实地出现头痛症状。

眼前的正木博士再度吐出一团巨大的烟雾："如何，你能够自己解决这项疑问吗？"

"不能。"我坚定回答，手仍旧按着头，心情和今晨醒来时同样难堪。

"不能的话那就无可奈何了，你将永远只是不知身世的流浪汉。"

我的胸口突然一紧，恰似与父母牵手走在陌生地方的幼儿，父母却突然逃走，放开了我的手那样的悲伤。我忍不住放开按住头的手，双手交握，拜托道："医生，请你告诉我，求求你。如果再碰上更多不可思议的事，我一定会死掉的。"

"别讲这种没骨气的话！哈、哈、哈，眼神也没必要变得那样可怕，我告诉你吧。"

"告诉我，我到底是谁呢？"

"且慢！解开这个谜底之前，有一件事情你必须答应我。"

"无论什么事我都答应。"

正木博士脸上的微笑消失，原本想吐出的烟雾缩回口中，盯着我的脸看："一定吗？"

321

"一定。不管是什么样的……"

正木博士脸上又浮现出独特的讽刺冷笑："如果你以像刚才那样镇定的心情，抱持'不管如何我都不会是吴一郎'的信念来问我，一切都很简单……也就是说，接下来我打算迅速叙述有关吴一郎心理遗传事件的内容，无论内容何等恐怖，哪怕你认为绝对不可能发生这种事，也一定要忍耐着听到最后。"

"我会的。"

"嗯……你要明白一点，当我讲完话，如果你认同我所说的一切都是毫不虚假的事实，那么记录下这些事实并连同我的遗书一起向社会公开，乃是你一生的义务，也是对全人类的重大责任。现在，明白这一点后，就算这件事会对你造成重大困扰或令你战栗，你也还是会付诸实行吗？"

"我可以发誓。"

"嗯，还有一点，如果事情演变成那样，接下来你当然会明白自己有责任与六号房的少女结婚，以消除其现在的精神异常原因，你，会负起这项责任吗？"

"我……真的有这样的责任吗？"

"这点届时再由你自己判断就可以……总之，你是否有那样的责任，换句话说，弄明白吴一郎的头痛为何会转移到你的头顶，道理非常简单，解释起来应该连五分钟都用不到吧！"

"是……是那么简单的道理？"

"啊，很简单，而且这道理连小学生都可以懂，根本没必要我加以任何说明，只不过需要你去到某个地方，和某人握手而已。只是这么一来，我所预期的某种巧妙精神科学作用将如电光石火般发生，让你在想到'啊，原来如此，我是这样的人'的同时，或许会真的晕倒也不一定。当然，该作用也可能发生在尚未握手之时。"

"不能现在就这么做吗？"

"不行，绝对不行！如果现在你明白自己是谁，就会陷入如我方才说的严重错觉中，极有可能破坏我的实验。所以，如果你不答应在彻底明白前后的事实之后，依我指示将它当成一项记录公诸社会，那这个实验就不能进行。怎样，你能答应吗？"

"我……可以。"

"好，那么我就开始说明。内容相当艰涩难懂，请到这边来。"说着，正木博士拉着我的手来到大桌子处，让我坐下，自己则回到原本坐着的旋转扶手椅边。和我面对面坐下后，他从白色衣服口袋取出火柴盒，点起新的雪茄，吸短的雪茄则丢入烟灰缸内。

我无法看到窗外，感觉像是放下重担一般，头脑中清楚地感到，即将有无数难解的疑问更加深刻地接踵而来。

"话题越来越艰涩了。"正木博士故意似的又重复一遍，用比刚才更坦然的态度将双肘撑在桌上，托着下颔，叼着长雪茄，微笑着盯视我的脸孔，"对了，暂时抛开你自己是谁的问题别谈，对于今晨见到的那位少女，你觉得如何？"

我不明白他言下之意，眨眼问道："所谓觉得如何是……"

"你不认为她很漂亮吗？"

出其不意地被他从这个方向问起，我感到狼狈不堪。原先在脑海中如飞蛾般盘旋飞舞的无数个大小问号霎时消逝无踪，代之而起的是少女那湿润的眼眸、小巧的红唇、细长的弦月眉、覆盖有短短绒毛的耳朵……我的颈项一带开始觉得暖和了，同时刚刚差点儿晕倒时被灌的威士忌酒似乎开始流窜全身，我不自觉用手帕拭脸，仿佛脸上不停冒出热气……

正木博士微笑着点头："嗯，我想也是这样。被问及那位少女是否漂亮还能若无其事回答的青年，不是厌腻于恋爱游戏的不良分子，就是出现在日本文学《南总里见八犬传》或中国小说《水浒传》中的性无能

323

患者后裔……你对那位少女毫无感觉吗？"

坦白说，我不希望在这里记录我此时的心情，不过，我不能够抹杀事实。被正木博士这么一问，我才首度发现自己对于那位少女的心情，并未比早上第一次见到她的时候更进一步，我只是被她那清新可爱的美丽打动而已，只是希望能让她恢复正常，将她从这个医院里救出，让她与所思慕的青年见面而已。至于这是不是我对她"恋爱表现"的"变形"，我并无多余闲暇去思索，不，应该是说我在内心深处抱持戒心，认为深入解剖自己的心对她是一种冒渎……现在被正木博士指出，我不由自主地脸红了，身体如石头般僵硬，支支吾吾回答："是、是的，我觉得她很可怜。"

正木博士听了我的回答，很满意似的不住颔首。

见到正木博士这种态度，我察觉他似乎认为我恋慕着那位少女，不过，我并没有多余的心情来消除他这种想法，只是急于避免让他误解。

这时，正木博士仍旧慢慢点头："应该也是这样，因为认为漂亮即是代表恋慕，否则未免就过于伪道德了。"

"博士你误会了，不能……"我慌忙举起拿着手帕的手，叫着，"感受异性美丽的心，和恋、爱、情欲是不一样的，将这些混杂为恋爱乃是错觉的恋爱，是对异性的冒渎，你这样说是不符合精神科学家的身份之言，是缺乏理论根据的。"

我如此反驳着。但是正木博士不为所动地继续微笑："我明白，我明白，你不须辩驳。你被那位少女所恋慕或许会感到困扰也未可知，不过，一切顺其自然，你是否会爱慕上那位少女就交给命运吧！现在你就仔细听我说明命运的结论，还有你的头痛与那位少女之间具有什么样的关联吧。这样的结合似乎有点儿怪异，不过听着听着，你将会了解不管是从法律或道德上，你和那位少女都是相对地站在某种命运对角线上的。你也会明白，随着一切矛盾和不可思议谜团的解开，你们在离开这家医院时，一定会结婚的。"

听着正木博士这样说着，我又颓然低头了。但是，那并非出于脸红害羞，我这时毫无脸红的心情，只是拼命在想如何发现正木博士话中的焦点——从一切不可思议的事实中找出我目前处境的焦点。我紧闭双眼，咬紧下唇，试着依序回想今晨开始发生的事情，相互对照分析。

——正木和若林两位博士表面上看来是难得一见的好友，但事实上却是互相抱存强烈敌意的仇人。

——两人不合的原因好像是把我和吴一郎当作实验材料的精神科学之研究，目前彼此的斗争更趋白热化，甚至在这研究室内公然进行。

——但是，两人让我与六号房那位少女结婚的意图却是奇妙一致。

——而且，万一我和那位吴一郎是同一个人，或者和吴一郎是同名、同年出生、同样容貌的青年，那位少女则是吴真代子，事情就非常奇怪了。亦即，除了这两位博士以外，应该没有人能让我们两人在结婚前夕，受到某种精神科学犯罪手段的控制，陷入这样悲惨的命运。除此之外，还存在其他可能性吗？

——当然这是可以勉强解释的，两位博士基于某种学理研究的目的，故意让一位少女和双胞胎其中之一成为精神病人，陷入某种错觉，借此希望两人结合……但是，实在很难想象，人类的双手与内心竟然会涉及此种极尽残忍且悖德的奇特怪异学理实验。

——这样的矛盾与不可解究竟来自何处呢？

——两位博士为何要以我为中心如此争执呢？

但是，这样的思索却是白费气力。越往这方面想越混乱，越推测越解不开，最后连思索、推测都没办法，只能在脑海里想象蹙眉、抿唇、有如石像般的自己的形貌，凝然闭眼……

咚咚咚，响起敲门声。

我吓一跳，睁开眼睛，怯惧地望着入口的门，心想：会不会是若林博士……

但，正木博士看都不看一眼，仍旧双手托腮，大声说："喂，进来。"

声音在室内回荡。不久便听到开锁声，门半开，有人进入。是身穿九州帝国大学深蓝色制服的光头的工作人员。他可能已相当老，佝偻着腰杆儿，右手端着的漆盘上摆放一个熏黑的陶壶和两个粗糙的茶杯，左手则捧着放满蛋糕的容器，慢吞吞地走近大桌前，不可思议般地看着正木博士，把东西放在博士面前，然后有点儿畏怯般低头致意，搓搓手，抬起脸来，用模糊的眼眸看看正木博士，又看看我，再度弯腰行礼，双手几乎快要碰触地面。

"嘿，今天天气真好！这是……院长嘱咐我送来的茶点……嘿、嘿、嘿。"

"啊，哈、哈、哈、哈，原来如此，是若林叫你送来的吗？嗯，辛苦你啦！是若林自己带来的？"

"不，院长刚才打电话过来，问我正木博士是否还在，我吓一跳，回答说我不知道，我先过来看看，然后就走到房外听见两位说话的声音，所以回去向院长报告，院长表示稍后他会送东西过来，要我先送上茶点。"

"是吗，那很好。你可以打电话告诉他，有空的话请他过来一趟。辛苦了，可以不必锁门。"

"好、好的，我不知道博士在这里……今天只有我一个人，还没有打扫，实在对不起。"

老人在我们面前以颤巍巍的手倒完茶之后，不断地点头后退，离去了。

目送老人关上门后，正木博士立刻弯腰拿起一片蛋糕塞入口中，佐热茶吞下，然后以眼神示意，要我也快吃。

但是我没动。我双手放在膝上，瞠目望着正木博士，内心完全被两位博士间几乎要爆出火花的紧张气氛所吸引。

"啊,哈、哈、哈、哈,没必要那样沉着脸。就是因为这样,我才会喜欢恶徒!他知道我从昨夜到现在还没吃任何东西,所以送上我最爱吃的长崎蛋糕博取我的欢心。那是在医院前面专门卖给前来探病者的食物,所以不必担心,里面不会掺毒或什么的,哈、哈、哈、哈。"

说着,他又连塞两三片到口中,不停地继续喝茶。

"啊,真好吃!对了,现在开始说明,不过在此之前,你对于先前读过的有关吴一郎前后两次发作的记录,已经没有任何疑问了吗?"

"有。"我漫应着。但,声音出乎我意料地在室内引起很大回响,让我自己大吃一惊,不禁重新坐正,小腹用力内缩。

可能是刚刚在眼前发生的小波澜——蛋糕事件——的关系,让我到目前为止无处宣泄的心情获得了转换也未可知。更可能是不久前差点儿晕厥时被灌下的威士忌直到这时才真正发挥了作用,无论如何,在听到我的回答声在室内消失之后,我好像突然勇气倍增,喝下一杯热茶,品尝着由舌头传向食道的甘美芳香,全身关节完全放松了,血液循环也转为正常,心情有了余裕,脑筋也清楚许多。我舔了舔湿润的嘴唇,凝视正木博士,口中同时呼出带有威士忌酒臭的炽热气息……

"不管理论上是如何,我绝对无法认同自己是吴一郎。"我仿佛向众人宣布什么般大声说道。

这时,不可思议的事情又发生了,我的内心感到一切难以形容地有趣,好像到目前为止发生在我身上的各种事情简直与我毫无关联似的。从今晨所见所闻的一切事情,就像是万花筒般,带着难以言喻的趣味和色彩,开始在我眼前旋转,同时我也不再觉得两位博士可怕,反而觉得他们看起来像是非常有趣的玩具。

——两位博士一定是犯下了某种严重的错误!
——搞不好这桩事件的真相只不过是意料之外的白痴喜剧。

——有一位和我完全酷似的青年,我们两人皆罹患异想天开式的精神病,因此两人混在一起,没办法分辨谁是谁,所以两位博士相互竞争地企图辨别,却无能为力,终于取得让其中之一和另一人的未婚妻结合的共识,比赛看谁能先达成目的。这难道不是种奇妙却愉快的情节吗?有意思,如果真是这样,两位博士之中谁是我的敌人?然而,不管是谁,其手段有多么恐怖,我根本没必要害怕。需要我自己深入事件了解真相其实是个谎言!不过,如果我能揭露真相,将那位少女救出这处疯子地狱,杀一杀两位博士的威风,又是何等痛快至极!

——我的心情转为轻松大胆后,觉得室内也变得舒爽明亮,窗外是一片松树的翠绿,白昼的静寂悠闲地渗入心底。

但是,我脑海中的这些变化不过发生在几秒钟之间而已,回过神一看,正木博士正双手抱住后脑,靠着椅背微笑望着我,似乎正等我提出问题。

我有点儿困惑。想问的事情实在太多,但感觉不论从什么地方问起都无所谓,所以我拿起面前的遗书,翻至事件记录摘要的最后部分,指着该处,望着正木博士:"这里写着插入绘卷的相片和其由来记述,东西呢?"

"啊,这个……"正木博士说着,放下双手,用力一拍大桌子边缘,"我居然这么粗心大意,哈、哈、哈、哈,只顾着想要让你恢复记忆,却忘了让你看最重要的东西。如果没有看这个,你不可能了解吴一郎心理遗传的真相,我的遗书也等于毫无灵魂,哈、哈、哈、哈、哈,真是失败,是睡眠不足导致头脑滞塞吗?好,我马上让你看……应该是在这边。"

正木博士说着挠挠头,伸出一只手拉过旁边的包袱,迅速解开打结处,从里面取出长方形的报纸包和厚度约两英寸的西式纸张装订本后,他刻意将包袱巾拿至北侧窗边掸掉灰尘。

"呸呸，好多灰尘，大概是因为放在暖炉里太久了吧！你看……装订的部分乃是你已经读过的，若林所写的侄之滨事件的调查报告原文，那位肺病患者以特有的清晰脑筋缜密调查的东西，确实值得多读几遍，不过这个以后再说，今天最重要的是先看绘卷和其由来的记述……对了，就从由来的记述开始吧！因为这样之后再看绘卷会更有趣。"

说着，他打开报纸包，将置于里面白木箱上的一沓装订好的日本纸帖随手抛到我面前。

"这是附在绘卷最后的《由来记》之誊本，也就是如月寺《缘起》一文之前发生的事，写着大约一千一百年前，从古代就开始的吴一郎心理遗传的种种因素，而你在阅读过程中能否清楚想起来'啊，我很久以前读过这样的东西'之事实，也是我和若林生死决斗的关键，因为如果你的脑海中残留着一丝一毫曾经读过的记忆，你就绝对是吴一郎。哈、哈、哈，你先读再说，不用客气，内容相当有趣。"

我知道那是内容何等宝贵的文件资料，也明白正木博士施加在我身上的精神科学实验具有何等重大深刻的意义，但，很不可思议地，我的心情并没有特别紧张。或许是威士忌的作用犹未消失吧！我学着正木博士的动作拿起装订本，随手翻开第一页，里面是密密麻麻的四方形汉字，连一丝缝隙都没有。

"这、这是汉语，而且不是白话文，没有断句，也无日文假名注音，这……我没办法读……"

"哼，是吗？没办法，只好依我的记忆告诉你概要吧！"

"拜托。"

"真是……"正木博士说着，穿着拖鞋蹲在椅子上，抱住双膝，面朝南侧，好像在脑中整理般半睁着眼睛，望着窗外的亮光吐出烟雾。

威士忌的亢奋效果似乎已消失，我感到莫名的困倦，双肘拄在桌上托腮。

"嗯……这是大唐唐玄宗时代，也就是一千一百多年前的事。唐玄宗的盛世即将结束的天宝十四载①，安禄山叛变，翌年正月自封皇帝，六月入关。玄宗出奔马嵬坡，杨国忠、杨贵妃伏诛。"

"博士，你记得很清楚呀！"

"历史最无趣的地方就是必须背诵。依年代记所述，唐玄宗是死于天宝十五载。在那之前七年的天宝八载，范阳进士吴青秀（十七八岁的青年）奉唐玄宗之命，笈彩管，入蜀国，绘嘉陵江水，转越巫峡，溯扬子江，探得奇景名胜而归，搜得山水百余景，装订为五卷献上。帝嘉赏，赐故翰林学士芳九连遗子黛女为妻。黛即为芬之姊，她们乃双胞胎，同为贵妃侍女，时人称其为华清宫之双蝶。时为天宝十四载三月，吴青秀二十有五岁，芳黛十有七岁。"

"太厉害了，真是惊人的记忆力。这也是年代记所述？"

"不，这不是，是出自描述'赐黛女'一事前后过程的小说《牡丹亭秘史》。该小说中有描述诗人李白在牡丹荫下垂涎窥看唐玄宗和杨贵妃在牡丹亭卿卿我我的插画，是中国著名的言情作品。其中有关吴青秀的记述部分，只有刚开始的地方和年代记的内容一模一样，相当有意思。以后我想拿给文科的家伙们研究看看……最重要的是，它是一篇名文，能够让人不自觉地就背诵起来。"

"是吗？可是汉语内容只靠耳朵听是无法了解的，必须看其所使用的每一个字……"

"那么，我就更浅显地说明吧！"

"谢谢！"

"哈、哈、哈、哈、哈，最主要是描绘这位唐玄宗和杨贵妃一同参加祭典的行灯画。玄宗虽有平四夷、治天下、分兵农、禁恶钱等伟大功绩，可是对杨贵妃言听计从，让其兄杨国忠一党均位居要职，也就是弃忠臣而近小人地歌颂太平。甚至在骊山宫建造金镶玉砌的浴池，引温泉

---

① 天宝十四载：天宝为唐玄宗李隆基在位期间年号，天宝十四载即公元755年。

和贵妃共浴，'木棒'和'瓢碗'毕现……"

"哇，浅显得太过了！"

"你不认真听不行，不能把鄙俗和事实两者混为一谈。这可是四五年前流行的'哪里都要搞清楚'的俗谣起源处，还留有正式记录呢！"

"嘿，真的？"

"那当然！其他还有更多呢！譬如，如果和你在一起，我不愿意去撒哈拉或尼加拉瓜那种粗俗的地方，而希望能升天成为星星，让凡人无比羡慕，所见所闻皆是人间秘密……"

"但是，这和绘卷又有什么关系？"

"关系重要得很呢！别急，听我说。因为是中国的故事，很难掌握其焦点。要知道……天子唐玄宗博闻强识，非常爱好艺术，所以才会宠爱像李太白这样的秃头诗人，也会命十八九岁的青年进士吴青秀画遍天下名胜，同时向全国各地征召了杨贵妃这样的美女……"

"那位青年是绘画天才？"

"当然，吴青秀当时虽是十八九岁，其画作却是与李太白的诗齐名，只不过因为命运多舛早逝，留下的画作不多，名气也不太响亮。如前所述，当时的记录不说，连较近代的史书上都有记载，只是因为不同书籍的年代和姓名都略微不同，因此正确度如何并不清楚。但是，它是有记载详细内容的实际证物，未来的史学家应该相信在此所记述的是真的。"

"这么说，此一绘卷是贵重的参考史料了？"

"重点并不在于它贵重与否……回到前面，青年进士奉天子之命游览各地作画，花费约六年时间。等天宝十四载回到长安，将所绘的风景绘卷呈献给唐玄宗后，不仅荣获身为艺术家的无上光彩，也赢得漂亮的妻子芳黛，又获颁附带美丽庭院的小宅邸，非常如意地过着梦幻般的生活。但是过了不久，时当大唐没落的前奏，凶征妖孽并起，道出天下大乱之兆，而且天子不仅不听忠言，还持续枉杀忠臣。见此，吴青秀慨然决定以自己的彩笔惊醒天子的迷梦，祈求国家安如泰山，所以向新婚妻子表明心迹，问她是否能为此抛弃生命，而且自己也很快就会追随她而死。妻子高兴地回答说'如果是为了你……'。"

"太令人感动了。"

"这是纯粹的中国式描写手法。接下来，吴青秀秘密地雇用木匠和泥水匠，在距离帝都长安数十里的山中建了一座画房，也就是画室。但是其构造特异，窗户极高，无法从外头窥看内部，画室正中央摆放覆盖白布的卧床，并购买了一切薪炭菜肉、防寒御蝇之物。完成闭居准备之后，吴青秀和妻子一起悄悄迁入其中。在同年十一月某日，夫妻誓约在冥界重逢，尽离别之杯，洒哀伤之泪，然后斋戒沐浴，夫人重新化妆，在香烟袅绕之中，身穿白衣躺卧床上，吴青秀跨坐其上勒杀之。然后吴青秀让尸体赤裸，后又调整肢体，撒香花、烧神符、祛尸鬼后，吴青秀展纸配丹青，灌注毕生心血开始极尽色彩能事的绘画。"

"哇，故事越来越恐怖了，和《缘起》中描述的完全不同。"

"吴青秀计划每隔十天便画一次妻子的形貌，至妻子化为白骨为止总共完成约二十幅绘卷，呈献给唐玄宗，借其逼真的笔力，让唐玄宗亲见人类肉体的不可恃与人生之无常，从而引以为戒。但是，毕竟当时是没有所谓防腐剂之类的时代，虽然是冬天，尸体的腐烂速度却逐渐加快，从第一幅画开始至结束，尸体的形貌已经飞快转变，终于在尚未画完一半时，尸体已经只剩白骨和毛发。或许是因为缺乏科学知识，吴青秀起初是以土葬的尸体腐烂速度估算的时间也不一定……但，无论如何，都是很可怕的耐力！"

"也许是天气太冷，生火取暖的缘故。"

"啊，不错，取暖设备吗？我居然没考虑到这点。若是零下几摄氏度，画笔会冻结……反正，虽然抱持忠义之心，却因为没有预料到这样的误算，可以想见吴青秀的狼狈和惊愕，毕竟他牺牲新婚妻子的计划眼看就要化为乌有，就算号哭痛泣也无济于事……这时，他忽然发狂，心想'我已一度逾越天下伦常，又何必在乎其他'，于是外出到附近村里，一旦发现美女，立刻接近，佯装要替对方画像而诱回山中，殴杀之后当作模特儿……"

"这……未免过度忠君爱国了吧？"

"嗯，日本人就不会有这么深的执念。但是，无论如何，吴青秀的风采已然大变，两颊凹陷、鼻梁尖凸、目光似鬼，再加上蓬发垢衣、骨瘦如柴，被他拉住衣袖的女人皆惊吓而逃。这样经年累月下来，他的足迹扩及远近，传闻也广为散播，不管哪一座村庄，只要见到他就驱赶之，所幸无人知道他在山中的住处，他才得以勉强保住性命。然而，吴青秀的忠志不退，越挫越勇，最后他被称为淫仙，也就是西洋所谓的色情狂。"

"嘿，淫仙，真是可怜。"

"不过，他毫不在乎，开始改变方针，寻找新葬的妇女，趁着夜间掘墓，拉出尸体，打算运往山中。可是，俗话说过，扛一个死人需要三个人的力气，这是因为僵硬的尸体没有重心，很难扛得起来。吴青秀虽然拼尽全力，可是他毕竟只能拿画笔，手无缚鸡之力，而且又必须尽可能不伤到尸体，所以非常辛苦，气喘吁吁地抱之前行时，很快就天色大亮，被农民们发现。早就听过淫仙传闻的农民大惊失色，因为他们以为吴青秀企图奸尸，奸尸是重大罪行，所以农民们立刻在后面追赶他。不得已，他只好抛下尸体逃入山中。当时虽已是初春，他仍旧无法忘掉背部扛着尸体的冰冷，连续两三天不管再怎么烤火，牙齿都直打战。"

"居然没有病倒？"

"不，可能是感冒也未可知。但是，钻牛角尖的人体力往往超乎寻常，更何况吴青秀的忠志堪比晶莹的冰雪。他在画房里待了四五天，重新振作起来，认为应该尝试第二次。于是，他悄悄下山，前往和上次不同方向的村庄偷了一把圆锹，潜至某个位于阴暗处的坟墓前面，却意外见到一位女性正站在新月照射下的一座坟前，手上拿着鲜花。他觉得很不可思议，悄悄接近，发现女人似是从远方妓院逃出来的妓女，春装凌乱地趴在坟头，诉说着'你为什么要抛下我而死呢'，好像是在埋怨相思的男人之死。忠义的吴青秀听对方泣诉虽也动了恻隐之心，但是旋即着魔似的潜至女人背后，用手上的圆锹击碎少女头骨，以事先准备的绳子绑住女子手脚，将其背在身后，丢掉圆锹想要逃走。这时身后的森林里传来人声，应该是妓院派出的人手追了上来，几个男人大声咒骂'是淫仙'、'是杀人鬼'、'是夺尸鬼'，包围在其前后左右。吴青秀怒上心头，抛下尸体，大喝'想妨碍我的天业吗'，展现出百倍的狂暴气力，推倒两三人，拾起圆锹，击散剩下之人，乘隙再度背起妓女尸体逃向山中。好不容易回到画房后，他将尸体洗净置于床上，供香花、祛尸鬼，生火，待其腐烂。但是过了两三天，画房外忽然从四面八方传来火烟，他惊讶地从窗户往外看，发现画房四周薪柴堆积如山，外围则围满农夫和官吏，也就是说有人跟踪他，发现画房之后，回去带人前来，想利用火攻将他赶出来。这时吴青秀带着未完成的绘卷以及妻子佩戴的夜明珠，还有青琅玕的玉和水晶管等几样东西逃进森林，千辛万苦地逃避追捕，终于在一年后的十一月某日抵达都城，踉跄进入自己家门。这时的他已超越生死，有如做梦一般恍惚，连他自己都不知道为何要回家。"

"实在很可怜……"

"嗯，就像还活着的灵魂。他进入家门一看，已是北风枯梢抛寒庭，柱倾瓦落伤流萤。他来到自己的房间，也不知道该如何是好，别说妻子的身影，连乌鸦的影子都没有，锦绣帐里撒枯叶，珊瑚枕头呼不应。吴青秀泪眼模糊、百感交集，长恨悲泣不已，他拿起蚊帐用绳系在栏杆间，怀着妻子的遗物，想要上吊自杀。就在此时，从另一个房间突然跑出一位穿鲜红衣服的美少女，口中叫着'夫君、夫君'，将他抱住。"

"嘿，那到底是谁？"

"仔细一看，那是自己亲手勒死、本该化为白骨的芳黛夫人，且是新婚时期的浓妆艳抹的模样。"

"这……他不是杀死芳黛夫人了吗？"

"你静静听我说，这是最有趣的部分。所以，吴青秀困惑莫名，感到阵阵头晕目眩，不过在芳黛夫人的幽灵照顾下终于回过神来。这次，他再冷静细看之后，更吃惊了，刚才穿着新婚时期火红衣服的芳黛已恢复昔日宫女时代的打扮，换上洁白衣裳，鬓鬟如云，清新似花，是看起来只有十六七岁模样的天真无邪的少女。"

"真是不可思议！有可能存在着这种事吗？"

"吴青秀似乎与你有同感，因此差点儿又晕厥，不久慢慢回过神来，一面抱住对方问：'你怎会在这里？'一面从头到脚仔细打量着少女，这才确定对方是芳黛夫人的双胞胎妹妹芳芬。"

"怎么，原来是这么一回事。不过，确实有意思，好像演戏……"

"反正一切就是纯中国式的描述手法。明白状况后，吴青秀放下少女，犹自目瞪口呆说不出话时，双手扶在他膝上的芳芬小姐脸红耳赤，哽咽地开口说：'对不起，你一定吓了一跳吧？我从很久以前就独自住在这里，穿姐姐留下的衣服，把自己当成姐姐，模拟每天侍候姐夫的工作。告诉自己说，我丈夫吴青秀最近每天都待在房里画大作，所以我每天要计算、购买两人份的食物，有时必须采购颜料和画笔，所以邻居们都很佩服，说是在这样天下大乱之际，还能如此镇定地作画，绝对是非常伟大的人物。我就是这样忍耐着看家，每天总是盼望着你能回来，就这样过了一年。刚刚外出采买回来，听到这个房里有声音，而且是谁人大声哭泣的声音，我觉得奇怪，过来一看，原来是姐夫想自杀，所以慌忙抱住，并且照顾晕厥的你。我发现你怀中掉出似是绘卷之密封包裹，以及姐姐最宝贵的珠宝和发饰，我又听见你半梦半醒地边哭泣边梦呓似的说："芳黛，原谅我，我不应该杀死你……"我这才知道姐姐已死在你手中。而你误以为我是姐姐的幽灵，为了消除你的困惑，我赶快换回自己的衣服。姐夫，你到底为什么要杀死姐姐？而且到今日为止的这一年漫长岁月里,你又是在哪里、做些什么事呢?'"

"但是,先前这位芳芬妹妹为什么要穿上她姐姐的衣服,模拟侍候吴青秀的行为呢?"

"你会有这样的疑问是理所当然,吴青秀应该也有同感。只因为还无法开口,所以没有回答,依然默默低头望着芳芬小姐的脸孔。不久,芳芬拭干眼泪,点了几下头,再度说:'当然,只是这么说,你一定仍然心存疑惑,所以我从头说明好了。事情要回溯至去年岁暮,姐姐离开宫中以后,举目无亲的我独自一人非常寂寞,刚好在去年的今天,又听说姐夫带着姐姐突然失踪,当时我不知道是何等震惊与悲伤,整夜失眠痛哭到天亮。翌日,我暂时向杨贵妃告假,打算外出寻访你们的行踪,所以来到这个家。请送我前来的两位宦官回去,并遣走看家的仆人后,我独自在家中仔细调查,发现姐姐似乎是抱着必死的决心离家的,她把成亲时所用的最宝贵的饰梳折成两半,用白纸包住,放在梳妆台最内侧,但姐夫好像没有同样的打算,还带走了所有绘画工具。我寻思其中原因,决定就在这里安顿下来,然后就如我方才说明的,乔装成姐姐的模样,尽可能让人以为是和姐夫一起回来的,并且对邻居们解释说,你从孩提时代起,只要一开始作画,就会把自己关在房间内,完全不见任何人,甚至连吃饭都不正常。我之所以会这么做,最主要是希望能顺利继续寻找你们两人的行踪。也就是说,由于你们两人是非常出名的一对夫妻,我这样做的话,万一有人见到你们,一定会马上怀疑我,自然就会把你们的行踪告诉我,到时候我只要循线追踪就可以了。毕竟,一个女人要到陌生地方四处搜寻是很困难的。'"

"这位妹妹倒是相当厉害的名侦探嘛!"

"嗯……妹妹和姐姐不同,略微带点儿侠气。她继续说:'但是,我的这项计划并不太顺利,因为,我来到这个家还不到十天,天下就开始兵荒马乱,使得我一步也没办法出门。不但这样,房子荒废了,钱也没有了,不得已,我睡在厨房,自己身上的东西当然不必说,连姐姐和姐夫的家具财物或衣服之类，都开始陆续卖掉以维持生活所需，最后只剩姐姐新婚时所穿的红色衣服，和我自己穿着的这套宫女衣服。其中，红色衣服是外出时为了让别人以为我是姐姐而穿，宫女衣服则是为了保留我难忘的回忆。不过因为是杨贵妃时代的款式，如果穿着它外出，有可能被误以为是反叛者的下人，所以当成睡衣使用。这样漫长的一年里，我苦苦等待你们回来……可是，你到底为什么要杀死姐姐？又为什么回到这儿？还有，你这个样子又是怎么一回事？既然你连姐姐都杀害了，请把我也杀死吧！'说完，她放声痛哭。"

"真是个非常依恋姐姐的妹妹。"

"不，她从以前就暗恋吴青秀了。"

"哦，你怎么知道？"

"怎么知道？她的举动本来就很奇怪不是吗？明明是未婚少女，却模拟有丈夫者的行为，而且在荒废的房子里待了将近一年的时间，这可不是一般人能够做得到的事，其中必定有某种不为人知的期待和快乐……何况，穿着姐姐新婚时的火红衣服四处走动，怎么看都可以认为是有变态性欲，或许是受到唐玄宗时代在空闺暗泣的众多宫女的感染吧！"

"可是，她自己应该不会这样想吧？"

"当然，以她的年纪还不具有这样的自省能力，尤其是女人，经常会轻松愉快地找出令自己认同的理由，任性地陷入自我陶醉。通常，越是清纯、脑筋越好的人，其变态心理越是很难分辨。不过，我们只要眼光够犀利，都能够从天真无邪的婴儿、释迦牟尼、孔子、耶稣基督身上找出各种变态心理。"

"太让人惊异了，真的是这样吗？"

"刚刚的故事里还有让你更惊异的呢！不过稍后再作说明。长话短说，芳芬小姐刨根问底问出一切原委后，又打开绘卷，亲眼见到描绘酷似自己的姐姐死亡的画像，惊骇、战栗，久久不能自已，为姐姐和姐夫的忠勇义烈感动恸哭，大叫：'苍天啊苍天，你为何如此无情！'同时劝说：'你可能不知道吧？你开始描绘姐姐尸体的去年十一月，也正是安禄山叛乱的那个月，天宝的年号只到去年为止，现在则是安禄山篡国的圣武元载，杨贵妃已在今年六月被杀于马嵬坡，你的忠义也化为泡影，所以请你和我一同逃走吧！'"

"真是有勇无谋的女人，一定又会被杀……"

"不，这次没问题。因为……吴青秀听了芳芬的说明后，才知道自己投入一切的工作根本白费工夫，立刻就像是失去美洲的哥伦布一样颓然坐倒在地，怅然若失，以致永远无法开口说话了。用旧式术语来说，他是由于心理遽变引发自我障碍。见到这种情形，芳芬更同情他，她向上苍诅咒安禄山的奸恶，祈求唐玄宗和杨贵妃的冥福，决心一辈子守护这位忠贞的姐夫。"

"怎么可能……"

"绝不会错！这点我稍后说明。所以她卖掉吴青秀怀中姐姐遗留的珠宝，只保存绘卷纳入怀中，牵着形同妖怪的吴青秀四处流浪。这年岁暮，他们也忘了要到哪里，只是乘舟顺江而下，浮泛海上，却遭遇暴风雨。数日后，平安漂流海中十几天，终于盼到天气转晴，他们发现遥远的东方水平线上有一艘美轮美奂的大船，立刻挥手呼救，被救上船后受到亲切照顾。这艘船是途经日本的唐津航向难波之津的渤海使所搭乘的船只。所谓的渤海国，依据正史的记载，乃是当时位于现在中国东北地区的地方政权，经常带着礼品前来日本。"

"怎么变成童话故事了？"

"中国式的描述总是多少带有梦幻的情境。听了芳芬泪眼模糊的诉说后，船上的人们，包括渤海使在内，都寄予满腔同情。人们一面尽心照顾两人，一面送他们前往日本。但是，船行途中，在众人熟睡、月华似水的某夜，吴青秀也不知道是落海或是升天，以二十八岁的年纪就这样从世间消失了。芳芬当时十九岁，她哀痛欲绝，企图追随殉死，可是她当时已怀有吴青秀的孩子，而且即将临盆，所以在众人劝阻下勉强苟活，不久在船上生下一个如白玉般的儿子。"

"总算有值得庆贺的事了。"

"嗯，船上因为有人死亡，大家情绪低落，不过一听说芳芬生产都很高兴，纷纷赠她各种礼物，身为渤海使的学者更亲自替孩子起名为吴忠雄，祝福其前途无量，并将两人送上唐津，托付给当地豪族松浦某某，同时芳芬夫人将一切由来手记于这卷绘卷上留传子孙以兹庆贺。"

"这么说，那篇名文是芳芬所写？"

"不！虽是女性的笔迹没错，可是文章气势万钧，怎么也无法认为是女人所写。看内容处处有押韵，汉字使用也与日本用法有所差异，所以我判断应该是渤海使感念芳芬的事迹，在船上挥笔所写，然后由芳芬誊写。若林因为绘卷上的字迹神似刻在弥勒佛像底部的文字，认为是胜空和尚将自己听说的故事与古籍相对照所撰写之物，但是，手写和雕刻的字迹有着非常大的差别，因此不足采信。"

"但是，芳芬的事迹在唐津港应该被广为流传吧？"

"那当然，我认为应该吸引了很多人的同情，毕竟这是日本人最喜欢的忠勇义烈故事。"

"没错……还有，我忽然想起一件事，那位胜空和尚把绘卷藏入弥勒佛像后，曾说凡是男人不得接近，理由何在？"

"这……这就是重点所在，也是此有趣故事的着眼点，更触及延续至大正的今日所发生的侄之滨事件的根本问题之中心。简言之，就是那位胜空和尚在一千多年前就知道所谓心理遗传的存在。"

"哦，那么久以前就有心理遗传的学问……"

"不是有没有的问题，而是因为太多才令人困扰。亦即，宇宙间一切物质皆是在与各自的心理遗传的不停对抗中进化为植物、动物、人类，如果受心理遗传所局限，则只能是无法自由行动的低等存在。所以，耶稣基督勇敢揭示真理并超越心理遗传以获得解放，孔子则将这种观念用'面粉'包裹丢给群众,释迦牟尼更是做成'可口的点心',大量装饰后,再'出售'给群众。另外,窃取这些人的专利之优点、以'心理遗传'的名义在现今世界享有相当名气、企求取得百分之百剩余价值的人就是我,哈、哈、哈、哈。算了,这些没有什么好炫耀。看胜空这个称号,应该是属于天台宗,可能是因为读过《法华经》而醒悟这种道理的吧!"

"只要看这卷绘卷一眼,几乎马上就能明白过去、现在、未来三世的因果因缘。但是,吴青秀的子孙看了的同时却会受到心理遗传的刺激,开始模仿祖先的行为,实在是可悲至极。胜空和尚雕刻世上最后一位出现的弥勒菩萨佛像,将绘卷封藏其中,严禁男人窥看……但是,越被禁止,却越是想看,这是自'安达原'之传说以来的人情之常,所以吴青秀的子孙之中出现了切断弥勒佛像颈项、取出绘卷偷看的家伙,结果让每个人都变成了疯子。最后是虹汀——后来的吴坪太郎,这家伙借着禅学力量识穿此种心理作用,毅然打算烧毁绘卷,却不知何故又觉得可惜,表面上假装烧毁,实际上却保持原状,将绘卷藏回佛像内予以供养,却预料不到绘卷又出现在现代物质万能的世界,引发了恐怖的悲剧……"

"这……我好像终于能了解了。但是,只限于男人见到才会变成疯子的原因何在?"

"嗯,厉害,真是厉害,你这个问题太好了!"

说着,正木博士突然用力一拍桌面。我吓了一跳,重新坐正,因为不懂究竟为什么而心跳加速。

不过,正木博士并未说明原因,他接着说:"实在佩服!坦白说,这桩事件的趣味高潮就在这儿。你简直可以成为心理遗传学的专家了。"

"为什么?"

"不为什么,只要你打开绘卷一看,马上就能解开所有的疑问。当然……你如果真是吴一郎,在看了绘卷的同时,依据你是否会开始吴青秀子孙特有的心理遗传性梦游；或者，你若只是哪里的某人，则是否会完全恢复自己为何与这桩事件有关联的过去记忆；或是能否想起'以前在什么地方、什么样的家伙拿这卷绘卷给我看'的事件幕后操纵人物……甚至若林和我到底谁胜谁负，未来你会在何等因果因缘之下、必须和那位美丽少女结婚，这种种几乎让人窒息的重大问题，都能够霎时迎刃而解也未可知，哈、哈、哈、哈。"

正木博士一口气说到这里，露出满口洁白的假牙，大笑出声。他用一只手拉过眼前的报纸包，随手翻找后，从里面拿出长方形的白木箱，然后很慎重地打开盖子，取出一个以深蓝棉布包住，直径三英寸、高六英寸左右的包裹，放在箱子一端，轻轻将盖子置于其上后，推至我面前。

我先前稍微放松的神经，在正木博士大笑之时很快又完全紧绷。

——是在讽刺我吗？威胁我吗？或者是给我某种暗示？还是……在安心之余开我玩笑？由于完全猜不透，让我更觉得他是世上最恐怖、最令人战栗的魔法师，同时……

——什么跟什么嘛！只不过是一卷绘卷，不应会让男人发狂的，不管是多有名的人所绘的多可怕的画，主要还不是色彩和线条的搭配？既然已有所觉悟，还有什么好害怕的？好……

我无法抑制这种反抗心理的高涨。

我力持镇静拉过箱子，打开木盖，解开棉布，用力压抑紧张的心情，首先看绘卷的外侧。

卷轴是以绿色的漂亮石头磨成的八角形，因为太美，让人忍不住想伸手抚摩。裱装的布料乍看似丝织物，可是拿近眼前细看，发现是以隐约可见的细彩线或金银线慢慢在薄绢上缝成一英寸大小的狮子群，每一只狮子颜色皆不同，而且彼此间毫无缝隙，绝对是非常昂贵之物。已是千年之前的古物，看起来居然还像新的一样，应是很谨慎收藏的缘故吧！其一隅贴着短册型的小小金纸，却无写过任何字样的痕迹。

"这就是所谓'满面绣'的刺绣,吴一郎的母亲千世子应该就是利用这个学会的。"正木博士淡淡说明后,转脸开始抽着雪茄。

我正好也有这样的联想,所以并未特别惊讶。

解开系着象牙坠子的暗褐色绳子,稍微拉开绘卷,见到紫黑色纸上用金色颜料从右上至左下绘出波状的流水,笔触非常优雅,我被那浮现暗蓝色平面的如梦似幻细烟和柔和的美丽金线旋涡所吸引,静静由右至左摊开绘卷……不久,眼前出现五英寸左右的白纸,我不由得惊呼出声。

但是,声音犹未冲出喉咙,瞬间又缩了回去。我双手捏住绘卷无法动弹分毫,胸中悸动不已,似乎快要窒息。

画面中躺在床上的裸体妇人的脸……那细致的眉毛、长睫毛、优雅的白皙鼻子、小小的朱唇、清纯的两腮,不就是六号房里那位疯狂美少女熟睡时的脸庞吗?绑成花瓣状的头发如云般层层重叠,鬓角和额际的轮廓,怎么看也只能认为是六号房的少女……

但是,这时我心中并无产生"为什么"之余裕,因为我被那看似熟睡的表情下,由微妙色彩和线条移动所形成的死人之美丽容貌——那是一种难以言喻的强烈魅力——深深吸走了全部魂魄,一切神经只能集中于"她不会马上就要睁开眼了吧!她不会又像先前一样地叫着大哥吧!"我此刻连眼都没办法眨一下,连口唾液都没办法咽一下,只能呆呆凝视那胭脂色的脸颊至泛着蓝色光影的珊瑚色嘴唇。

"哈、哈、哈,你的身体怎么完全僵硬了?喂,怎么样,吴青秀的笔力不简单吧?"正木博士从绘卷对面轻松说道。

但我依然全身无法动弹,只是好不容易能勉强开口——用与方才不同的奇妙沙哑声音:"这张脸孔……和刚才的吴真代子……"

"一模一样吧?"正木博士立刻接着说道。

这时我终于能将视线从绘卷上移开,望着正木博士。发现他脸上浮现一抹不知是同情、称赞还是讽刺的笑意。

"如何,很有意思吧!如同心理遗传之可怕,肉体的遗传也同样可怕！侄之滨的一个农家女儿吴真代子的五官轮廓，居然会酷似一千一百年前唐朝唐玄宗的华清宫中享有盛名的双蝶姐妹，连造化之神都不敢相信才是。"

"……"

"人们常说历史会重演，但，人类的肉体和精神也同样会像这样反复重演而进步。当然，像这种的乃是其中的特例……见到吴真代子在梦游中重演芳芬心理的同时，也一并重演其姊芳黛欣然被丈夫吴青秀勒杀的心理形迹，可以认为两人的祖先中有受虐狂女性存在，而其血统在两人身上显现于表面。可以认为，芳芬恋慕吴青秀的热情，在羡慕姐姐被所爱的男人杀害一事上达到高潮。但是，没必要深入追究至此种程度，只凭这卷绘卷也能轻易理解吴青秀与黛、芬姐妹间夫妻之爱的极致，反正你翻开到最后面的部分看看，那才是真正表露吴一郎心理遗传的真相所在。"

我依言半无意识地将绘卷朝左摊开。

接下来依序出现在白纸上的是极尽色彩之能事的图画。如果只用"逼真"两个字而不加任何夸饰说明的话，那就是头朝右方、双手左右趴着、斜向这边躺卧的已死美女之裸画，全长约一尺三英寸，四周留白，因此看来仿佛飘浮在空中。每隔三四英寸依序排列，总共六幅，画中人物全是相同的姿势，不同的只是从第一幅至最后一幅的外貌。出现在卷头、让我震惊的第一幅画上，是人死后不久的雪白肌肤，死者两颊和耳朵浮现胭脂色泽，长长的凤眼和浓密的睫毛紧闭，擦着唇膏的嘴唇轻闭。我凝视其温柔的神情时，发现其中溢满为丈夫而死的喜色。

但是到了第二幅，死者肌肤已经稍呈红紫色，整体感觉有些许浮肿，眼睛四周泛着暗影，嘴唇稍稍泛黑，整体感觉逐渐转为沉重的阴森可怕。

接下来的第三幅，死者的脸孔、额头和耳背、腹部的皮肤处处呈现红色，也开始腐烂，眼皮微张，能见到少许洁白牙齿，全身带着暗紫色，腹部肿胀如鼓，泛着黑光。

第四幅，死者全身已经变成可用黑蓝来形容的深沉色泽，腐烂处褐色与蛋白色交替，有脓液流出。肋骨苍白露出，腰部从下侧腰骨附近破裂，可见到一部分淡蓝色的内脏。眼球全部露出，嘴唇流脓，牙齿暴露，表情看来极像鬼，从掉落的头发中散落美丽的梳子和珠饰之类的物品。

到了第五幅，她的眼球已经溃缩，牙齿全部裂开至耳根，有如正在冷笑的表情。另外，内脏与肚皮粘连，缩成黑色，肋骨和趾骨露出，只见到黏粘着阴毛的耻骨较高，已经无法分辨是男是女了。

到了最后的第六幅，只剩下蓝褐色的骨架上粘着海藻般的黑肉屑，和遇难船只一样散成一摊，分辨不出是人类还是猿猴的头骨完全向这边倾颓，只有牙齿还是洁白无垢。

我无法作虚伪的记录。虽然事后回想起来感到羞耻不已，但我仍旧迅速拉开至最后部分。

当然，拉开这卷绘卷之初，我抱有一种反抗心理和冷静态度，可是死亡美人的画出现后不久，这种心情已消逝无踪，同时自觉拉动的速度越来越快，可是却没有办法控制自己。即使这样，我还是拼命凝神静气，不想被正木博士讥笑，可是最后实在无法忍耐，第六幅画虽然几近掠过眼前，可是从画面涌出的深刻鬼气和来自神经的恶臭感，却令我几乎窒息。好不容易拉至最后可见到《由来记》开头的部分，我总算松了一口气。然后对于四五尺长写满汉字的部分，只是形式上看过一眼，马上移至结尾位置的文字。

    大倭朝天平宝字三年己亥五月　于西海火国末罗沔法麻杀几驿站
      大唐翰林学士芳九连次女芬　识

我反复读了两三遍，等心情稍微平静之后，把绘卷卷好，置于箱旁，然后靠着椅背，用双手紧紧掩面，闭上眼睛。

"怎么样，很震惊吧？哈、哈、哈、哈、哈。你能理解吴青秀认为这样仍不够的心理吗？"

"……"

"从常识分析，为了让天子震骇，只需要已画好的六幅死亡美人像就足够，平常人更只要看到一半就倒足胃口。但吴青秀却仍旧寻找新的女人尸体，这乃是他陷入病态心理的证据，亦即，他受到自己描绘的死亡美人的腐烂画像之诅咒，导致精神异常。你了解这样的心理吗？"

我的耳膜承受着这些话，眼睛紧闭，双手紧按住的眼睑的淡红暗光中，刚刚见到的死亡美人第一幅画像带着白光缓缓出现在视野中，然后是第二幅、第三幅由左至右开始滑动，到了第五幅显现死后第五十天形貌的白褐色笑脸之处，忽然在眼前静止。

我不禁发抖。睁开眼，视线和不知何时已旋转椅子、面朝着这边、双臂交抱的正木博士视线交会。瞬间，博士笑了，泛黑唇间的假牙发着光，颊边的红色薄耳朝上动了动。我又忍不住闭上眼睛。

"嘻、嘻、嘻、嘻、嘻，害怕吧？嘻、嘻、嘻、嘻、嘻，应该会毛骨悚然的。吴一郎最初见到时，一定也和你同样战栗不已，恰似远古时代的生物遗骸化为石油残留地底一般隐藏在他内心深处的祖先念头，在见到绘卷、感到毛骨悚然的同时被点燃，转眼间熊熊燃烧，成为足以消灭一切现实意识的大火。过去、现在、未来，甚至日月星辰的亮光都被这种大火所湮没，他自己化为与吴青秀同样的心理，也就是持续毛骨悚然，直到化身为吴青秀为止……在侄之滨石头切割工厂的鲜红夕阳下，吴一郎站起身来，一面把这幅绘卷卷好放入怀中，一面轻轻叹息出声，凝视着西方天空。此时的吴一郎已非原来的吴一郎，他全身细胞充满被唤醒的吴青秀的狂热欲求，只是一具残存着记忆力、判断力和习惯性的青年尸骸。吴一郎从发狂之日开始到今日为止，是以和吴青秀同样的心理生活。从《由来记》中所述的吴青秀心理之转移，以及吴一郎到今日为止的精神病状态之过程，也能做出完全相同的推测。不，若试着从精神病理学上观察出现在两人身上的心理转移，吴一郎此时的心理绝对就是一千年前的吴青秀的。"

我重新坐好。

"要理解这种惊异奇怪的现象，首先必须从解明吴一郎与吴青秀是以何种顺序互换的精神病理阶段开始。坦白说，不论是何等优秀的学生，自中学毕业之后就未再学习汉语的吴一郎，必须怀疑他如何有办法阅读密密麻麻写了四五尺长之纯粹汉字的《由来记》内容，导致陷入发狂的深刻程度。如何，你能明白其中的理由吗？"

我凝视着正木博士闪闪发亮的眼眸，将唾液压下干燥的咽喉，很震惊于自己为什么没有注意到这点……

"应该是不懂吧？应该不懂才对……以吴一郎的语文能力，竟然能够阅读这篇《由来记》，无人可以了解其理由。"

"这么说是……有人读给他听……"

话未说完，我愕然战栗。

——有人，有某人跟在吴一郎身旁，向他说明我现在所听到的内容……那家伙究竟是……究竟是谁？

这样想着时，心脏的剧烈鼓动忽然静止，同时正木博士的严肃目光逐渐转为柔和，紧抿的嘴唇也慢慢放松，换成似在怜悯我的微笑。

突然，他和雪茄烟雾同时吐出一句话来。

"你知道'狐凭[①]落，笔力尽恢复'这句川柳吗？"

"不，不知道。"

"嗯，不知道这句的话，不能说懂得川柳，因为这是《柳樽》中的名吟。"说着，正木博士面露得意之色，抱单膝移放椅子上。

[①] 狐凭：日语词汇，意为狐狸附身或邪魅附体。

"那又如何？"

"不是如不如何的问题。如果不了解这句川柳体现的心理遗传原理，就算夏洛克·福尔摩斯或怪盗亚森·罗宾那样的名侦探前来，也解不开这个疑问。"

正木博士冷冷说完，口中吐出一个小烟圈，飞向我的头上，消失了。

我再度眨眼，在心里反复念着：狐凭落，笔力……尽恢复……

但是，不懂的东西怎么思索还是不懂。

"若林医生知道理由吗？"

"我对他说明了，他很感激。"

"怎么说明……"

"怎么说明？就像这样，你听好。"正木博士靠着椅背，伸直双腿，"这句川柳很完整地说明所谓狐凭乃是心理遗传的发作。亦即，邪魅附体在其严重发作时，会表现出如野兽般的奇妙动作：把头钻入饭桶内、想爬入床底下睡觉、眼珠往上吊等展现了远古祖先的动物心理，所以才会被冠上'狐凭'这种名称。事实上，除了上述特质，通常还会展现几代之前祖先的人类之记忆力和学习力，不识字的文盲在狐凭时能流畅阅读、书写，发挥祖先的各种才华与知识，让人震惊。这样的实例多的是，所以这句川柳才会如此轰动。"

"嘿，祖先的记录能够被如此细腻呈现……"

"就是可以被呈现才被称为心理遗传。文盲的土老百姓一旦遭狐凭，既会咏歌又会作诗，也能模仿医生治愈不治之疾，虽然不可思议，但若对照心理原则却并不稀奇，且是理所当然的……尤其是这卷绘卷，因为画已先存在，吴一郎于观看之时非常亢奋，逐渐转为吴青秀的心情，唤醒了历代祖先深入研读《由来记》至数度发狂之记忆，也就是以范阳进士吴青秀的学力程度，重新阅读记述'自己'经历的文字，就算是给他一张白纸，他同样能读出内容。"

"原来如此，太令人惊讶了。"

"这是属于第一阶段的暗示,接下来让吴一郎昏迷的第二阶段暗示乃是灌注在六幅死亡美人画像中的思想。"

"所谓的思想是……也是吴青秀的……"

"不错!这项心理遗传本来就是始于吴青秀的忠君爱国,终于其自杀。但,这只是《由来记》的表面事实,若深入探求其背后真相,会发现吴青秀的忠勇义烈不知何时已经产生变化,成为纯粹变态性欲的过程,恰似木材蒸馏变成酒精一样。"

"……"

"不过若要解释这一过程,实非一两年的课程所能解说清楚的……但是若只选用我本打算于昨夜烧毁的《心理遗传论》最后一段附录之草稿来概述,应该是这样的:吴青秀产生进行此项工作的动机如方才所言,表面上是为了天下万民的神圣无比之忠诚,可是这只是表象的观察;经过后来的推测研究发现,在此神圣无比之忠诚背后,包含着艺术家特有的强烈变态心理之各项不同分子,这点,连吴青秀本人都未察觉……如果不这么认为,就没有办法说明有关这卷绘卷存在意义的各种不合理现象。"

"这卷绘卷的存在意义……"

"没错。仔细比较研究绘卷的画像和《由来记》所写的事实,会发现绘卷的根本存在意义有问题,亦即,这卷绘卷只要画出那六幅画像,就已充分达到谏天子的目的。也就是说,只要借着这六幅腐烂女人的画像,已足够让天子醒悟女人肉体是何等虚幻,世事变换又是何等迅速无常。证据胜于理论!刚才你只是看了一眼,是否就已经觉得毛骨悚然了?"

"是这样没错……"

"对吧?在第六幅的恐怖形貌之后,如果再加上一具白骨或什么的画像,绘卷应该就能算充分完成。然后在空白处写上谏文或自己花费的苦心,呈献给皇帝,自己则在事后自杀,这样应该能达到十分甚至十二分震慑懦弱天子的效果。可是他没这么做，而是不知厌腻地继续寻找没有必要的新牺牲品，原因何在？只要静静等待芳黛夫人的遗骸化为白骨就可顺利完成的绘卷，为何一定要保持未完成状态留传给后代，成为诅咒吴家的恐怖心理遗传的暗示材料？在一千一百年后的今天，绘卷成为我们学术研究的贵重材料的因果因缘，又是基于何种理由？"

我忍不住叹息出声，受到正木博士话中涌出的妖异气氛所魅惑，感觉好像疯子般奇妙的疑惑逐渐加重……

"怎么样，很不可思议，对吧？乍看似乎是小问题，其实却是相当重大的问题，而且这个问题越思考越难懂，哈、哈、哈、哈。所以我会说，想解开这个问题，必须对吴青秀想画此绘卷当时的心理要素加以观察，必须解剖吴青秀当时的心理状态，探究出产生如此矛盾的因素，而且，这样做并不困难。"

"……"

"亦即，先剥开当时包裹住吴青秀的心理要素'忠君爱国观念'这项表面要素一层皮，发现其下最先出现的是强烈的名誉欲望，接下来是饥渴的艺术欲望，最底层则是突破沸点的爱欲兼性欲，这四项欲望彻底融合为一，产生超人性的高热，最后发现吴青秀的忠君爱国精神只不过是下流深刻的变态性欲。"

我不禁用手帕摸着鼻尖，像是自己的心理正在受到解剖……

"我想，如果具体说明应该是这样……也就是说，李太白为阿谀谄媚唐玄宗的诗令他博得天子的青睐，成为闻名天下的大诗人，见此，吴青秀心想'好吧，我就从反方向进行以求名垂丹青竹帛'。于是，他企图借自己的一支画笔绘出前所未闻的怪画震惊后世……这是经常会出现在年轻且具有才气的艺术家身上的强烈名誉欲望。另外，吴青秀自身的风采与号称天才的名气，让新婚妻子奉献身心，令他享受无穷幸福，也让他在接下来的每个晚上都产生更为强烈高涨的欲望，即如何利用极度残忍的方法虐待这位美丽的妻子。这也是天才青年，尤其是头脑优异的艺术家身上最容易出现的超自然爱欲兼性欲。还有，美好之极会想要破坏，彻底暴露其丑怪内容并冷静观察的艺术欲望……这四种欲望形成白热化焦点，集中于这项计划，然而，对于这样的强烈欲望，吴青秀却错觉为'对纯粹忠诚的欲求'！最能彻底说明吴青秀这种心理状态背面欲求的还是这卷绘卷上的画像——逐渐腐烂的美人画像。"

我眼前仿佛又浮现先前的死亡美人的幻觉，忍不住双手揉眼睛，同时视线落在面前的绘卷上，瞪睨着在裱装上发光的一只金黄色狮子，似在说着：你可千万不要出来……

"吴青秀在仔细一笔一笔画着死亡美人腐烂的形貌之时，开始感受到无法形容的快感，这点从画像开始至画像结束期间，逐渐细腻的笔触也能够窥知。所谓人体最极致之自然美——纯粹表现色彩与形状近乎透明的完美调和——的美人裸体，慢慢一点一滴失去明亮度，变化为灰暗、阴沉，终于腐烂破裂成恐怖凄惨的样貌，这中间所表现的色彩和形状无边无际之变化和转移，绝对是难以形容的惊异景观。而眺望着眼前千变万化的'美丽灭亡交响曲'，静静将其绘在纸上的心情，是记录一国盛衰的历史学家之感想所无法比拟的。吴青秀在投入其忠义、爱欲、性欲、艺术欲等一切的专注心境中，一定以细腻笔触无止尽地领略这种快感与美感。然而，等见到残骸已腐烂至除了白骨外再也不会变化时，他毅然投笔而起，所有的灵魂都迷惘于再次品尝这种快感、美感的强烈愿望中。而且，在吴青秀这样的心理背面，一定受到长时间禁欲生活所导致的压抑性欲而近乎疼痛的强烈刺激。这种刺激因极端疲劳令原本清醒的神经曲折、变形、游离，让吴青秀全身陷入极其敏锐的变态性兴奋之中，导致其全身所有细胞都充满这种扭曲狂乱的性欲变态习性和无法形容的剧烈痛苦记忆。"

正木博士带着寂寞沉痛与凄怆的声音这时稍微中断。

虽然由于视力疲劳，眼前的狮子刺绣显得朦胧，我仍旧百看不厌地凝视着，不知何故，我被模糊色彩中唯一浮现的草绿色影像所吸引，继续听着。

"似此，吴青秀超越忠君、爱国、名誉、艺术、夫妇爱等所有一切，受到极度异样变态性欲的刺激活着；在一年后迷惘地回到自己家中，又被同样受到某种变态性欲束缚的处女——妻妹——芳芬的诱惑冲击，终于彻底脱离强烈深刻刺激。最后，坚持自己意识的烈火般之变态性欲，和其燃料一起消失，他陷入四大皆空的痴呆状态，死后将其长期所习惯的变态扭曲性欲和与之交缠的所有可怕记忆留给自己后代。他的后代历经轮回转世，到达吴一郎这一代，终于又有了觉醒的机会。亦即，潜藏在吴一郎全身细胞意识底层的心理遗传——从祖先吴青秀以来，每一代反复体验的变态性欲和相关记忆——由于那六幅死亡美人画像而鲜活地惊醒。也就是说，看过绘卷之后的吴一郎虽有吴一郎的外形，却是吴青秀的内在，一千年前吴青秀的欲求和记忆，与现在吴一郎的现实意识重叠，就成为梦游以后的吴一郎，这是唯一可以以科学说明'附身'和'转移'的精神病理事实的状态。"

"……"

"面对这种极端深刻强烈的变态性欲刺激，属于吴一郎自身的一切记忆和意识形同毫无价值的影子。在此之前支配吴一郎的现代理智和良心，由一千年前的天才青年超级无稽、强烈奔放的欲求所取代，于是在他的记忆中浮现了美丽的真代子——一千年前牺牲的芳黛——唯一的身影。"

"……"

"一千年后出现的吴青秀变态性欲之幽灵，就这样借着现代青年的判断力和记忆、习惯，开始漫无条理地活跃。他飞快冲出侄之滨的石头切割工厂，回家后和真代子商量某件事情。可能是要她事先从内侧打开正房遮雨窗的扣锁，以及事先准备好仓库钥匙和蜡烛之类吧。之后，吴一郎等家人们都熟睡后，潜入正房，悄悄叫醒真代子。当然，此时的真代子并不知道吴一郎的要求之真正意义！不必说，吴一郎也不会在这种时候说出实话,而是以高压态度命令强迫,因此真代子不知道对方怀着如此恐怖的计划,只解释为理所当然,觉得非常害羞而踌躇,这点从户仓仙五郎所述的前后状况也可以推知。但是,真代子因为个性温柔而对其言听计从,结果被表面为吴一郎的吴青秀借着烛光诱至仓库二楼……接下来请看有关现场调查的记录。"

"……"

"对了,就是那个部分。在楼下发现烛泪……和准新郎在蜡烛光前面对面坐下,真代子一定是第一次接过吴一郎递给她的绘卷,同时被狂热要求为了完成绘卷而死。但是,她见到绘卷内容,面对从五官轮廓至年龄都和自己一模一样的赤裸少女腐烂的画像,难以忍受并战栗不已,终至晕厥,陷入假死状态。这项事实从调查记录中有'无抵抗、挣扎形迹'和'丧失意识后遭勒杀'等内容,已能够明白想象。不仅这样,对照日后真代子在六号房呈现的、程度虽然不太深却属于自己同姓祖先的华清宫双蝶姐妹的心理遗传事实,可以得知,因为吴一郎表现出一千年前吴青秀心理遗传的姿态,所以,真代子在仓库二楼陷入假死状态的瞬间也等于是祖先黛、芬姐妹的受虐变态心理的欲望和记忆被唤醒的刹那。"

"……"

"这么说你或许会觉得不可思议,但是,在心理遗传发作与消失前后,伴随着假死状态、丧失意识、昏睡状态出现的事例,自古以来就有很多记录和传说,所以从专门的研究观点来看,丝毫没有不可思议之处。亦即,以前是将这些像是神明附身的现象称为'神凭''神气'或'神上'。若是情况非常严重,假死期间太长,有的会被认为真正死亡而予以土葬,结果当事人在坟墓中复苏等,这一点都不足为奇。能乐《歌占》之曲的主角、伊势的神官渡会某,因为在土中痛苦挣扎三日始爬出,头发完全变白,乃是此类传说中最有名者。

"如果以精神科学方式说明,恰似电力开关由一方转为另一方的刹那所产生的黑暗状态。当然，因情绪的变化强弱以及该人的体质和个性等不同，会出现时间长短的差异。但通常的情况是，当事人像是突然受到惊吓而晕倒，紧接着身心功能完全停止，不久醒来后，行为举止好像变成另一个人，也就是开始了心理遗传的梦游。另外，持续这类发作之人在经过同样的黑暗状态后，又会恢复正常。因此，前述的所谓'狐凭'之类，只是因为梦游发作的程度特别轻，陷入无意识状态的时间也较短暂。还有，关于在这种假死状态期间的营养作用及新陈代谢等，相信若林已借着这位吴真代子完成了充分研究，我当然也多少了解一些，不过与此无直接关联，所以略过不提。不管如何，吴真代子陷入假死状态的直接原因，根据若林完成的调查报告内容推测，应该是来自吴一郎梦游的暗示，对此，我也不得不举双手赞成。"

"……"

"另外，这是我自己的想象。以前的吴家并未留下有关像吴真代子这样，显现受女性祖先黛、芬两人心理遗传的记录，而且防备这卷绘卷让人见到的胜空和尚，甚至吴家中兴之祖虹汀也都没有注意这点。但，这是因为他们只知这卷绘卷所显现的变态心理暗示只对男性有效，而无法想象受其刺激的男性们的心理遗传发作还会影响女性的心理遗传。

"不过这次情况完全不同，重点在于彼此并非外人，只能称之为千载难逢的奇迹中的奇迹。由于真代子与绘卷中的主角一模一样，所以吴一郎的心理遗传也是史无前例，几近完全地为暗示所支配，一言一行和一举一动皆与当时的吴青秀完全相同，所以诱发了真代子的心理遗传。这种想象虽是过度奇怪的巧合，却非莫无来由的想象，而是有相当的根据。很简单，如调查报告所述，吴一郎是故意用西式手帕勒住突然像死人般倒地的真代子颈部，所以能认为他变态性欲的目的并非只在于杀死这个女人，而是抱着即使让女人死亡也没关系的念头，想要体会勒住女人脖子的特异快感。如何？存在于一千年前的一个男人身上的变态性欲的心理遗传，竟能这样正确无误地遗传下来，岂不是很有趣的研究材料吗?"

"……"

"接下来……发作结束后,吴一郎打算利用尸体当模特儿,静待其腐烂,所以当姨妈八代子从仓库窗外窥看时,他才会若无其事地说'很快就会腐烂了'。我们听到这句话会觉得其中存在着一千年、一千里的时间与空间的矛盾,但是对吴一郎自己而言,一切皆是发生于现在、眼前的事情,从真代子尸体经过解剖并未发现性交的痕迹也可明白,他勒杀真代子的目的,只是满足远古祖先吴青秀的超自然心理。"

一口气持续下来的恐怖内容的说明,这时好不容易中断。我缓缓地深呼吸之后,抬起头。

我又恢复最初的尊敬心理,确定正木博士果然是伟大的精神科学家,同时也感到安心,不过却发觉自己全身不断地冒出冷汗。

我再次松了一口气,问:"但是……吴一郎的头脑能被治愈吗?"

"吴一郎的头脑吗?我有自信,当然能够治愈他。"正木博士说着,露出讽刺的表情笑了笑,用灰暗的眼神凝视着我,"我想,吴一郎的头脑恢复正常的时间应该和你同时。"

我又像是被给予自己和吴一郎是同一个人的暗示,心跳加快。而正木博士说我们两人头脑的毛病会以完全相同的过程痊愈之口吻,更让我感到一种难以言喻的阴森。

但是,我仍装成若无其事地用手帕擦脸,问:"可是,应该相当困难吧?"

"简单!发作原因和过程如我方才所述,在精神病理学上既可了如指掌,当然就知道治疗方法,特别是像吴一郎这样原因清楚的精神异常,我如果无法治愈,那么我的精神病理学就等于书桌上的空洞理论了。"

"嘿……那么,用什么方法治疗呢?"

"随机应变,使用所谓适当暗示的药物治疗,而且不是术法或祈祷之类非科学性的方法。亦即，就如至目前为止我所叙述的，吴一郎并不是因为受霉菌或结核之类肉体疾病影响导致神经错乱，而是因纯粹的精神性暗示发狂。也就是说，看过这卷绘卷以后，吴一郎已不知道所谓的时间、空间，甚至谁是吴一郎，谁是吴青秀，哪里是中国，哪里是日本，他统统都不清楚。他只是靠着极端深刻的变态性欲刺激和环绕其上的错觉、幻觉等倒错观念而活，而且其变态性欲是依一千年前吴青秀经历的变化顺序，终于成为'只想看女性尸体'的单纯且率直的欲望。在遗传性杀人妄想狂、早发性痴呆兼变态性欲的'吴一郎'——一千年前的吴青秀怨灵——眼中，全世界的泥土下皆藏匿着女性尸体，因此他只要见到泥土就会想要圆锹，然后每天用圆锹拼命挖掘泥土。

"像这样，穿越时空而来的变态性欲幽灵如前所述，每天漫无目的地持续劳动，终至筋疲力尽。提高人类性欲刺激的燃料激素，亦即俗称精力的内分泌，在持续剧烈劳动时会消耗殆尽，于是逐渐感觉不到那种性欲的刺激，而疲劳过度的神经浮现出一种惰性，陷入一种只是随着对女性尸体的幻觉气喘吁吁地持续挥动圆锹的状态。由于到目前为止压倒一切精神作用的变态性欲怨灵几近消失，其底下'啊，好痛苦、好累，我为什么要这样持续劳动呢'这样接近正常的意识会逐渐浮起，所以会时而停下圆锹茫然环顾四周，时而像突然想到似的继续工作。我只要估好时机，配合其眼中浮现的精疲力竭之意识和我眼中的理智，问他'那女人的尸体是什么时候被埋在土里的呢'，他则回答'这……不知道'。亦即，到目前为止，他完全忘记的时间观念因为'什么时候'这几个字的暗示而反射般复活，随之而起的'呀，这到底是哪里'的空间观念也启动了，于是，他不可思议般地开始环顾四周，同时自我意识跟着抬头，疑惑'啊，奇怪，自己之前究竟在做些什么呢'，随之感觉到一股莫名的寂寞，哀伤地俯首，无力地放下原本紧握住的圆锹，悄然回自己房间。这是遗书上所说明的吴一郎的治疗顺序！所谓的疯子治疗，就是像这样观察患者在自由行动中所显现的心理状态，边了解病况边给予适当的暗示进行治疗。

"当然，尝试这样的治疗方法需要相当的头脑，至少，如果像到目前为止那种随便指出一个病名，应用肤浅的外科或内科疗法，无效时就予以缚绑、囚禁等，宛如原始时代医疗手法的低级头脑就绝对不行。今后即将盛行的所谓正确精神病治疗方法绝非那样暧昧不清，也就是说，必须有能理解所谓精神的解剖、生理、病理原则，对照心理遗传的同时，借着被解放患者之自由奔放的一举一动，彻底看穿其心理遗传的梦游发作是如何推移变化，在适当时机予以适当暗示，一步步引导其走向正确时间与空间观念的敏锐头脑。啊，哈、哈、哈、哈，讲到自己本行又忍不住偏离主题了……

"对了，话说回头。接下来的一个月，吴一郎再也没有出来到解放治疗场，一直待在七号房里，所以可以认为他在这段时间恢复了各种各样的意识。亦即，时间意识、空间意识、认同自我存在的意识等，都因为我的暗示而逐渐如同天亮般开始惊醒，他会思索'这里是什么地方？现在是什么时候？我的名字是什么？'或者是'我到底是为什么被关在这种地方？'之类；随着这样的思索，又会产生各种的疑问和迷惑，然后又进一步思索，也更加迷惑。对此，我命令医务人员每天都必须巨细靡遗地在病床日志上记录吴一郎的言谈举止，所以若据此观察，就能对其状况了如指掌。若林先前让你阅读的阿呆发愣博士的街头演讲之类，也是我摘取当时所发生的实例，向新闻记者说明之物。到了最近，一切疑惑已在吴一郎脑海里逐渐统一为一个焦点，应该到了相当接近恢复正常的时机。也就是说，他开始有一种接近死心的安心感，认为'虽然思索也没有结果，不过不久应该会明白吧'。这是因为，一个月前他丢掉圆锹，蛰居自己的房内时，陷入相当严重的忧郁状态中，食欲减退，排泄情况也不容乐观，体重同时大幅减轻。不过可能因为现在秋天气候较凉爽，他又逐渐恢复。依病床日志的记录，他还比以前胖了一些。眼下，他的营养状况极佳，精神状态也颇开朗，常面带笑容。

"到昨天为止，待在房里的吴一郎会像突然想起什么似的来到治疗场，究竟是意识秩序的恢复已告一段落呢，还是因为营养不错，再次抬头的性欲刺激又达到以前的高潮，导致又想挥动圆锹？若没有观察一段时间是无法找到答案的。但，从刚才起，我就有着一种预感，我认为吴一郎精神状态的恢复在此时又会有转机，哈、哈、哈。"

　　我耳朵听着这些话和笑声，同时也听到在窗户下方唱着什么的舞蹈狂少女的声音，可是，眼睛却凝视着大桌上如燃烧般的绿色，在脑海中反刍正木博士的话。

　　不论何等的名侦探前来，也无法追查的应用精神科学犯罪……你自己化身名侦探，试着查明这桩事件的真相……

　　就在此时，忽然听到咔嚓一声，我吓一跳，抬头看，发现那是正木博士头顶上挂着的电子钟指针从十点五十六分移至五十七分的声音。

　　"如何，很愉快的内容，对不？见到这个例子，你应该就可以了解以前精神病学家的治疗方法完全错误，同时也知道我这种解放治疗的实验是何等完美，可谓学界空前……"

　　"请等一等。"我举起右手，打断正木博士正要像瀑布般再度倾泻而出的话，仰头望着他那得意扬扬、有如尸骸的脸孔，重新在旋转椅上坐好身体，"请你等一下。你进行这样的治疗实验纯粹是基于学术研究目的吗？或者……"

　　"当然纯粹是以学术研究为目的。让全世界的烂学者们知道，所谓精神病的治疗应该是这样。"

　　"且慢，我问的不是这个意思。我问的是……"

　　"是什么？"正木博士不悦的眼球凹陷，动了动肩膀，仰靠椅背。

　　"我想问的是，让吴一郎发狂的暗示乃是这卷绘卷的事，还没有人知道吧？"

　　"啊……我还没有提到这个。当然谁都不知道，司法当局也不知道，因为他们不认为这是问题。"正木博士摸着脸颊，扶好鼻梁上的眼镜，"如我最前面所说，这卷绘卷是吴一郎的姨妈八代子从仓库二楼取得后藏起，若林由她手上拿来，直接交给我，所以除了若林和我，没有人看过。法院和警方因为八代子将放置现场桌上的绘卷用自己的手巾盖住，因此完全没有注意到，所以当时报纸的编辑余论专栏中，还嘲笑'号称破除迷宫高手的若林博士因为无法说明事件真相，居然搞出迷信言论'。反倒是从仙五郎口中得知绘卷之事的村人们，曾经讲过什么'一郎在梦中获得启示，前往石头切割工厂一看，见到绘卷置于高岩后面'或是'当时正好是日暮天黑的逢魔时刻'之类的话。另外，认为这学说是迷信的警方当局，似乎认定是某人因为迷恋真代子，却求而不得，于是从古老传说中获得灵感，刻意报复，对一郎采取了这种恶作剧行为……"

"啊！"我突然大叫，站起身，双手用力抓住大桌子边缘，紧盯着正木博士的脸孔。

正木博士好像也因为我的大叫而震惊，口中吐出烟雾，双眼圆睁。

我呼吸急促，心跳剧烈，觉得喘不过气来。

我明白啦！正木博士若无其事的一句话，让我脑海中掠过似是事件真相的灵光。

虽然记录上未曾出现，不过我绝对是继承吴青秀血统、和吴一郎容貌酷似的青年。

两位博士因为解剖过千世子的尸体，了解到她只生育过一个孩子，所以否认这项事实的存在；但是，也有可能是他们为了对我进行这项实验而设计的诡计。事实上，我和吴一郎就是双胞胎，只不过在幼年时代出于某种原因而分开。

而后，我在不为人知的情况下回到故乡，却爱上真代子，他们更是利用我与吴一郎酷似之点，在真正的吴一郎未察觉下，偷偷让我和真代子搭上关系，巧妙扮演两人一角的爱情剧，不久，知悉吴家流传的奇妙因缘事迹后，企图利用吴一郎举行婚礼的前夕进行残酷的尝试……

不过因为我自己也承继了吴青秀的心理遗传，而与吴一郎同时或前后一起发狂，进而替代了真正的吴一郎的身份，连两人都分辨不出谁是谁。

正木和若林两位博士因为想要分辨我们两人，所以费尽苦心地鉴定加害者与被害者。

没错，这样分析的话，所有疑问就解决了，是的，一定就是这样，除此之外，不可能有办法解决一切的不可思议。

啊，我果然是这桩事件的神秘幕后人物吗？

啊，我……

正木博士依然仰靠椅背，微笑望着一瞬间在脑海中思索这些事情的我，等见到我的呼吸平静下来，他故意惊讶地问："怎么回事？怎么突然紧张地站起来了？"

我剧烈喘息着回答："拿这卷绘卷给吴一郎看的……会不会就是我？"

"啊，哈、哈、哈、哈……哇，哈、哈、哈、哈。"正木博士才听我说到一半，立刻夸张地大笑，"哈、哈、哈、哈，你是加害者，吴一郎是被害者吗？有意思，如果是侦探小说的话，这可是震古烁今的名诡计呢！我也想过，你最后应该会这么认为，啊，哈、哈、哈。但是，如果事实正好相反又如何？"

"什么，正好相反？"

"哈、哈、哈，你没必要那样在意地去承担受憎恨的加害者角色。要知道，你和吴一郎完全一模一样，只要我稍微动一下手脚，你要成为加害者或是被害者都可随你高兴，既然如此，你还是当被害者吧，这样，事件会比较容易处理，如何？哈、哈、哈、哈。"

我颓然坐下，一切又完全茫然……

"假如像这样为了一些事情就沮丧可就麻烦……所以我一开始就警告过你,不是吗?这桩事件如果不冷静地研究,途中有可能陷入严重错觉之虞。我曾在侄之滨浦山的祭神——鹈之尾杈现面前发过誓!你和这桩事件的关联绝非那样肤浅,而是有更重大的意义……"

"可是……比这还更重大深刻的意义?"

"你一定要说那不可能,对吧?但就是因为不可能才显得很奇妙。好像我很唠叨,不过我还是要再说一次,你如果不谨记我们所居住的这个世界并不只是受到现代所谓的唯物科学所支配,同时也受到唯心科学,也就是精神科学所支配,那么将无从了解此一事件的真相。简单地说,以纯客观唯物科学观点来看,这个世界不过是由长、宽、高统摄而成的三维空间;可是,纯主观精神科学所感受的世界,却还加入'认识'或'时间',形成四维或五维空间的世界,而这才是我们现在所居住的世界。在如此多维空间中进行的精神世界之法则,可说与唯物世界的法则正好完全相反,其不可思议的活跃状态,单是你到目前为止在这个房间里所听所闻之事,应该就已经充分了解才对。你只要从其中找出解决事件的关键即可,不,甚至事件的关键钥匙早已在你口袋里。我非常确定已把钥匙放在你手中了。"

"那是什么样的钥匙?"

"关于离魂病的话题。"

"离魂病……离魂病又如何?"

"哈、哈、哈、哈,看样子你还不明白呢!"

"不明白……"

"你要知道,在这桩事件中,最令人觉得不可思议的是还有另外一个跟你一模一样的人存在,也因为有这么一个人,事件才会乱成一团。但是,那完全来自你的离魂病,这点,刚刚我不是说明过了吗?"

"可是……可是,怎么会有这种怪事呢?"

"哈、哈、哈、哈,看样子你还不相信离魂病存在。也难怪,因为每个人最相信的还是自己的头脑！毕竟这样比较安全，故事情节也会更有趣，所以没必要仓皇地下结论。问题是，让吴一郎发狂的凶手是所有人里面的一个人吗、是吴一郎自己吗，还有，难道是绘卷自己从弥勒佛像逃出并自行活跃的吗，最好从这三项前提来慢慢分析，然后冷静地回想你的过去，这样会比较快得到结果。"

"但是，这样不可思议、神秘的事实……"说到这儿，我无法继续思考，中断了话声。

"所以我说过不要慌，不是吗？因为你很快就不会再认为神秘或什么了。"

"可是……很快……又是什么时候？"

"什么时候我不知道，但绝不可能是今天。为了让你恢复记忆，从刚才开始，我就在谈话中对你施加相当强烈的精神科学实验，不过你却还是无法回想起过去的事，不得已我只好终止今天的实验，亦即，你的头脑尚未恢复至那种程度，继续实验也是白费工夫……"

"但是，这么说，先前你答应的……"

"那也是没办法的事！与其浪费彼此的时间，不如现在让你休息一下，然后再重新实验。"

"等一下！这么说，医生你……已经知道神秘内幕的真相？"

"没错，就是因为知道，才会说和你有关联。"

"那么……请你告诉我。"

"不行！"正木博士坚定地说着，横叼着雪茄，交抱双臂，上半身后仰，冷笑，望着我有点儿生气的脸，"你可以好好思索原因。要揭开这桩事件的神秘幕后真相，一定要说出让吴一郎发狂者的名字，对吧？可是，关于那位凶手的名字，如果不是你自己或吴一郎两人之中有谁在恢复记忆的同时想起，应该不能当作真相，就算法医学家若林博士掌握住何等不可撼摇的证据，或是我自己确认凶手与凶行的现况，一旦你或吴一郎在恢复记忆时否认该凶手，岂非一切徒劳无功？只要你们两人之一坚持'在侄之滨的石头切割工厂拿绘卷给我看的不是这个人',一切不就完全白费?这就是这桩事件与一般犯罪事件不同的地方。所以,对于如此没有价值的事,我也不想饶舌。"

我不自觉长叹一口气,感到自己的判断力迅速陷入迷惘之中……

"你还不明白吗?那我再说明另一项事实吧!在这桩事件中,无论如何必须追查出那位奇妙凶手真面目的责任者,怎么说都是法医学家若林,就算警方当局认为这纯粹是因吴一郎发狂所肇生的事件而放弃追查,可是作为一个研究应用精神科学犯罪的学者,是绝对不会在已深入研究至这种程度后,却在最后关键时刻放弃的。也就是说,站在若林的立场,不管愿不愿意,他都无法任由这桩事件在查不出真凶的状况下无疾而终。但是,我的立场则不一定如此。对于若林的努力和苦心,我没有身为助手的责任,我只要尽到职责上的商量义务即可。知道吗,我在专业上必须竭尽全力的责任反而是让你或吴一郎的'头脑痊愈',但,就算这样,我也完全没有责任让你们一定要想起凶手的名字或长相。这是因为,从我作为精神病学家的角度来看,只要能断定发作原因和过程,就算写下让病人发狂的凶手'目前不明'几个字,在研究发表上也不会有丝毫影响。因为,依据心理遗传学的立足点已能完整说明吴一郎的发作状态与这卷绘卷的关系,并具备学术发表的充分价值。只不过因为若林硬出头,表示无论如何都要找出凶手,所以我才被卷入麻烦里……反正,我并不在乎什么凶手,哈、哈、哈。"

正木博士说到这里,优哉地在椅子上伸开双肘,厌烦似的低头看着我,吹出雪茄烟圈。

对于他这种自恃为学者的冷漠态度,我有着莫名的反感,不仅如此,对于他那种愚弄别人之后又置之不理的态度,我更感到无法忍受的不愉快,于是我不禁重新坐正,轻咳一声:"这样不是很奇怪吗,医生,再怎么身为学者专家,这样也未免太冷淡了吧?"

"冷淡也没办法!就算我全力帮助若林找出凶手,就肯定能将那家伙绳之以法吗？"

我感到眼眶忽然阵阵炽热，觉得没办法一口气说出所有心里想说的话……

"管他什么法律不法律的，如果不查出凶手后将其大卸八块，死去的人会死不瞑目的，不是吗？八代子、真代子、吴一郎，甚至连我都被牵连，没有犯下任何罪状就遭到杀害或受到凌虐。"

"哦，还有呢？"正木博士冷冷说着，陶醉般凝视自己所吹的烟雾。

"还有，如果我的灵魂能够脱离这个身体，我现在就会转移到某人身上，大声说出留在他记忆中的姓名，在白昼的马路上公然疾呼，紧跟着凶手直到死为止，进行比杀死他还更残酷的报复。"

"嘿，如果能那样就更有趣啦！但是，你要转移至谁身上？"

"谁？应该很清楚吧！当然是直接见过凶手脸孔的吴一郎。"

"哈、哈、哈，有意思，那你就不必顾虑地转移吧！不过，如果你真的能顺利完成转移，也不是一件值得喝彩的事，因为我的精神科学研究只好重新来过。原因在于，我的学说中最重要的内容之一乃是，灵魂的'转移'、'附身'或'转生'的现象乃是来自当事者的'心理遗传作用'。"

"这我了解。但是，就算凶手对你毫无用处，对于若林医生应该会有用处吧？若林医生把这些调查报告交给你，最后目的岂不也是从吴一郎的过去记忆中找出凶手的身份？"

"那当然，我非常清楚。因为从今天清晨开始，我和若林会把你带到这个房间来，尝试进行各种实验，总归一句也是同样的目的。但是，我已不想再深入追究这桩事件的真相了，理由何在？当你知道凶手名字时就会知道。"正木博士又吹出长长的烟雾，说。

我盯着他的下颌，交抱着双臂："那么，我擅自找出凶手也无所谓？"

"当然，随便你，那是你的自由。"

"谢谢。这么说很抱歉，但请你让我离开这里，因为我想要外出一趟。"说着，我站起身，双手撑在桌缘。

但是正木博士显得非常冷淡，他靠着椅背，用力将雪茄烟雾吹得更高："外出？你要去什么地方？"

"什么地方我还没有想到，不过，回来之后我一定会让你见到这桩事件的真相。"

"哼，你知道真相后可别被吓破胆。"

"什么？"

"最好彼此都不要去破坏这卷绘卷的神秘内幕。"

"……"我不由自主呆立当场。

正木博士这么说时，语气里充满让我无法动弹的力量。那种面对震古烁今的大事业、空前的强敌、绝后的怪异事件，不知是真是假的下定自杀决心，却又企图模糊一切的可怕气场压倒了我，让我不自觉地缓缓坐回椅子上，同时改变了打算抗拒这种力量的念头："好，那我就不外出，相对地，直到找出凶手为止，我会坐在这儿一动不动，在我的头脑痊愈，能够看透这卷绘卷的神秘内幕之前，我都不会离开这把椅子，可以吗，医生？"

正木博士没有回答。然后他好像突然想起什么，上半身向前，缩坐在椅子里，把变短的雪茄丢进烟灰缸内，驼着背，双肘拄在桌上托腮，盯着我看。他那狡猾的眼神，浮现冷笑的两颊，以及抿成"一"字形的嘴唇，感觉好像皆隐藏着某种重要的秘密。

我忍不住上身向前挪，全身皮肤像是被火热的异常亢奋所包覆。

"医生，你要知道，万一、万一我发现了凶手，我一定会不分时宜地宣布其姓名，还要替吴一郎、真代子、八代子、千世子等人报仇。当然，如果因为这样而要受到任何报应，我也毫不在乎，不管凶手是何等人物，我都不放在心上。就是因为这种残忍可恶之人，我才陷入了这样的疯子地狱，必须一辈子靠人喂食，随时可能被杀，我……实在无法忍受。"

"嗯，你可以试试看。"正木博士不置可否地说着，恍如傀儡般闭上眼，脸颊残留一抹异样的冷笑。

我再次坐正身体，自觉自己的无能为力而情不自禁冒火："医生，我会试着自己分析的。首先，假定凶手不是我……因为我应该不可能如村人们所说的，独自从弥勒佛像里面偷出这卷绘卷，交给吴一郎，对吧？"

"嗯……"

"还有，姨妈八代子和母亲千世子都深爱吴一郎，想要靠他传承家业，也应该不会将有着如此可怕传言的绘卷拿给吴一郎观看；而被雇用的仙五郎老人不是会做出这种事的人；寺院的和尚是为祈愿吴家的幸福而受托担任住持，如果知道绘卷存在，应该会藏起来才对……这样一来，嫌犯应该是尚未被任何人注意到的意外人物。"

"嗯，当然是那样。"正木博士以含混不清的语气说着，睁眼望着我，眼眸里有着与脸颊的冷笑完全无关的苍白残忍神色，不久，他再度闭眼。

我焦急地说："若林博士在他的调查报告中，并未对可能的嫌犯进行各种深入的调查，对不对？"

"好像是没有。"

"什么？完全没有吗？"

"嗯……"

"那么，其他方面都慎重调查了吗？"

"嗯……"

"为什么？"

"嗯……"正木博士带着笑，似乎正在打盹儿。

凝视着他的脸孔，我哑然："那不是很奇怪吗，医生！不理会最重要的凶手，却只专注其他事情，根本就是打马虎眼嘛！"

"……"

"医生，无论是恶作剧或是别的什么，像这样残忍且惨无人道的巧妙犯罪，应该再也找不到第二桩了吧？如果受害者没有发狂，当然不算是犯罪；就算受害者真的发狂，一切同样无人能知；而，假设受害者被逮捕，别说是法律，连道德上的罪行或许都能推诿掉。应该再也没有比这个更残酷的恶作剧了吧？"

"嗯……嗯……"

"把丝毫未触及根本的调查报告交给你，岂非怎么分析都很奇怪的一件事吗？"

"嗯……是奇怪……"

"想要揭穿这桩事件的真凶，唯一的方法应该是让吴一郎或我的头脑痊愈，直接指出凶手……但是，就算像医生这么伟大的人物，如果要主治两位精神病人……"

"是没有其他方法……"正木博士的口气像是在拒绝乞丐般地不耐烦，眼睛仍旧极困倦似的紧闭。

"让吴一郎观看这卷绘卷的目的究竟是什么？"

"嗯……嗯……"

"是出自真正的关切之心，还是恶作剧、爱情的怨恨、某种企图，或者、或者……"说到这儿，我心中一震，呼吸转为急促，心跳加快地凝视正木博士的脸庞。

博士脸颊上的笑容迅速消失，同时睁开眼睛，望着我，然后转头静静凝视房间的入口。不久，他再度转过头来，面对着我，在椅子上重新坐正身体。

他的黑瞳里没了原有的独特锐利光芒，带着难以形容的柔和安静，先前给人的蛮横傲慢感觉也消失了，展现出高贵气质和难以言喻的寂寞、哀伤。见到这种态度，我的呼吸逐渐平静下来，不自觉地低头。

"凶手是我……"博士以空洞的声音，喃喃自语似的说。

我不由自主地抬起头来，望向唇际漾着柔弱、哀伤微笑的博士的脸庞，但是，我立刻把头低下了。我的眼前一片灰，全身皮肤上的毛孔好像——开始关闭。我轻轻闭上眼，用颤抖的手指按住额头，心跳急促，可是额头冷汗淋漓。正木博士的声音继续在耳畔幽幽响起。

"既然你的判断力已经恢复至这种程度，那也是没办法的事，一切就坦白告诉你吧！"

"……"

"又有什么好隐瞒的呢？我早就觉悟了。我从一开始就清楚知道，这些调查报告的内容全都明白指出我就是这桩事件的凶手，我却视若无睹。"

"……"

"调查报告的每一字每一句皆指称'就是你、就是你，除了你以外，不可能有其他人'，亦即，第一次在直方发生的惨剧，乃是具备高等常识、思虑周密的人，为湮灭所有犯罪形迹，让事件陷入迷宫，故意选择吴一郎回家的时候，巧妙使用麻醉剂所进行的犯罪，绝非吴一郎梦游中所为……"

说到这里，正木博士轻咳一声，又令我吓一跳，即使如此，我还是无法抬起头来，仿佛被正木博士所吐出的每个字句的沉重所压住……

"凶手的目的无他，就是让吴一郎与母亲千世子分开，由姨妈八代子带至侄之滨，进而让吴一郎与真代子接近……真代子是被誉为侄之滨的小野小町之美人，恋慕她的人绝对很多，同时侄之滨又是原来藏放绘卷之处，大部分居民或多或少知道相关传说。而且，吴一郎和真代子的婚事百分之九十九能够顺利进行，所以在尝试进行这项实验一事上，没有比侄之滨更合适隐藏行踪的地方。"

"……"

"因此，第二桩的侄之滨事件也丝毫不足为奇。一定是依照直方事件以来的计划，凶手在石头切割工厂附近埋伏，等到吴一郎回来后，把绘卷交给他……亦即，直方和侄之滨这两桩事件，乃是基于某种目的，由同一个人的头脑所计划。这个凶手对绘卷的相关传说有着非常深入的了解和兴趣，他预计被害者吴一郎在对于某种重大幸福充满期待的最高潮之时，会完全发狂，而那时候正是进行这一旷古绝今的学术实验最好的时机……所以，除了我以外，还会有谁？"

"有！"我突然站起来，脸孔似火般泛红，全身骨头和肌肉充满无限气力，瞪视着愕然呆立的正木博士架在鼻梁上的眼镜，"若林……"

"笨蛋！"正木博士口中发出一声大喝，同时用乌黑凹陷的眼眸睥睨着我。

那强烈的眼神，那仿佛神俯瞰罪人一般的肃穆神情，那有如盛怒猛兽般的严厉态度，让原本怒发冲冠的我完全畏缩了，踉跄后退，一屁股跌坐在椅子上，视线完全被对方所吸引……

"笨蛋！"

我感到自己两个耳朵像是着火一般，颓然低头。

"再没有思考能力也要有个限度！"

正木博士的声音像大磐石般朝着我的头顶往下压，而且先前的寂寞温柔态度完全消失，声音里透着如同严父般的威严与慈悲。

不知何故，我胸口一紧，只能凝视着正木博士青筋暴起、压住桌边的手，听他用力地说出每一句话。

"能够深入至这种程度进行如此可怕的实验之人，如果不是我，任谁都想得到只有另外一个人，既然这样，当然也应该马上考虑到不能够轻率地说出其姓名，你未免过度轻率了。"

"……"

"这些调查报告是何等恐怖，其中隐藏的隐匿犯罪心理和自白心理，又是具有何等深刻、眩惑、连水滴都无法穿透的魔力，强迫着我承认这项罪行。我接下来将说明理由……"

我感到全身肌肉在瞬间冰冷、僵硬，两眼的视线被横亘眼前的绿色罗纱桌布所吸引，无法移动。

这时，正木博士轻咳一声："假设有一个人犯下一项罪行，尽管在他人眼中看来无罪，但在自己的'记忆之镜'里却会留下身为罪人的自己之卑鄙身影，永远没办法抹杀掉，这是只要具有记忆力就绝对会存在的现象，每个人皆能理解，却总是轻忽之。但是，举例来说，却会发现这其实很难被忽视，映现在这面'记忆之镜'上的自己的罪孽身影，通常同时显现逻辑缜密的名侦探之恫吓力和绝对逃不掉的共犯之胁迫力，成为一切犯罪的共同且唯一的绝对弱点，直到咽下最后一口气之前，这个弱点都将紧紧纠缠住无人知晓的罪犯。而且，要从这种像名侦探和共犯的追逼中获救，只有'自杀'和'发狂'两条路，均无比的恐怖。世俗所谓'良心苛责'其实就是当事人受到自我记忆的胁迫。因此，想要从此胁迫观念中得到救赎，唯一的方法就是抹杀自己的记忆。

"所以，所有的罪犯只要头脑越好，就越会努力藏匿、警戒这项弱点。可是对于这种隐匿手段，所有人最终都会回归到唯一又绝对的方法，亦即在自己内心深处建立一间密室，尝试将自己的'罪孽影像'和'记忆之镜'一起密封在黑暗之中，连自己都无法看见。但，很不巧地，这种所谓的'记忆之镜'却具有越是在黑暗处看起来越亮，越是不想去看就越是想看的反作用与深不可测的吸引力，所以在近乎疯狂的忍耐过后，罪犯最后还是会回头去看这面'记忆之镜'。如此一来，映现镜中的自己之罪孽影像也会回望自己，双方视线必然会完全重叠，自己会毛骨悚然地领首于自己的罪孽影像之前。这样的情形一旦反复多次，罪犯会忍无可忍地敲破此一密室，暴露于众人面前，让群众看到映现'记忆之镜'上的自己之罪孽影像，在光天化日之下自白'凶手是我，你们看看这罪孽影像'。这样一来，自己的罪孽影像反而就会因为镜子的反射作用而消失，使罪犯终于恢复独自一人的清静。

"另外，把有关自己的罪孽记忆做成记录，等自己死后再公开，也是避免苛责的一个方法。这样做的话，当自己回头看着'记忆之镜'，镜中的'自己的罪孽影像'也会按照该记录，回看自己，所以能略为放心地寂寞一笑，而'自己的罪孽影像'也会望着自己报以怜悯的苦笑，见到苦笑时，心情自然会稍微冷静下来。这就是我所谓的自白心理，明白吗？

"现在还有另外一种方法，同样是头脑非常好、拥有地位或信用的人所使用的。假设他想把自己的犯罪事实置于绝对安全的秘密地带，最理想的方法是应用刚才所说的自白心理，亦即，亲自调查自己的犯罪形迹、证据，同时将自己必须是凶手的理由全部写明在一张纸上，再把调查结果交给自己最害怕的人，也就是很可能最先看穿自己罪行的人。如此一来，在对方心理上，基于自然人情与理论焦点的不平衡，就会产生极端细微却又具有无限大和零的差异之炫惑性错觉，令对方不会认为面前的人就是罪犯，在这一瞬间，犯罪者逆转先前的危险立场，几乎能置身于绝对安全地带，一旦变成这样，所有问题都解决了。因为当此种错觉成立后，很难再恢复旧态，越是让事实明朗化，对方的错觉也越深；越是主张自己是凶手，凶手所站立的安全地带的绝对值也越高。此外，对方的脑筋越是明晰，陷入此种错觉的程度也越深……

"这种最深刻的'犯罪自白心理'和最高级的'隐匿犯罪心理'皆出现在这些调查报告中，可以说它超越了我的遗书，是前所未闻的犯罪学研究资料。而且……"

说到这儿，正木博士忽然停下来，身轻如燕地跳下旋转椅，仿佛在践踏自己的思维般，双手交握在背后，一步一步很用力地开始在大桌子和大暖炉之间的狭窄地板上来回踱步。

我还是瑟缩在旋转椅上，凝视眼前绿色罗纱的平面。在炫目的绿色中，我看到刚刚才发现的约图钉大小的黑色烧焦痕迹逐渐变成小黑人脸孔，张开大嘴，似乎正在哈哈大笑。我专注地凝视着！

"而且，更可怕的是，出现在报告中的自白和犯罪隐匿手段，正紧紧地压制着我，换句话说，如果把这些调查报告公开，或是交付司法当局，第二天早上，所有相关单位都将视我为嫌犯，不仅这样，万一我需要站上法庭，就算我有文殊①的智慧、富楼那②的辩才，调查报告上的诡计也让我无法辩驳。接下来我就说明诡计可怕的内容，也就是我为何必须承认自己是进行这项令人战栗的恐怖学术实验之人的理由。"

说话间，正木博士在大桌子北端停下脚步，双手如同被绑住般紧紧交握于背后，回头望着我冷笑。一瞬间，他眼镜上的两片玻璃正面接收南侧窗外照入的蓝天光线，和他露出的洁白假牙一起反射阴森的亮光。见此，我不自觉移开视线，望着眼前的黑色烧焦痕迹。但是，原本的黑人脸孔已经消失，同时我也发觉自己双颊、颈项和侧腹一带起了鸡皮疙瘩。

正木博士默默走向北侧窗边。他看了窗外一眼，马上回到大桌子前，态度比方才更随性，好像依然不在乎这样重大的事件般，充满嘲弄意味地继续说："重点就在这里！你现在必须有自己是审判长的念头，严正、公平地审理这桩前所未闻、应用精神科学犯罪的事件，而我则是身兼检察官和被告两个角色，寻找并检举这桩事件的最终嫌犯，亦即，说明W氏和M氏行动的所有秘密，并同时自白一切……所以，你既是双方的律师，同时也是审判长，更是精通精神科学原理原则的名侦探，你做得到吗？"

站在我身旁的正木博士来回走着，从北侧踱到南侧，咳了几声。

"首先从吴一郎见到对方拿给他看的绘卷，陷入精神病发作时开始……大正十五年四月二十日，吴一郎和真代子的婚礼前夕，W氏和M氏确实都在离侄之滨不远的福冈市内。M氏因为刚至九州帝国大学赴任不久，犹未找到栖身之处，因此投宿于博多车站前一家名叫'蓬莱馆'、兼作火车候车处的旅馆。蓬莱馆是家规模相当大的旅馆，房间很

---

① 文殊：指文殊菩萨，中国佛教四大菩萨之一，被认为是智慧的象征。
② 富楼那：印度著名佛法大师，释迦牟尼十大弟子之一，被誉为"说法第一"。

多，客人进出频繁，加上博多地区一贯粗糙的待客习惯，只要付了钱，每餐露面吃饭，就算半天或一整夜不见人也没人在乎，是很难取得不在场证明的地方。相对地，W氏总是在九州帝国大学医学院的法医学教室埋头于研究，忙碌时还会锁上房门，一切事情完全以电话联系。就算钥匙插在钥匙孔里，也绝不可以敲门，这是与法医学院有关者之间的规则和习惯。而且，W氏十分神经质，别说同事和朋友了，连新闻记者都非常清楚这一点，这是制造不在场证明的最方便的习惯。

"另一方面，只要注意报纸的报道，一定就会知道吴一郎在婚礼前一天出席的福冈高等学校英语演讲会的日期和具体时间。只要事先调查，那么吴一郎沿着铁轨步行回家的习惯也很容易就可得知。接下来就是……让在石头切割工厂工作的石切男一家人服用某种难以被检测出来的毒物，令其以该日为中心，休息几天至一个星期，凶手乘隙进行计划。而且，侄之滨这地方算是半个渔村，由于是福冈市的鲜鱼供应地，一向被认为是霍乱或赤痢之类流行病的病源地，所以要使用这类病原菌相当方便。不过这种病菌有时会因个人体质或当时的健康状况而失效，使用上有点儿麻烦，但，九州帝国大学的法医学教室和卫生、细菌学教室在同一楼层，时时刻刻都在进行细菌和毒物的研究，要利用这种手法非常方便。反正，这桩事件的特征就是，全部过程环环相扣，没有任何误差出现。

"接下来，依照户仓仙五郎之言，只要实地勘查过就能知道，假设当天吴一郎从福冈市郊的今川桥步行约一里回到侄之滨，那么他无论如何都必须经过那处石头切割工厂旁、夹在山麓和田地之间的国道。田里麦穗已经长得相当高，只要戴着深色帽子和有色眼镜，围上领巾，戴着口罩，穿上夏天用的披风，静静坐在靠近道路的石头上或哪里，就能够让脸部轮廓和身材看起来完全像是另一个人。然后只需要叫住回来的吴一郎，巧妙地施以诱惑，譬如说'我是你已故母亲的朋友，在你还不懂事的幼年时期，她曾秘密拜托我一件事，我答应了她，所以现在为了完成诺言，才会来到这儿等你出现'等。

"只要像这样编个谎言，就算吴一郎再怎么聪明应该也会上钩。之后，拿出绘卷给他，表示'这是你们吴家的宝物，令堂说放置家中会影响孩子的教育，所以托我暂时保管，因为你明天就要成为一家之主，所以前来送还。也就是说，这是你和真代子成婚之前，无论如何都必须先看过才行的东西，其中描绘了你的远祖一对夫妇无上的忠义和极致的爱情，虽然关于这卷绘卷有各种恐怖的传说，也严禁给情绪不够冷静的人看到，不过那完全是迷信，事实上，里面是非常完美的名画和名文。如果你不相信，可以就在这里观看，假如不喜欢，再交回给我保管也无所谓。若在那块高岩后面看，应该不会有人注意到'……

"如果是我，这么说是最能激起我的好奇心的！反正不管如何，吴一郎上钩了，依言在岩后展开绘卷，凶手则趁此时逃离，这并不会很困难。

"接下来是两年前的事件，也就是大正十三年三月二十六日发生的直方事件。当天晚上，W氏和M氏也确实都在福冈市。这是因为前一天的二十五日，M氏很难得地前往九州帝国大学，先见过当时犹在世上的精神病学教授斋藤博士和一干旧识，求见校长、提交论文，并取回自毕业以来就寄存在校方的银质手表。住宿处仍是蓬莱馆。另外，W氏从当时就居住在现在的春吉六番町家中，过着单身生活，家里只有一位帮忙煮饭的老婆婆，所以要趁天黑以后悄悄离家，直到天亮才回来而不被人察觉是相当容易的。亦即，两人的不在场证明都很不明确……当天晚上九点左右，一辆崭新的厢型出租车在阴霾夜空下离开福冈向东疾驰。车上的人一副以煤矿致富的土财主模样，对司机说'已经没有往直方的火车了，但是我忽然有急事前往，请你全速赶往直方'……"

"什么……那么，吴一郎的梦游症……"

正木博士踱过我面前，回头冷笑说："那是骗人的，完全是谎言。"

"……"我的脑髓有如电扇般开始旋转，身体自然地倾向一侧，仿佛就要倒下，勉强抓住椅子扶手才撑住。

"如果真有那样的梦游存在，我也就不会再见你了。首先，案发当晚有关顶住厨房后门的竹棒掉落的说法相当含糊。如果说有人戴着手套伸入门缝，试图用手指夹住竹棒，却导致它掉落，这还算合理；或是顺利拿开竹棒，后来故意布置成自然掉落的状态，这也能讲得通。但……算了，别管这些了，反正只要听了我的说明就可明白，也同时能明白我为何断定这不是梦游症……"

我脑髓里的旋转逐渐静止，不久完全停止。同时我也咬紧牙根，忍耐着头皮发麻的感觉闭上眼。

"'审判长'，你不冷静是不行的，因为接着将有更多不可解释的恐怖事情呢！哈、哈、哈。"

"……"

"那么……第二是，仔细研读这些调查报告，会发现两点令人感到异样之处。一是刚刚你提到的疑点，调查凶手的方法仅是等待吴一郎的记忆恢复，完全放弃其他的调查方法。二是，请注意有关吴一郎的出生日期。

"关于吴一郎的年龄，这些调查报告中有插入一则新闻报道的剪报当作参考，但是根据这则报道，吴一郎的母亲千世子从明治三十八年前后离家之后，约有一年的时间在福冈市外水茶屋的一家名字很难记的裁缝补习学校补习，而她在这期间并未生育孩子。所以，假设她这个时候真的未曾生育，那么可以推测吴一郎的出生应该是在明治三十九年后半年至四十年。只不过，像这种用以推定年龄的剪报，依常识来分析，应是因为吴一郎是私生子，为求慎重才特别插入也不一定。另外，也可能是由于新闻记者认为在当时造成话题的这桩'美丽寡妇命案之迷宫事件'的真相与其昔日的情欲关系有关，所以才找出这项资料；或是因为在该报道中提及她因吴虹汀之名而取了'虹野三际'这个名字，所以才被纳入这些调查报告里。但是，在我看来，它却包含了意义更为深远的另一种暗示，也就是说，能够推定出吴一郎大约出生于明治四十年十二月，那时乃是九州帝国大学的前身——福冈医科大学产生第一届毕业生的同一年，明白了吗？"

"……"

"当然，若以局外人的观点来看，或许会认为证据薄弱得令人怀疑，但事实上绝非如此。当时的大学生里确实有奇怪的家伙存在，而这些调查报告就是想指出那家伙即是这桩事件的始作俑者、直方事件凶手的真面目。这就是我所谓的自白心理，'做贼心虚'这句千古不变的格言之显现，因为，知道吴一郎真正出生时日和地点的人，除了W氏和M氏以外，只有吴一郎的母亲千世子一个人。"

我用力扭动肩膀，虽然自己也不明白其中含义……这时，正木博士也稍微沉默了，但是他的沉默却仿佛让我陷入无底深渊。

正木博士又继续说道："注意到这点时，我全身战栗不已，忍不住咒骂出声，但却没有辩驳的余地，更何况检查吴一郎的血液、决定他是谁的儿子之权力掌握在法医鉴定学的世界权威W氏手中。"

正木博士在南侧窗畔忽然停住，悄然低头，咽下一口唾液。

我用颤抖的手再度摸着额头，极力控制自己身体的发抖，一手紧抓住膝头。

不久，正木博士深深叹息一声，好像害怕望着窗外般猛然转身面向这边，默默低垂着脸，好似正让自己的情绪冷静下来，之后隔着大桌子走过我面前，在北侧窗前转个直角，开始在窗畔来回踱步。每当他那怃然俯首的身体经过窗前，闪动的光影就会掠过我面前的大桌子边缘。

正木博士又轻咳几声："这是距今二十多年前，福冈县立医院改组为医科大学，重建于这处松原时的事……该大学第一届入学的青年学生中有W氏和M氏两人，W氏读的是法医学，M氏则念精神病学，两人都有志于在当时医学界犹未充分发展的领域做出成绩，彼此互争第一名。但是，可能是出生于结核病家族的缘故，文弱的W氏在当时的学生里是那种数一数二的美男子，个性务实，是非常神经质的人；而M氏却是身材矮胖的丑男，喜欢幻想，行事率性，属于天才型的人物，两人各有正好相反的特征。也因为如此，彼此总在学业上相互争霸。

"如前所述，W氏专攻法医学，M氏专攻精神病学，两人目标不同，但是可能是出于一种宿命吧，两人对于当时尚未被广泛接受的精神科学方面的研究兴趣居然完全一致！或许是因为彼此头脑特征正好相反，才导致这两种极端的偶然一致。总之，两人都接受了当时属于这方面权威的斋藤博士的指导，而且两人对于一些与医学专业并无多大关联的迷信或暗示之类的研究狂热更是几乎突破沸点。当然，这是因为深受东洋哲学造诣极深的斋藤博士指导所影响，所以两人同时被距离福冈不远的某地的非常有名之恐怖传说所吸引，可说是当然的结果。

"虽然两人到目前为止互有敌对心理，可是在着眼于这项传说之时，却忘记一切仇恨般地握手言和，彼此交换意见，拟定针对问题的研究方法与策略的结果，决定由W氏从'迷信、传说的起源与精神异常'的实际层面着手，M氏则从'根据W氏的研究结果分析佛教的因果报应论'或'包括印度、埃及各宗教在内的轮回转世论点的科学研究'等较广泛的题目进行研究。这是表里互有关联的两个研究主题，目的是希望能够揭穿该传说的真相，由此也可想象两人当时是何等自傲了。事实上两人都下定决心，随时准备抛弃所谓的人情、良心，也不惜践踏神佛。西洋人之中，也有一些为了开拓科学新领域而不择手段的研究者，特别是医学方面的专家当中，为了学术研究而抹杀良心、极端残忍杀人的例子可谓数不胜数，其中有些人当然受到了舆论谴责，却仍基于为学术或为人类文化的名义，毅然遂行惨无人道的研究工作。所以，W氏和M氏也互相约定要不顾一切、彻底进行这项研究实验。

"就这样，两人抱着比互相争夺第一名还更强烈的热情，同心协力开始调查这项传说。正好吴家长女Y子已达妙龄，正在寻找对象，但是因为乡下地方的习惯，吴家具有精神病血统的传闻已经四处皆知，无人愿意与吴家结亲。用尽各种手段找寻的结果，总算找到当时在福冈箦子町经营京染悉皆屋的外来人士，三十岁的男人G。也因此，中断一时的吴家血统之传说再度复活，这一点大大方便了两人的研究。

"W氏和M氏同样深入研究此一传说，在W氏借着调查古迹为名，找到如月寺的和尚，设法偷偷誊写《缘起》之时，M氏也同样取得和尚的信任，偷偷切断弥勒佛像的颈部，发现意料之外的事实，亦即，在如月寺的《缘起》一文中述及的已被吴虹汀烧毁的绘卷，事实上仍旧存在，不久之前还存放于佛像内，直到最近才被某人发现，悄悄地拿走。

"对于本来只要查明吴家家谱和与之纠缠的传说史实就觉得满足的两人来说，这是出乎意料的发现，同时也给二人带来莫大的失望。不过，失望只是短暂的，年轻的两人很快又生出比先前多出数倍的勇气，开始了比之前更紧密的合作。他们从各方追查绘卷行踪，综合结果研判，认为偷窃者应该是Y子的妹妹、美丽的女学生T子。于是事情开始复杂起来……你既是'审判长'，应该已多少猜透一些内情吧？哈、哈、哈。"

"……"

"不过，W氏和M氏两人的合作到这里又完全中断了。问题在于绘卷掌握在T子手上！'与藏放佛像腹内不同，是由活生生的人保管，想要偷出来并不容易，因此暂时中止这项研究吧'，'嗯，就这么办，改天再……'两人很干脆地分道扬镳。可是，彼此都知道事实并非如此，双方都下定比先前强烈好几倍的决心，企图继续这个实验。当然，无可否认的是，两人的这种决心也源于T子的美貌。问题在于，他们和吴青秀的忠志不同，W氏和M氏的诚意仅止于完成这个实验，明白吧？"

"……"

"当时的福冈附近乃是刚开始流行方帽子[①]的时期，亦即大学生最

---

① 方帽子：大学制帽，这里代指大学生。

受欢迎的时期，艺伎们歌颂'（眼前人）最后会是博士或院长'的时期，即使是一般家庭也都抱持着'只要是学士就把女儿嫁给你'的观念，所以作家尾崎红叶的《金色夜叉》和小杉天外的《魔风恋风》才会广为流传。W氏和M氏互相争夺T子，不过若问结果如何，很遗憾，两人各自的特性发挥得非常彻底。

"最初是W氏胜利，毕竟W氏在当时所有戴方帽子的人当中也算是特别俊俏的人物，而且又是优秀人才，再加上亲切、诚恳等各种绝佳条件，确实非M氏所能敌。互相激烈竞争的结果是，M氏终于死了心，放弃学业和一切逃至荒山野外，一面找寻化石之类，一面治疗内心的创伤。

"而W氏绝非那种会沉醉在成功美酒中的单纯男人，等到驯服T子之后，他就依照原定计划，想取得绘卷而开始巧妙地说服T子：'听说你家有一卷和家谱纠缠不清的邪恶因缘绘卷，你不想趁现在仔细调查看看吗？否则，如果我们之间生下儿子，就必须替他担忧。'可是，T子也非寻常女子，似乎不愿放手般回答：'我不知道有那种东西。'硬是不肯拿出来。W氏不知道绘卷的藏放处，只好改变手段，企图带着T子前往福冈。不必说，他在内心盘算着，只要能带她离开，她一定会携带这卷绘卷。

"巧的是，T子的姐夫，先前说过经营京染悉皆屋的G，乃是无可救药的好色之徒，进吴家不久就开始接近小姨子T子，执拗地企图染指，所以一经劝诱，T子就二话不说地跟着W氏离家，在福冈偷偷与其同居。姐姐Y子好像也很清楚，或是隐约知道这些事，所以并未积极找寻。问题是，重要的绘卷依旧下落不明，即使以W氏的眼力，还是没办法识穿T子是否携带着绘卷。

"但是，W氏并未失望。他继续在T子身边等待机会，同时放掉学校一切工作，监视着T子的行动。也难怪W氏这么做，T子为了不让姐姐和如月寺住持以外的人察觉，化名为虹野三际，并提出要参观展示会的中国古代刺绣，种种行为的动机都逃不过详知绘卷来历的W氏的眼睛，他理所当然会推断，T子一定是将绘卷藏放在了某处。

"不过，聪明伶俐的T子，从W氏的态度里，应该也察觉了某件事情。也就是说，她虽然不很确定，却知道W氏接近自己的目的并不单纯，说不定目的就在绘卷，而且想拥有绘卷……她很小心地不让自己的怀疑形之于色，所以W氏也只能气得牙痒痒却又莫可如何。不但如此，不久后W氏又受到更严重的打击，不得已只好含泪退场，亦即，他不断变换手法博取对方欢心、视为找出绘卷唯一线索的T子，竟然在他无法抵抗的要害予以意料之外的重击……

"不是别的，就如我刚才所说，T子略微察觉对方的爱情是以自利主义为中心；另一点是，她当时才第一次得知W氏的家族有着严重的肺病遗传倾向，可是他却完全隐瞒这项事实。而且，这是题外话……若是对照此事实，将会了解T子为何有如此浪荡行为，她并非如一般人说的那样的不守妇道，也不能责怪其薄情的态度。因为其行为的背后有承续吴家血统的悲痛、沉重观念在推动，而那是自《魔风恋风》以来自由恋爱风潮的具体化，同时也是基于一介弱女子的判断，憧憬着想要尽可能留下有健康血统的子孙的心情的体现。对照离家当时，附近人们冷嘲'反正如果留在家里找男人，顶多也只是找到像W氏那种来路不明的家伙'的事实，应该也能理解T子的这种心情，更能理解T子是何等理智和纯情兼备，又是何等的聪明玲珑。站在这样的角度，可以认为T子天生就是不幸的薄命女性。

"还有一点我必须在此告知，那就是，你或许已察觉也未可知，有关W家的血统以及其健康状态的秘密，利用书信告诉T子的人就是M氏，原因在于他仍旧深爱T子，以及对于这项研究的不死心。M氏在和W氏分别采取行动之后，考虑到也许有另有他人藏起绘卷，在进行各种搜索之时，从前述村民们的谣传推测T子心理，认为有这种可能而进行此种反间密告，他果然做对了。当然这种行为对W氏来说很卑鄙，更何况M氏还借着这封信再度接近T子，但是，但是……若回顾当时到今日为止，M氏必须因此举而偿还恐怖代价的事实，实在是令人毛骨悚然。有志于研究'因果报应'的人却受到因果报应，导致下定自杀的决心，让他连笑谈命运的讽刺气力都没有……

"话虽如此，当时M氏又如何能预知未来？他只是受到这项传说所包含的精神科学之魅力和T子的美貌所吸引，同时更坚定只要是为了学术研究，一切都不在乎的最初的盲目意志。不到半年，M氏就和T子同居，没多久，T子怀孕的征兆就明显呈现，在该年进入暑假后不久，已可以感受到明确的胎动。而且，这个胎动应该形容为在日后长达二十年岁月中，彻底掌握W氏和M氏两人命运之命运魔神般的胎动；是焦躁地想取得W氏和M氏两人心脏耍玩的胎儿的暴动；更是让在这出以精神研究为中心的超越血泪、义理、人情之妖邪剧里担任主角的所有演员，全部陷入死亡结局的命运魔神的捉弄。问题是，这出戏开幕时就丢给观众一个疑问：'我是谁的儿子？'……从那时至今，所得到的回答不管是有形或是无形，全都是否定的。

"当然，W氏和M氏都可以回答这个问题。但是，他们的回答是否属于不可摇撼的事实，就算后来成为'借血型鉴定亲子关系'之方法专家的W氏，同样无法调查，因为他不能随意采取自己和M氏的血液。不仅如此，比任何人更能够说明这项事实的胎儿母亲T子，在接受调查前就已'死无对证'，也未留下丝毫证据。如果她生前有留下胎儿父亲的姓氏或什么其他信息，事情就能迎刃而解，只是很遗憾地，她什么也没有留下，申报户籍时也只是简单写上'父不详——吴一郎'几个字，因此W氏和M氏可以任意肯定或否定与T子的关系，更何况，T子是否曾与W氏和M氏以外的男人扯上关系，除了她自己的良心之外，没人知道。这表示，T子腹中胎儿的父亲，除了T子复活明确证言，或者写下某种不动如山的记述，否则绝对永远无法得知。

"命运的魔神——胎儿——出生后，是个如珠玉一般的男孩。明治四十年十一月二十二日，这个男孩出生于两人秘密同居的福冈市外松园一位皮革商人家中的别院中。听到男孩的啼哭声后不久,一直忍耐的M氏首次问T子:'听说有一卷会诅咒吴家男子的绘卷存在……'这时,T子似乎也被为人母亲的爱心打动,终于说出了实情:

  我从小就喜欢读书和绘画,比三餐吃饭都更重视,所以懂事以后就经常独自前往寺院,观赏或临摹据说是虹汀先祖亲绘的纸门图画或亲自雕刻在栏杆上的仙人画像。来参拜的村人们不知道我在场,总是会谈及各种有关寺院缘起的事迹,我听了非常感动,而且从他们的谈话里得知了有详细写明寺院缘起的文章,是由和尚慎重保管……我很想看,最后趁无人之际,假装观赏绘画或什么的四处搜寻,果然在和尚房间的书箱里找到《缘起》。
  见到这个以后,我觉得那卷被烧毁的绘卷未免太可惜了,就前往大殿捧起佛像摇动,却发现很奇怪的事,里面好像有疑似绘卷之物的声响,由于事情出乎意料,我当时吓了一跳,心跳急促。
  但是,我把这件事情告诉和尚时却被训了一顿,因此过了大约一个星期,趁着放学回家,我假装至大殿上香,拔下佛像颈部,取出绘卷。
  但是,带回绘卷在无人的仓库二楼打开一看,发现里面尽是意料不到的恐怖、恶心画像,我再度吓了一跳,马上想要送回寺院,但这时忽然见到绘卷裱装非常漂亮,又觉得送回去未免可惜,所以日后每当自己一个人在家时,我就会一点儿一点儿撕下裱装背面的纸,利用坏掉的幻灯镜头观看丝线的排列,描绘在红色绢布上。不过如果被人发现就糟了,因此制作好以后就全部烧毁,倒入室见川里。
  等到终于学会那种刺绣的方法以后,我用撕下来的纸修补回原来的样子，把绘卷送回佛像腹内，当时比偷出来的时候更加害怕……然后没过多久我就来到福冈，所以绘卷应该还在如月寺的弥勒佛像腹内。

可是，如今在儿子出生后，我才真正了解绘卷的可怕！我想，姐姐Y子如果也像我一样生下儿子，又知道那卷绘卷的存在，应该也会有同样的想法。我开始怨恨虹汀先祖为什么没有将绘卷烧毁了。

话虽如此，没有人知道绘卷的存在，只有我，所以我诚恳地拜托你，我愿把那卷绘卷当作研究学问的材料送给你，不过请你借着科学的力量，让继承我血统的儿子不再受到绘卷恐怖奇妙的魔力诅咒……

"她含泪哽咽地说着。M氏闻言愣住了，却也高兴不已。他心里在想，原来是这么回事，难怪怎么都找不到！我们的搜寻方针和绘卷的藏放处刚好是南辕北辙，找的尽是没有绘卷的地方，想凭借一己之力追寻当然是找不到了。M氏独自窃笑，瞒着T子来到伬之滨，偷偷潜入如月寺，拿下佛像头部一看……

"接下来我就不说明了，因为没必要说明。"

"……"

"一切由'审判长'你自行判断。"

"……"

"除了借W氏和M氏后来的行动，不，应该是借着今天在这个假设的法庭上，我这位检察官的结辩与M这位被告的陈述来推断绘卷的行踪以外，没有其他方法。"

"……"

"M氏默默回到刮着寒风的福冈市。终有一天会受到绘卷的魔力——六幅腐烂美人画像——诅咒，背负着挂上学术名义的实验十字架的可爱男孩脸庞一直在他眼前打转……同时，他不停思索着当将来面对这对母子必定会遭遇的大悲剧时，自己应该怎么做的方针与觉悟。"

"……"

"当他若无其事地回到松园的家中时，面对正在替儿子喂乳的T子，立刻瞎编了一番话。表示绘卷不知被和尚或是什么人取出，已不在弥勒佛像内，可是自己又不能向和尚要求取得，只好失望地回来。不过终有一天，等自己获得学士学位以后，如果能在大学里任职，届时再以大学的权威要求其作为学术研究材料也不迟，所以绘卷的事只好就此告一段落。但是，自己必须在今年岁暮之前回故乡处理财产，所以现在就得赶回去，同时也顺便解决他们母子的户籍问题，如果有任何事情，可以写信寄到某某地址给他……T子不太情愿地同意之后，第三天他连福冈大学的毕业典礼都没参加便前往东京，也没有回故乡而将户籍转至东京，迅速办妥护照后出国。这是因为当时在M氏的心中已开始进行面对将来悲剧的第一项准备，这也是只有W氏能够了解的宣战公告。"

"……"

"但是W氏对此的应对态度相当冷静。他穿上了白色研究服留在母校的研究室，虽然洞察了一切，却若无其事地利用显微镜进行研究工作。"

"……"

"W氏和M氏的不同个性之后仍旧持续发挥着。亦即，M氏游学于欧美各大学之间，一方面继续研究心理学和遗传学，以及当时兴起的精神分析学等；另一方面则透过日本国内的官方报道和新闻注意W氏的动静，等待时机来临。这是因为他不想给那男孩冠上自己的姓，也为了逃避T子的追踪。拥有女人中罕见聪慧头脑的T子，如果把M氏的失踪和如月寺绘卷的失踪联想在一起，迟早会产生可怕的怀疑，寻思W氏和M氏为何皆想得到那卷绘卷的各种理由，万一凭着女人的敏感和母爱而归纳出两人真正的用心，那她一定会四处追踪M氏，说不定连出国都不在乎。M氏几乎是过度了解她就是这样的女人。

"但是，也不知W氏是否知道这点，他仍旧轻松自在，不仅公然暴露自己的姓名和行动，还陆续发表《犯罪心理》《双重人格》《心证与物证》之类著名研究心得，声名远播海外。但，这也是W氏惯用且擅长的手法，他认为，只要能被公认为这方面的专家，那么即使将来进行如此恐怖的精神科学实验，非但有了不会受到世间怀疑的一种所谓'精神性不在场证明'，也能拥有在事件一发生就赶抵现场的理由。不管如何，其大胆且细腻的行动，后来在将恐怖的实验结果报告丢给对手时，终于被察觉。

"就这样，十年的岁月飞逝，到了大正六年，从两三年前起就在英国留学的W氏回国。知道这件事后，M氏也马上紧跟在后地回了国。不过，W氏的留学与回国时机对M氏来说乃是相当重大的问题，原因何在？很简单，T子母子被M氏遗弃后，十之八九应该会搬离松园躲藏在某处，但是不管上天或下地，W氏绝不可能忽略其行踪，同时也能猜测，或许W氏会出国留学，就是因为他确实掌握了T子母子的行踪。换句话说，W氏就是因为能够明确预测T子母子定居何处，而且短期内不会迁移，才会安心留学。这么一来，如果抱着怀疑的眼光看待W氏的回国，难道不能肯定这是意味着W氏对此存有某种担心，或者打算发动某种计划的时机来临？再换另一种角度来看，M氏就是认为可以借着W氏的这种行动轻松找出T子母子的行踪，所以在国外留学期间，才会随时注意内地新闻和官方公报。

"但是，W氏当然不是那种莽撞行事的男人。回国后，除了偶尔出差以外，他几乎没离开过福冈，每天都留在大学里面，没过多久就从助理教授升为教授，陆续解决了各种困难的事件，名气越来越响亮，中间也穿插着气喘发作，可说是相当忙碌……不过其态度依然悠闲，仿佛把一切当作昔日之梦一般忘却了，从早到晚只顾面对试管和血液。

"M氏也不觉困惑。他从W氏回国后的态度已得知，T子母子居住在以福冈市为中心的一日路程之内的地方。不仅这样，T子年龄应该尚未满三十岁，假定她仍美貌如昔，无论居住何处，一定多少会有传闻；而且如果其子男孩I也仍不知父亲是谁地在母亲膝下成长，除非发生特别情况，否则会如M氏所计划地冠上母亲的姓氏，虽然因为是私生子有可能延后申报户籍，不过现在应该是就读小学三四年级，只要有耐性，一定可以查出眉目。于是，他将W氏以福冈为中心的出差地点列为第一目标，进行地毯式调查，果然回国不到半年，在直方小学的七夕发表会展示室里贴出的五年级成绩优秀学生名单中发现男孩I的姓名。当然，当时M氏也因为一时疏忽没有留意到男孩I是因为成绩卓越，以十一岁的年龄跳级为五年级学生，所以还曾经怀疑是找错了人。

"但，可能是天意使然吧，不久，一位进入展示室的学生偶然回头，视线与其交会。这时的M氏不由自主地移开视线，逃跑似的出了校门，双手掩面，诅咒身为科学研究者的自己一生。因为那位学生和他母亲长得一模一样，五官轮廓没有半点儿M氏的模样，同时也丝毫不像W氏。对此，M氏虽然安心吁了一口气，却又立刻痛恨起自己的安心。再过不久，这个男孩即将背负学术实验的十字架，变成悲惨模样，而这孩子的容貌是那样可爱、清秀，其发育之圆满、举止神态之天真无邪和温柔……应该称之为所谓的菩提心吧？那孩子的澄亮眼神一直在M氏的眼前晃动，无法挥去，M氏只好唱着那孩子将来一定会被送进去的'疯子地狱'之歌，站立在大马路上，不惧众人讥笑地敲着木鱼，企图弥补自己的罪孽。那孩子就是如此的清秀、俊俏。

"另一边，W氏在九州帝国大学法医学教室里，一定隔着玻璃窗看穿M氏的这种行动，他苍白的脸上露出一贯的冷笑。他很清楚M氏逃到国外的心理，也知道在男孩I到达青春期之前，M氏必定会回到日本，回到九州，而且绝对已完成与这项实验相关的各种研究，持续进行一切准备地等待着。

"这是因为，W氏深知M氏是彻头彻尾的学术奴隶，M氏迫切地想在其视为一生研究目标的'因果报应'或'轮回转世'之科学原理——'心理遗传'——的结论中,得到实验成果的狂热,并不逊于W氏试图在倾注心血的名著《应用精神科学的犯罪及其证迹》的研究上,希望以绘卷魔力的影响作为其实例的狂热。亦即,W氏对于绘卷具有这样的研究价值和魅力一事深信不疑。

"可是……可是,M氏日后又会如何深刻地一再体验烦闷与苦恼呢?他开始明白下定决心为了学术而牺牲良心,目睹一位无辜的可怜少年成为行尸走肉,自己却对其进行研究,志得意满地发表实验结果是何等困难。然后更发现他大学毕业后十几年间,几近疯狂地研究,只是为了忘记这种良心苛责,这种表现就像是死刑见证人为了忘记痛苦而专注磨利断头刃一般。这项学术研究——断然放弃磨利断头刃——向母校提交的学位论文根本主张,又是什么?那就是'脑髓并非思考事物的地方'……"

"……"

"然而,M氏个人的烦闷终于输给了学术研究的欲望,他恢复了原先的意志,想借自己学说的力量打破'疯子的黑暗时代'和即将蔓延的'疯子地狱',继而忘掉一切;而且他可能以不输于W氏的冷静和残忍,计算着I的年龄。"

"……"

"T子的命运恰似风中之烛。到了那时,T子应该也已完全看透昔日以自己为中心,与W氏、M氏的恋情究竟意味着什么,也丝毫不再怀疑当时两人对自己的热情纯粹只是为了绘卷的魔力和自己肉体的魅力;更确信夺走绘卷的人如果不是向自己问出绘卷藏处的M氏,就是因为失恋而怀恨的W氏。她也明白两人皆是不惜持刀对付纤弱女子的可怕对手,所以拼命抱紧自己的儿子战景不已。

"因此,T子在想象深处一定经常描绘着,万一绘卷魔力的实验有朝一日真的针对男孩I进行,凶手绝对就是W氏或M氏……

"所以，T子的死亡乃是准备这项空前绝后实验的第一要件。"

"啊，医生，请等一下，请不要再说下去了。这样恐怖的事……"我忍不住尖叫出声，趴伏在大桌子上。脑海像在沸腾，额头却是冰冷的，手掌则犹如被火烤，激喘不停。

"什么？你说什么？我是因为你的追问才说明的，不是吗？"正木博士的声音带着不可抵抗的力量压落在我头上，但，他马上又改变声调，训示般接着说，"你怎么这么懦弱？会有人答应听有关别人一生浮沉的重大秘密，却在对方叙述的途中要求停止的吗？你试着站在对抗这桩事件的我的立场看看，试着体会我克服所有不利立场的痛苦看看……接下来还将出现更多可怕的事情！"

"……"

"你听明白了吗？T子应该也察觉自己的存在是这桩事件的第一必要条件，从她对男孩I所说的'等你大学毕业后，如果我还活着，到时候我再把你父亲的事告诉你'，可知T子因为疼爱儿子，费尽心思终于觉察这件事。这段时间，T子一定随时有生命危险，她一方面要极力让儿子远离诅咒，在他能够了解诅咒的真相，也有足够智慧警戒之前，什么都不告诉他，不让他受到绘卷或故事诱惑地静静等待着；另一方面，她则必须继续暗地里搜寻M氏的行踪，确定绘卷的有无，希望凭自己的力量与智慧，接触W氏和M氏，让他们坦白一切，解开这项恐怖的学术研究与爱欲的纠葛。如果可能，她甚至希望亲手毁掉绘卷。这是时时缠绕于她脑海里的凄怆母爱。

"但是，T子的昔日情人，W氏和M氏两人二十年来一直是宿命的敌人、人情世界的仇敌、学术界的竞争对手，而且中间还夹着T子母子，到了这时，彼此互相诅咒再诅咒的结果是，两人皆已化身为无可救赎的学术之鬼，除了在精神方面彼此厮杀以外，没有其他生存之道。而且，两人皆用尽一切积极和消极力量诅咒对方，一心一意磨利獠牙，企图在应是两人之一的儿子I身上尝试绘卷的魔力，将结果公开于学术

387

界，视为自己名誉的同时，把没有人道的罪责缠勒在对方脖子上。牺牲的到底是谁的儿子？两人早就不放在心上了，两人脑海中所想的只是，只要那孩子确实是延续吴家血统的男儿即可。"

这回，我全身真的涌现完全无法忍耐的战栗，用力抱头，趴在绿色罗纱上，所有神经皆受到正木博士犹如解剖刀般凄怆的声音所威胁……

"结果终于来了，落在M氏二十年前所预测的位置，他受到如恶魔般不可抵抗的力量左右，不得不重新站立在他曾惊恐、战栗、疯狂挣扎想逃避的可怕决胜起点！二十年前驱动M氏的毕业论文《胎儿之梦》，现在借着看不见的宿命力量，硬生生将他拉回原点。"

我很想从椅子上跳起来逃到房间外面，但我的身体却很不可思议地密贴在椅子上，不停地颤抖，连想掩住耳朵都没办法。正木博士沙哑的声音一字一句地清楚传入我的耳里。

"就这样，有关这项实验进行的第一个障碍——T子的生命——被完全除去了，她是能够联系男孩I、W氏和M氏的过去之唯一证人，能确实证言男孩I是什么人的儿子，同时只凭一句话就可指证谁是这项恐怖科学实验的'活生生之证据'，可她在一切事件仍陷在迷宫之时就已消逝于这个世间。接下来的问题是，这项实验的第二个必要条件……亦即，M氏要坐上九州帝国大学医学院精神病科教授的椅子。换句话说，这是当实验结果万一遭到追究，为了掩饰遂行事件者的行踪，为了完全保护彼此的秘密和绝对安全，也为了在适当时机将凶行推到对方身上，需要谨慎再谨慎进行的必要条件。"

先前一直踱步的正木博士说到这里时，突然停住脚步。虽然我趴伏在桌上，却很清楚他的位置正好是在挂在东侧墙壁上的斋藤博士肖像画和"大正十五年十月十九日"的日历前。而在正木博士的脚步声突然停止的同时，声音也一起中断，房里忽然笼罩着意料之外的静寂，让原本凝神静听的我，感觉正木博士仿佛突然消失了一般。

我这样想着，仔细听了两三秒钟的时间吧，马上开始深深理解这种静寂可怕的意义。

——我脑海里重新掠过自今天早上以来的所有疑问，情不自禁双手紧紧揪住头发，好像站立在针尖上一般，惶恐地等待正木博士继续开口。

——十月十九日的秘密……
——当天被发现的离奇死亡之斋藤博士的尸体的秘密……
——由于斋藤博士离奇死亡，正木博士就任精神科教授的幕后秘密……
——以及，一周年后同月同日的昨天，迫使正木博士决心自杀的命运魔手的秘密……
——若林博士明言正木博士已在一个月前自杀的意识混沌心理状态的秘密……
——一切完全是由一个人所安排……
——是W氏，还是M氏？
——这件事只要借着接下来正木博士说出的一句话，就能够如电光般闪亮，但是，未说之时却有着难以言喻的恐怖、黑暗、沉默、静寂……

不过，正木博士没过多久却又若无其事般开始踱步，仅在短暂的沉默间，略过我所恐惧的说明，接着说："像这样，M氏继任斋藤博士职位至九州帝国大学上任后不久，立刻决定进行此一学术界空前绝后的实验，而且将实验结果全部丢到我面前。"

"……"

"所以，目前W氏和M氏是同罪，就算不是同罪，也没有证据可以推卸责任。"

"……"

"因此我有了觉悟，打算借着方才你所阅读的心理遗传附录的草案，连直方事件也完全隐瞒，只牵扯出轱辘首和尸鬼，希望即使当作学术研究的参考材料公布，也不会被判有罪。"

"……"

"将背后的内幕视为两人之间的绝对秘密埋葬，忘掉所有怨恨和猜忌，为了学术，也为了人类……"

"……"

"但，或许也能说是菩提心吧！见到那吴一郎狂乱的身影，我竟无法忍受……"

说到这儿，正木博士的声音突然带着哽咽，走至趴伏桌上的我的正前方，接着，我听到他坐在旋转椅上的声音。不久，他拿下眼镜放在桌缘，从口袋里掏出手帕，好像正在擦拭眼泪。

但是，这时也不知道为什么，我全身的战栗忽然完全静止，相对的，随着正木博士的哽咽之声，有一种无法形容的不愉快自腹内涌起。尽管还是维持原来趴伏的姿势，却只是一种姿势而已，内心其实很想大叫"别讲那么多了，要哭就哭吧，反正完全与我无关，我只是负责听而已"。日后回想起来，继而发觉这实在是极端不可思议的心理变化，虽然不明白自己为何会有这样的变化，可是却还是一动不动，所以正木博士应该不会察觉我有如此的心情变化。

正木博士像是轻咳般哼了一声，转为极端严肃的声调，一字一字地说："只不过，在此有一个人……也就是你……"

"……"

"你被我和若林挑选成为这项事业的继承者。不，坦白说，若林和我并没有资格向社会公布这项事业的最后成果，但你被挑选来承担这项神圣使命，送至我们面前的唯一至高无上之天使。只是，你自己不知道自己的天命何在，完完全全不知道，你是真正的纯真少年。"

"……"

"老实说，我和若林也不希望亲自公布虚假的事件真相，而希望能在我们两人死后，由第三者以真实的方式公布。这是我们两人毕生的愿望，释出至诚无欺的学者良心的希望。所以若林和我默默地同心协力，全力设法想让与这桩事件有重要关系的你恢复正常。你现在如果能恢复自己过去的记忆，拥有以前的意识状态，应该可以自觉到这项工作的继承者除了你之外并无别人，你在惊人的错愕和感激背后，绝对会担负起公布这项空前绝后大研究的重任，震惊全人类，并借此举，一举照亮自从太古以来疯子的黑暗时代，彻底颠覆全世界的疯子地狱，把唯物科学万能的漆黑世界拉回精神文化的光明世界；同时，我相信这不仅将防患于未然地制止绝对会来临的应用精神科学犯罪的横流，也可以避免让那位可怜的少年吴一郎和其他人变成无谓的牺牲，还可以献给他们全人类的感谢和吊慰。最后……我们两人也将努力把所剩不多的生命终结在那一刻，我们死后，则会在唇际留下如同永远不会融化的极地寒冰般的冷笑……"

"……"

"话虽如此，以你现在的头脑来思考，或许会认为这是极端不合理也不可解的要求，也或许会误会我和若林是利用容貌与吴一郎完全相似的你，来完成虚假的学术研究，又企图以虚假的方法公之于世。但是……但是，我可以向天地之灵发誓，尽管我们私人间的竞争包含各种各样的虚伪，可是所进行的学术实验，以及由此证明的学理、原则，绝对没有一丝一毫的虚伪……只不过，和内容毫无关系的公布方式中混杂着不得已的虚假，但是我刚才已经将之订正成真实形态向你报告。

"所以，这个时候，希望你能完全信任我们。你是必须毫不怀疑地用真实形式公布这项实验经过的唯一责任者。亦即，我和若林皆相信，你只要恢复过去的记忆，一定可以了解到，你是把我的遗书和若林的调查报告整理成完整结论后，向学术界公布的独一无二人选。不，不只是我和若林，一般社会大众一旦知道你的名字——已在前述的谈话里多次出现，世人应该会相当有记忆——之后，只要听到这个名字，马上会认定除了你以外，绝对无人适合这项工作。所以我才在得知你即将恢复正常精神状态时，安心地写下这封遗书。

"不过，我决心自杀另有其他理由，并不是因为昨天正午解放治疗场内爆发重大悲惨事件，导致我受到责任感的刺激，也不是由于这一天刚好是斋藤教授的忌日，令我产生一种天意无常的感慨；坦白说，是因为我不想再活下去了，如果不是要遂行这样的研究，这无处运用头脑的人类世界之肤浅、低级，实在让我无法忍受。

"还有，若是研究如何利用新发明的火药让这个残缺世界爆炸，或研究让青蛙卵孵化出人类等一类课题还差强人意，可是只为了证明心理遗传这种连三岁小儿都能懂的简单明了的原理，竟要历经双腿犹如木棒、脑浆犹如石头这样的多重辛劳，甚至导致我做出罪恶的行径，几乎坠落地狱深渊……虽然后来好不容易证明真理，可是，报酬呢？别说不能在妻儿的环绕下享受余生，甚至在获得结果的时候，也就是生命即将幻灭的时候，都有可能被认为是无法无天的家伙，受人们拳打脚踢、吐口水，不是吗？"

"……"

"我直到今日为止完全未曾注意到这样的结论，实在无法忍受自己的愚蠢，只希望不要再当人类或所谓的学者专家，而是成为回归到伊甸园的亚当，可以肆无忌惮地击溃一切对手……"

"……"

"我现在的心情当然必须和若林完全相反。若林无论如何都固执地想借着这项实验来和我彻底分出高下，尤其是他受到肺结核侵蚀，自知时间不多，所以今晨获知你，也就是应该继承公布此项实验结果责任的最后责任人可能恢复正常的精神状态时，他马上焦躁地做出让你理发、换上大学生的制服、带你与她见面等行动，尽可能让你赶快承认自己是吴一郎，成为他的帮手，依他的意思公布结果。不，甚至现在他都还在你我的四周布下眼睛见不到的天罗地网，企图让一切能随他所愿。"

"……"

"但是，我本来就认为没必要随他起舞。反正我打算在化为电子或什么的游离于彗星之前，将为数不多的财产，连同印章和文件资料等都给若林，等你恢复记忆后，让若林把那些当作公布实验结果的谢礼全都转交给你。我还要告诉他，只要公布的内容与心理遗传相符，那么附录实例中出现的凶手名字为何，我完全不在乎……

"可是，应该称之为前世冤孽吧？见到先前若林用他一贯的手法给予你似催眠术般的暗示，企图诱导你的脑筋转移至对他有利方向的态度，我的牛脾气又被惹出来了，这才决定反击而来到这里。

"不过在这样和你谈话之间，我的心情又有所改变，觉得一切都很麻烦，反正这是得不偿失的工作，日后变成如何又有什么关系，以致很想一举毁掉一切，因此……

"我决定今天就让你和真代子离开病房，同时烧毁所有的文件和资料。

"我敢肯定，六号房的少女真代子绝对不该成为站在解放治疗场一隅的那位青年的妻子！不论从法律或道德上来说，她都是命中注定该成为你未来妻子的女性。我可以用自己和若林的名誉保证，即使从科学的立场来说，楚楚可怜的她都应该成为你的另一半。

"同时，基于我的立场，我要再下一个断言，若你没这么做，没有和真代子展开婚姻生活，不管若林和我如何努力、费尽苦心，你终究无法脱离'自我忘失症'的障碍。根据先前各种实验的结果，已可确定那是真代子和你可以得救的唯一最后手段。我这样说绝不是强迫你，为了让你因为坚守童贞导致的自我障碍'自我忘失症'痊愈，这是最有效也是最后的精神科学治疗方法。关于这种治疗法的原理原则，精神分析专家弗洛伊德和性科学专家石垣纳赫也和我有完全相同的论点。

"你马上就能知道，这种最后治疗手段的效果准确至极，甚至超过二加二等于四那样的准确。证据重于理论，我所说的话绝非虚构，证据在于，你和她进入幸福婚姻生活的同时所恢复的记忆中，一定会有各种各样的事，使你发现到目前为止所遭遇的极尽神秘怪异事件，与那位站在解放治疗场角落微笑、容貌和你一模一样的美少年毫无关联，而是直接与你本身相关。这一切就和打开电灯开关同样鲜明，原因何在？这是因为你和那位小姐进入新婚生活的同时，现在累积在你的脑海中，造成自我障碍的生理原因将会得到解放，你会恢复目前为止怎么也想不起来的所有记忆。另外，也能识穿现在让你迷惑、怀疑、苦恼的所有事件真相……亦即，当你进入物质上和精神上都真正幸福的家庭生活，即使不受他人之托，也能够站在基于自己理智的公平立场，将观察这桩事件所得的真实记录向学术界公布，让我和若林辛苦努力的实况诉诸正义的审判，同时成为扭转现代脱轨式的邪恶文化的一大转机。我以专家的立场下此论断……为了你和真代子的名誉与幸福……"

"不行！"我突然以非比寻常的力量跳起来，火烧般的激愤令我全身不住发抖。我低头望着正木博士的脸孔，咬牙切齿，嘴唇颤动着说："不要……我不要！我坚决拒绝！"

"……"

我从方才就极力忍住的所有不愉快脱口而出，无法遏制激动的心情说着："我或许是精神病人，或许是痴呆，可是我仍有自尊心，仍有良心。就算对方是何等美若天仙，就算为了治疗病症，我也绝对不会和他人的恋人在一起，即使知道在法律上、道德上和学术上都没有问题，我的良心还是无法同意。纵然那女人认同我为理所当然的丈夫，渴望获得爱情也一样！只要我自己没有那样的记忆……只要那样的记忆没有恢复，我怎能做出如此不知羞耻的事情？更何况……更何况要公布如此污秽的研究成果……我无论如何都做不到……"

"且慢……"正木博士坐着不动，脸色苍白，举起双手，"但是为了学术研究……"

"不行，绝对不行！"我的泪水夺眶而出，因此，正木博士的脸孔和房间里的景象看起来一片模糊，但我却不想擦拭，继续大叫道："学术研究算什么？西洋的科学家又如何？我或许是疯子没错，但却是日本人，自觉体内流着日本民族的血，宁死也不愿意从事那样残忍不知羞耻的西洋式学术研究和实验，如果必须为了所谓的学术研究，做出这样污秽不知羞耻的事，而且又与这样的研究脱离不了关系，我宁可把这颗头和过去的记忆一起打破，现在就……"

"不是这样的，其实你就是……吴一郎……"说着说着，正木博士的态度眨眼间崩溃，一直以为泰山崩于前也无动于衷的他，那浅黑脸色霎时转为赤红，又再变成铁青。只见他半站起身子，伸出双手，似乎想打断我的话。那种狼狈态度在我新涌出的泪水中晃动，但是，我完全不想听他说话。

"不、不！不管我是吴一郎还是别的什么人……不管我的身世如何，反正罪恶就是罪恶。"

"……"

"医生们要进行什么样的学术研究，要怎么随意置人生死，那都是你们的自由，但是，被你们当成学术研究玩具的吴家人……吴家的人们曾经伤害过你们吗？不只是这样，他们都是在相信、尊敬、仰慕、信赖你们之际被你们所骗，或者因你们而变成疯子，不是吗？你们甚至还让吴千世子生下了儿子，目的却是进行世上罕见的恐怖实验，他们难以尽数的怨恨，你们又该如何偿还？刻骨铭心相爱的亲子、恋人却被你们强制分开，承受比地狱更痛苦的折磨，你们又如何能够恢复原貌？难道只要是为了学术研究，真的就可不管一切地胡作非为？"

"……"

"就算不是你亲自下手也一样的！难道你以为让别人公布罪恶的真相，就可以抵消一切？就能够只受到自己良心的苛责，洗净所有罪孽？"

"……"

"太过分了……太惨无人道了！"

"……"

"医生……"我叫着,突然感到头晕眼花,忍不住双手撑在大桌子上。眼睛因为新涌出的泪水而模糊,呼吸急促。"事到如今,请你接受惩罚吧,只有这样,那些可怜的人才能不算白白牺牲……而到时候,我会很乐意答应公布研究实验结果的。"

"……"

"为了赎罪,首先,我会拉着若林博士来到你面前,让他亲自道歉,自白他所犯下的一切可怕罪行……"

"……"

"然后,你和若林博士两人一起向被害者们谢罪,在斋藤教授的肖像前、在遇害于直方的千世子坟前、在真代子与八代子和发狂的吴一郎面前一一忏悔。向他们表示你们是为了学术研究而做出这种事,由衷向他们道歉。"

"……"

"我只求你这一件事,求……求你了……请赎罪吧……"

"……"

"这……这样的话,我自己就算变成怎么样都无所谓……不管手脚或生命,我都可奉献出来……就算你要我承接这项研究工作,就算要我承受一切罪名,我……"我无法忍受地双手掩面,泪水从指缝间不停流下,"这样残酷、冷血的罪恶,啊……我的头……"

我整个人趴在大桌子上,虽然极力不想出声,却没办法控制地从双手底下哽咽出声:"对不起,请让我……替大家报仇。"

"……"

"请让这项研究……成为真正神圣的研究。"

"……"

"……"

咚、咚、咚……有人敲门。

我注意到这声音,慌忙从口袋中掏出手帕,一面擦拭被泪水打湿的脸孔,一面抬头望着正木博士的脸,我随即倒吸一口气。那是足可让我攀升至亢奋顶峰的感情霎时萎缩的形貌,如同厉鬼般极端恐怖的形貌!像瓷器一样毫无血色的脸上布满苍白的汗珠,额头的皱纹倒吊,青筋暴窜,两眼紧闭,假牙紧咬,博士双手用力抓住椅子扶手,头、手肘和膝盖各自朝不同方向颤抖。

咚、咚、咚……敲门的声音还没停。

我颓然萎坐在旋转椅上。

那声音仿佛在宣告什么,也好像是来自地狱的信息,又像是世界末日,我睥睨门后,听着似乎直接触及我心脏的敲门声,内心如聋哑者般挣扎,努力想透视站立门外之人的身影,却无法得逞,想呼救又发不出声音……

咚、咚、咚。

不久,正木博士似乎压制住全身的战栗,但紧跟着又出现更剧烈的战栗,然后又开始更努力地抑制。他上身微微仰起,充血的眼睛无力睁开,灰色的嘴唇发抖,回头,好像想回答,声音却像被痰哽住,喉头上下动了两三下后,声音却消失了。然后,他低垂着头,仿佛死人般地倒在椅子上。

咚、咚、咚……咚、咚、咚……咚、咚、咚……

我在这时候并不觉得自己发出任何声音,只是感觉到一阵不知道从哪里响起的既不像鸟又不像兽的奇妙声音在室内回荡,同时觉得头发一根根地往上蹿,而在往上蹿的感觉犹未消失之际,房门半开,转动的合金门把手侧面出现一颗红褐色的圆形物体——是先前送蛋糕进来的老人的秃头。

"嘿、嘿,对不起,茶应该冷掉了吧?不好意思,这么慢才来换热茶,嘿、嘿、嘿。"

说着,他把还冒着热气的新茶壶置于大桌子上。然后,原本就佝偻的腰弯得更低了,他眨着泛白的眼睛,伸直满是皱纹的脖子,怯怯地望着正木博士的脸。

"嘿、嘿、嘿,太慢了……昨天晚上起,其他同事都休假了,今天早上只剩下我一个人,所以……"

老人的话还没说完,正木博士似乎借着最后的微弱气力,从椅子上摇摇晃晃站起,用死人般无力的表情回头望着我,牵动嘴皮好似要说些什么,然后轻轻摇头,泪水沿着两腮而下。他点点头后,再度低垂着头,抓住老人开着的房门门框,步履不稳地走出门外,脚步踉跄得差点儿倒下,他慌忙扶住门柱,好不容易才在走廊木板地面站稳,立刻用力紧闭房门,门板发出像是裂开的巨大声响,室内的玻璃窗同时产生共鸣,有如哄然大笑般的震动、鸣响、颤抖。

回头望着他的老人,不久又怯怯地转过脸来,愣愣地望着我:"医生是哪里不舒服吗?"

我也鼓起可说是最后的力气,勉强挤出像是在哭的笑声:"哈、哈、哈、哈,没事,只不过刚刚我们吵了一架,所以他很生气。别担心,很快就好啦!"

说着,两边腋下有冰冷的水滴滴落。我完全不知道说谎居然是如此难过!

"嘿,原来是这样,那我就放心了,我是第一次见到医生那样的脸色……请慢慢喝茶,只剩下我一个人,难免服务不周到。医生真的是好人呢!虽然常常骂人,不过平时很亲切,而且昨天那个解放治疗场发生严重意外,导致另外一位同事因为脚部扭伤而休息……医生也很可怜的。嘿、嘿,请慢用……"

秃头老人提着冷掉的茶壶,弯着腰蹒跚走出门外。我像是望着来吞噬自己灵魂的恶鬼离开般,目送他的背影。

同事关上房门后,我再度茫然若失。从腹部深处缓缓吐出颤抖的呼吸,双肘拄在大桌子上,双手掩面,指尖用力按住两颗眼球。头脑中似是完全干涸,在感觉一种难以名状的疲劳之同时,用力按住的眼球前浮现出种种幻象，其中有如电光般纵横、无尽驰骋的问号，然后问号仿佛深入脑中般令我产生焦躁心情。

——解放治疗场的白沙亮光？

——正中央挂满枯叶的梧桐树？

——怔立对面的吴一郎的身影？

——再过去的砖墙上方的屋顶上的两座大烟囱？

——大烟囱吐出的袅袅黑色煤烟和蓝天？

——趴卧在白色床铺上啜泣、穿白色患者衣服的少女？

——若林博士摊开在绿色桌布上忘记带走的调查报告？

——紫色旋涡状的雪茄烟雾？

——若林博士的奇妙微笑？

——正木博士眼镜镜片的反光？

——……？

——……？

我用力摇摇头。想着想着，我觉得自己成了学术研究之饵，于是紧闭着眼睛挥动双手，似想拂拭掉看不见也摸不到的因果之网。

以疯子的黑暗时代为背景，操纵着蛛网捕捉我的人，乃是栖息于学术界的两只大毒蛛，旷古绝今的精神科学家M氏，以及举世无双的法医学家W氏。其中，M氏所丢出的蛛网最为可怕，似乎严重打击了我直到目前为止的全力抵抗，我全身血液逆流，耗尽一切冷汗热泪战斗，却惨遭驱逐……但，与此同时，我自己也精疲力竭，别说没有能力判断自己行为的善恶，连离开这张大桌子一步的气力都没有，甚至不知道精神上和肉体上是否有再次振作的勇气。

可是、可是，我背后却还有另一个强敌！这个强敌W氏或许已经预见这样的结果而冷笑。他是如此毫无破绽，张开结实牢固的网等着我陷落，运用着别说是我，就连正木博士也未能察觉的巧妙、缜密、伟大的智慧力量，将我牢牢控制住，期待让我成为借着污秽和虚伪完成的学术研究的牺牲品。

　　如果会被他那只毛茸茸的大手抓住，我宁愿不去反抗正木博士。也不知道为什么，以若林博士和正木博士两人而论，我比较喜欢正木博士，尽管两人皆是想以我为饵食的学术界毒蛛，我却觉得正木博士亲切而容易接近，如果他此刻回来，对我说一声"我错了"，我可能会非常高兴地忘掉一切而成为他的奴隶，还可能会举发若林博士卑劣的行为，公布同情正木博士的记录……只是为了不让若林博士那双苍白的手抓住我的心脏……

　　但是，四周一片静悄悄，没有听到正木博士回来的声音。我虽失去与命运对抗的力量，却还是只能等待命运！

　　啊，怎么办？

　　我再度呼吸急促，快要透不过气来。

　　不久，心情慢慢平静下来，身体恍如空洞洞的，只有耳洞里犹如雷鸣……

　　　　黑色、黑色，乌黑……
　　　　只要吃了乌黑的眼眸，
　　　　白色、白色、洁白……
　　　　洁白的眼珠就会跳出。
　　　　啪、啪、啪、啪、啪啪、啪啪……

　　　　白色的眼珠很可爱呢！
　　　　从口中跳出，
　　　　从筷子尖端逃走，
　　　　不停地滚动，
　　　　看不见逃去了什么地方。

啦、啦、啦、啦、啦啦、啦啦……

白色的眼珠很可爱呢!
黑色的眼珠很可爱呢!
真正的眼珠很可爱呢!
可爱呢、可爱呢、可爱呢!
啦、啦、啦、啦、啦啦、啦啦……
啪、啪、啪、啪、啪啪、啪啪……

可爱呀、可爱呀!

最先前的舞蹈狂少女澄亮的声音透过南侧的玻璃窗传入。

突然,我脑海中闪过一个奇妙的念头,纠缠在我头脑中的无数问号霎时消失无踪。我像机器人般的双手离开脸部,重新在旋转椅上坐正身体,望着正木博士走出的房门,望着正面墙壁上挂着的金黄色和黑色两块匾额,环顾散落眼前的各种各样的文件资料。秋天接近正午的阳光让弥漫空中的雪茄烟雾看起来蓝白透明,让一切东西都清楚反射着亮光。

"怎么、原来是这样,啊,哈、哈、哈、哈、哈……"

我用双手紧紧按住两边侧腹部,极力抑制忍不住的笑意,持续放声大笑。

白痴、白痴、白痴,真的是最大的笨蛋,啊,哈、哈、哈、哈、哈……

若林博士和正木博士也是一样,不,甚至是比我更严重的大白痴!我们三个人彼此都互相误解了,这是何等可笑的错误呀!这……

是谁杀害了千世子?是谁把绘卷交给了吴一郎?谁是吴一郎真正的父亲?是W氏吗?或是M氏吗?或者还有另外的人物?这些谜团连一个都未解开,说不定只是第三者随性所为,不,这桩事件本来就没有任何

401

凶手，事件的内容完全只是偶然，只不过是几个原因不明的意外事故所重叠。千世子的缢死、斋藤博士的溺死、吴一郎的发狂，或许皆是独立发生的事故，否则不应该是如此神秘不可解、深不可测的事件。

只不过是两位博士判断错误，硬是将其重叠在一起，想让它成为一个焦点，他们互相害怕对方夺走自己宝贵的研究资料，戴上有色眼镜望着对手，认为一切都是对方所为。

很可怜的，因为自己过度错觉，不，是因为两颗古今无双的脑髓迄今一直未能找到旗鼓相当的对象，在此发现适当对象，而开始发挥本能的战斗欲，全力对抗，结果导致彼此都无法动弹。

哈、哈，这个世界上真的会另有像这样愚蠢荒唐的竞争吗？两位博士的研究与争斗比事件本身更严肃、更深刻、更可怕！或许所谓的学者皆是如此，经常为了这样无聊的事情认真竞争也未可知。

但是，仔细想想，也难怪会如此吧？吴一郎和我这般酷似双胞胎，再加上吴真代子和绘卷中的死亡美人画像简直一模一样，在这种地方会发现如此难得的双重偶然，而且是凝结在同一血统中，任谁都会大吃一惊吧？进而认为其中绝对隐藏着某种深刻原因，以至一开始就戴上有色眼镜去研究。或许本人没有这样的打算，却因为与一开始就戴着有色眼镜研究的心情相同，而不得不变成如此结局。证据是，若是将组合成这次事件的各种事故一一分开来观察，就算两位博士没有插手，它们还是可能随机地发生，只是因为两位博士彼此认定是对方所为，看起来才会变成一种重叠；假定没有两位博士唠叨的说明，也只不过是两宗单纯的离奇死亡事件和一桩发狂事件而已，不是吗？

对、对！一定是这样，是这样没错！一切只是毫无根据的事件之重叠，却因我未曾注意到而饱受骚扰、自寻烦恼，白痴、白痴、白痴，真是愚蠢的大白痴！我们三个人都是……

搞不好这桩事件的凶手是我也不一定呢！

"啊，哈、哈、哈、哈、哈、哈……"

听到自己的笑声在室内回荡，我忽然噤声了，同时发现，不知不觉间双手托腮的我，眼睛被滚在眼前绿色桌布上的绘卷所吸引。

这应该就是所谓的灵感吧！

我心跳加速，又在旋转椅上重新坐正，全身充满前所未有的神圣心情，伸手拿起绘卷，凝视。

最后剩下的是这卷绘卷的魔力！其他一切都能够否定，但是这卷绘卷的魔力却直到最后仍旧无法否定。

这桩事件从表面上观之，一切都出自无知，可以认为只是几桩无聊的小事件的结合，只不过因为正木和若林两位博士相互钩心斗角，试图以这卷绘卷的魔力为中心成就奇怪的事业，才导致整体呈现出非常有意义的战栗、紧张气息。但是，退一步从事件的背面来看，两位博士其实都是被绘卷左右了行动，抛弃自己拥有的智慧、胸襟、学问、地位、名誉和生命，在绘卷的魔力之前三跪九叩。万一正木博士的话属实，其他人的生死、流离、烦闷，应该同样都是由绘卷所引起的事件，结果，支配一切不可思议的中心魔力都是显现自这卷绘卷。就算所有现实的事实与一切科学说明皆能被否定，但这卷绘卷的魔力却是不管任何人都没有办法否定的。

所以……如果这卷绘卷有灵，绝对会知道一切，同时也比任何人更清楚自己的经历，也应该完全清楚自己与这桩事件有什么样的关系、自己落入吴一郎手中的全部过程，也应该知道让两位博士苦恼甚至令我饱受折磨的内幕。

这卷绘卷至目前为止，已经让很多人狂乱、迷惑、互相伤害，可是它自己却视若无睹，同样的，今天它又同样故作不知地落入我的掌中，但是……

距今一千一百多年前，大唐唐玄宗的淫乱在青年绅士吴青秀的忠志中得到反映，显现于六幅腐烂美人的画像中，而且笼罩在怪异画像中的奇怪艺术家执念，即使在远渡日本以后，仍旧与吴家血统纠缠在一起，呈现恐怖的因果循环延续了几十代。到了相隔十几个世纪的今日，落在没有血缘关系的正木和若林博士手上，即使受到科学知识的无上光明所照射，非但未丧失其魔力，反而增加了其怪异作用，从各方面蹂躏、嘲弄两位博士的一生。甚至今天处在现代文化权威的九州帝国大学里，才刚接近我的指尖，马上就伸出眼睛看不见的魔手，一把掐住我的心脏，带给我几乎绞尽血汗的痛苦，借着不可解的因缘攀附着我，将我吸入不可思议的命运旋涡，朝事实真相继续喷出白色烟雾，借着烟雾将我玩弄于股掌间，想让我想起记不起来的事情、思考无法思考的事情、看见看不见的东西；要求我记起消失的记忆，想起并不属于自己的身份，拼命追寻并不存在的事件真相，迷惘、狂乱、哭泣、大笑，在比疯子地狱更恐怖的疯子地狱中打转。

啊，多么可怕的魔力呀！

我凝视眼前的空间。思索至此，圆睁的空洞眼眸前再度浮现死亡第五十天的芳黛夫人露出冷笑的幻影。

可恶，看我如何对付你！

想到这里，我有预感能发现足以一举打破所有神秘和不可解的恐怖秘密之关键，于是用力咬紧下唇。我想，在绘卷某处一定潜藏着足以一举揭发折磨两位博士和我的魔力之真相，以及其他尚未被发现的意料之外的东西。我迅速解开绘卷的绳子。趁这个时候顺便看了一下手表，时间正好是十一点五十分。正面的电子钟指针则指着十一点四十九分，但，或许是长针正好要移动之际吧！

我在绘卷卷轴的绿石上呼了一口气，一看之下，似乎有许多不知身份的指纹重叠，等发觉是我自己刚刚把玩的痕迹时，不禁苦笑，重新拿好绘卷，同时暗骂自己：不能这样大惊小怪……

裱装的刺绣和内部深蓝色纸上粘贴着无数似是细小发光的纤维，应该是以前用棉花或某种东西包裹绘卷的痕迹吧？放在鼻子前闻嗅，有一股霉臭味和轻微的、像是樟脑香气混合的味道，其中仿佛还有某种更深刻的气味，不过仔细冷静重新闻嗅之后，证实那是很淡的高级香水的味道。

有意思！照这样下去，应该还能发现各种各样的东西呢！这种霉臭味与似是樟脑的木头香气应该是在弥勒佛像内被渗透而留下，这是任何人都可以想象得到的事，但，香水气味可能无人注意到吧？这一定是暗示着绘卷先前的主人乃是女性。

太好了，如果能再找到未曾被发现的什么，就算是一根头发、一丝烟屑也好，就能当作决定凶手的有力材料了。

我一面想象自己成为名侦探，一面更积极地将绘卷从头开始逆卷至《由来记》的文章结束部分，仔细观看正面和背面，却发现方才无法正视的死亡美人腐烂画像此时只能看到颜料的排列，心中非常吃惊。那绝对不是光线的原因！我特别注意到，从芳黛夫人腐烂的嘴唇可透见的美丽牙齿部分，以及内脏被气体包覆膨胀泛光的部分，但是，怎么也看不见其他任何东西，我不由得为人类神经作用的盲目咋舌了。

但是，继续注意看之后，发现刚开始的地方，纸张质地有几分粗糙，越接近《由来记》结束的部分却越光滑。这也是正常的事，对最初执笔的吴青秀而言，越开头的部分绝对是越常打开又卷起，后来观看绘卷的吴家后代们一定也是相同，对于前面的完整身影画像也会更加仔细地观看，这点说是人之常情也无可厚非。绘卷背面全部涂满某种闪闪发亮的淡褐色液体，上面处处留有疑似指痕的白色圆点，可是因为不太平滑的纸下浮现不规则粗纹，很难分辨是什么痕迹。最终，从绘卷上，我只发现先前所述的高级香水味道。

我再度把绘卷移近自己脸孔，反复不断地深吸着像是想要告诉我什么事的香水味道，虽然不知道那香水是叫什么名称，我却发觉那不仅是真正高级、洁净的香气，更含着某种勾起我记忆深处无比怀念、无奈回忆的气味。当然，那是属于女性所散发的气味，但，感觉不像我昔日的恋人或是母亲、姐姐的气味……为求慎重起见，我站起身，从入口门边拿来自己的方帽子，闻嗅着比较两者的气味。我发现帽子内侧只有新布料、人造皮以及淡淡的霉臭味，不能证明某人曾使用和绘卷同样的香水。

我把帽子放置一旁，轻轻地叹口气，正想将绘卷卷回时，忽然停止动作，忍不住凝视着虚空……

因为，我脑海中灵光一闪，掠过意料之外的暗示。

在侄之滨的石头切割工厂，吴家的老佃农户仓仙五郎发现吴一郎的时候，见到吴一郎凝视的只是绘卷的空白处。现在，我已明白这项不可思议的事实之真正意义。

说起来很简单！

这卷绘卷，一直至最后面用汉字所写的《由来记》为止，一定经常被人用手拉开、卷回，所以在这将近一丈长短的卷幅中，有可能掉落观看者身上的某种东西，但是，如果万人之中有一位拉开至接下来的白纸部分观看，则此人的头脑必定和一般人有相当大的不同，甚至可以说，这样的人绝无仅有。话虽如此，假设真的出现这种凭常识无法想象的情形，或者脑筋构造与一般人不同的人，将《由来记》后面的白纸部分拉开至最后面观看，情况又是如何？简单地说，此人一定是认为绘卷的画者吴青秀，绝对会将芳黛夫人的形貌一直画到只剩白骨为止。当然，包括芳黛的妹妹芳芬在内，吴家历代后人和正木博士应该都认定绘卷上只有六幅死人画像，但是，如果有人能够看穿这卷绘卷具有令人发狂的魔力，而把绘卷展开至最后面，情况又会如何？若有这种情形，能说这一部分不会有什么东西吗？而且如果掉落某种东西，无论何等细微，应该都具有重大的意义，或许凭此就能指出利用绘卷导致这桩事件产生的凶手之真正身份也未可知，至少，没有调查到那样的程度，如何能说无法由此绘卷中有所发现呢？

吴一郎在侄之滨的石头切割工厂专注凝视绘卷的空白处，能够推定当时他的内心已经一半是自己、一半是吴青秀，虽然不知道他是抱着何种心情这么做，但看他总是看着绘卷最后的空白处，可以推定他在这个部分发现了某人掉落的某种东西。

证据是，吴一郎告诉仙五郎老人说"我知道交给我绘卷之人的真正身份"。

为什么？我为什么到目前为止都未曾注意到这点？

这样想着的瞬间，我脑海里掠过又被某人紧追般的预感。瞄了一眼手表和电子钟，两边都是差四分就十二点。

我的手再度反射般地拿起绘卷，开始拉开至空白处。在最初的约莫一分钟，我极力抱持着冷静调查的念头，可是面对怎么看都毫无变化的白纸，没多久，我就产生了好像在无涯的白色沙漠里独自旅行般焦躁与愚蠢的感觉，对自己急于当名侦探的心思感到可笑，好不容易才前进了三尺左右的长度。

这时，我开始怀疑吴青秀确实只画了那六幅画像。

假定吴青秀陷入痴呆状态，应该也是在听了妻妹芳芬的说明，想到自己乃是古今罕有的大白痴，为了毫无用处的忠义而害死最深爱的妻子的那一刹那，整个人茫然若失以后吧！这么一来，在那数分钟，不，数秒钟之前，他应该还是正常的。如果没有忘，那他一定会说明自己最后是画到什么内容。而芳芬也是一样，一面看着自己恋慕的男人牺牲最宝贵的姐姐所完成的伟大事业，一面绝对不可能放过绘卷上出现的任何事物……想到这儿，我整颗心都凉了。

不过，基于一种似是习惯性尽义务的心情，混杂着迄今为止的疲倦，此时我感到昏昏欲睡，我用双手一口气拉开大约还有一丈长的空白部分，聚精会神看着，好不容易展开约莫三丈的绘卷最后的空白部分，意外发现黑渍般的东西，我不禁瞠目。

仔细一看，那是距离最后深蓝色的纸上、用金色颜料画有波纹处稍远的位置，有着五行纤细、娟秀的女子字迹，应该是属于小野鹅堂书法流派的字迹。

　　　照亮思子之心暗影，
　　　开放世间智慧光明。
　　　明治四十年十一月二十六日
　　　正木一郎之母　千世子
　　　正木敬之　阁下

　　我的头发倒竖，慌忙将绘卷往回卷，但是我双手发抖，绘卷因而掉落……
　　绘卷像是有生命般自行展开，从大桌子上滑落到地板上，逐渐伸展，我头皮发麻，也不知道怎么开的门，更不记得何时跑过走廊，冲下楼梯，从玄关跑到外面。
　　突然一声轰然巨响，好像追赶我似的响彻整个九州帝国大学的校园。
　　是午炮的声音！

　　只能认为那是一项奇迹。恰似某种眼睛见不到的伟大力量，从空中伸手拖着我旋转一样不可思议！
　　我跑出九州帝国大学医学院正门后，完全记不得自己绕过什么地方，也丝毫不知道为了何种目的又回到九州帝国大学精神病科教室。
　　背后传来尖锐的汽车喇叭声，在眼前紧急刹车的电车呼啸声，脚踏车铃的聒噪声以及叱骂的人声和狗叫声。我见到团团转的太阳、吹向前后左右的风，还有仿佛战争般相互追逐的沙尘；见到云中垂下的电线杆；见到滴血至檐下的图画招牌；眺望地平线对面透明山峦绵延的宽阔平原；迷失于不知几千、几万、几亿块的红砖堆里；看见在紫色阴影中伸出手脚挣扎的婴儿幻影；仰望澄蓝色天空中闪动黄色光影而逝的飞机……之后，看见六幅排列整齐、只剩白色轮廓的死亡美人裸体画像。

我看着恍若人头，又似眼睛，也像鼻子、嘴唇等各种形状的白色流云、黑云、黄云，云缝间是如药水般苦涩又澄清的蓝天……我乱扯乱抓自己的头发，头发底下包裹着清醒的神经和散乱的感情；前额时而痛楚不堪，令人几乎忍不住要跳起来；不停搓揉因刺眼光线和沙尘飞入而疼痛的眼睛。我也不知道要去何处，只是踉跄前行。

河川、桥梁、铁道、寺院红色的山门，站立在山门左右两侧的正木博士和若林博士……我极力抑制想要狂奔的冲动往前走。

一切都是真实，并非虚假的学术研究，也不是捏造的自白，而且，从头到尾都是正木博士一个人自导自演，亲自执行。

若林博士什么也没有做，他从一开始就毫无所知地被利用来遂行正木博士的研究。而在受到正木博士极其奇怪巧妙的犯罪所魅感，主动进行调查之间，不知不觉地接受收集研究材料的工作，并提供给正木博士发表。他掉入正木博士布置好的陷阱，被耍得团团转。

但是，从结论来说，若林博士却发现了千世子留在绘卷最后部分的笔迹，和我一样历经重重疑问，发现了最后的唯一焦点，也和我同样在瞬间解决一切，明白全部都是正木博士所为。

但是，若林博士采取的态度却非常可贵！若林博士在识破事件真相核心的同时，决定基于同乡同学的立场，对正木博士传达身为学者的无限同情与敬意，只解开事件内容的重点，而把正确的调查报告交给正木博士，不管是烧毁或丢弃皆随其自由，又故意派人送茶点进来，不动声色地点明"我已经离开很远，别担心，请随意自由地说话"。他之所以会说"正木博士已经在一个月前自杀"，同样是带着此种意义的关切心理，让正在一旁偷听的正木博士不会在那种情况下出来，陷入那样痛苦的局面，当然，同时也是防范我即将恢复记忆的头脑又陷入无法挽回的混乱。反正，就算日后的我知道那些话是谎言也无所谓……

若林博士采取的实在是男人最可贵、最值得人尊敬的绅士态度。

相反地，正木博士为了这项实验，牺牲其全部灵魂与一生。他从最初就对这个传说产生兴趣，为此欺骗千世子的感情，让她生下孩子之后，顺利取得绘卷，然后不顾一切地遂行此项计划。

但，正木博士做梦也想不到，千世子在拿出绘卷的同时，会在绘卷的最后面写上那首和歌，以及年月日和孩子的姓名、出生地点，埋下意义深远的一根钉子。他无从想象，拥有世上最深刻的母爱以及天赋才智的千世子竟然有如此缜密的思维，导致在他大胆、炫惑、天才般的事业计划中，出现了唯一且致命的疏漏。在正木博士自认为为了学术、为了人类，冷笑着抛洒血泪、踩躏神佛，甩脱做梦或清醒时都饱受的苦恼，以及接踵而来的良心苛责与人情无奈之际，他却怎么也逃不掉被死人紧紧捏住心脏的命运！

这就是正木博士的一生，极端污秽的同时也极端洁净，既令人哀伤，也令人痛快……

但是，当正木博士那受诅咒的研究终于进入最后阶段时，他见到若林博士提出的调查报告也不禁吓破胆。他了解到对方那恐怖剔透的脑髓，正极端迂回、毫无间隙地紧密环绕住自己，于是，正木博士在被无法忍受的痛苦的重重包围下，再度尝试以极其卑鄙且彻底讽刺巧妙的手段进行反击，从手边的患者里挑选出我这位第三者，向我自白一切，企图由我进行冒险的实验公布计划。

其实，他的自白自始至终都是自己一手计划、亲自实行，以其独特的机智巧妙思维，利用了对方的个性和行动，计划精妙无比、空前绝后。这种一人二角式，分别利用W氏与M氏的大胆巧妙、企图超脱的手法，绝对是举世罕见的，只不过，结果还是陷入原先的作茧自缚的境地，实在可悲又愚蠢。

"危险……"

"浑蛋！"

"啊……"

我背后传来各种各样的怒叫声，同时紧跟着响起哗啦啦啦、嘭、嘭的剧烈响声。

我一回头，发现所有站立的人全都瞪着我，就在我背后停了一辆蓝色的巨大卡车和一辆弯成"く"形的自行车，我的脚下则散落着破碎的空瓶，褐色的酱油流满一地。卡车上跳下一个穿浅黄色作业服的高大男人，他将手伸进轮胎底下，拉出一个脸色苍白如纸、身穿商店背心的小伙子，并将其领到炫目的阳光下。人群一起往那边跑过去。

我继续慢慢边走边想。

真的太可怕了，这个秘密真的太可怕了！一千年前死亡的吴青秀的恶灵，和生于现代的正木博士的科学知识之争斗正酣。

正木博士矢志研究的最初一瞬间，良心就已经被吴青秀的恶灵紧紧抓住，并被抹杀掉了他人性中最伟大宝贵的亲子之情与夫妻之爱，他自己却一无所觉，坚持不论发生任何事情，绝对不会受吴青秀的恶灵所诅咒。可是其受诅咒的心理状态却化为各种论文、谈话、歌曲等显现形式——公开。而且，他毅然让千世子、吴一郎、真代子、八代子陆续牺牲，勇敢地一一跨越，确信科学绝对获胜般地专注于斩杀吴青秀的恶灵……这是何等凄惨冷酷、执念深沉的争斗啊！我仿佛闻到了从灵魂深处滴落的血腥与汗臭味……

然而……思索至此，我停住脚步，望着热闹的街道，环视用奇妙眼光和神情回头看我的来往行人。我抬头看着高高的广告塔顶端旋转的灯光旋涡，凝视横亘其上如鲜肉般的晚霞云朵。

然而……

然而……

仔细一想，我犹未从中想起自己过去的丝毫记忆，我还是处于可怜的健忘状态中，犹无法给自己"我到底是谁"的答案。我和今天清晨在七号房里睁开眼睛时完全相同，依然只是独自在宇宙间浮游的一粒悲伤、寂寞的无名沙尘。

——我是谁?

——啊,如果能够想起来,我应该马上可以从吴青秀的诅咒中清醒过来,脱离绘卷的魔力束缚,可是,却怎么也想不起来,只留下这点唯一的疑问。

——我是谁?我究竟是谁?我的过去和这桩事件具有什么样的因果关系?

——我反复搜寻今天的记忆,反复思考,加快步伐,又放缓脚步走着。缥缈的钟声,汽车引擎的吼声,孩童的哭声,织布机的响声,不知何处工厂冒出的汽笛声……一切都在无意识中进入耳内,左曲右转。不久,我突然停止踢泥土,站住,缩着脖子,心跳急促得像是即将要窒息。

——糟糕,竟然把绘卷就这样放着。绘卷最后那部分千世子所留的字迹不能够被任何人见到!

——正木博士如果看到,不是会发疯,就是会真的自杀……

——糟糕!

我不由自主地跳起来,紧接着瞬间猛然转身,沿着不知道是通往何处的漆黑乡间道路往前跑。

不久,我跑进灯火明亮的街区,然后穿过又暗又脏的巷子,来到能听见七弦琴和大鼓声的大马路,但我来到了一条死路,前面是两侧亮着路灯的防波堤,另外三边都是大海。我吃了一惊,慌忙往回跑。各种商店的商品、电车、汽车和人群有如走马灯般不停地滑向身后,我拼命揉着被水和汗湿润的眼睛,往方才过来的道路跑着,头晕眼花、呼吸急促,眼前忽暗忽亮,好像有无数灰色的鸟狂飞而消失。我不知不觉间在马路上跌倒,被人扶起后,又甩开对方继续向前跑。

在反复经历这种情况之间,我终于丧失记忆了。不知道为何而跑,也没想到要跑向哪个方向,所见所闻都恍若在半梦半醒间发生,最后连半梦半醒的感觉也消失,只是恍惚跟跄前行。

接下来也不知道经过几个小时,经过多少天……

忽然我觉得全身发冷般恢复意识，一看，不知何时，我已经回到先前的九州帝国大学精神病科的教授研究室，坐在先前坐着的旋转椅上，双手趴在大桌子上的绿色罗纱桌布上。

一时之间，我怀疑自己是否正在做梦，怀疑先前——正午时刻冲出这儿之后，跑遍很多地方、所见所闻的一切事情，以及所思考的一切不可思议的问题，还有其间所感受到的难以忍受的恐怖和痛苦，都只是昏倒在这里时所做的一场梦。

我怯怯地望着自己全身：外套、衬衫、脚上所穿的鞋子都因沾满汗水和灰尘而变白，两边手肘和膝头也全磨破，满是泥泞，纽扣掉了两颗，衣领裂开垂至右肩，看起来刚好是酒鬼和乞丐的混合体。左手指甲上沾着黑色血污，可能是身上有什么地方受伤了吧！虽然不觉得痛，不过眼里和嘴里大概都是沙尘，眼睑刺痛，牙齿之间沙沙的感觉令人非常不愉快。

我再度趴卧桌上，静静回想前后，却怎么也想不起来自己为何要回来这儿。我凝视着放在桌缘的新方帽，努力想记起当时的心情，很奇怪的，我的记忆力在这时候竟然变得薄弱，只觉得是回来拿遗忘在这儿的某种非常重要的物件，但……我慢慢抬头环视前后左右，发现头顶上方亮着白热的大灯泡。

入口的房门半开。

大桌子上的文件资料不知道是谁收拾的，已经像原来一样地整齐放置着，和今天早上与若林博士一起进来时所见到的完全相同，丝毫没有被人碰过的形迹。就连置于一旁的红色达摩造型烟灰缸，也是如今晨最初见到的方向摆置，永远地持续着打哈欠。

当然，其中用厚纸板装订的《疯子的黑暗时代》或《胎儿之梦》的论文，仔细一看，的确有最近被人碰触过的痕迹，稍微呈现"X"形交错重叠。不过今天上午，正木博士当着我面掸过灰尘的蓝色绢布包袱包上，也与初见时相同，布满灰色细尘，显示已很久未曾被碰触。此外，大桌子上既无喝过茶,也无吃过东西的痕迹。为求慎重起见,我看了一看烟灰缸内,里面连一丝雪茄烟灰都没有,只有达摩用他那金黄色和黑色的眼瞳瞪视我。

太不可思议了!难道今天上午发生的事情大部分是做梦?我确实看过包袱的内容物,可是才只是经过这么短的时间,不可能积了那样多的灰尘……

我颤抖地站起来,膝头疲软,仿佛要脱落一般,双手扶住大桌子边缘勉强撑住,伸直有如棉花般的身体,用发抖的手指抓住包袱拉过来,一看,包袱底下留有清楚的方形灰尘痕迹。我重新细看掉落在打结处的尘痕,怎么看都不像是最近有人触摸过,而且,解开后,所有尘痕完全消失了。

我哑然失色,凝视着眼前的空间,再度在脑海中反复回想今天清晨迄今的记忆。但是,正木博士拿给我看的包袱中的东西,以及所做的可怕说明之记忆,和这打结处的尘痕是绝对不可能并存的事实,是完全矛盾的两件事情。

我咬紧牙根忍住全身的恶寒,继续以痉挛的双手手指打开蓝色的包袱,发现先前见过的报纸包和若林博士的调查报告原文,都与之前见过的一样整齐。不仅如此,从包袱巾缝隙掉落的灰尘也淡淡覆盖在调查报告封面的黑色硬纸板上。解开包裹绘卷的报纸,上面同样留有长方形的尘痕。

我再度哑然,由于过度震惊而茫然若失。怀着想确定自己精神是否正常的心情,我首先缓缓拆开绘卷的报纸包,详细检查报纸的折叠痕迹、箱盖的接合状态、绘卷的卷合情形,甚至绳子的系法,但,似乎是由相当细心的人所藏放,一切都非常整齐,没有发现双重或是歪斜的折痕。拉开绘卷,似是杀虫剂且散发强烈气味的白粉纷纷洒落桌上。接着,我打开调查报告,虽然没有使用杀虫剂,可是翻阅之间,灰尘霉味刺鼻,可以确定最近皆无人碰触过。

为慎重起见，接下来我翻开正木博士装订好的遗书，反复看着最后的两三页，但是，至今晨为止墨水都还未干的蓝黑笔痕，现在却已完全乌黑，而且行与行之间似乎还附着黄霉，怎么看都不像是两三天前所写的。

我被越来越不可思议的景象所吸引，于是如先前正木博士所做的一样，把调查资料抱出包袱外，出乎我意料，底下垫着一张发黄的新闻号外。先前正木博士掸干净包袱巾时，的确未存在这东西。

我两眼圆睁，环顾四周。只能认为室内某处躲着身体透明的魔术师正在变着魔术，否则就是我的精神又出现毛病，陷入了某种幻觉。我怯怯拿起那张号外，看到折成八折的一页右上角有特别大的铅字标题，忍不住大叫出声，撞到背后的旋转椅，差一点儿就踉跄倒地。

那是大正十五年十月二十日，也就是正面墙壁上的日历显示的斋藤博士死亡之日的翌日，若林博士说是正木博士自杀的当天，由福冈市的西海报社所出刊的号外，左上端登出的是正木博士眼镜反光、假牙露出、正在微笑的约莫五英寸大小的粗糙照片。

九州帝国大学精神病学教授——正木博士跳海自杀
解放治疗场内惊现罕见凶杀案

今天（二十日）下午五点左右，九州帝国大学精神病学教授、医学博士正木敬之溺死的尸体被人发现漂流至该大学医学院后方、马出滨的水族馆附近海岸，该大学内部此刻非常混乱。但也因为这项发现，暴露出一起恐怖事件：十九日（昨天）正午，该博士独创特设的"疯子解放治疗场"内，一位疯狂少年残杀一位疯狂少女，紧接着造成场内几位疯子当场死亡或轻重伤，连企图制止的监护者也身受重伤。该事件令大学方面以及有关当局都狼狈失措，目前事件真相正在秘密调查中。

疯狂少年挥舞圆锹杀伤五人，
治疗场内鲜血横流

本月十九日（星期二）正午时分，事件爆发当时，该科主任教授正木博士正在午睡，解放治疗场内，十位患者和平常一样地各自散开演出各自不同的狂态。当时在一隅耕作的足立仪作（编号六〇）在午炮响起的同时，听到护士告知吃午餐的声音，立即丢掉所使用的圆锹走向病房。这时，先前就注意着仪作动静的疯狂少年——在福冈县早良郡侄之滨町一五八五番地务农的吴八代子的养子，也是其外甥——吴一郎（编号二〇），突然拾起圆锹，狂击在一旁植草的疯狂少女浅田志乃（编号一七）的后脑部，被害者在血沫飞溅中当场死亡。该治疗场的监护者、柔道四段的甘粕藤太马上紧急通报并赶入场内，却为时已晚。场内的政治狂某某和拜神狂某某两人为了救援少女志乃，前者的脸颊、后者的前额分别被吴一郎的锹刃砍中，血流满地，昏倒在沙地上。

这时，甘粕乘隙从背后抱住吴一郎，打算一举将其制伏，却没想到吴一郎的力气非常强悍。吴一郎丢下圆锹后，抓住体重七十七点五公斤的甘粕的双臂，如水车转动般上下甩动，甘粕拼命想甩开对方时，吴一郎不小心踩到疯狂女人所挖掘的陷阱，身体倒地，甘粕闪避不及，肋骨撞击到大楼屋檐下铺着的石板，当场昏迷不省人事。此时在治疗场入口听到甘粕叫声的几位男性护士、职工和医务人员赶到，其中虽然也有学习柔道者，但是站立治疗场中央的吴一郎拾起圆锹，溅满血污的脸孔苍白，睥睨四周，怒叫"谁敢妨碍我的事业"，吓得没有一个人敢进入。

而后，吴一郎的眼神转向场内一隅，脸色马上恢复原来的红润，开始微笑，重新握好沾血的圆锹，朝着伫立该处的两个女人逼近。首先是舞蹈狂少女某某被追至田边，眉间受到重击，接下来他走近先前扮成女王、仍旧在场内逍遥游荡的胖女人，但是女人厉声一喝"无礼，不知道本宫是谁吗"，同时怒瞪了他一眼，吴一郎愕然止住圆锹，叫道："啊，娘娘是杨贵妃"，随即便跪在沙地上。此时，勉强恢复意识的甘粕忍住痛苦站起身，打开治疗场的入口大门让疯子们逃出，然后似是安心地再次昏倒。之后，吴一郎单手拿着圆锹，轻松抱起第一位牺牲者浅田志乃的尸体，向扮成女王的疯女人施一礼，走出血流满地的场内，悠然走向自己的病房——七号房，其他人只是手足无措、战栗着远远旁观。

疯狂少年自杀，
正木博士无动于衷

这时闻讯赶到的正木博士，以极其平淡的态度指挥医务人员，从狂暴的吴一郎手中夺下尸体和圆锹，给他穿上控制疯子专用的无袖衬衫，铐上脚镣，监禁于七号房。此外，对被害者志乃在内的其他四位男女患者施以急救，其中两位男性因为非致命伤，尚无法判断生死，可是两位少女的头盖骨碎裂，明显不治，他们慌忙通知其近亲。同时，正木博士折回七号房，观看被监禁的吴一郎，却发现他用头撞击病房墙壁，人已经昏倒，赶忙找来医务人员急救。等一切骚乱告一段落，所有问题都处理完毕，正木博士走出精神病科学教室。到了下午两点半左右，医务员山田（学生）想向他报告"吴一郎有恢复迹象"时，在精神病科教室和医院内却都找不到正木博士的踪影。

正木博士断言：
解放治疗已如预期般获得完全成功！

在这段时间，正木博士前往大学校长室，求见松原校长，大声讨论事情。讨论的详细内容虽然不清楚，却听他反复说着"疯子的解放治疗实验，借着这次发生的事件，已经获得如预期一样的成功"，以及"我已经命令该解放治疗场在今天之内封闭。抱歉长时间给你带来困扰，不过也托你之福，终于能够完成实验，内心非常感激。（注：该治疗场是正木博士得到校长允许之后以私费设立，附属于治疗场的雇员等的薪水，也是由正木博士发放。）还有，我明天会提出辞呈，后事完全委托若林博士处理"云云，哈哈大笑着推门而出，不知去向。据说，在校长室隔壁房间听着的职员们都互相对望发抖，怀疑该教授已经发狂。

鼾声如雷，
教授醉卧后行踪不明

正木博士出了校长室以后，毫无责任感地将死伤患者交由医务人员照顾，径自回家，途中不知在哪儿喝成烂醉，回到福冈市凑町的住处，鼾声如雷地熟睡了两三个小时。到了晚间九点左右，他表示要出去吃饭，飘然离开住处，就此行踪不明。据说，他曾偷偷回到九州帝国大学精神病科的办公室，通宵达旦整理文件资料。

模仿疯子的恐怖尸体

本日下午五点左右，钓完沙梭鱼回家、路过大学后面海岸的两名男子，发现漂移至岸边的一具奇怪的溺死者尸体，慌忙向箱崎警局通报。万田组长与光川巡佐前往调查，根据尸体身上的名片确定是正木博士之后，引起一场骚动。福冈地方法院派出热海推事和松冈书记官，福冈警察局派出津川探长、长谷川法医及另外一名警察，大学方面则包括若林院长和川路、安乐、太田、西久保诸教授，以及田中秘书等人赶抵现场，经过验尸，发现该博士将帽子和雪茄置于海岸水族馆后的石墙上，穿着诊断服，手脚以制伏疯子专用的手铐脚镣紧扣，趁满潮时跳海，死亡时间已超过三个小时，就算急救也没有用。但是，上述事情若林院长及其他相关人士皆三缄其口，连一个字也未外泄，企图和前记的大惨剧一起埋葬掉，还好靠着本社机敏的调查，才揭穿真相。关于正木博士的自杀原因，因为并未发现遗书之类的东西，所以不得而知，同时住处的书柜、桌上等也都整理得非常整齐，未能发现丝毫异样。另外，正木博士喝得烂醉回家或是托称外出散步而未归的情形，几乎每个月都会有一两次，所以住在同处的人并不觉得奇怪。

奇怪之谜：
疯狂少年的一句话

对于上述事件，该解放治疗场的监护者、受伤的胸口绑着绷带的甘粕藤太，在市内鸟饲村的家中接受访问时说："事情的发生完全出乎意料，我很后悔，早知道会发生这种事，当初就不该答应此项工作。当然，我应该也有责任，尤其解放治疗场昨日就已封闭，所以我也向正木博士提出辞呈。大概是所谓的疯子之力吧？出乎意料地强大，导致我肩膀出其不意被撞到，两度陷入昏迷，实在太没面子。但是第二次昏迷却马上就醒转，因此我陪同三位医务人员跑向七号病房，打算制伏一郎，可是发狂的一郎挥舞手上的圆锹如同竹片，大叫'不可以过来，不要过来'，状况非常危急，没有办法接近。等到看见随后赶来的正木医生，吴一郎立即恢复镇静，高兴地施一礼之后，指着浑身鲜血、躺在床上的志乃少女半裸的尸体，说出一句奇怪的话：'爸爸，你能把上次在石头切割工厂借我看的绘卷再借我一次吗？我已经找到这么好的模特儿了。'听到这句话，正木医生不知为何显得很激动，脸色苍白地望了我们一眼，对吴一郎大喝：'你在胡说什么！'随即马上扑向吴一郎，制伏对方。但，医生的脸色还是非常难看，直到吴一郎头部撞到墙壁晕厥后，他好像才恢复气力，显得神采奕奕地指挥各种处理事宜。"

当记者告诉他吴一郎已经清醒时，他说："嘿，真的吗？我见到的时候，吴一郎满脸鲜血，加上正木医生也说吴一郎因为严重脑震荡而停止呼吸，应该已经没救……可能是手脚被铐住撞墙，所以力量没有那样大吧？"接下来记者告诉他正木博士自杀之事，问他是否知道死因，他一脸愕然，脸色霎时转为苍白，痛哭流涕，嘴唇不住颤动："真的吗？若是真的，我必须赶快去见他最后一面。正木医生对我有救命之恩。去年我在美国流浪，于芝加哥附近罹患肺炎病倒，当时是正木医生让我住院，并说，如果我想报恩的话，可以回国住在福冈等他，还给了我相当多旅费，所以我回国后进入当地的英日学院担任柔道教师，等正木医生回大学任职，马上过来负责治疗场的监护工作。正木医生一向乐观，人格也高贵，责任观念一定很强吧。"云云。

侄之滨大火延烧至名刹如月寺，
纵火女性惨遭火焚致死

本日下午六点左右，福冈市早良郡侄之滨一五八六番地的吴八代子家正房内侧房间忽然冒出火舌，人们惊骇地赶往扑救，可是由于持续多日的晴天，再加上强风肆虐，火势熊熊，包括数栋出租房子完全被大火围困。不久，大火延烧至距离不远的如月寺大殿后方，目前正继续延烧中，因为距离太远，市内消防队赶不及支援，只靠附近的消防人员根本无能为力。被认为是纵火者的吴八代子（前记患者吴一郎的姨妈）在众人环视下跳入大殿的烈火中惨遭烧死。据判断，该女在今年春天丧失独生女以后，就多少呈现精神异常，本日又听说自己最宠爱的外甥一郎离奇死亡，终至严重精神错乱，在亢奋之下引发这场火灾。

从号外上抬起头,我觉得整颗头好像被人按住般僵硬,怯怯着环顾四周。

这时又发现摊开在眼前的蓝色包袱巾正中央,亦即刚刚的号外底下有一张似是卡片之物。我心想,怎么还有这种东西?忍不住站起来,低头细看,原来是邮局发行的明信片,背面以曾经见过的右上斜高的笔迹,写着五六行钢笔字。

W兄足下:

　　面目无光
　　和S教授喝酒的人是我
　　转世后我将从头来过
　　请照顾犬子和儿媳

　　　　　　　　　二十日下午一点　M

号外无力地从我手中滑落,同时,我觉得整个房间似乎和我的身体一起往地底下沉。

我缓缓站起,蹒跚走近南侧窗边。

在突出对面屋顶的两座大烟囱上,圆月绽放明亮光华,其下照出的"疯子解放治疗场"并无人影,到今晨为止仍是一片白沙的平地,此刻却成为高低不平、枯草蔓生的空地,当中是不知何时已凋尽枯叶的五六棵梧桐树在星空下伸展枝丫。

"太不可思议了!"我自言自语地说着,摸摸头。很奇怪,今天一早就感觉的头痛完全消失了。

我像是在寻找头痛的行踪般一手按头,环视黄色光影和黑色阴影形成的沉默室内,又望向白金色灿亮的窗外月光。

这时，就是这时，一切真相忽然像冰块一般透明地排列在我面前！

没有什么不可思议的，一点儿都不稀奇。从今天早上开始，我就陷入了双重幻觉，也就是正木博士所说的离魂病。

一个月前的十月二十日，我一定有过和今天一样的梦游！

一个月前的十月二十日清晨，天色还很黑的时候，我像今天早上一样躺在七号房的床上，和今天早上同样状态地睁开眼睛，狠狠思索自己的姓名。之后，和若林博士见面，像今天早上一样接受恢复我记忆的各种实验后，被带入这个房间，也以和今天早上一样的顺序，看或听各种物件与说明。

接下来读过遗书后不久，我就和写遗书的正木博士本人见面，像今天一样地大吃一惊。然后，在正木博士的带领下望向南侧窗户，见到前一天封闭的解放治疗场内的景象，同时我也陷入受到自己记忆中的最近记忆所支配的梦游，幻觉窗外站着前一天正好在同一时刻观看老人耕作的自己的身影，也无意识地伸手触摸到前一天晚上撞击墙壁的头部痛处，吓得跳起来。

当时，正木博士也像今天同样地说明离魂病，而且他的说明乃是事实。可是，当时我因为受困于深刻的幻觉而无法相信，与正木博士激辩，最后让他沮丧地下定自杀的决心。

可是，我并未注意这些，而是留在这个房间内，发现了千世子写在绘卷最后部分的和歌，然后像今天一样冲出房门，在福冈各大街小巷狂绕了一大圈后，想起拉开后留置在这儿的绘卷，又像今天一样狂奔回来。说不定……正木博士后来又回到这里，也发现了绘卷最后部分千世子所写的和歌，更坚定了他自杀的觉悟。

在一个月后的今天，我又在相同的暗示下，重复同样的梦游。不，说不定是受到今天清晨被时钟声音吵醒所得到的一种暗示所支配……也可能是若林博士淡淡的一句"一个月后"残留在我的潜意识，在一个月后的今天早上将我唤醒……但不管如何，今天上午我狂热阅读各种文件资料，若林博士悄悄离去后，这个房间里应该没有其他人，正木博士、秃头同事、蛋糕、茶、绘卷、调查报告、雪茄烟雾等，只不过是一个月前的记忆之重现，只不过是我独自一个人反复着梦游中的梦游。

我的头脑恢复到这儿，只是在同一个地方打转。即使不是这样，这些不可思议的无数事实与证据仍活生生地在我眼前展开，而且逐步逼近，我该如何是好？又没有其他的解决方法……

若林博士一定是为了对我的头脑进行实验，重复和一个月前同样的顺序，带我进来这个房间，而且像一个月前所做的那样，躲在某处监视着我，毫无疏漏地记录我梦游中的一举一动……不、不，假定若林博士说今天是大正十五年十一月二十日的话是谎言，那么我从更久更久以前，真正的"大正十五年十一月二十日"以来，就已经不知道多少次地处于相同的梦游状态了，而且一举一动都留下了记录。

噢，若林博士才是这个世界上最可怕的学术奴隶，他同时进行精神科学的实验与法医学的研究，身兼穷凶极恶的凶手与名侦探……独自一人神不知鬼不觉地操控玩弄正木博士、吴家的命运、福冈司法当局、九州帝国大学的名誉等和事件相关的一切，表面上却装出一副毫不知情的模样……

我开始感觉到一股莫名的战栗似暴风般爬遍我全身肌肤，旋绕着，我无法停止每一颗牙齿的打战，整个房间仿佛就是若林博士大张的口腔……我愣立其中，凝视着好像电扇旋转着的自己的脑海。

可是……可是，若是这样的话，我一定必须是吴一郎！啊，我……我就是那个吴一郎。

正木博士是我的父亲，千世子是我的母亲，而那位发狂的美少女真代子……真代子……

啊……啊，我竟然就是被赋予"诅咒父母、诅咒恋人，最后更夺走几位陌生男女性命"这一罕见命运之疯狂青年吗？是公然揭发死去父亲罪恶的冷酷无情精神病人吗？

"啊，爸爸、妈妈！"

我大叫，但是声音却没有传入自己耳中，只是嘲讽似的在室内各处回荡。我就这样缩紧下颌，回头望着静谧的灯光，深深叹息后，环视一片静寂的室内。意识的力量非常清晰，没有恍惚，也并非做梦，随着眼前地板的倾斜，望着半开的门口踉跄前行，出了门外后，回头看到门上贴着写有"严禁进出"的白纸。

我心里想着：必须保持冷静才行！

就这样，我沿着白色月光射入、装有玻璃窗的走廊，左晃右摇地走着。如同木棒般僵硬的脚步声，走在玄关两旁并列的黑暗楼梯的左侧，一阶一阶往下……快到地面时，以为已经到了尽头，结果一脚踩空，摔倒在地上翻滚。接着不知道自己是怎么爬起来的，更不知道要去哪里，回过神来才发现，自己在不知不觉间很自然地来到七号房门口，如同石像般呆立不动。

我拼命思索某件想不起来的事情，良久，才毅然开门入内，穿着鞋子爬上如今晨所见的床上，仰脸躺着。头顶前方的房门自动关上，在房间内外形成闷重阴郁的回响。

几乎是同一时间，隔着混凝土墙壁，隔壁的六号房传来断魂似的尖亢女人声音。

"大哥、大哥，请让我和大哥见面！他刚刚好像回来了，我听到关门的声音，请让我和大哥见面！不，不，我没有发狂，我不是疯子，我是大哥的妹妹，是妹妹。大哥，请你回答，是我，是我，是我。"

这应该就是胎儿之梦吧！

我圆睁双眼，仰躺在床上思考。

一切全都是胎儿之梦，那位少女的叫声，眼前黑暗的天花板，窗外的阳光，不，甚至是今天所发生的一切事情。

我还在母亲的腹中，因为做着这种恐怖的"胎儿之梦"而挣扎……等到出生的同时，将诅咒杀害无数的人。但是，还没有人知道这件事，只有母亲能够感觉到我的胎动。

我躺着的旁边墙壁对面开始响起敲打的声音。

"大哥、大哥，一郎大哥，你还没有想起我吗？是我，是我，真代子，真代子呀！请你回答，回答……"

连续敲了两三次之后，换成恸泣的声音，然后像是趴在什么地方啜泣。

我全身放松地仰躺着，仿佛死人般停止呼吸，只是双眼圆睁……

嗡、嗡、嗡、嗡……

走廊尽头传来时钟的声音。隔壁房间的哭泣声忽然静止，然后又是一声：嗡——

比先前更悠长的声音。

我的眼睛睁得更大了。

嗡——

随着声音响起，我眼前浮现正木博士那戴着眼镜、冒着冷汗，似是尸骸般的脸孔，他像是默默致意地低头后，唇际泛出无力的微笑，消失了。

嗡——

千世子甩动浓密的头发，下唇鲜血淋漓，表情苦闷地在我眼前出现，细绳仍勒在脖子上，充满血丝的眼眸圆睁，凝视着我，嘴唇颤动，好像拼命地想对我说什么。不久，她悲伤地闭上眼，泪水汩汩流出，紧咬住的下唇很快变成惨白，翻白的眼瞳微张后，颓然倒下。

嗡——

少女浅田志乃的后脑不停喷涌出黑色液体，但她始终俯首不语……

嗡——

八代子血肉模糊的脸上，眼睛往上吊……

嗡——嗡——嗡——嗡——

脸颊裂开的光头、眉间碎裂的垂发少女、前额裂开的络腮胡脸孔……

我双手掩面，跳下床，向前直冲。忽然，我的前额撞击到某种坚硬之物，眼前一亮，紧接着一片漆黑。

瞬间，我眼前的漆黑中浮现和我酷似的另一张脸孔，须发蓬乱，凹陷的眼眸闪闪发光，与我四目交会时，马上张开鲜红的大嘴，放声大笑。

"啊，吴青秀……"

我大叫出声，但是那张脸孔瞬间消逝无踪。

嗡——嗡——嗡——

附一：关于本书

梦野久作是昭和初年日本文学界的天才之一。

梦野久作在当时的文坛流派，选择从所谓"侦探小说"的框架中寻求自己的文字表现领域是事实，但他多方面的天分和无穷的梦想透过"侦探小说"的框架跃过文坛的龙门，也借着作品的本质与深层的构思不断突破"侦探小说"的狭窄框架，展现其丰富内涵。

《脑髓地狱》一开头引用的梦野自己"乍看似梦"的表述应该是他文学理念的表现。对梦野久作而言，人类的科学精神和近代文明的创造精神，完全是"侦探本能"与"侦探兴趣"的展现，所谓侦探小说是将此果敢的精神开始于"面对社会机构的动向"，深入"无良心、无耻的唯物功利道德"所产生的"社会之恶"中，挖掘出其恶所孕生的"怪异之美、丑陋之美"，动荡"恐怖、色情的变态之美"，结果让潜藏其最深处的良心、纯情彻底战栗、惊恐、失神的艺术。

日本的文学大师江户川乱步将日本侦探作家分为两种，"狭义侦探小说"作家和"包括犯罪小说、怪奇小说之类的侦探小说"作家。而梦野当然是属于后者。

江户川乱步曾说，"我曾经称梦野是'墙外作家'，这样的称呼虽然很没有礼貌，但那意味着不甚了解欧美本格侦探小说妙味，或是假定对其有所了解却不是非常喜欢的作家"，既明示自己的本心，同时也认定梦野久作的文学世界必须以此观点来设定。可以说，乱步是站在友善的角度来论断梦野的。

正因为梦野的作品内涵超越时代性，亦即当时文坛的限制，才有必要更加虚心重新评估梦野的分量。文学中本来就不分什么纯文学或非纯文学，只有作品好坏之分，优秀的作品即使在特定的时代性之中予以定位，还是能够不受局限地流传后世，受到重新评价。

"推理"原本就与社会百态、自我深渊、色情、恐怖、幻想等脱离不了关系，如果局限于所谓的"本格侦探小说"，反而封闭"推理"自身孕育的文学沃野，形成狭窄的"墙篱"，最终将"推理小说"的可能性矮化为一种特定技巧，闭塞了追查潜藏于二十世纪人类内在特性中的社会隐微犯罪根源的本来之路。在梦野的观念里，这样的"侦探小说"只是寄生在这种墙篱内苟活的一个领域。

梦野久作曾表示："因此之故，侦探小说并非如现在这样，只能够租住在其他艺术的公寓里过着拮据的生活，在不久的将来，必须萌生自由奔放的最新艺术之芽，压倒、抹杀过去的一切艺术，百分之百地占有全部艺术。"

梦野希望的"侦探小说"既是真正现代化的语言艺术作品，同时也具有冲击现代社会文明虚伪内涵的批判性，更是"足堪悠闲玩味的最普遍的大众读物"。

梦野久作生活在非常苦难的时代，而且他的家庭环境又是无比复杂错乱，梦野久作身为玄洋社巨头头山满的盟友、著名国士杉山茂丸的长子，家族背景给他带来沉重的压力。他的本名是杉山直树，生于明治二十二年（一八八九年）。这一年可说是他的命运之年，在他出生仅仅一个月后，玄洋社创立，让他背负着欧洲人所谓的"出生于土星之下"的宿命，而且在父亲死亡的翌年，为了料理亡父后事不得不前往东京，却遭遇二二六事件，终于在三月十一日回家后遽逝。

梦野久作个人的成长环境经历也不容忽略。梦野出生那年就与亲生母亲分开，由继祖母养育成长，少年时代想成为文学家、美术家的志向，也因不被身为国士的父亲所接受，历经近卫步兵、经营农园、庆应私塾文学院学生、农园主人、流浪、剃发出家过着行云流水的生活、还俗重为农园主人、新闻记者、再度当农园主人、教授能乐，等等，中年以后又担任邮局局长，人生转变的剧烈非常人所能及。即使这样，在这段时间，他内心深处的少年志向并未消失，借着投稿获选为第二名的作品《妖鼓》终于首度站到成为作家的起跑线上，当时是大正十五年（一九二六年），他三十七岁。刊登在《新青年》上的这篇作品中，他首度使用梦野久作这个笔名。

仔细分析，作家替自己取笔名具有极端象征意义。先前已经稍作说明，梦野文学的重要基调之一"自我确认的探求"问题——"我到底是谁"的主题，带有他从自我命名梦野久作到此一名称成为文学家为止，所必须经历的因为外在强制（家庭环境）而不断改名的自我证明的转变之象征性。本名直树，改名泰道（剃发法号），后改名萌圆（还俗名称），改名泰道（新闻记者笔名），改名杉山萌圆、无名氏、海若蓝平、海、香俱土三岛、土原耕作、香等，最后定名梦野久作。

事实上，姓名并不只是一种称谓，而是位于自我证明核心的宿命标签，超越之而企图自我定位，绝对是基于某种意味历经自我确认后的自我命名，同时也必须是在此自我命名之下展现该名称的实体内涵。

在环境或外界的恣意或强迫之下被贴上或被撕掉，然后再被贴上，更因应功能而遭半强迫撕下、重贴半辈子之间，梦野深刻体会到因姓名的外在强制性而重复改名、结果因为无记号化，不得不伴随着自我确认而自我命名的必要。因此，具有心灵放逐者和梦想者意味的故乡福冈地方特有名称"梦野久作"成为极有象征意义，借着"梦野久作"能够恣意埋葬他过去众多的名称，首度"实际化"地体现于他的文学世界。

即使在死亡已经将近半个世纪的现在，梦野的作品仍旧丝毫不褪色。相反地，他的作品内涵更受到赞赏，应该也是因为他身处战前日本史上所有重要事件中心的家庭环境，饱经体验和磨炼所锻炼出的掌握问题的能力，以及对于未来的正确投影。

以梦野久作名义开始写作至死亡的短短十年间所完成的庞大作品群，完全是基于这种匿名犯罪性的追究而得，在此意义之下，必须说梦野的一切文字皆是完美的推理小说、侦探小说。梦野的作品不仅具有异于"本格侦探小说"的古典前提——将连续出现的谜团，最终以出乎全能名侦探意表的快刀斩乱麻方式解谜而告结束——形而上学的水平，变化性也非常多样化。

《脑髓地狱》是梦野最重要的代表作，这点已经有多人论及，在此毋庸赘言，关于梦野久作毕生力作《脑髓地狱》，若要述及其错综的成立史，连其子杉山龙丸精心编撰的《梦野久作的日记》中，都缺少由构思到完稿为止最重要的昭和六年到九年的部分。不知梦野久作创作的原因何在，确实是一件很可悲的事。

梦野久作写作生涯唯一巨著《脑髓地狱》绝非完成于出版的昭和十年。昭和四年九月十四日首度完稿，昭和五年正月元旦再度改稿，至正月六日约完成一千张稿纸，最后则达一千两百张，不过准确完成日期不详。在细节方面，这篇作品各种重要的诡计并不是构思当时就存在脑海里，而是将"狂人"的原来主题逐渐增幅，补充上《脑髓论》《心理遗传论》《疯子解放治疗论》《胎儿之梦》等，逐渐构成完整的故事。

不管如何，《脑髓地狱》是梦野文学的"一切"，无论从内容的时空幅度还是作品的质量来看，都是日本近代文学的杰作，更是属于全人类的二十世纪存在主义的最高作品。

遑论狭隘的日本"侦探小说"界，就连日本纯文学界，犹未能将《脑髓地狱》想探究的"个人的自我确认"深渊包含的复合性和无限性视为小说的创作主题。《脑髓地狱》完整表现两位智慧超群的人物正木博士与若林博士，虽然彻底因社会语言和文化的差异，导致随意证明个体，掩饰其根源的暴力与犯罪性，以及公然怀疑的怀疑者反受人类社会强烈打击的可怕，却仍陷入不知何时会变成凶手的致密陷阱中，让潜意识永远未知的自己，与来自外界认同的自己的牢中人物（主角），和只闻其声不见其人的甜美近亲相奸对象的少女，三者之间深入精神病理深渊的潜意识梦境，这样一部充分表现追求自我证明的成立根据之作品，在昭和纯文学界绝无仅有。

以追求无限粉碎、分化自我——这是存在主义样貌的常识——的作品而言，本篇的成就超越安德烈·纪德；在结局未能明示凶手的社会匿名性构想方面，则超越卡夫卡。假定将本篇作品置于幻想文学领域，脱离所谓侦探小说的框架，就其世界性观点而论，笔者认为应该还超越诺贝尔奖作家耶利亚斯·卡奈迪。

《脑髓地狱》写出了主角深入追求个人自我确认，结果陷入自从有神话以来的人类语言文化组成的双重陷阱中，不仅企图将一切罪行归咎于最受到差别待遇的个人身上以解决事件的故事，还明白指出高度管理社会反而成为无法知道真凶是谁的长期且有计划预谋的完全犯罪的避难所。

附二：关于作者

梦野久作本名杉山直树，一八八九年一月四日出生于日本福冈小姓町。父亲杉山茂丸是日本知名政界人物，常为贸易、政治活动往来于中国香港、日本京都、东京等地，女性关系也相当复杂。梦野久作两岁时，茂丸和妻子离婚，将他交给在福冈的父亲（杉山三郎平）抚养。

梦野久作的童年在祖父母的宠爱、照顾下长大，但也因为缺乏亲情，造就出压抑、阴郁的性格。受到祖父的熏陶与教导，梦野久作从小便开始接触能乐及中国古典文学，因此打下深厚的基础。中学时接触爱伦·坡的推理小说《黑猫》，从此开启梦野久作对推理小说的浓厚兴趣。

一九〇八年，梦野久作从福冈县立中学修猷馆毕业，应父亲期望进入军队，役毕后进入日本名校庆应义塾大学专攻历史专业，两年后退学，转往经营父亲设立在福冈县的农场。没过多久，或许是因为对父亲的生活方式表达抗议，也或许是因为当时继母引起的继承权风波，梦野久作离开农场，开始四处流浪的生活，并在一九一五年出家，改名泰道，法号萌圆。

一九一七年，梦野久作还俗，回到福冈继承杉山农场，并开始小说的创作及发表。这一时期的梦野久作初尝为人夫、为人父的体验，也曾担任九州报社的记者，并以杉山萌圆、杉山泰道等笔名发表过多篇论述及童话。

一九二六年，梦野久作的《妖鼓》一文在《新青年》杂志举办的征文活动中获得第二名，并被发表在《新青年》，从此奠定了他职业作家的身份，使其步上推理小说家之路。

父亲杉山茂丸看完梦野久作所写的《妖鼓》后曾说："这是梦野久作写的小说。"

"梦野久作"是福冈地区的方言，意思是"成日做梦的人"。从此之后，"梦野久作"开始在推理界文坛大放异彩，发表了许多脍炙人口的长、短篇作品。

早年丰富的人生经历，幼年时缺乏亲情，曾经出家得到的体悟，让梦野久作对人世有着与众不同的观察角度，使他的作品和所谓本格派的推理小说不同，充满了妖异、幻想的气氛。

对梦野久作而言，推理小说不仅仅是讲究缜密的逻辑推理，也不应受既有解谜形式的局限，而是应从解谜的过程中，仔细描绘出人性怪奇、丑恶、战栗心理的唯美面向。故梦野久作的推理作品从大众跳脱，逸升至文学艺术的层次。

一九三五年，梦野久作完成了他倾注毕生心血的《脑髓地狱》，参加了因脑溢血而死的父亲之丧礼。隔年，不知是否为印证自己曾说过的话"我是为了此书而诞生"，梦野久作也因为脑溢血而骤逝，文坛的慧星就此殒落，但他留下的作品却仍受到世人的诸多推崇。

附三：梦野久作年表

年 份	重要经历及作品

一八八九　　明治二十二年
　　　　　　一月四日，杉山茂丸与高桥边的长男，出生于福冈市小姓町。幼名直树。由祖父三郎平、继祖母友子抚养长大。

一八九一　　明治二十四年　二岁
　　　　　　开始学习四书诵读。亲生母亲与父亲离婚，另嫁高桥家。

一八九二　　明治二十五年　三岁
　　　　　　开始学习能乐。熟读四书，遂有神童之称。

一八九五　　明治二十八年　六岁
　　　　　　进入小学就读，身体虚弱瘦小，多是由祖父教他学习。求知欲旺盛，具有绘画方面的天赋。

一八九九　　明治三十二年　十岁
　　　　　　大名寻常小学毕业。进入高等小学就学。

一九〇二　　明治三十五年　十三岁
　　　　　　三月二十日，祖父因中风并发肺炎去世。

一九〇三　　明治三十六年　十四岁
　　　　　　三月，从高等小学毕业，四月进入福冈县立中学修猷馆就读。

一九〇八　明治四十一年　十九岁
三月，从福冈县立修猷馆中学毕业。
十二月一日，以一年志愿兵身份入近卫步兵第一连队，在部队中担任小队长，颇受士兵们信赖。

一九一〇　明治四十三年　二十一岁
退伍之后，进入中央大学附属补习班，准备入学考。

一九一一　明治四十四年　二十二岁
进入庆应义塾大学文科系就读。

一九一二　明治四十五年·大正元年　二十三岁
一月一日，同父异母之弟五郎死去。
十一月八日，继祖母去世。

一九一三　大正二年　二十四岁
因为弟弟的猝死，父亲遂令其从庆应义塾大学休学。三月时，依父亲之命前往福冈县糟屋郡香椎村唐原经营果园。

一九一五　大正四年　二十六岁
六月二十一日，于东京本乡的喜福寺剃发为僧。将名字由直树改为泰道。

一九一六　大正五年　二十七岁
以行脚僧身份由京都走到吉野山。

一九一七　大正六年　二十八岁
以僧名泰道还俗，继承杉山家，回到唐原的农园。
以沙门萌圆之笔名，发表《谣曲黑白谈》《谣曲谈》。

一九一八　大正七年　二十九岁
二月二十五日，与镰田昌一的女儿阿仓结婚。
连载《冀望日本青年》等。

一九一九　大正八年　三十岁
长男龙丸出生。

成为《九州日报》记者，开始于家庭专栏发表童话至大正十五年。

一九二〇　　大正九年　三十一岁
以萌圆泰道之笔名，将《吴井孃次》改名为《蜡人偶》连载。

一九二一　　大正十年　三十二岁
移居至福冈市荒户町。次男铁儿出生。

一九二二　　大正十一年　三十三岁
十一月，以杉山萌圆之笔名，出版长篇童话《白发小僧》。

一九二三　　大正十二年　三十四岁
九月因为关东大地震，以九州日报社震灾特派采访记者身份，发表《火烧后细见记》与《东京震灾素描》。

一九二四　　大正十三年　三十五岁
三月，辞去九州日报社工作。
十月，以杉山泰道之笔名写了一篇《侏儒》，参加由博文馆举办的推理小说征选活动，获选佳作。

一九二五　　大正十四年　三十六岁
四月，再度任职于九州日报社。
三男参绿出生。

一九二六　　大正十五年·昭和元年　三十七岁
五月，辞去九州日报社工作。同月参加《新青年》的创作推理小说征选活动，以《妖鼓》荣获第二名，第一次使用梦野久作的笔名。同月，继续创作《DOGURA·MAGURA》（《脑髓地狱》的初稿《疯子的解放治疗》）。

一九二七　　昭和二年　三十八岁
二月，停止创作《疯子的解放治疗》的初稿，书写别的稿子。着手创作短篇连载《乡村事件》。

一九二八　　昭和三年　三十九岁

陆续发表《人脸》《死后之恋》《瓶装地狱》等。

一九二九　　昭和四年　四十岁

十二月，出版《梦野久作集》。陆续发表《押绘的奇迹》《铁锤》《飞翔于空中的洋伞》。

一九三○　　昭和五年　四十一岁

五月，奉命担任妻子老家的福冈市黑门邮局局长。

陆续发表《复仇》《童贞》等。

一九三一　　昭和六年　四十二岁

陆续发表《椰果》《犬神博士》《自白心理》等。

一九三二　　昭和七年　四十三岁

十二月，出版《押绘的奇迹》。

陆续发表《斜坑》《幽灵与推进机》《狂气地狱》等。

一九三三　　昭和八年　四十四岁

一月，出版《暗黑公使》。

四月，出版《冰涯》。

五月，出版《瓶装地狱》。陆续发表《不冒烟的烟囱》《冰涯》《爆弹太平记》《白菊》等。

一九三四　　昭和九年　四十五岁

八月，辞去黑门邮局局长一职。

陆续发表《名君忠之》《山羊胡编辑长》《难船小僧》《杀人直播》《木魂》《少女地狱》等。

一九三五　　昭和十年　四十六岁

一月，出版《脑髓地狱》。

三月，出版《梅津只圆翁传》。

七月十九日，父亲茂丸因脑溢血猝死于曲町自宅。

十月，借为父亲举行丧礼之便，偕妻至日本各地旅行。

十二月，出版《近世快人传》。

陆续发表《微笑哑女》《超人胡野博士》《二重心脏》等。

一九三六　　昭和十一年　四十七岁

二月，为了处理父亲后事而上京时，遭遇二二六事件。

陆续发表《人间肠诘》《恶魔祈祷书》。

三月十一日，在与访客谈话中猝死。

三月，出版《少女地狱》。

读客
悬疑文库

认准读客读悬疑，本本都是大师级。

专注出版中、英、美、日、意、法等世界各国各流派的顶尖悬疑作品。

为读者精挑细选，只出版两种作品：
经过时间洗礼，经典中的经典；口碑爆表、有望成为经典的当代名作。

跟着读客悬疑文库，在大师级的悬疑作品中，
经历惊险反转的脑力激荡，一窥人性的善恶吧。

扫一扫，立即查看悬疑文库全书目，
收集下一本精彩悬疑！